世界探偵小説全集45

魔法人形

マックス・アフォード　霜島義明＝訳

国書刊行会

ヴェラとスプルーハンに

Death's Mannikins
by
Max Afford
1937

人殺しよりも恐ろしく忌まわしいものがあろうか

――ラクタンティウス

魔法人形　目次

魔法人形

主な登場人物

コーネリアス・ロチェスター教授……悪魔学研究家
ベアトリス・ロチェスター…………コーネリアスの妹
ロジャー・ロチェスター……………コーネリアスの長男
オーエン・ロチェスター……………コーネリアスの次男
ジャン・ロチェスター………………コーネリアスの娘
フィリップ・バレット………………ジャーナリスト。教授の友人
カミラ・ウォード……………………ジャンの友人
ブライアン・オースティン…………青年医師。カミラの婚約者
トレヴァー・ピムロット……………私立探偵
ロロ・モーガン………………………ロチェスター教授の秘書
マイケル・プレーター………………執事
ビアンカ・コンシダイン……………女中
ハナ・コンシダイン…………………料理人。ビアンカの母親
アビゲイル・ガート…………………通いの雇い人
エイブラハム・ガート………………同
タナシ…………………………………ジプシーの青年
ウィリアム・リード…………………スコットランド・ヤードの首席警部
デニス・コナリー……………………刑事
リチャード・コーマー………………巡査部長
ジェフリー・ブラックバーン………数学者

第一章　人形の謎

(三月六日　土曜日)

まず、魔法をかけようとする者は、小さな人形《ひとがた》を使うということを思い起こしていただきたい……彼らは、人形と魔法をかける相手との類似性を高めるため、その蠟細工の中に、抜けた毛髪や切った爪など、相手の体の一部だったものを埋め込む。こうして出来上がった人形を、針で突き刺したり、とげで引っ掻いたりすると、それに感応して相手の体も傷つくと信じられていた。

人形を使って魔法をかける話は、歴史の中にあふれるほどある。アンゲラン・ド・マリニーはこの方法でシャルル・ド・バロア伯爵を滅ぼそうとした。一五七四年には、パリで頭と心臓に穴のあいた人形が屋敷内で発見された貴族が処刑された。ラ・モルとココナはこのやり方でシャルル九世の殺害を試みた……。

――ギャルソン及びヴァンション『悪魔』

1

人形殺人という中世まがいの特異な出来事が、この入り組んだ不可解な事件の発端であった。そのため、本件には、これまで畏友ジェフリー・ブラックバーンの関心を奪ってきたほかの事件と比べ、大きな違いがある。今まで事件記録者は、資料の配置を工夫して要点をはっきりさせ、多くの道筋を撚り合わせてアリアドネの糸のような手がかりをつくり、読者を迷宮の中心から導き出すことに専念すればよかった。ところが、この人形殺人事件の場合、厄介なことに、エクスムア渓谷の人里離れた古い屋敷をめぐるいくつかの出来事を、正確に展望するための視点と呼べるものを見出すことができないのである。

だからといって、そうした点に触れる機会が足りないというわけではなく、むしろ事実はその逆である。通り道のあちこちに脇道や意味のない袋小路が待ち構えているので、サムエルの前に引き出されたアマレク人の王アガグのように慎重に歩みを進めなければ、瑣末事の泥沼にはまり込んだり、見当はずれの小枝に足を引っかけたりして、筆者も読者も途方に暮れてしまう心配があるほどだ。

ロチェスター屋敷で起こった一連の惨劇――今日にいたるまで、犯罪学史上およそ比類のない不気味な出来事――は、辛辣で足の不自由なミス・ベアトリスが階段につまずいて転落死した、偶然の一致にしては戸惑いを隠すことのできない忌まわしい事故が発端だったのだろうか。それとも、ライネルスマン老教授がロチェスター家に贈った無邪気な贈り物、後に〈死の人形〉として全国に知られることになる、小さなおもちゃがそもそものはじまりだったのか。あるいは、こうした出来事は、前世紀末――コーネリアス・ロチェスターの妻が、三人の死をもたらし、もう少しで第四の無垢の命を奪う原因となるところだった秘密を遺して他界した日――を真の幕開けとする、悲劇の幕間に奏でられた恐るべき間奏曲の一部に過ぎなかったのだろうか。

ブラックバーンは助言を求める筆者の訴えを一蹴した。ロチェスター家の謎めいた死の真相について、出版許可を与えるよう説得するには最大級の困難を要した。彼が渋るのも無理はない。真実はあまりに信じ難く、その現れかたがあまりに異様で人の頭脳の想像力を超えていたため、我が友が明らかにした論理的な説明でさえ、それぞれの死を覆いつくす魔術の翳を、この悲劇から追い払うことはできなかったほどなのだ。この報告に目を通したあと、殺人と黒魔術との邪悪な取り合わせは中世に限った話で、高い教養を持つ知的な家族を恐怖の暗雲が覆うことなどあり得ないと考える読者がおられるなら、傑出した犯罪学の権威、C・レスター・ガースンがこの問題に取り組んだ著作を一読願いたい。というのも、これらの悲劇を〈十五世紀の『魔女への鉄槌』の現代版、魔術と呪文を信奉する悪夢のような謎に満ちたレミギウスの『悪魔崇拝』の一節に他ならない〉と評したのが、ガースンだからである。ガースンはさらに、〈おとぎ話に出てくるような恐ろしい計画を思いついて実行できる人がいるということは、より不幸な人々の命を支配するといわれる悪魔憑きの存在をほとんど証明しているようだ〉とも書いている。

だが前置きはこのくらいにしておこう。近寄らないと誓ったばかりの脇道に、もうだらだらと迷い込んでしまっている。筆者が友人から自由に使うことを許された、膨大な量のメモや地図、写真に目を通したものの、残念ながら、物語を始める舞台として、アキンボクラブ以上にふさわしい場所を思いつくことはできない。ブラックバーンが、不幸なロチェスター家をすでに圧迫していた影に初めて触れたのはここなのだから。

アキンボはこの手の集会所としては希な部類に入るところで、名門ではあるが紳士ぶった気取りが鼻につくことはなく、興味をそそるが奇を衒《てら》ったところはなく、当世風だが狭量ではない。とはいえ、品位を保つに足る程度の狭量さは備えているクラブである。ここでは、眼鏡をかけた映画監督と〈パン撮影〉を論じることもできれば、浅黒い肌をしたタゴールの弟子と東洋の詩の喜びについて小声で話し合うこともできる。コーヒーを飲み、たばこを吹かしながら、長寿に関する最新の発見について著名な科学者と話したり、若い優秀な分析化学者から人知れず命を絶つ方法を聞かされることもあろう。

ここには心を落ち着かせ、人を誘う雰囲気がある。ラウンジは、ゆったり腰かけられる椅子と厚い絨毯のある広くて静かな部屋で、凹状に湾曲した壁は、どことなく、人を迎えるために広げた両腕を連想させる。洞穴のような暖炉は赤々と燃え、お気に入りのテーブルのそばに立つ背の高い読書灯は、眠気を誘う光を放ち、さながら琥珀色の隔離テントとして、世の喧騒から遁れ、眠りや独り言に慰藉を求める会員から倍する感謝を受ける聖域となっている。

そういうわけで、ブラックバーンがロチェスター家の奇妙な事件に巻き込まれるようになったのは、全くの偶然だった。趣味の犯罪学に魅力を感じ、グレイマスター大学高等数学教授の職を辞して数年来、ジェフリーは、サーズビー村の金雀枝《エニシダ》の茂みに覆われた丘に建つコテージからロンドンに出てくるときは決まって、優雅で設備の整ったアキンボの一室を利用していた。彼は、この特別な機会を利用して足を延ばし、友人であるスコットランド・ヤード犯罪捜査部首席警部ウィリアム・ジャミソン・リードのもとを訪れた。リードはブラックバーンの父親の親友であったが、父親が亡くなると、今度は息子に親愛の情を向けた。ジェフリーの数学的な思考に長けた頭脳の助けで、リード首席警部の部署が担当した複雑な事件が首尾よく解決されてからというもの、近年その交友は敬意で結びつけられていた。若者の感化によって、この公職に就く友人の熱心で地道な捜査活動に、推理と三段論法に熟練した、冷静で慎重な知性が加わったのである。

だが、めぐりあわせが悪く彼は友人に会えなかった。リードは一週間前にハートリプールの殺人事件の担当となり、どう見ても数日は戻れそうにないということだった。そこでジェフリーはアキンボの方角に足を向け、快適な環境の中で次の行動計画を練ることにした。

ブラックバーンはロロ・モーガンをラウンジで見かけても少しも驚かなかった。二人のあいだには、少なくとも年に一度は会うべきだという、曰くいい難い不思議な合意があるらしい。ともにオクスフォードにあって、入学が同じ年ならば、寄宿していた部屋も長い螺旋階段を上りきったところにある向かい同士だった。この偶然の接近がなければ、気性や体質において正反対の二人が友情を結ぶことは決してなかったであろう。ジェフリーがボドリー図書館に足繁く通っているころ、ロロはどこかで途方もない悪戯をしているか、副学生監をからかって浮かれていた。しかし、ロロが階段脇の部屋に入ってきて間もなく、マッチを借りに来たのがきっかけで、二人は顔見知りになり、しだいに仲良くなって、互いの部屋で時間を過ごすことが多くなった。

この交友関係は、度重なる逸脱行為のためにロロが退学させられたとき、一時的な断絶を余儀なくされた。そのとき彼は、帆船で旅に出ようという気を起こして、この快適とはいえないが冒険に富んだ手段でオーストラリアに向かった。およそ十八ヶ月後、たまたまジェノヴァで休みを過ごしていたジェフリーは、ある有名な船会社の事務所でロロに出会った。ところが、彼の私室を飾っていた、色あざやかな旅のポスターは、モーガンの放浪癖には刺激が強すぎたらしい。彼は六ヶ月後南アメリカに発ち、ブラックバーンは珍しい切手にもっと珍しい消印を押した手紙を時おり受けとることになった。

とはいえ、何年かすると、このさすらう若人は再び祖国に腰を落ち着けることになった。三十五歳になって、筋骨逞しい体軀にも衰えが見えだし、さらに二重あごと肥満の気配は、やがて確実に太鼓腹になることを窺わせた。挨拶を交わしたときの両人の様子は、まるで対照的だった――背が高く痩せたジェフリーは、引き締まった体つきをしていて、顔には学者ぶった威厳の影が差しているものの、穏やかな皮肉を浮かべた灰色の眼がかろうじてそれを和らげていた。ふっくらしたモーガンは、ピンク色の顔に笑みをたたえて、どちらかというと特に経験を積んだ、抜け目ない天使ケルビムといったふうだった。握手を済ませると、ジェフリーは椅子を引き寄せて飲み物を注文した。

「この前会ってから二年は経っているだろう」紙巻たばこに火を点けながら彼がいった。「ずっと何してたんだ」

ロロは顔をしかめた。「日がな一日書斎にへばりついているよ」とぼやいて、悔しそうに腰の辺を軽く叩く。「おまけに、豚みたいにぶくぶくしてきてる。運動といったって、せいぜいゴルフを週に二ラウンドまわって、たまにテニスをする程度でね。ただしタイプライターは別――何時間もかかりきりなんだから」そこで一息ついて、相手に目をやった。「個人秘書をやってるんだ」

「なるほど。で、雇い主は」

「ロチェスター教授だよ」

ブラックバーンは驚きのこもった口調でいった。「まさか、あのコーネリアス・ロチェスターじゃないだろうね。悪魔学研究家の」

ロロはうなずいた。「いやあ、実はそうなんだ。ランバートを覚えているか。大学時代考古学にかぶれていて、ラグビーチームでは素晴らしいスリークウォーターだったやつだが――」

「ああ、覚えてる。ステイシー・ランバートだったな」

「そう、その男だ。あちこち旅して回っていたとき教授にばったり会って、秘書を欲しがっているという話をたまたま聞いたらしい。それを教えてもらった僕が応募した」モーガンはにやりとして両腕を広げた。「誠実、勤勉で人柄が備われば、あとはどうにでもなる」

飲み物が届いた。ジェフリーはグラスを片手に持ちながら、また口を開いた。「どうしてロチェスターが秘書を欲しがるのかね。ああいう変わった研究をしているから、一人で仕事をするのを好むほうだと思っていたが」

「たしかにそうだった――去年の初めまでは」モーガンは説明した。「だが、寄る年波には逆らえないということなんだ。コーニー爺さんも盛りとはいえ六十五近くにはなるはずだし、慣れない土地を歩き回るのは体のためにならなかったようだ。心臓がかなり弱ってる。三ヶ月前にひどい発作に襲われてから、主治医に階段を使わないようにといわれてね。それで書斎を一階に移させた」

「今は何を」

「本を書いている。その本でロチェスターは自分の名を不朽のものにしようと思っているらしい。『二十世紀の悪魔学——自然の暗黒面に関する一考察』と題した、重厚で、極めて学術的な大作だ。そういうわけで」そこでロロの口調が控えめになった。「この僕が必要なんだ。毎朝九時から露の降りる晩方までタイプライターを打ちまくりながら、コーネリアス畢生の事業たる原稿を次から次へと仕上げているところだよ」

「どこまで進んでるんだい」ジェフリーが尋ねた。

「まだほんの序の口でね」ロロは説明した。「まあ、普通のやりかたじゃないから。コーニー爺さんは、暇があればいつでも何か思いついて、手元にあるものなら何にでも書きつける癖があるんだ。封筒や名刺や予定表の裏、レストランのメニューに書いて失敬してきたことだってある。そんな紙切れを集めて、解読するのが僕の役目でね。ラテン語で書かれていることもあれば、ギリシア語、フランス語という場合もある。そのときコーニーがどの時代や国を扱っているかによって決まるんだが」彼はにっこりした。「とにかく、古典をしっかり学んでおいたおかげで助かった」

「気に入ってるのか」ブラックバーンは何気なく尋ねた。

「仕事だからね」と相手は肩をすくめて答えた。「感謝すべきだとは思ってる。なにせ、僕よりずっと立派な資格のある連中が、一万人も毎朝必死に求人広告に目を通すご時勢だもの。だけど、楽して稼げる仕事だとは思わないでくれよ。ずいぶんこき使われてるってことだけは確かなんだから」

ブラックバーンは煙の輪を吐いて「とりあえず今はその苦役から解放されているということか」と穏やかな論評を加えた。

ロロ・モーガンはしばらく返事をせず、グラスを飲み干してから、たばこに火を点けた。マッチの炎の向こうで、彼の目は曇っている。

「仕事はしばらく延期になった」ロロは静かにいった。「教授の身内に不幸があったから――相当こたえてるよ。亡くなったのが妹のベアトリスで、教授はこの病人をかなり大事にしていたからね」彼は肩をすくめた。「実をいうと、何日か休みを取ってきたんだ。あそこにいると――ちょっと――気が滅入るから……」声はそこで途切れた。彼は友人を見つめた。まだ何かいうことがあるようだったが、視線をそらし、落ち着かない様子でせっかちにたばこを吹かした。

ブラックバーンはその様子をじっと眺めながら、ロロの眉間に不安げな皺が刻まれているのを認めた。ふっくらした顔にできたばかりのその筋に、彼は興味を持った。いきなり立ち上がると、身を乗り出して声をかけた。きびきびした口調だった。

「考えごとがあるようだな、ロロ。何かあったのか」

一瞬相手は躊躇した。たばこを灰皿に押しつけると、灰をいじりはじめ、それを集めて小さな山をこしらえた。顔を上げずに彼はいった。

「魔力の存在など信じはしないだろうね」目を上げてジェフリーの驚愕した表情を認めたロロは、気まずそうに急いで言葉を続けた。「ばかばかしくて、正気の沙汰とは思えない話に聞こえるだろうが、僕が大真面目だということはどうしてもわかってもらいたい……」声がはっきりしなくなって途切れた。緊張して落ち着かない沈黙が流れた。それからモーガンは友人のほうに向き直った。「ジェフ」と彼はいった。「今何か仕事はしているのか――」

「いや、別に――」

「それならロチェスター屋敷に僕といっしょに行ってもらいたいんだ。ひどく変わったことがあそこで起こっているものだから」

相手の真っ赤な顔を見つめながら、ブラックバーンはゆっくり口をひらいた。「そんなことをいうなんて君らしくないな、ロロ。どうしたっていうんだ」

のしかかっているものを振り払うかのようにモーガンは肩を少し揺すった。「自分でもよくわからない」彼はつぶやいた。「偶然の一致にすぎないのかもしれないが、ただ……」また黙ってしまった。

ジェフリーは眉をひそめて、中途半端なものいいかたをするようになった友人の変わりようを密かに嘆いたが、ロロはひとりで苦悶していた。ジェフリーの膝に手を置いても、声は一向に落ち着かなかった。

「ブラックバーン、ロンドンから二百マイルも離れていない土地で中世の魔術が蘇ったなんて話をどう思う」

「詳しく聞くまでは論評は控えることにしよう」相手は落ち着いて答えた。そして係に合図して注文した。新しい飲み物が来ると、椅子に深く腰かけて目を閉じた。

「話を続けてくれ」彼は促した。

2

「ロチェスター屋敷は」モーガンは語り始めた。「エクスムア（イングランド南西部デヴォン州とサマセット州にまたがる荒野）の人里離れた谷間にある。ブリストル湾から世界中の霧が集まってきたように思えるくらい霧が濃い土地だ。あたりは荒涼としているけれど、美しいところがないわけじゃない。時間が経つにつれてある種の魅力を感じるようになるところだ。初めて行ったとき、これほど物寂しい場所は世界のどこを探してもないような気がしたよ。まあ、楽しき我が家《スイートホーム》だと感じられるようになるとは思えないけれども、こうして離れてみると、あのなだらかにうねる丘の景色が懐かしくなってくる。

ロチェスター屋敷の一番の難点は――若者の立場から見ての話だが――辺鄙な場所にあるということだ。ロックウォールという最寄りの村でも、九マイルは離れている。そこは活気のある小さな村で、ほとんど酪農で成り立っているといっていい。鉄道だと、ロンドンからバーンスタプルまで行って、支線に乗り換えることになる。村の人口は少ないものの、映画館にホテル、車の修理工場に郵便局といった現代的な施設も多少はある。ロックウォールとロチェスター屋敷の間には舗装道路が丘をぬうように走っているが、ここの交通量は間違いなくイギリス諸島中最小の部類に入るだろう。

屋敷自体は谷の中ほどにある。僕は建築については門外漢だから、いつごろ設計された建物なのか見当がつかない。ともかく、ずいぶんと改造や建て増しをしてきているので、元の建築様式はそれほど残っていないだろう。この改築のせいでどこもかしこもデザインにまとまりがなくなっているから、かなり中途半端な印象を受ける建物だということは想像がつくと思う。屋敷は四階建てで、てっぺんに胸壁の付いた四角い塔がのっているところは、かなり中世風だ。この目印の役目をしている塔の平らな屋根には、望遠鏡と風力計、降水量を測るだけではなくて雨の始まりと終わりを示す雨量計、それに太陽熱を集められるように並べたレンズが置いてある」

「まるで豆測候所だな」ジェフリーは口をはさんだ。

「見かけもそれに近いよ」ロロは同意した。「前の持ち主は星占いに凝っていたらしく、屋根にこうした装置を据え付けたのはその人物だ。ロチェスター家のものになったのは、今から十年ぐらい前だろう。なぜコーネリアスが手に入れたかといえば、孤立した場所だからだ。あんまり人里離れたところに建っているものだから、村人は〈モンカムの隠れ御殿〉などと呼んでいる――モンカムというのは屋敷を建てた天体観測家の名前だ。ちなみに、彼はある晩塔から身を投げて即死したそうだ。その死をめぐっては村人の間で馬鹿げた話が伝わっている――この老人は悪魔と契約を結んでいて、いい争いになって悪魔に放り投げられたのだという俗受けのする迷信がね」

「妙に続けて魔法めいた話がでてくるな」相手が一息ついたとき、ブラックバーンはつぶやいた。

「いや、全部でたらめだよ」ロロは反論した。「人から離れて暮らしていれば噂の種になるのは避けられないし、モンカムにまつわる話が膨らんだのには天体観測も何らかの関係があったんだろう。とにかく、ロチェスター家が買うまでは何年も空き家のままだった。建物によからぬ評判が立っていたので呼び名を変えることにして、それでロチェスター屋敷となったんだ。

次は家族の話をしよう。

一家の主はコーネリアス爺さん。図書室と書斎を行き来するばかりで、外に出るのはせいぜい娘に上着の裾を引っ張られて連れ出されるときぐらいしかない。家事一切は妹のベアトリスに任せっきりだった。五十過ぎの老嬢だ。いや、〈死者に鞭打つことなかれ〉だな」ロロはつぶやいた。「でもベアトリスおばさんは、口が悪いのと、人の秘密を詮索することにかけては、ほとんど異常ともいえる能力を持っていたことは認めないわけにはいかない。リューマチで足が不自由だったから松葉杖がなければ歩けなかった。それでも呆れるほど身軽で、家の中を動き回ることにかけては誰にも引けを取らなかったよ。それに事業をやったり、財産管理をしたり、勘定の支払いを済ませたりするだけじゃなくて、親と家政婦と一家のよろず相談役を一人でこなしていたんだ。

子どもは三人いる。いちばん上はロジャーといって、四十近い男だ。〈鏡の国のアリス〉の白の騎士を覚えているか。それがロジャーだ。白くなりかけたぼさぼさ髪に、穏やかな顔、大きくて柔和な目。いつもぼんやりと自分だけの世界に暮らしている。僕個人の考えだが、どうも頭が少しまともではないようだ――大したことはないが、いきなり不機嫌になって黙り込んでしまうことがたまにある」そこでモーガンは間を置いて、申し分けなさそうにジェフリーに顔を向けた。「こんな話をだらだら続けるつもりはないんだが、先を考えると細かいこともみんな君に知っておいてもらうのが大事だと思うから」

ブラックバーンはうなずいた。「わかった。退屈したら遠慮なくいおう」

ロロはグラスの中身を飲み干した。「次は」彼は話を続けた。「次男のオーエンで、三十代になったばかりだ。兄のロジャーとはまるで似たところがなくて、運動選手のようながっちりした体格の若々しいこの弟は、父親の研究など不健全な悪趣味にすぎないと考えている。モンタナにいるおじの農場で五年間過ごして、ロープの回しかたとかナイフの投げかたとか、その手のことをすっかり身につけたらしい。そんなオーエンが〈ロチェスター〉にいるのは、あたりの丘が毎朝馬を飛ばすのに格好の場所だからだ。その妹の、一番下の娘は、ジャンという。年齢は二十三、とびきりの美人で、知性の点からいっても驚くほど優れた頭の持ち主だ。オーエンと同じように、彼女も外に出るのが好きで、乗馬が得意ならゴルフの腕前もなかなかのものだ。編み上げ靴を履いた姿もどきっとするくらいで、たいていの娘とは比べものに――」

「そこまで」ジェフリーはきっぱりといった。「脱線してるぞ、ロロ。先を続けてくれないか――ただし、他の人物を頼む」

モーガン氏は微かに赤味を帯びた頬をこすった。「家族についてはそれだけだ。けれども、ちょうど今〈ロチェスター〉には他に泊まり客が三人来ている。一人目は、ジャーナリストのフィリップ・バレット。教授の友人で、爺さんの研究の手伝いを一度か二度したことがある。それで屋敷に招かれたんだ。でも滞在し続けている理由はまるでわからない。招いたコーニー自身が客のことにまるで無頓着で、バレットを招いたこと自体ほとんど忘れているのではないかと思わずにはいられないほどだ。もっとも、この客が面倒をおこすようなことはない。物静かで、勉強熱心な男だ。ただ、こんないいかたしかできないんだが、裏に燃えるものを隠しているような印象を与える人物ではある」ロロは中断して恐る恐るジェフリーを見つめたが、すぐに、うなずいた相手の反応に気を取り直して話を続けた。「それから、約三週間前に、ジャンが二人の友人を泊まりに来るように誘った。若い医師のブライアン・オースティンと、その許婚者のカミラ・ウォードだ。二人とも朗らかで、同じ年頃の仲間に近くに来てもらうのはジャンのためにはよかったみたいだ。さて、これで登場人物の紹介は終わりだが、その中に君の僕《しもべ》たる小生も当然入る」

「僕《しもべ》で思い出したが、使用人を抜かしているだろう」ジェフリーはいった。「それとも、ロチェスター教授は魔神《ジン》や悪鬼《イフリート》を大勢呼び出して家事をやらせているのか」

「まさか」モーガンは穏やかにいい返した。「もちろん使用人はいるよ。全部で五人だ。まずはマイケル・プレーター。執事と下男と従者の三役かけもちで、一家に長年仕えてきた過去の遺物のような老人だ。教授とほぼ同年輩のはずだ。プレーターの補佐として、ビアンカ・コンシダインが炊事や雑用を担当している。目鼻の整ったジプシー美人だよ、ビアンカは。滑らかな黒髪、オリーブ色の肌に映える黒い瞳、唇は一時間ごとに口紅を塗り直しているみたいに鮮やかだ――むろん、そんなことするわけはない。台所を預かる、母親のハナ婆さんが目を光らせているからね。ハナ婆さんは生粋のジプシーだ。コーニーが外国旅行中にトランシルヴァニアで見つけて、娘のビアンカといっしょに連れて戻ったんだと思う。ハナは粗野な顔立ちをしていて、聞いたことのないちんぷんかんぷんな言葉をぶつぶつ唱えながら、人を暗がりからじっと見つめるという、ぞっとしない癖がある。それから、地元の村から通いで来ている夫婦者の雇い人がいる。アビゲイル・ガートとエイブラハム・ガートの二人だ。暖房装置や電気の照明設備を管理することと、庭の手入れが彼らの仕事だ」

ロロ・モーガンはここで言葉を切ると、パイプに手を伸ばし、親指でたばこを詰め始めた。火が点いて満足するまで吸い込んでから、彼は話を再開した。

「さて、およそ十二ヶ月前、コーネリアスは友人のドイツ人教授から風変わりな贈り物をもらった。この教授は木彫りが趣味で、ロチェスター屋敷に滞在している間ちょっとした気晴らしに、柔らかい松材で人形をいくつか作ることにして、家族ひとりひとりにそっくりな小さい人形を彫った。全部で六体――コーネリアス、ベアトリス、ロジャー、オーエン、ジャン、プレーターをかたどったものができた。帰るときに教授は人形をコーネリアスに贈ったが、コーネリアスは箱に納めて書斎にしまっておいたきり、もらったことさえすっかり忘れてしまった。何日かして、贈り物のことを知らなかったジャンが、父親の書斎でこの人形を見つけた。その日彼女は昼食の時に箱を持ち出して、テーブルの上に人形を並べ始めると、当然のように、皆が面白がって、誉めたり、あれこれ寸評を加えたりした。

それまではどうということもなかったのだが、たまたま給仕をしていたビアンカにジャンが人形をひとつ手渡したとき、ちょっとしたことがあった。ビアンカが人形を手にしたとたん、部屋の隅に隠れていたハナ婆さんがいきなりやってきて、娘の手から人形をひったくったんだ。婆さんは人形を床に投げつけてね。それから片手を上げて拳を握り締めると、娘の目の前で振り回した。やっとのことで娘は母親を部屋の外に押し出すと、また給仕をするためにテーブルに戻ったよ。

当然ながら、家族のものは皆びっくりしたんだが、コーネリアスだけは大いに面白がった。彼の説明によると、ハナが属する未開の種族は、人をかたどった像を作ると、霊魂の一部が生きている本人から離れて、その像に入るのだと固く信じているらしい。たとえば、中世に魔女だと思われていた人々は、敵に似せた小さな人形を作って針やピンで突き刺せば、元の本人が苦しんで死ぬと信じていたそうだ」

ジェフリーはうなずいた。「有名な話だよ」と彼はいった。「未開民族の間には複製を作られることに対する恐怖感がまだ残っている。世界の果てに暮らす遊牧民の中には、同じ理由でカメラに決して顔を向けない部族がいる。写されると人格の一部を持っていかれるような恐怖を感じるためらしい」

「なるほどねえ」ロロは丁寧にいったものの、興味を示さなかった。彼が早く自分の話に戻りたがっているのは明らかだった。

「とにかく、その出来事はそれで終わりになった。ジャンが人形を箱に戻して、居間の箪笥の引き出しにしまったのを覚えている。今から三ヶ月ほど前に、バレットが〈ロチェスター〉にやって来たすぐあと、皆で昼食をとっていたとき、魔術や迷信が話題になった。そのときジャンが人形のことを思い出して、バレットに前の出来事の話をしたら、バレットは興味を引かれて人形を見せてくれと頼んだ。ところが、ジャンが引き出しを開けたら、箱は消えていたんだ。それで調べることになって、使用人を呼び出したんだが、誰も人形に手を触れた覚えはないと答えたし、見たこともないという者さえいて埒《らち》が明かなかった。〈ロチェスター〉では時間の進みかたが遅くて、その日の午後はやることもなかったから、ジャンとオーエンとロジャーが屋敷じゅうを捜しまわった。だが、見込みのありそうなところも、なさそうなところも、しらみつぶしに探ってみたけれど、何にも出てこなかった。人形は消え失せてしまったようだった。

それから」ロロはパイプの火皿をいじりながら先を続けた。「話は移って先週の火曜日のことだ。人形がなくなったことはほとんど忘れられていたが、その日にかなり不快な形で思い出させられることになった」

彼はパイプをたたいて灰を落とすと、またたばこを詰めた。ブラックバーンは口をはさまなかった。ラウンジには二人の他にほとんど人気《ひとけ》がなかった。隅にある背の高い時計が十時を打った。光の差さない深い淵のおもてに、滑らかに磨かれた小石を一つ一つ放り込むように、広い部屋の静けさの中に、規則的な鐘の音が沈んでいった。

「さっきいったように」モーガンはまた話しだした。「〈ロチェスター〉は辺鄙な場所にあるのが最大の難点だ。だが、僕らが遅れた暮らしをしていると思ってもらっては困る。電灯と温水が使える特別な設備に——ラジオや子供向けの自動演奏ピアノさえ備わっているくらいだからね。ただ、郵便については かなり不自由を強いられているのはたしかだ。ロックウォールの郵便局長が僕ら宛の手紙や小包を取り置いてくれて、週に二回、火曜日と金曜日に、プレーターが自転車で取りに行くことになっている。いつも昼食に間に合うように戻って来るから、食事をしながら手紙を読むことができる。

先週の火曜日、プレーターは昼食のベルが鳴る直前に帰ってきた。そのとき居間に集まっていたのは、教授にロジャー、ベアトリスにオーエン、それにジャンと僕だ。ミス・ウォードとオースティンは後から入ってきたように覚えている。とにかく、執事が入ってきたとき僕らはそこで待っていた。手紙は、僕の知る限り、知り合いがほとんどいなくて親友を持たないロジャーを除いて、全員に——ベアトリスには小包が——来ていた。郵便物が行き渡って、めいめい自分の手紙を夢中で読んでいたとき、ベアトリスが憤慨するように鼻をちょっと鳴らす音が聞こえた。それから声を荒げて『どこの馬鹿がこんないたずらしたんだろうね』というから、皆顔を上げてみると、彼女は小さな箱の中をじっと見つめていた。

彼女は僕らに中が見えるよう箱を傾けてくれた。すると、白い薄紙に包まれていたのは、ベアトリスの人形だったんだ。正直な話、紙のベッドの中に白っぽい姿で死んだように横たわっている、あの本人そっくりの人形には、実に不快な感じを受けたね。そのときジャンが一同を見まわして、『どういうつもり。こんな悪ふざけをするのは誰なの』といった。だが、仮に、家の者の誰かが人形をベアトリスに送りつけるようなことがあったとしても、自分で認めるとは考えられない。それでジャンはオーエンのせいにしたんだが、彼はきっぱりと否定したよ。

ベアトリスは怒り狂っていた――こんな馬鹿げたいたずらで、自分の威厳が茶化されたと思ったんだろう。それにコーネリアスときたら、その場を収めるどころか、その思いつきを面白がって大笑いしてこういったんだ。『誰かがおまえに呪いをかけたんだよ――ある朝ベッドの中で冷たくなっている、なんてことになるかもしれんな』とね。

そこまでいわれては、たまったものじゃない。ベアトリスは今にも雷を落としそうな表情で一同をさっと見渡すと、松葉杖をついて足を引きずりながら部屋を出ていってしまった。すると家族が小包のまわりに集まって探偵の真似事をやり始めた。

それはありふれた木の箱で、大きさは葉巻入れぐらいだ。粗末な包装紙にくるんであって、宛名が上に書いてあった。消印を見るとロックウォールから差し出したことがわかった。それでジャンはまたオーエンを非難したが、それというのも彼が村から戻ったばかりだったからだ。だが、オーエンはかなり腹を立てて、もう少しでいさかいになりそうになったところを、ロジャーが間に入り二人をなだめてその場は済んだ。それから僕らは昼食をとりに部屋を移って、もう、お互い暗黙のうちにその件はそれっきりにしていた……

先週の金曜の晩までは」念を押すようにモーガンは最後の言葉に力を込めた。「たしかに先週の金曜までそれっきりになっていたんだけれども、その日の晩、ベアトリスが、ロジャーといっしょに夕食に降りてくる途中、階段の曲がったところで滑って転落したんだ。僕らが助け起こしたときには息はなかったよ」

「ああ」それは叫びというよりは言葉にならない息を長く延ばしたような声だった。ジェフリーは目を開いて姿勢を正すと、相手を見つめた。「偶然の一致では……」

ロロは両手を広げた。「どう思う。僕は自分が図書室で仕事をしていたということしか他には何も知らない。大きな物音がしたから外に飛び出したんだ。ベアトリスは階段の下にうずくまって倒れていた。ロジャーはそばに立ったまま、恐慌をきたした羊のように泣き声ともつかない声を出しているだけだったが、オーエンとジャンとドクター・オースティンは亡くなった婦人を起こしていた。ロジャーがいうには、ベアトリスが先に立って階段を降りていたら、曲がり角で転んで落ちたという話だった」

「死因は何だった」相手が一息つく間にジェフリーは尋ねた。「心臓か」

モーガンはかぶりを振った。「首の骨を折ったんだよ」静かにいうと、黙り込んだ。

「それで話は終わりなのか」

ロロは体を起こした。「いや、全部済んだわけじゃない」やっと話しているような口調だった。「細かいところは気が滅入るから飛ばして、残りをできるだけ手短に話そう。哀れなベアトリスの葬儀が終わって何日かは、愉快に過ごした日なんかなかったね。招待客はとりわけ厄介な立場に立たされることになった。皆すぐに屋敷を出たがったが、ジャンが帰らないでくれと——家の中に知り合いがいてくれれば心強いからと、ほとんど頼み込むようにして——説得したよ」

「人形の一件は話題に上らなかったのか」ブラックバーンが尋ねた。

「いいや、ちらりとだって、そんなことに触れた者なんかいなかった」とロロは答えた。「あの出来事自体十分すぎるほど悲しいものだったということもあるが、それよりも、思うに、ベアトリスの災難が単なる事故ではないかもしれないということを、あえて口にだそうとする者が僕らの中に一人もいなかったということだろう。だから、日が経つにつれて、家の中の張りつめた雰囲気はだんだん落ち着いてきた。そうして、四日前になるが、この前の火曜日には、ほとんど元の状態に戻っていたんだ。つまり、プレーターが村から郵便物を集めてくる火曜日の昼食時までは、ということだが」

　突然ジェフリーが叫び声をあげたが、モーガンは手を上げて彼を押しとどめた。そして、「そうだよ」とにこりともせずにいった。「君のいいたいことは全部わかっている。まさにそのとおり。手紙の中にはまた小包があった——今度はロジャー宛だった。ロジャーが開けてみると、薄紙の中から彼の人形が出てきた。しかも人形の胸には長くて鋭い大釘が打ち込まれていたんだ」

3

「実に興味深い話だ」とブラックバーンはうなずきながらいった。

「興味深いだって」ロロは鋭くいい返した。「それしかいうことがないのか。とんでもない話じゃないか。非常識だと思わないか。こんな馬鹿げたお遊びを仕掛けたのは誰なんだ」

「心当たりはないのか」

「いや、これっぽっちも。冗談なのか脅迫なのか、さっぱり見当がつかない。家の者ではないだろうし、ロジャーのはずもない」

　ジェフリーは考え込むようにいった。「その匿名の贈り主はなぜ長男を選んだんだろう」

「たしかにそうだ」ロロは思わず身を乗り出した。「想像もつかないよ。よりによってロジャーだなんて。年長者は敬うのが当然とはいっても、ベアトリスとひとつ屋根の下で暮らすのはそれこそ容易ではないし——彼女から罵倒された腹いせにからかってやろうという者がでてきてもおかしくはない。でも、気が優しくて、ぼんやりしているロジャーにそれはない。まったく筋が通らない話だ。そもそも誰が人形を盗み出したんだ。誰が送りつけたんだ。誰が——」

「コック・ロビンを殺したのか」ブラックバーンが言葉をはさんだ。「最大の謎はそこだ。ミス・ベアトリスがつまずいたのは偶然なのか、それとも、誰かが故意に不自由な脚をもつれさせたのか、君はどっちだと思う」

モーガンのふっくらした顔に信じられないという表情と微かな驚きが浮かんだ。「あのねえ」と彼は不平そうにいった。「そんな突拍子もないこと聞かれても困るなあ。事故以外にとても考えられないよ」

ジェフリーは肩をすくめた。「冷たい人間だとは思わないでくれよ。だが、彼女の死が事故なら、なぜ僕をロチェスター屋敷へ連れて行こうとするんだ。誰かが人形を盗んだことは逃れようのない事実だが、犯罪といえるほどのものじゃない。それに郵便で送り付けたことだって、悪ふざけが過ぎただけだと済ますこともできる。そうだとしたら、事実はどちらなのか確かめるには、この長男の場合にも偶然の一致が起こるのかどうか、成り行きを見守るしかないように思えるが」

「こんなことというと気に触るかもしれないが」とロロがいった。「そうなったら手後れじゃないか」

「それなら、なぜロックウォールの地元警察に通報しない」

「それは無理だ。コーネリアス爺さんが警察を家に近づけるわけがないから。警察が来れば迷惑千万な報道の餌食にされて、ロチェスターの名が汚されるだけだといってる。その手の騒ぎが心底嫌いなんだ。殺人事件との絡みで家名が新聞に派手に書き立てられているのを爺さんが見つけたら、その場で心臓が止まってしまうよ」

ブラックバーンはちょっと考え込んだ。「では心優しいロジャーはこの件をどう思っているのかね。自衛手段はとっているのか」

「ロジャーは怯えきっている」とモーガンは打ち明けた。「怖くて仕方ないものだから、父親はだめだといったけれど、ロンドンから私立探偵を呼んできて護衛させている。ピムロットという名の男だ」というと顔をしかめた。「水曜日にやってきて、影のようにロジャーに付き添っているよ。お節介でもったいぶってるくせに、兎ほどの頭も持ち合わせていない。それでも——奴は向こうにいる。だから僕はここにいるんだ」

友人の言葉にジェフリーはにやりとした。「原因あれば結果あり、か」

ロロはうなずいた。「そのとおり。我慢のならん奴でね。急に屋敷の中が息苦しくなった感じがするものだから、気散じに煤けた都会の空気を吸いに来たんだ。宿はここだ」

「そうはいっても君のことだから自分でも調べてみたんだろう」

「それなりにね」とロロは認めたものの、思い出すのが不愉快らしく顔を曇らせた。彼は身を乗り出した。「たとえば、小包の消印だ。さっきいったように、ベアトリスおばさんの人形はロックウォールで投函されていた。だがロジャーのはロンドンだ。僕らが最初いたずらだと思ったのはそのせいだ。どうしてかというと、小包が届く前の何週間かのあいだに、家族も客も皆こっちへ何回か来たことがあるからなんだ。ほんの二、三日前にはオーエンとジャンが、ミス・ウォードとブライアン・オースティンといっしょに車でマチネーの芝居を見に来ていた。バレットはしょっちゅう仕事の関係で来ている。教授も同じだ。ロジャーだってわざわざ出てくることもあるくらいだからね。それでも誰も人形を送った覚えはないといい張るものだから、これは余所者《よそ》の仕業に違いないということになったんだ」彼は相手の顔を覗き込んだ。「でも、どうやって余所者が人形を手に入れられたんだろう。それにベアトリスの事故があった晩、屋敷の中には見ず知らずの人間など一人もいなかったから、この件とは関係ないと思うんだが」

「となると、偶然の一致という線に戻るな」

「そうだろうね――恐らく。でも、これは忘れないでくれ」ロロは肘掛けを指でこつこつ叩いた。「人形を使ったいたずらを（仮にそうだとして）仕掛けているのが誰にせよ、ベアトリスの死後も同じことを続けるなんて、相当歪んだユーモア感覚の持ち主だということは、君も認めないわけにはいかないだろう。まともな人間だったら、自分のいたずらが――偶然であろうとなかろうと――あれほど悲惨な結果を招いたことを知れば、あんな間の悪い冗談など即刻忘れてもらいたいと思うはずだ。どうしてロジャーにも同じことを続けたがるのか理解に苦しむね」

「人形を送りつけた人物はロンドンにいるためにベアトリスの死をまだ知らない、とするとうまく説明がつくんじゃないか」と、ブラックバーンはいった。「男にせよ女にせよ第二の人形をロジャーに送った人間は、まだ他愛ないいたずらのつもりでいるんだろう」

当惑したモーガンの顔に皺が寄った。「そうだろうね」さっきと同じ返事をした。「でも、いったい誰が仕掛けたんだろうか」彼は身を乗り出して、ジェフリーが聞いたことのないほど真剣な声でいった。「ジェフ、僕は迷信深いほうじゃない。けれども、この裏には何かとてつもなくおぞましいものがあるように思えてならないんだ。わけは聞かないでくれ――自分でもわからないんだから。この人形の一件には、きっと我々の思いも及ばないことがあるに違いない。ベアトリスが死んでから、何日もずっとそういう気がしている」彼は目を上げて相手の顔を見つめた。「だからロンドンに出てきたんだ。君に会って〈ロチェスター〉に来てくれるように頼もうと思って」

ブラックバーンは驚いた。「でも、君の話では――」

「僕のいったことなんか気にしないでくれ。胸のつかえを下ろしたようなものだから。今晩ここで君に会えなかったら、サーズビーまで捜しに行っていただろう。嘘じゃないよ、ジェフ。本当に悩んでるんだ。とにかく君に会ってすっかり事情を話して――明日の朝いっしょに屋敷まで来てくれるよう頼むことしか頭になかったんだ」

　ブラックバーンは煙の輪を吐いて考え込んだ。後に彼は、犯罪学の視点から人形事件を検討することにしたのは、モーガンの話そのものよりもむしろ、この友人の痛ましいほどの真剣な態度に動かされたのだと語っている。彼は、モーガンが訥々と語るあいだ、興味は持ったものの強い印象は受けなかった。話を聞き終わったときにも、この出来事は、家族の知り合いの誰かが呪術を装ってしでかした馬鹿ないたずらで、人里離れた屋敷の主《あるじ》が奇怪な研究をしているために、実際よりも意味が増幅されて陰鬱な影が差しているよう見える、ただのまやかしだと片付けるつもりだった。とはいえ、モーガンの態度が何かを暗示しているならば、一連の出来事にはうわべの意味よりもはるかに重みを持つ深刻なものが隠されているのではないかと思われたし、旧友が下らないことを大げさに騒ぎ立てるような病的な想像力など持ち合わせていないのは承知している。ジェフリーがそう考えているときでさえ、ロロは快い返事を必死に待ちうける眼差しで彼を見つめていた。

「今のところ特に仕事をしていないという話だったが」モーガンが思い出していった。「休もうと思えばいつだって休みにできるんだろう」

　ジェフリーは答えなかった。

「向こうには信じられないほど素晴らしい散歩道があるんだ」促すように友人は言葉を継いだ。「何マイルも何マイルも金雀枝の茂みに覆われた丘がうねるように続いて、無限に広がっているのではないかと思えるくらいだよ。心も落ち着く。あそこに行けば今の世の中から何千マイルも離れているように感じるだろう」

ジェフリーは黙っていた。

「それに空気の美味いことといったら、きっとびっくりするよ。食欲は出るし、ぐっすり眠れる――」相手がくすくす笑い出したのでロロは話すのを止めた。

「旅行のパンフレットでも書いているほうがいいんじゃないか」歯を見せながらジェフリーがいった。

「わかった、〈ロチェスター〉に行こう。ただし、悪魔狩りに忙しい君の雇い主が、泊まり客が一人増えても構わないといってくれることが条件だが」

ロロは立ち上がった。「そのことなら心配御無用。たぶんコーネリアスは君が屋敷にいることすら気づかないだろう。他の家族のものはそのつもりでいる。友達を連れて帰ると話しておいたから。どうしてそんなに自信があるんだというのなら、責めは僕に『易しく学べる秘書養成講座全十課』を指導したアメリカ通信教育協会にあるからね」

ジェフリーはたばこをもみ消した。「なるほど」と彼はいった。「僕は話を聞いてちょっと興味を持っただけの人間として伺うことにしよう。必要な捜査はすべて私立探偵殿にお任せだ。長い散歩を楽しんで、たっぷり食事を取って、素晴らしい空気を味わう旅に徹するつもりでいる。それでいいだろう」彼は立ち上がった。「さあて、出発はいつにする」

「ここに泊まっているんだろう?」

「そうだ。荷物は部屋にある」

「それなら、僕の車で行くとしよう」とロロは申し出た。「朝早く出て十時ごろには〈ロチェスター〉に着けるだろう。渋滞が始まらないうちにロンドンを出てしまえば、あとはがらがらだ」思わず彼は友人の手を握り締めた。「恩に着る、ありがとう。おかげでほっとすることができたよ」

「雨傘を忘れずに持っていったほうがいい」ブラックバーンは話をそらした。「雨になりそうだ」

第二章　ロジャー・ロチェスター氏の異様な姿勢

（三月七日　日曜日）

……そして、あまり遠くないところに魔法のお城があって、そこで三日三晩じっとしていれば、ぞっとするとはどんなことなのかよくわかるだろうと教わりました。お城には宝物がどっさりかくされていましたが、魔物が番をしています。その宝物を見つけることができれば、どんなに貧しい人でもたちまち大金持になるという話でした。

「ぞっとすることを教わりに出かけた男の話」――『グリム童話』

1

ロロ・モーガンが運転するセダンの革張りの助手席に心地よさそうに体を沈めたジェフリー・ブラックバーンは、物思いにふけるようにいった。

「ところで、こんどのことで僕の興味を引いたのは、いたずらの部分だ。いたずら者の心理には大いに関心がある。辞書でいたずらの項を引くと〈何らかの行動を伴う悪ふざけ〉と書いてある。しかし、実際にはそんな定義には収まりきらないもっと多くの意味があるんだ。辞書は、嗜虐的な傾向――他者が苦しむのを眺めて快楽を得ようとする願望――について一言も触れていないが、どんな形であっても運悪くいたずらを受けた者は、心であれ体であれ、傷つくという事実が根底にある。だから、興味をそそるこの躓きの石を磨くと表れる模様はひとつしかない。衝動にかられて起こしたいたずらなら度を越すことだってある。たとえば、ごくわかりやすい例として——椅子の腰かけ部分に電池をつなぎ、坐るとショックを受けるといういたずらを取り上げよう。コードに流す電圧を上げられるような細工がしてあれば、面白がって遊ぶおもちゃから、致命的な危害を加える装置へと変えることも可能だ。子どもの頃よくやった遊びに、箱の中に小麦粉やすすをいっぱい入れて、少し開いた扉の上に置いておくというのがあった。扉を開ければ頭の上に箱の中身が落ちてくるという仕組みだ。いたずらとしては上の部類に入る——だが、もしも箱の中に鉄の塊でも入っていたら立派な殺人だ。だから僕は、いたずらを一種の去勢された殺人行為として考えている。もちろん、それはごく穏やかな形態であって、神から授かった生命の輝きを消し去るほど有害なものではなくて——相手に与える苦痛の量は、いたずら者の底意地の悪い欲望を満たすに足る程度といっていい。わかるかい」

「うーむ」ロロはあいまいにうなったが、腹の中では「やれやれ、いつまで続けるつもりなんだ」と叫んでいた。

「よろしい」御託をおとなしく聞いてくれる相手が見つかったとひとり合点したブラックバーンは、上機嫌でいった。「さて、この極めて興味深い理論について最後までお話ししよう。いつも同じことを続けて慣れてくると、新鮮さがなくなってそれを侮るようになるのは周知の事実だ。ここで仮に、僕が、木に登って豆鉄砲で下を通る人たちにえんどう豆をぶつけることに快感を覚える、歪んだ性格の若者だとしよう。僕は毎日同じことをするのが面白くてたまらない。見つからないかぎり、真下で自分のいたずらに人がまごついている様子を見て楽しむことができる。高い桟敷席から、自らの手で演出した痛快なドタバタ劇を鑑賞できるという趣向だ。こんなに魅力的なことはない——まるで神様になったような気分だ。一週間これを続けたら実に愉快だろうが、一ヶ月もすれば飽きてくる。すると、もっと刺激の強いことをしなければ満足できなくなって、そのうち豆鉄砲の代わりにライフルを木の上に持っていく。たちまち僕は殺人鬼に変身する。要するに歯止めが利くか利かないかという問題なんだよ。僕らには誰しも他者を苦しめたり破壊したりしたいという隔世遺伝的な衝動があるんだ」彼は急に振り向いて相手を見た。「さて、これですっかりわかってもらえただろう」

「いいや、さっぱり」とロロは正直に答えた。ブラックバーン氏はため息を吐いて黙り込んでしまった。


ハンドルを軽く切ってモーガンは泥水のたまった穴をかわした。ジェフリーの予想どおり、二人を乗せた車は降りしきる雨の中を突き進むことになった。ロンドンを出て五マイルほど行くと激しい雷雨に見舞われた。ひた走りに走りつづけ、ものすごい土砂降りを抜けて目の前に現れたのは、まさしくロロが話していたような、無限の彼方に広がるくすんだ灰色一色の土地だった。鬱陶しい雨が激しく降りそそぎ、木の生い茂る丘はカントリーサイドに漂う白い霧につつまれている。彼らはゆっくりとロックウォール村を抜けて、〈ロチェスター〉に向かう両脇に石垣のある道路に車を進めた。原野が四方に広がって、なだらかにうねりながら灰色の地平線に消えていく様は、壮大さと残酷さを秘めた、鉛色の単調な海を思わせた。おびただしい量の雨をひだの中に蓄える巨大な白い毛布が前方に流れてゆく。廃屋になった石造りの家のそばを通ったとき、その下でずぶ濡れになった羊がかたまって雨宿りをしていた。車の通る音を聞いて首をもたげた一頭が悲しげに発したメエという鳴き声が、憂いを含んだ余韻を残して薄暗い大地と雲の流れる空の間に消えていった。

「『押し黙った空は陰気な犀《さい》のようだ』」たばこ入れを探りながら、ジェフリーはつぶやいた。「こんな日に出くわさなければ、シットウェル（英国の詩人。一八八七―一九六四）の奇抜な言葉や色彩感をなるほどとは思わないだろう――」

「さあ〈ロチェスター〉だ」モーガンがそっけなく彼の言葉をさえぎると、アクセルを踏み込んだ。

ジェフリーは前かがみになって、雨の打ちつけるフロントガラス越しに目を凝らした。深い谷間が近づいてくると、急に霧が動いて塔をのせた建物の輪郭の一部が現れた。低く垂れ込めた雲が壁一面に白いヴェールを漂わせている姿を一目見て、子どもの頃読んだおとぎ話に出てくる城——空高く、周囲の景色からも固い地面からも遠く遠く隔てられたところに立っていて、雲がかかった四つの壁の中に、ありとあらゆる奇想天外な出来事が隠れていそうな魔法の砦——を連想した。霧の切れ間からおぼろげに無気味な姿を現わした、空を突き刺すような風変わりな塔を持つこの館は、彼の想像力を大いにかき立てた。後に、真相が明らかになったときでさえ、彼の想像力をかくも強力に捉えたこの魅力的な第一印象をすっかり払いのけることはできなかった。

「やれやれ、何とも寂しいところだ」と彼はつぶやいた。

坂道を下りながら近づいたとき風が巻き起こって、まつわりついていた霧を吹き払うと屋敷がはっきり見えた。黒ずんだ石で造られているために、谷間にそびえる様子は、陸地の奥まで打ち上げられた船のようだ。館は荒涼とした正方形の醜い建物で、その粗削りな輪郭を、一面を覆う蔦《つた》が隠すというよりもむしろ際立たせている。誰かに警告するために挙げた頑丈な指のようにくっきりと立ち上る塔のぎざぎざした頂上に、ロロから聞いた気象観測用具がまとめて置いてあるのをブラックバーンは認めた。どっしりした塀が建物を取り囲み、その上に、窓すれすれのところまで鬱蒼とした木々が整然と並んでいるのが見える。

もうジェフリーは友人の寡黙を不思議に思わなかった。この孤立した館を一目見て、ロロを捉えていたに違いない憂鬱が何であったのかを理解することができた。すると都会の騒音と活気が急に懐かしく思われ、外の世界につながる光景が自分を励ましてくれるかもしれないとでもいうように、体をひねって後ろを振り向いて雨に洗われた道路を見つめた。そのとき車はもう道を曲がっていた。屋敷の脇には、風化して色の変わった石造りの小さな建物があって、とがった屋根にしっかりした控え壁が目をひいた。彼はその建物を指さした。

「何だいあれは」

「礼拝堂だよ」とモーガンが教えた。「コーネリアスは、日曜の朝必ず家族全員がそこでお祈りをするように決めている。教授はけっこう信心深くて――今の仕事を始める前は教会を研究していたから。礼拝堂は〈ロチェスター〉の目玉でね。セントラルヒーティングをはじめ近代設備がいろいろ整っているんだ」

「セントラルヒーティングだって」

「そう。こんな辺鄙な場所には似つかわしくないと思うだろう。ベアトリスが快適に過ごせることを最優先したからなんだ。彼女は熱心な信者で、礼拝堂で何時間も過ごすことがあったよ。暖房装置は教授が屋敷から引いてこさせたもので、礼拝堂の中で操作できるようになっている。おかげで日曜日の朝のお祈りがほとんど苦にならない」

「で、全員がその――ええと――礼拝に参加しているのかい」

「一人を除いて全員」とモーガンが答えた。「ロジャーが心の葛藤に悩んでいるのは皆承知しているから。僕の見るところ、屋敷から礼拝堂までの距離を歩くのが面倒臭いだけだと思うが」

「使用人のほうは」

「プレーターが出ている。だがビアンカと母親は無理にとはいわれていない。ガート夫妻は仕事で来ているときだけ加わってる。もちろん、客が老人の希望に添うよう求められているのはいうまでもない」ロロはやや顔をしかめるように、にやりとした。「今朝はきっと君も礼拝堂を案内してもらえるだろう」

　ブラックバーンは首を伸ばしながら「もう一つ低い建物が隣にあるね」といった。「扉のようなものしかみえないが――」

「あれは一族の納骨所だ」相手の声はそっけなかった。ジェフリーはゆっくりうなずいた。そのまま屋敷まで二人は口を開かなかった。ロロがハンドルを回して、屋敷の正面に続く舗装路に車を向けた。近づくにしたがって、ジェフリーは、先ほど庭を一瞥したときに受けた印象が間違っていなかったのを知った。どこもかしこも荒れ放題だった。かろうじて建物の正面にだけ手入れをした形跡が見られた。花壇らしきものがいくつかあって、雑草だらけの砂利道が曲がりくねって藪の中に続いている。まだ朝食をとっていなかったのを思い出して、彼は腕時計を見た。十時を少し回ったところだった。するとすぐに車がタイヤを軋ませて広々とした玄関口に止まった。

「ジャンが待っている」止まるとすぐロロがいった。

　車から降りて、ジェフリーは振り返った。戸口のところに、ほっそりしているがしっかりした体つきをした若い娘が立っている。分厚いセーターにハリスツイードの上下という気取りのない服装がかえって魅力的だった。二人が玄関まで歩いていって挨拶が済むと、ロロは車を車庫に入れるために戻った。ロロがいなくなってしんとすると、ジャン・ロチェスターはブラックバーンを値踏みするように冷静な目でじっと見つめた。そして静かにいった。

「あなたのことは伺っています、ブラックバーンさん。とっても頭のよい方ですって」

　ジェフリーはおどけていった。「さあて、何とお答えしたらよろしいですかな」

「結構です、ご迷惑でしたら」と娘は返事をした。「でも、あなたはピムロットさんとはきっと大違いですわ。あの人のやり方ったら、まるで『私は腕利きです』っておでこに書いてあるみたいなんですから」自分を見つめるこの上もなく青い瞳の中に、深い不安が隠されているのを彼は感じ取った。「どうやって探ろうとするおつもりですか」

「私の場合は、長年数学の問題を解きつづけてきたせいで詮索好きな習慣が身についただけですよ」ジェフリーは謙遜した。「つまりですね、ミス・ロチェスター。簡単な足し算には慣れっこになっていますから、二と二を足して四にならない場合に出くわすといつも、どこで数字が消えてしまったのか知りたくてうずうずしてくるんです」

娘の声は妙にかぼそかった。「それでは、一足す二を四に見せかけるようなずる賢い犯罪者に出会ったら、まったくお手上げということですか」

ブラックバーンはゆっくり首を横に振った。「いや、まったくお手上げというわけではありません、ミス・ロチェスター。私は完璧主義者です。生徒が問題をごまかして答えを正しく見せかけようとしても、これまでの経験から、注意深く調べれば必ず手口が見抜けることはわかっています」

ジャンは肩をすくめた。会話が途絶えて気づまりな雰囲気になったが、そのときモーガンが戻ってきてブラックバーンはほっとした。二人の話の終わりのほうがモーガンに聞こえていたのは確かだった。彼は先を続けるようにいった。「ブラックバーンはここに休暇を取りにきただけなんですよ、ミス・ジャン。そのほうがいいでしょう、お父さんは正式な捜査となるとぴりぴりなさいますからね」

ジェフリーは微笑んでうなずいた。「そのとおりです。ロロは人形の一件を話してくれましたが、まだ本格的な捜査が必要なほど深刻な事態になっていると私は思っていませんから」

娘の目に隠れていた不安が一瞬にして浮かび出た。「私はそうなっているように思えてならないんです」小さな声だった。「だってロジャーがいなくなったんですもの」

2

茫然としたようにモーガンは目を見開き、口をぽかんと開けた。じっと見ていたブラックバーンは、震える唇から一ダースもの質問が飛び出そうとしているのがわかった。だがロロは、驚きのあまり抑揚を失った声で、相手の言葉をおうむ返ししただけだった。

「いなくなった?」

ジャン・ロチェスターはうなずいた。「どうもそうらしいんです。昨日の夜十時から誰も姿を見ていないようですから。そのときは客間にいました。今朝、朝食に降りてこなかったので、寝過ごしたのだろうと思って、マイケルに部屋に呼びに行ってもらいました」彼女はジェフリーのほうに振り返った。「昨晩、兄は消化不良気味だったし、ときどき睡眠薬を飲んでいるんです。とにかく、マイケルが戻ってくると、ベッドには休んだ跡がないという話でした」彼女の目に再び不安の影が差した。「ピムロットは気が触れたみたいに大騒ぎしています」

「なぜ奴はロジャーを見張っていなかったのかね」ロロがなじるようにいった。「そのためにここに来ているっていうのに」

「ロジャーを見張っていなかったのは、昨晩は私と一緒にいたからなんです」とジャンがいい返した。「村まで車で出かけていました。私は買い物の用事があって、ピムロットは事務所に何か書類を郵便で出さなければいけなかったので。お父さんの車を借りて、ここを八時ごろに出ました」

「あなたが帰ってきたとき、ロジャーはここにいましたか」

「今朝になるまで帰れなかったんです」

「何があったんですか」モーガンが尋ねた。

「大雨のせいです」ミス・ロチェスターは一言で答えた。「村についてすぐ降り出しました。十一時ごろまでぐずぐずしていると、ようやく雨脚が弱くなってきました。さあ出発しようというときに自動車協会の人に出会って、ムーア街道は低いところで二フィートも水に浸かっているという話を聞きました。絶対に通り抜けられないから、無理をしてはいけないと注意されました。そこでホテルのある所まで戻って、夜を明かすことにしたんです。今朝早く発って、戻ったのは一時間ほど前です」

モーガンは眉をひそめた。「どうも嫌な予感がするな」とつぶやいた。「まるでピムロットがいなくなる隙を誰かが待ち構えてたみたいじゃないか。ロジャーから目を離した瞬間にこんなことが起こるなんて妙だよ」そこで一息つくと、やや自信なさそうにつけ加えた。「散歩に出ているとは思えないが」

「散歩ですって――こんな日に」娘は手を振って灰色の空と水浸しの荒れ地を差した。「ばかなこといわないで、ロロ。いくらロジャーだってそこまで変わり者じゃありません」

ジェフリーが穏やかな声で口をはさんだ。「ミス・ロチェスター、たしか先ほどお兄さんのベッドに休んだ跡がなかったとおっしゃいましたね。昨晩はあなたと同じように外出して、雨のために戻れなくなった、とは考えられませんか」

ジャンは首を横に振った。「あなたはここの事情をご存じありませんから」と彼女はいった。「兄が家族の者に知らせないで出かけることはまずありません。たとえそうだったとしても――どこに行くことができるでしょうか。ここと村の間には何もありませんし、ロジャーが激しい雨の中を八マイルも歩いていくなんて考えられません。車でだってめったにロックウォールまで行かないくらいですから。村に行かなかったのなら、他に歩いて行くあてがどこにあるでしょう。忘れないで下さい、昨晩兄は具合が悪かったんです。消化不良でずいぶん弱っていました」

モーガンは体の向きを変えて、霞がかかった荒れ地に目をやった。「あっちにいるはずはない。となれば、屋敷のどこかにきっといる。中にいるのなら、大丈夫だ。〈ロチェスター〉の中で彼の身に何かが起こるとは考えられないからね」

返事をしたとき、娘の声は暗い調子に変わっていた。「前にも同じことをいったでしょう、ロロ。ただ、そのときはロジャーではなくてベアトリスの場合だったけれど」

たなびく霧のようにひんやりとした沈黙に三人は沈んだ。するとと足音がして、「誰なんだ、ジャン」と呼びかける太い声が聞こえてきた。声の主はすぐにホールの物陰から姿を現わした――血色のよい巻き毛の若者で、レスラー並みのがっちりした体格をしている。明るい色のセーターを着て灰色のフラノのズボンをはき、開襟シャツからは若木の幹のような喉が覗いている。客の姿を認めるとすぐに立ち止まって、ジャンからロロ・モーガンに視線を移した。モーガンは前に出て娘をちらりと見た。

「お願いできますか……」

ミス・ロチェスターは落ち着いた声でいった。「ブラックバーンさん、兄のオーエンです」

若者は片手を差し出した。「ロロのお友達の方ですね」と陽気にいった。「むさ苦しいところですが勘弁して下さい。この天気のせいでスポーツはまるでだめですから。でもまあ、雷鳥撃ちぐらいなら何とかなるかもしれません」

ジェフリーはうなずいた。「ありがとう。そのときは銃を貸していただきましょう」

「どうぞどうぞ」オーエンは請けあった。「僕のを使って下さい」

ブラックバーンは目ざとく娘の眉間に皺が寄ったのを認めた。「そんなに運動する力が余ってるなら、ロジャーを探すのに使って欲しいわ」彼女はそういうと、客のほうを向いた。「ほら、ブラックバーンさん、兄がいなくなったのを本気で心配しているのは、家じゅうで私だけなんですよ」

「ばかばかしい」オーエンはむくれていった。「僕らが狂ったようにそこいらじゅうであるだこうだと騒いでいないからといって、冷たい人間だと決めつけないで欲しいな。そんなことないったら。ロジャーは迷える羊なんだから——そのうちひょっこりと、おれの朝食は温めてとっておいてくれたか、なんていって顔を出すよ」

ジャンは肩をすくめた。「もしかすると私一人が空騒ぎしているだけかもね」と彼女は認めた。「とにかく、ロロは、お客さまを連れて来たってお父さんに知らせてちょうだい。書斎にいると思うから」

「いいですとも。他の人たちはどこに」

「まだゆっくり食べてると思うけど」彼女はジェフリーに会釈すると背を向けた。オーエンはちょっと躊躇していたが、すぐに彼女についていった。兄と妹は小声で何かしきりに話しながら屋敷に入った。

「僕らも行こう」とロロがいった。

二人の男は広いホールに入っていった。中はほの暗く緑がかって——曇った空から射し込む、薄ぼんやりした海中の光の輝きを連想させた。ジェフリーは、壁が鏡板張りで、端に贅沢な造りの暖炉がしつらえてあるのを見て取った。二階に通じる階段が、ホールの向こうの隅にあって、途中で急に向きを変えている。ロロはあごをしゃくった。

「ベアトリスが転落したのはあそこだ」と静かにいう。

ジェフリーは黙ってうなずいた。彼はあたりを見回した。上の回廊では奇妙な緑色の薄明かりは闇に消えていた。踊り場の向こうの端はぼんやりとしか見えなかったが、すぐ上の高くて細い窓に嵌まったステンド・グラスは、空の鈍い光とは対照的に鮮やかな色を映している。モーガンの声が彼の注意を呼び戻した。友人は回廊の下に設けられた扉を指差した。

「コーネリアスの書斎だ」そういうと、ロロは扉を開けて中を覗いた。「教授はここにはいないらしい。捜してくるから中で待っててくれ」ブラックバーンが書斎に入るとロロは背を向けた。立ち去っていく足音がホール中に響いた。

ロチェスター教授の私室は、必要なものだけをかろうじて収めた隠れ家のような狭苦しい場所にすぎなかった。散らかった書き物机と古風な事務机、背もたれの真っ直ぐな小さい椅子が三脚。本はいたる所にある。壁には全集類が並んでいた。部屋の中にもあふれ出て、隅には倒れそうなほどうずたかく積まれ、机から椅子、窓下の腰かけの上にまで広がっている。中でも赤や金の、子牛革や布で装丁したものは、ブラックバーンを磁石のように引きつけ、歩きながら一巻ずつあらためていると、初めは何となく目を通していただけだったのが、次第に興味がつのってきた。何分もしないうちに、ジェフリーはここが宝庫だとわかった。乱雑に積み重ねられた書物の山は、今まで目にしたこともないような、魔術に関する初期刊本《インキュナブラ》のたぐいまれな蒐集品といえるものだった。

書斎の書物は、どれも邪悪な術について何らかの言及をしているものばかりだった。魔法と悪魔信仰という観念が現れる最古の例は、古代エジプトの墳墓に関する数多くの研究書の中で、スカラベに刻まれた呪文、奇妙なルーン文字、緋と金で彩色された象形文字として見られた。ホメロスの『冥府の物語《ネキュイア》』(『オデュッセイア』第十一歌)があった。人狼の恐ろしい話について、プリニウスがスラに宛てたラテン語原本の手紙もあった。ルードヴィヒ・ラファターの小冊子が目に留まった。手にとって、型押しされた文字を明るいほうに向けると、『幻影と幽霊、そして、大きく異常な物音について』と書いてあった。ド・ランクルの『悪魔の無節操一覧』が、ヴァイエルの『悪魔の偽君主国』とハウバーの『魔術の実際と諸規定』の脇に滑り落ちた。好奇心と同時に反発を感じながら部屋の中を動き回っていると、十六世紀の魔女裁判に関する書物が揃っているのに出くわした。そこには、グァッツォとシニストラーリによる夢魔と女夢魔の事例集と共に、あの恐るべきシュプレンガーの『魔女への鉄槌』の翻訳本があった。同じ山にジェフリーは、ピエール・ル・ロワイエという著者による『幽霊譚一一一』とジョゼフ・グランヴィルの『サドカイ派の克服』を発見した。後者には『魔女と亡霊に関する完全にして明白な証拠』という副題がついていた。

その他にも錬金術師——初期のパラケルスス・フォン・ホーエンハイム、アベ・ゲローニから近代のエリファス・レヴィにいたる——の行なった研究の凄惨な実例や記事があった。それは身の毛のよだつ残忍な話を集めた、恐怖と狂乱と戦慄の一覧表であった。この屋敷の重苦しい雰囲気に圧迫され、まともな感覚が失われていくように感じていたジェフリーが、最後の一冊——ヘルメス・トリスメギストスの『五つのホムンクルス物語』——に嫌悪を催してもとの山に放り出したとき、戸口のほうから鋭く呼びかける声がした。

「おまえは誰だ」

ブラックバーンは振り返った。書斎の入り口に立っていたのは、がっしりして、角張った顔つきの小男だった。角縁眼鏡のレンズに拡大された両眼が、疑い深げに部屋の中を覗っていた。そのあいだも下あごを絶えず動かしている。ただ、機械的に牛が反芻するような動作をしていても口を利くには差し支えないらしく、初めて見るこの人物は、あごを動かしながら怒鳴り立てた。

「ここで何をしている」

ジェフリーは穏やかな口調で答えた。「ブラックバーンと申します。ロチェスター教授のお招きで今朝こちらに伺いました」

驚きの色が相手の顔に浮かんだ。そして、雀のようにぎくしゃくと気取った歩きかたをしながら、部屋の中に入って来た。「やあ、やあ」と声を上げた。「これは、これは」

「私の名前を申し上げましたので」とジェフリーはいった。「こちらからも伺ってよろしいでしょうか……」

手品師がシルクハットから兎を出すような手つきで、小男はポケットから名刺を取り出した。ジェフリーは厚紙を受け取ると、光が当たるように傾けてから読んだ。

トレヴァー・ピムロット

アルゴス探偵社

「ああ」ブラックバーンはゆっくりうなずいた。「では、あなたがトレヴァー・ピムロットさんでしたか」

「ええ、本人です」ピムロット氏はあごを動かしながら認めた。「私が本人です」

3

二人は握手した。

ブラックバーンは、些細な事柄についていちいち丁寧に応対しているあいだ、相手をとっくり観察した。オーラのようにこの私立探偵を包む、自信たっぷりのもったいぶった態度を除けば、非難すべきところはほとんどなかった。口調や動作にやや芝居がかったところがあり、犯罪学の実例をさかんに引き合いに出しながら、いかにその道に精通しているかを繰り返し披露しているように感じられた。あるいは、わざと大げさな言葉遣いをして客をうならせようとしていただけなのかもしれない。

「私の聞いたところですと」ピムロット氏の口調には微かな非難以上のものがあった。「あなたは最新の捜査術を学ばれてはいらっしゃらないとか」

ジェフリーは肩をすくめ、「最新も何も犯罪捜査について取りたてて指導を受けたことはありません」と正直に答えた。

「推理を軽視しているわけではありませんが」寛大なところを見せつけるようにピムロット氏はいった。「ただその方法では、科学的方法によって立証された結論と同じような数学的正確さを得るのは難しいでしょうな」彼はブラックバーンにずんぐりした人差し指を向けた。「メアリ・アシュフォード事件は覚えておられますかな。十九世紀初めの話ですが。科学的捜査は未熟な段階でしたから、この事件では推理が重要な役割を果たしました。そしてどうなったでしょうか。すったもんだした末に、無実の男がすんでのところで首に縄をかけられるところだったのですよ」

「だからといって、推理による犯罪捜査も同様に未熟だった、ということはないでしょう」とジェフリーは話をそらそうとした。*1

だが、小男の探偵は誘いに乗ろうとはしなかった。「ただ、どうしても逃れられない事実というものがありますよ」と彼はいった。「推理はどうしても一人の人間による個人的な仕事にならざるを得ませんが、科学的捜査は世界中の英知を集積した結果から成り立っているという事実です。エドモン・ロカールやボルデ、セヴェラン・イカールをはじめ何人もの知性が集められているのです。どう見ても犯罪者に分はありませんね」

会話は、ピムロットが犯罪学の知識をひけらかす舞台と化していたので、ブラックバーンはうんざりしてきていた。「たしか中世にも似たような検査法がありましたね」彼は楽しそうにいった。「殺人者がその犠牲者の手に触れると、死体が血を流すという迷信をおそらく覚えていらっしゃるでしょう」

　ピムロットは首を横に振った。彼の口調やそぶりには、大人がまだあまり知恵の回らない子どもを諭すような、寛大で恩着せがましい態度が表れていた。「私の話がおわかりにならないようですね」と彼はいった。「中世の迷信など、現代の科学的捜査とは一切関係がありません」そこから急にゆっくりした口調になった。「イカール教授がつい最近行なった鑑定実験のことをご存知ですか。教授が十五人の――一度も会ったことのない――人たちから上着を預かって、ポケットの中のほこりを詳しく調べたところ、一人一人の職業を正確に当てることに成功したという話を」

「そのときポケットにほこりがなかったら、先生どうしたでしょうね」何食わぬ顔でジェフリーは尋ねた。「たとえば、犯罪者が利口で、鑑定されるのを承知の上で違う服を用意しておく場合――あるいは、もっと狡猾で、自分とは全然違う仕事をしている他人のものを身につけている場合だったらどうでしょう」

　ピムロットは不快な顔をした。「そんなことは単なる想像にすぎませんよ」

「想像力の豊かな犯罪者は昔から何人もいましたからね」ブラックバーンはそう突っ込むと、いきなり話題を変えた。「ところで、依頼人の行方がわからないそうですね、ピムロットさん」

　私立探偵は言い訳するように手を振った。「別の場所に同時にいることは無理ですから」と小声でいった。「この数日間、影よりも近くに付き添っていました。それが昨日の晩――そばを離れたのは初めてでしたが――こんなことになるなんて。正直なところ心配しております」

　ジェフリーは同情するようにうなずいた。「彼を最後に見たのはいつですか」

「昨晩村に出かけるときです」眉間に皺を寄せて顔を曇らせたが、子どもがじりじりしているような感じだった。「二、三時間ならまあ大丈夫だろうと思っていましたから――まさか一晩中足止めを食らうとは」

「きっと無事に顔を出しますよ」ジェフリーは相手を励ました。「ともかく、家族の方はそう思っておられるようです」

ピムロットが何か話そうとしたとき、ホールから足音が響いてきた。私立探偵は小さな声で失礼しますといって、書斎からそっと出ていった。少ししてモーガンが別の男を連れて入ってきた。「教授、こちらがブラックバーンさんです」と紹介した。

コーネリアス・ロチェスターは進み出て、白い手を差し出した。背の高い痩せた猫背の男で、くすんだ色のだらしない服装が体の細さを際立たせていた。学者らしい不健康そうな蒼白い色をして、眩いほどの白髪をのせた顔には、疲れで縁を赤くした目がついている。上品で気高い顔だったが、気難しそうに両端の下がった血色の悪い薄い唇が唯一の難点だった。ジェフリーはこの気難し屋の短所をいきなり思い知らされることになった。

「何も手を触れなかったかね。他人に私物をいじくり回されるのは好かんのだ。ただでさえ、眼と鼻の先から物が消えていくなど、ろくでもないことばかりだ。近ごろこの屋敷では何がどうなっているのやら、まったくわけがわからん。何か置けば必ず盗まれるのだからな」

ぶしつけな態度にジェフリーは唖然として口を開きかけたが、弱々しい不満の声は構わず流れ出た。

「まずライネルスマンの人形、次に私のウィッチボール。昨日の朝は机の上にあった。それが今は影も形もない——盗まれたのだ。あげくに今度はロジャーがどこかに姿を隠してしまった。どうせまた虫の居所でも悪くしたのだろうがな。だがウィッチボールはどこへ行ったのだ——心配でたまらん」

「それは残念ですね——」とジェフリーがいいかけたが、教授はじれったそうに手を振ってさえぎった。

「気休めはいい。少しも残念ではなかろう。世辞をいっても無駄だ。ウィッチボールがどんなものかも君は知らんだろう。いいかな、君、そのウィッチボールというのは膀胱に詰めた軟膏で、十六世紀に魔女が集会《サバト》に飛んで出かける前に、体に塗るのに使われたと信じられているものなのだ。どんなものが成分だといわれているかご存知かね」

「いえ」ブラックバーンは短くきっぱりと答えた。彼には、この奇怪な趣味を持つ老人が、身の毛のよだつ中世の魔術について事細かに話しているあいだ、じっと耳を傾けているつもりはなかった。ただ断り方が乱暴だったと自分でも思ったので、言葉をつけ加えた。「そういうものをとても大切にしておられるお気持ちはわかります。遠い昔に姿を消した珍品の価値をよく考えるべきでした」

「四百年前のものだといわれている」とロチェスターは答えた。「それを私は持っていた――この机の上に。それがなくなったんだよ」

「もしやお客の中に興味を持たれた方がいたのでは」

「馬鹿をいっちゃいかん」老人は声を荒げた。「軟膏など何の役に立つというのだ。しかも鉄のように固まっている物を。玉のような――ただ硬くて黒くて丸い物だというのに。客だと、まさか」相手の意見を蔑むように一蹴してから、机のところに行くと、椅子を引き寄せて腰を下ろした。それが出て行くようにという合図だと思い、ブラックバーンは教授に背を向けて書斎を出て行こうとした。戸口まで来たとき、教授の声がして彼は足を止めた。

「ああ君、忘れないでもらいたいんだが、客人には今朝の礼拝にいっしょに出てもらうことにしているのでよろしく」ぶっきらぼうな口調だった。ロチェスターはかがみ込むように机に向かって、細い静脈の浮いた両手を書類のあいだでしきりに動かしている。

ジェフリーはうなずいて「はい、承知しました」と答えたが、相手はもう客の存在すら忘れてしまった様子だった。彼は肩をすくめて出ていった。

戸口の近くでモーガンが待ち構えていた。

「教授をどう思う」と尋ねた。

ジェフリーの評価は大らかなものだった。「口はうるさいが根は悪い人間ではなさそうだ」

ロロはうなずいた。「そうだろう。少しは付き合いの仕方を思い出してもらいたいんだが、まあ、ともかく、当世風とは無縁な人だから。頭の中はたいていいつも十六世紀でね。それに、本当はロジャーのことが心配なんだ。もっとも八つ裂きにすると脅されたって認めやしないだろうが」

二人はホールに出た。「こちらのご主人はウィッチボールというものがなくなってかなりご立腹らしい」とジェフリーはいった。

モーガンはにやりとした。「昨日の晩の彼を見せたかったよ、なくなったのに初めて気がついたときの顔を。あの薄気味悪い遺物をそれは大事にしてるからな――このあいだの旅行で持ち帰ったばかりだし。僕は何度も見たことがある。泥の玉そっくりで、乾燥してあちこちひびが入っている」

「教授はその手の骨董を集めているのかい」

「ああ、そうとも。中世の武器や黒魔術関係の品物なら博物館並みのコレクションがある。たとえば、魔女狩りに使った十六世紀の弩《いしゆみ》や、火刑にされた哀れな悪魔の遺骨という触れ込みの灰の入った壺、萎びた手などだ。教授の話では、この手は悪名高いコルネリウス・アグリッパの死体の一部だそうだ。ありがたいことに、保管場所はしっかり鍵がかかっていて、鍵は教授が肌身離さず持っている」

ジェフリーは肩をすくめた。「自分では自由に恐怖の部屋に出入りできるわけか。個人的には、金魚でも飼うほうがいいな」そういうとあたりをじっと見回した。「ここからどこへ行く」

「朝食室だ」と相手は返事をした。「ほかの者にも会って欲しい。ドクター・オースティン、ミス・

ウォード、バレットも一緒にいると思う。ところで」と彼はつけ加えた。「きっと黒髪のカミラからサインをくれとせがまれるぞ」

「ほう。ご婦人はサイン集めの趣味があると」

「ことのほかお好みらしい」モーガンの口調があまりに冷たかったので、ジェフリーは驚いて彼の険しい顔に視線を投げた。だが理由を問い質すゆとりはなかった。モーガンは扉を押して開くと、ジェフリーに入るよう合図した。

「ここが朝食室だ」

*1――一八一七年五月二十七日六時三十分、バーミンガム市アーディントンのため池でメアリ・アシュフォードの遺体が発見された。現場に残された足跡と血痕からの推定では、暴行を受けた後に溺死させられたとの結論に達した。職工のエイブラハム・ソーントンが容疑者として逮捕されたが、暴行を認めると溺死の時刻には完全なアリバイが存在することになった。現在では、悲惨な目に遭って弱りきった娘が、衣服のよごれを洗おうと池まで歩いていったところ、具合が悪くなって転落し、溺れたのだろうと考えられている。これまでのところ、他に納得のいく説明は行なわれていない。

4

他の部屋と比べて、朝食室の中は華やかだった。低い音を立てて燃える薪の赤く輝く炎が、そばにある重厚なサイドボードの銀食器に反射していた。中央のテーブルは東側の壁の大きな窓から射し込む明かりに照らされ、雨模様の空に雲の隙間から断続的にのぞく朝の太陽が、磨きあげたテーブルの上に置かれた金属食器や磁器をきらきらと光らせていた。ここでロチェスター家のほかの家族が、朝食をとったりおしゃべりしたりして、なんとなく時間をつぶしながら、礼拝堂でお祈りが始まるのを待っていた——といっても、主人への気兼ねから仕方なく参列しているのだ。二人の男が入ってくると会話がとぎれて、ジェフリーは部屋中の視線が自分に向けられるのを感じた。

「カミラ・ウォードさん」とロロが紹介を始めた。

一目見たミス・ウォードは可憐で、この上なく美しかった。淡い象牙色の額を包むように覆う滑らかな黒髪、すみれ色の大きな眼、真っ赤な唇の彼女は、無垢のアラバスターを刻んだ精巧な彫像を思わせた。彼女がゆっくりと微笑んでハスキーな声で挨拶したとき、ここにいるのは今まで目にした中でも最高の美人に違いないとブラックバーンは思った。ただ、彼女が目を伏せて元の顔に戻ったとき、そこに潜んでいる表情を感じ取って彼はぎょっとした——唇を少し反らし、黒いまつ毛の目を細めた顔には、何か満たされないものがあるような、険しく、悲痛な表情が浮かんでいた。その瞬間、部屋に入る直前にモーガンがいった言葉が頭に浮かんで、彼はあらためていぶかしんだ。

「それからドクター・ブライアン・オースティン」

そう、これがカミラ・ウォードの未来の夫だ——淡い黄色の髪をした体格のよい青年で、ようこそと微笑んだとき金の口ひげの下で白い歯が輝いた。まったく不釣り合いだ、とジェフリーは断定した。気さくで愛想のよい顔つきの青年と、異質で理解し難いところのあるミス・ウォードの取り合わせは、アイリッシュテリアにボルゾイをくっつけるようなものだ。だがそうするのがどちらにとっても一番いいことなのかもしれない。

「こちらがフィリップ・バレットさん」

ジェフリーが握手をした相手は、肩幅の広い眼鏡をかけた四十がらみの男だった。いかつくて、押しの強そうな顔が眼鏡をかけているところは、若い牡牛がピンクのリボンをつけているようなちぐはぐな感じがした。バレットは彼の手を力強く握ると、新来者が坐れるように場所を空けた。ジェフリーは席につくとすぐに、行ったり来たりしている会話の流れに引き込まれた。

「あの人はまだ顔を見せないの」とミス・ウォードが何気ない調子で尋ねた。彼女は座を離れ、たばこを指の間にはさんで窓辺に立っていた。誰ともなく向けられた質問にロロが答えた。

「いや、まだです」彼は盆からレバーとベーコンを自分で取った。「それに教授のウィッチボールもまだ行方不明です」

「それはよかった」にこりともせずにバレットがいった。「ずっと出てこないと助かるね。いくら四百年も前のものだといったって、まず近所に置いておきたくなるような愉快な代物じゃないからな」

「中世の魔女はその軟膏の力で空を飛べたんじゃなかったかな」信じられないという口調ながら、オースティンは知りたそうだった。

ジャーナリストはうなずいた。「そのとおり。でも、凄まじい材料の割には大して効き目はない」

オースティンは興味を示した。「材料ってどんな」

しかし、その質問に誰かが答える前に、ジェフリーは皿から顔をあげると、「食事時にうってつけの話題とは思われませんね」と、やんわりたしなめた。

窓際の位置からカミラ・ウォードがからかうような調子で声をかけた。「〈ロチェスター〉に何週間かいたおかげで、みんなダイヤモンド並みに胃が丈夫になっていますわ、ブラックバーンさん。怖い話といったって、アヒルがいつも泳いでいる池を恐がらないみたいに慣れっこになってますもの」

すかさずブライアン・オースティンが口をはさんだ。「おいおい、カミラ」

娘はそれに構わず、さらに話しつづけた。「中途半端はやめて。私はもう歯が鳴るくらい震えているのよ。その軟膏は何でできてるの」

バレットが激しい乱暴な口調でいった。「生まれたての赤ん坊の脂肪だよ、ミス・ウォード。呪文を唱えながらとろ火で煮て作るんだ」

「えっ――そんな」カミラ・ウォードは身震いして、たばこの灰を染みだらけの床に落とした。「嘘でしょ。気持ち悪いじゃない。いやだわ」

「そんなこと訊くからさ」バレットが投げやりに答えた。

「そういういい伝えがあるというだけのことですよ、もちろん」ブラックバーンはその場を手際よく収めようとした。「黒魔術には陰惨な話が無数にありますが、ほとんど根拠のないでたらめばかりです」だがその口調は機械的になっていた。というのも新たに生じた疑問のために話に集中できなかったのである。このウォードという娘とジャーナリストとの間に何があったのだろうか。彼は、バレットが娘にぶっきらぼうな返事をしたときの言葉遣いに、意地の悪い満足感のようなものを感じ、彼女が苦々しい表情で睨み返したのを目にしていた。一方、ブライアン・オースティンは会話を安全な流れに戻そうと試みていた。彼は部屋中に向かって話しかけた。

「ほら、二十四時間のうちに行方知れずが二度もあったんだ。となると、疲れ知らずのピムロットのことだから、たぶん全員が厳しい取り調べにあうぞ」

「大丈夫ですよ」ロロがトーストにマーマレードを塗りながらいった。「ロジャーを探し出すのに大わらわで、それどころじゃないでしょう」

カミラ・ウォードの声にはわざと陽気にふるまおうとする調子が感じられた。「もしかしたらロチェスターさんはその軟膏をちょっと塗ったせいで、雲の中まで吹き飛ばされちゃったんじゃないかしら」

「サックス・ローマーの読み過ぎだよ」とオースティンがうんざりしたようにいうと、部屋中が静まりかえった。

沈黙は扉の開く音で破られた。オーエン・ロチェスターが戸口に立って、あたりを見まわした。

「おやおや、まだ食事中とは。何時間食べてたら気が済むんだ」といって中に入ってきた。「我慢できないことを一つ挙げろといわれたら、人が食事する顔を眺めることだと答えるね」

「それなら」とドクター・オースティンが顔を上げずにいった。「目をつぶっていればいいじゃないか」ジェフリーは再び部屋の空気がぎごちなく震えるのを感じた。こんなやりとりは親しい間柄では許される冗談にすぎないのだろうか、それとも、もっとわけのわからない何かがあるのだろうか。不意に鐘の鳴る音が部屋中に響いた。モーガンとバレットとオースティンが一斉に席を立った。カミラ・ウォードは部屋を横切り、灰皿にたばこを押しつけた。しかたがないという顔だった。

「さあ」と彼女はいった。「行きましょう——罪人《つみびと》みんなで」

男たちは戸口のところに立って彼女を先に通し、そのあとから廊下を歩いて屋敷の脇にある出入り口まで行った。ロチェスター教授が祈禱書を手に、皆がいらだちを隠し切れない様子でやって来るのを待ち受けていた。ひとりずつ並んで歩いていく客の目に、教授の脇に立つジャンとピムロット氏が映った。コーネリアスは一同を見渡した。「皆揃っているね」と確かめて、同意のつぶやきが返ってくると、彼はうなずいて背を向けた。「では——行こう」

礼拝堂は屋敷の側面から二百ヤードほど離れたところにあった。タールで舗装した小道が通じていたが、ひどく傷んで修理が必要だった。気をつけて歩かなければひび割れや窪みに足を取られる。一行はだんだん離れて、三組に分れた。ミス・ウォード、ジャン、ブライアンが先頭を歩き、ジェフリー、モーガン、バレット、オーエンが続いた。教授とピムロットは最後だった。教授は、ほとんど警戒するような目つきで前を歩く一行を見つめていて、歩きながらしきりに話しかけてくる隣の男をほとんど相手にしていなかった。

強い風が雲を吹き払うと、雨に洗われた大気を通して日が差した。葉の生い茂る庭は、陽光に照らされて鮮やかに輝き、土の強い香りを放った。礼拝堂の脇には、鐘の紐で擦りむいた手をさすりながら、プレーターが待っていた。先頭の組が礼拝堂の入り口に達しようとしたとき、足元に用心しながら歩いていたブラックバーンの耳にカミラの声が飛び込んできた。「いくらなんだって、こんな所歩いていくの無理よ」彼女は腹を立てていた。彼が顔を上げると、三人は立ち止まって前方をじっと見ていた。少しして彼らの側に来たジェフリーはその理由を確かめた。

舗装が礼拝堂の入り口近くですっかり壊れていて、十フィート余りにわたってでこぼこになっていた。そこに前夜の雨で柔らかい泥が流れ込んで、深さ六インチほどのぬかるみになっている。こうぬかるんでいては先へ進もうという気にはならず、ミス・ウォードは、自分の洒落た靴に目をやって、またうんざりした声を出した。

「礼拝堂だって何だって、とにかく私はこんな沼を渡るつもりは全然ありませんからね」

ジェフリー、オーエンと一緒にそばに来ていたバレットは、ぬかるみに目をやってから、娘にちらりと視線を投げた。再びブラックバーンは彼の口調に微かな敵意を感じ取った。「この家の誰かさんはどうやらあなたほど気難しくはないらしいね、ミス・ウォード」といって地面を指さした。ぬかるんだ道には左右二歩ずつ歩いた跡がついていた。嵐でかなり変形していたとはいえ、明らかにかなり大きな足のものだった。やがてコーネリアスが追いつくと、皆が口々にわけを話した。

ロチェスター教授は少しも慌てず、敷物を物置から持って来るようプレーターに命じた。執事が戻るとぬかるみの上に敷物が敷かれ、一行は靴を濡らさずに礼拝堂の入り口に進んだ。入り口のところでカミラが戻ってオースティンに耳打ちした。「ここの主人ときたら、自分に関係することになるとずいぶん気が利くのね」

一同が鍵のかかった扉の前に集まると、コーネリアスはプレーターに合図した。執事は進み出て、ポケットから小さな鍵を取り出し、鍵穴に差し込んだ。鍵が回って、扉が押し開かれた途端、皆の顔に熱い空気が一気に吹きつけた。憤慨して息を呑んだ教授は、執事を押しのけると怒りにまかせて金切り声を上げた。

「暖房が入っているじゃないか。誰が入れたんだ。けしからん無駄遣いだ」

誰も言葉を返さなかった。皆びっくりしてお互いの顔を覗き込んだが、すぐに面白がるような目つきに変わった。コーネリアスはふんと鼻を鳴らして、礼拝堂に大またで入っていった。彼が十歩も行かないうちに、押し殺した叫びを上げるのを外で待つ者たちは耳にした。奇妙な、喉を締めつけられるような、恐怖と驚愕と、容易にはいい表すことのできない何かを含んだ叫び声だった。祈禱書が彼の手を離れ、床に落ちてどさりという音を立てると、彼らは慌てて礼拝堂に駆け込んだ。教授の脇に立った一同は、眼前の光景に目を見開いたまま、視線を逸らすことができなかった。

礼拝堂の向こう端、暗闇に蠟燭がしぶきのように弱々しく金色の光を放って燃えているあたりで、ロジャー・ロチェスターが、手足を異様な向きに伸ばして通路に横たわっている。ぐにゃぐにゃした人形をぞんざいに放り出したかのようだった。だが、いくら驚くべきものだといっても、一同に恐怖の眼差しを向けさせたのは、ロジャーの姿勢ではない。

皆の視線を釘付けにしたのは、彼の体の下にできた真っ赤なしみ、心臓に突き刺さったナイフの柄を伝って流れ出した、まだ乾いていない血溜りだった。

第三章　内部より《アブ・イントラー》（三月七日　日曜日）

起きろ！　起きろ！
鐘を鳴らせ――殺しだ、謀反だ！
バンクォーにドナルベイン！　マルコム！　起きるんだ！
ぬくぬくと死んだように眠っている場合ではないぞ、
本物の死がここにあるのだ！　起きろ、起きてよく見ろ
最後の審判の恐るべき光景を！　マルコム！　バンクォー！
墓場から立ち上って、亡霊のように歩いてこい、
この惨劇にふさわしく！

――『マクベス』第二幕第三場

1

カミラ・ウォードの鋭い悲鳴が耳をつんざいた。

それだけだった。あとは誰も感情を表に出さなかった。ジャン・ロチェスターは、真っ青になって、一人一人の顔を順々に黙って見つめていた。彼女の父親は崩れるように座席に坐ると、震える両手で白髪頭を抱え、肩をすぼめてうずくまった。一同を包み込んだ恐ろしい沈黙を破る物音はなかった。

しかし、あらゆる種類の口に出さない恐怖と疑惑が、耳のそばでそっと震えているかのように、あたりの空気が奇妙に揺れているのを誰もが感じているようだった。ただ、白く並んだ蠟燭だけは、じっと動かず、乱されず、清らかに、超然と燃えつづけて、非業の死を遂げて横たわる死体に穏やかな光を投げかけていた。

最初に口を開いたのはトレヴァー・ピムロットだった。傲慢ともいえる満足感を響かせた声は、死者への敬虔な沈黙を汚す、無慈悲な一撃に等しかった。

「何も触れてはいけませんぞ」

そういうと威勢よく前に進み出て、あごを突き出した。「オーエンさんとバレットさん、ご婦人方を外へ連れていってもらえますか。ドクター・オースティンは残って死体を検分していただきたい。ロチェスター教授もお願いします……」そこで間を置いて、興奮した目で残りの者をざっと見回した。

「僕は構いませんか」ジェフリーは遠慮がちに尋ねた。

厳めしい顔をしてピムロットはしばらく考え込んだ。「ええ、よろしいですよ」

「どうもありがとう」ブラックバーンは微笑んだ。「是非ともそうしたかったのでね」

ピムロットの胸がはっきりわかるほど前に突き出た。「一言申し上げておきますが、これは私の事件であって、部外者の口出しは断固として拒否するつもりであることをお忘れなく」

ブラックバーンは愛嬌たっぷりにいった。「お言葉を返すようですが、いかに優秀であっても、私立探偵には」とうやうやしく頭を下げて、「殺人事件を捜査する資格も権限もないということをお忘れなく」

相手は傲然と目を細めて、ぐっと頭を反らせた。「あなたもお人が悪すぎますな」

「僕はただ義務を果たしているだけですが」とジェフリーは答えた。

死者の面前でくりひろげられた、異様で無作法なこの些細な口論は、時代錯誤の幕間劇さながらであった。

ロロ・モーガンは驚いて友人をまじまじと見た。そしておそるおそる前に進み出た。「しかしジェフリー、警察に通報すれば、いやでも世間からありがたくない注目を集めることになるじゃないか。検視審問に――記者やカメラマン――それから警官たちも……」

ロチェスター教授が席から跳ねるように立ち上がって、細い指で空をつかんだ。「記者はいかん」甲高い声で叫んだ。「公表は禁止だ。いいか、世間に知られてはならんのだ」

ジェフリーは肩をすくめた。「残念ですが、それは避けて通るわけにはいかないと思います。もう家庭内の問題として済ますわけにはいきません――殺人の疑いが濃厚ですから」そしてゆっくりといった。「それに、法律によれば、殺人事件をもみ消した場合、重罪隠匿のかどで罪に問われます」

アルゴス探偵社代表は、かっとなって声をからしながらまくしたてた。「おい、いい加減にしろ――殺人かどうかまだわからないだろう」

ジェフリーは彼のほうを向き、両手で相手の興奮を抑えるしぐさをした。コーネリアスはまた席にぐったりと腰かけると、相変わらず筋の通らないわがままをいい張った。「記者はだめだ。絶対に公表はさせんぞ――絶対に」怒りを押さえつけられて顔を真っ赤にしたピムロットは、目をかっと見開いてブラックバーンを睨みつけた。そのほかの者は落ち着かない様子で入り口付近をうろうろしていた。蒼白い幽霊のような蠟燭は、このぴりぴりした雰囲気とは無関係に休みなく燃えつづけている。

長い沈黙が続いた。次に口を開いたのはモーガンだったが、たしなめるような冷ややかないいかただった。

「よく聞いてくれ、J・B。これは官憲に任せる事件だといい張るなら、自分で引き受けたらどうなんだ。友達の首席警部に電報を打って許可をもらうことだってできるだろう」

ブラックバーンは首を横に振った。「この地域はスコットランド・ヤードの管轄ではないし、首席警部にも権限はない。州警察本部長が責任者になるから、まずそちらに連絡しなければ」

「でもピムロットさんといっしょならきっと――」

「たしかにピムロットさんは犯罪学に造詣が深いが」ジェフリーは大真面目な調子でいった。「これは僕らが力を合わせてどうこうという事件ではないと思う」私立探偵の真っ赤な顔は紫色を帯びてきたが、ジェフリーはどんどん話を続けた。「無理だよ、モーガン。僕が人の手を借りないでやれそうなことといったら、せいぜい本部長の手間を省く程度の予備調査ぐらいしかない。お出ましになった瞬間に僕の仕事は終わりになる。続けても構わないといってくれれば、ありがたいが、そうでなければ、君と同じく手出しはできないんだ」彼はコーネリアスがうずくまっている場所に顔を向けた。「ご諒解いただけますか」

老人は頭を上げてロロとジェフリーの顔を見比べた。「好きなようにしたまえ、ブラックバーン君」力のない声だった。「好きなようにな」彼は目を落として、血染めの床を再び見つめた。

トレヴァー・ピムロットが暖房の効いた空気で不快な汗を流しながら訊いた。「私にはどうしろと」

ブラックバーンはくるりと彼のほうを向いた。「僕があなたの力を頼りにしているのがわかりませんか」きっぱりとした口調だった。「警察が来るまで、僕らはとてつもない仕事をやらなければならないんですよ。あなたを押しのけて自分の手柄にしようなどと思っているわけではありません。あなたとロチェスター教授がうっかり法律に触れることのないようにと思っているだけです」そういうと、小柄な相手の様子を鋭い目で観察した。「僕のいうことをわかってもらえましたか」

ピムロットは不機嫌な顔をしてうなずいた。指図されるのは面白くないという態度がありありと表れていた。「わかった」とぶっきらぼうに答えた。

ジェフリーは軽く会釈した。「では始めましょう」彼は大きな声で呼んだ。「ドクター・オースティン」

若い医師は、蒼ざめてはいたが真剣な表情で、戸口付近にかたまっていた者の中から進み出た。三人の男は、物思いに塞《ふさ》ぎ込んでいるロチェスター教授をそのままにして、通路に手足を投げ出して横たわるロジャー・ロチェスターの死体に向かった。

2

ブラックバーンは死者から二、三歩離れたところで立ち止まって、血に濡れた顔をハンカチで覆った。「このひどい暑さを止めてもらえませんか」彼は小声でいった。「まるで蒸し風呂のようだ」そしてピムロットが出て行こうとしたとき、すばやく付けくわえた。「皆さんにも出てもらって下さい。それから、正面の扉を閉めておくようにお願いします」

そのときジェフリーは顔を上げて皆が集まっているあたりに視線を向けた。彼らの大きく見開いた目には、おぞましく思いながらも好奇心を隠せない様子が表れている。一人を除いて全員が同じ表情をしていた。その例外はフィリップ・バレットだった。ジェフリーの肩越しに何かを見つめているこのジャーナリストの顔には、驚きと戸惑いを示す皺が刻まれていた。ブラックバーンの視線に気づくと、バレットは急に背を向け、礼拝堂から出ていった。

ジェフリーは向き直って建物を見渡した。ジャーナリストは祭壇に一番近い壁側の窓のほうを見つめていたのだ。同じような窓が四つあり、ガラスは入っていないが外側に開く重い鉄の鎧戸がついている。この窓は、高さが胸ぐらいの位置で、窓枠の奥行きが一ヤードもあることから、どっしりした壁の分厚さがわかった。その方向にある何がバレットの注意を引いたのかはわからなかったので、ジェフリーは首を回して中央の通路に視線を移した。彼の目が細くなった。何も敷いていない汚れた床板の上に、泥の足跡がはっきりとついている。すぐ脇で咳払いがしてジェフリーは振り返った。そこにいたのはピムロット氏で、チューインガムを一粒口に放り込んだところだった。

「これは」と、彼はもったいぶった口振りでいった。「妙だ」

「そのとおり——まさにそのとおりです」ジェフリーは思案深げに答えた。彼の視線はいつのまにか、話し相手から死者の足を包んでいる室内用スリッパに移っていた。ピムロットはそれに気づいて、軽い忍び笑いをもらした。

「まだ何にも見ていないんだね」と彼はいった。「ちょっとついてきてもらいましょう」

相手の同意を待たずに、ピムロットは先に立って祭壇の脇に歩いていった。ジェフリーは、もう一度睨むようにスリッパに目をやってから、後についた。ピムロットは突然立ち止まると人差し指を突き出した。

「ほら、そこだ」

床に白いテーブルクロスが敷かれ、その上に皿が三枚置いてあった。一枚目には焼いたハムが何枚か、二枚目には切っていない白パンが一個、三枚目には上側にクリームで丹念に渦巻き模様を作ったエンゼル・ケーキが載っている。これほど場にそぐわないものを想像するのはまず無理だった。「ピクニックのご馳走だ」ブラックバーンはにこりともせずにいい放った。

「しかも、死人のための」ピムロットは訳知り顔でいった。「エンゼル・ケーキはロジャーさんの好物でね。甘いものとなるとまるで赤ん坊だったから」彼は目を落として、激しくあごを動かした。

「だが、どうしてここにあるんだろう」

「ひとつお訊きしたいんですが」と、反対にジェフリーが尋ねた。「ロジャー・ロチェスターは、どうやってスリッパに泥をつけずにあのぬかるみを渡ってきたんでしょうか。それに、もしぬかるみを渡ってこなかったのだとしたら、外で見つけたあの足跡は誰のものなんでしょう」

「だが、ロジャーがそうやってここに入ってきたはずはない」と、相手は反論した。「扉には鍵がかかっていた。私はプレーターが鍵で開けるところを見ていたから」彼は一息つくと、明るい声で付けくわえた。「それに、ぬかるみについていた足跡の一つは、礼拝堂とは反対に向いている。だからそれがロジャーのものでないことは確かだ」

ジェフリーはたばこを口に突っ込んだ。乱暴に擦ったマッチは折れてしまった。「狂ってる」と彼はいった。「狂ってる。結局行き着くところは一ヶ所しかない」

トレヴァー・ピムロットは、眼鏡の奥で目を丸くしてつぶやいた。「魔術ですと。まさか」

「ほかに何が考えられます」ジェフリーはピムロットに向き直った。「犯人は盗んだ軟膏を体に擦り込んでどこからともなく姿を現わした」そこで言葉を切って、不意にくすりと笑った。「いやいや。こんなことをしゃべりつづけていたら自己暗示にかかってしまいそうだ。さあ——基本に返りましょう。ここあるのは死体ですね。正気に戻ってありのままの事実から取りかかりましょう。人が一人死んでいるんです。そうでしょう」

「と同時に、殺人だと断言することはまだできない」と私立探偵は指摘した。「刃物を突き刺して自殺する人間もいるのだから」

ブラックバーンは答えなかった。彼らはドクター・オースティンが立ち上がっていたところへ戻った。ドクターは二人のほうを向いた。

「申し上げることはそれほどありません」と彼はいった。「相当徹底したやり口ですね。ナイフは強力な力で左胸に押し込まれています。凶器は少し上向きに突き刺さって、心臓付近の主要な血管に達しています。大量の出血があるのは、ナイフの刃が幅広で傷口が広かったためです。いきなり強引に突き刺したのでしょう」

「自殺では」

オースティンは首をゆっくり横に振った。「解剖してみなければわかりませんが、違うと思います。自傷行為にしては突き刺しかたが強すぎるし、傷が深すぎます」

ジェフリーはうなずいた。「死亡時刻はどうですか」

「おおざっぱにいって十二時間前です。それ以上のことは何とも」

ピムロットは明らかにがっかりしたようだった。「わからないのかね」

オースティンは首を横に振った。「私には遺体の外見からしか判断できません」彼は真顔で答えた。「ご存知のように、死後硬直の判定は一番条件がよい時でも厄介なのです。個人差が大きいので、対象となる人物の特徴を十分考慮しなければなりません。糖尿病患者の場合には、血糖値が高いために死後十分で硬直が始まります。死亡する前に激しい運動をした場合も結果は異なるのです」

ジェフリーはうなずいて、足元の死体に目を向けた。「ロジャーは、倒れたとき、この場所に立っていたかどうかわかりますか」

「この場所か、すぐ近くですね」

「どうしてわかる」ピムロットは詰問調だった。

「常識の問題ですよ」オースティンはつっけんどんに答えた。「心臓の血管が破られれば、すぐに出血が始まります。このあたりには、ほかにどこにも血痕がありません。それに、ご覧のように、遺体の下に血の跡がないということは、刺された直後、血が傷口から床に流れる前に倒れたことを証明しているとと思われます」

「たしかに」ブラックバーンは一服するとしばらく黙っていた。「ドクター、ということは、ナイフを突き刺す力は非常に大きかった、といえるわけですね」

「ええ、並外れた強さです。刃先が心臓まで達するくらいですから」

「では、女性にはこれだけの傷を負わせることは不可能だ、と考えてもよろしいですか」

オースティンの答えは慎重だった。「その女性がふつうの力の持ち主ならば、という条件付きですが」

ジェフリーはちょっと黙り込んだ。それから、不意に向きを変えると、礼拝堂の閉じた扉まで歩いていって、振り返り、若い医師に大きな声で話しかけた。「この扉の向こうからナイフを投げて、その傷を負わせることはできると思いますか」

「まず不可能です」答えは即座に返ってきた。「それだけの距離から心臓を狙うには、投げ手がよほどの腕利きでなければなりませんし、命中させるにはかなり明るくないとだめです。それに、投げて刺したにしては凶器の達した位置が深すぎます」オースティンは首を横に振った。「あり得ませんね、ブラックバーンさん。ざっと調べただけですが、このナイフを突き刺した人物は、ロジャーの真正面に立って、渾身の力を込めて一撃を加えたのだと思います」彼はいったん言葉を切り、ジェフリーにうなずいて合図した。「こちらへ来て下さい」

三人の男が死体を覆うようにして立つと、オースティンは上から指さした。「ご覧になって下さい。ナイフは、真っ直ぐ柄のところまで刺さっているだけでなくて、柄が衣服を押しているでしょう。ナイフは体の奥まで目一杯押し込まれているのです。ここまでやるにはよほどの腕力が必要ですよ」彼は憂鬱そうに考え込んだ。「このナイフを引き抜くには思い切り力を込めないといけないでしょうね」

「たしかに大仕事でしょうね」ブラックバーンは同意した。「でも、僕らとしては、あなたにお任せしたほうがいいと思います」

「ハンカチを忘れずに」と、ピムロットが口をはさんだ。「指紋が──残ってるだろうから」

オースティンはそっけなくいった。「わかってます」彼が死体の上にかがみ込むとジェフリーは場所を譲った。一分ほどして医師は立ち上がり、ナイフを祭壇に置いた。ブラックバーンは進み出てナイフを手に取った。刀身は幅広で、先は細く尖り、刃は剃刀のように鋭く、浅い溝が波状に彫られた木の柄に取り付けられている。彼はナイフを祭壇に戻すと、ピムロットに向かっていった。「遺体にあの布を掛けてもらえますか。むき出しのままだと落ち着かないもので」

「ちょっと待って下さい」オースティンは手でピムロットを押しとどめるしぐさをして、ジェフリーにいった。「細かいことですが、ぜひ知っておいていただきたいことが一つあります。この殺人とは関係ないかもしれません──しかし、それでも……」彼はそこで言葉を切ると、かがんで、死体のこわばった右腕を持ち上げた。「手首の内側を見て下さい」

二人ともいわれたとおりにした。「ただの傷じゃないか」と、ピムロットは決めつけた。ジェフリーは治りかけている傷痕に指先を走らせた。傷の両脇が赤くなって炎症を起こしている。

「化膿しているようですね、ドクター。どれくらい経っているんでしょう」

「一ヶ月ぐらいですね」

ピムロットは傷をじっと見つめながら、首を傾げた。「ちょっと、いいですかな」彼は唐突にいった。「これには見かけ以上の意味がある」

「というと？」

「そうですとも」小男はむきになって答えた。「私は、ロチェスター氏がどうやって手首にこの傷をつけたかということを知りたい。というのは——彼は肉体労働をするような人間ではなかったからです。うっかり怪我をするとはどうしても考えられない。手首の内側だなんて——ずいぶん特別な場所を傷つけたもんだ。もしこれが故意にできた傷だとしたら、何を意味しているかわかるでしょう」

ブライアン・オースティンはうなずいた。「そちらのおっしゃられることはよくわかります。ロジャーは刃物や鉄砲の類には臆病だったですから。治療用具の中からメスの入ったケースを見せたとき、真っ青になったのを覚えています。ですから、怪我をしたとすれば、きっとあわてて誰かに助けを求めたに違いありません。その場合、真っ先に駆けつけるとしたら、私のところでしょう。ところが、私がこの傷を見たのは今が初めてなのです」

ブラックバーンは考え込むように下唇を指で引っ張ってもてあそんでいた。そしてゆっくり頭を横に振った。「どうみても」彼はにこりともしなかった。「この件は早く警察に任せたほうがいいでしょう。一人の手で解決できる仕事ではありません」彼はそこで言葉を切ると、急に話題を変えた。「ところで、ドクター、昨夜雨が降り出したのは何時ですか」

いきなり違う話になったので、オースティンはちょっとまごついた。彼は死体に布を被せていたピムロットと、いぶかるような視線を交わした。「九時半ごろだったと思います。私たちがいた客間を、ロジャーが出たり入ったりしていたのを覚えています。一度部屋を横切って窓のところに行き、外を眺めながら、嵐になりそうだとか何かいっていました。それは時計が九時を打って、少し経ってからでした」

「それが生きているロジャーを見た最後でしたか」

「ええ。昨日は寝室に下がったのがとても早かったので」

「客間にはほかに誰がいましたか」

オースティンは考えてから答えた。「ミス・ウォードがいました。それに、オーエンとバレットです。ロジャーのほかには、それだけだったと思います。いや――あのときプレーターが入ってきて、夜食に何が欲しいか聞いていました」

「それで、ロチェスター教授は」

「書斎だったと思います。食堂を出てからは見ていません」

ピムロットは何か思い巡らせているようだった。「村で雨が降り始めたのはもっと早かったはずですよ」と、すぐにいった。「我々が村に着いたのは八時半ごろでした。ミス・ロチェスターを降ろしたあと、私は郵便局長と立ち話をしていましたが、しばらくすると雨が降ってきたので、中へ入らなければならなくなったのを覚えています。九時ごろだったと思いますね」ピムロットはジェフリーをちらりと見た。「これは非常に重要なことではありませんか」

「そう思います」相手は短く答えた。

「ロチェスター教授が力になってくれるかもしれませんよ」と、オースティンが思いついていった。

「ときどき塔に登って――」

「塔か」ブラックバーンは生き返ったような声を出した。「あそこの装置の中に雨量計がありませんか――雨の降っていた時刻を正確に記録する装置が」

医師はうなずいた。「あると聞いています」

「モンカム氏の魂に祝福あれ」ジェフリーはピムロットに振り向いた。「あなたの仕事ですよ。塔の上まで飛んでいって、装置が雨の時刻を記録していたかどうか確かめてきて下さい。そら、急いで」

そういって小男の腕を取ると、追い立てるようにした。

「わかりましたよ」ピムロットはむっとして出ていった。「そう急《せ》かさなくてもいいでしょう」

オースティンはにやりとした。「そら、お偉いさんがぷりぷりして歩いていく」私立探偵が姿を消すと彼はつぶやいた。そしてジェフリーのほうに振り向いた。「さて、ほかに私にできることはありませんか。はっきりいって、どうしていいか途方に暮れているものですから」

「それはみんな同じでは」と、ブラックバーンはつぶやいた。そして相手の顔をよぎった表情を読み取ると、皮肉混じりに付けくわえた。「探偵として僕は、あなたの基準にはまったく達していないんじゃありませんか。こんな大それた責任を負うことにも慣れていませんし」

「でも、モーガンの話では……」

ジェフリーは肩をすくめて「ロロは誤解を招くような話しかたをしたんでしょう」といった。「ときどき警察の手伝いをしたことがあるのは事実です。しかし、いつだって、舞台の袖でぶらぶらしているだけの、見物人のような立場でしかありません。捜査官が作った資料を分析していただけです。ただ、この場合は……」彼は両手を広げた。「警察が自由に使える設備を考えて下さい。科学捜査という援軍を。ロチェスター教授は反対していますが、警察当局に捜査を依頼すべきですね」

「あなたのおっしゃる科学捜査が、指紋や写真の専門家という意味なら」オースティンは微笑んだ。「その仕事に最適の人がこの場にいるじゃありませんか」

「誰です」

「ピムロットさんですよ。道具が一式入った鞄を持ってきています。御自分の仕事を実に真面目に考えていますよ、我らがピムロットさんは」

ブラックバーンは相手の話を聞き流して、「安っぽい喜劇の真似をしている暇はありませんよ」と、にべもなくいった。「ピムロットさんの思いつきは理論の上では申し分ないかもしれませんが、実践となれば、警察の経験のほうを選びますね」彼は礼拝堂の中を見回した。「ドクター、しばらくはお手を煩わせる必要はなさそうです。ただ、プレーターにここに来るよう伝えてくれませんか。昨夜の大雨の件で、はっきりさせておきたいことがあるもので」

オースティンはうなずいて立ち去った。張り切って出ていったような感じだった。二、三分経って扉が開き、執事のプレーターが入ってきた。入り口のところに立つと、建物の中が薄暗いので目を瞬かせていた。ジェフリーは大きな声で呼んだ。「入りたまえ。それから、扉は閉めて」執事はその言葉に従って、通路をゆっくり歩いてきた。

ブラックバーンは、この瞬間まで、家族や招待客に気を取られるあまり、執事の外見にほとんど注意を払っていなかった。そして今、本人を目の前にして、胸の中に思い描いていた姿とまったくかけ離れているのに驚いた。ほとんど禿げ上がった頭と皺だらけの顔を見るとかなりの歳らしいが、逞しい体を軍人のようにきびきび動かす様子からは、とてもそうには思えない。彼は、布の下の死体が示す硬直した輪郭から目を離さず、横歩きの格好でためらいがちに前へ進んだ。それに気づいたジェフリーは、礼拝堂の壁に折りたたんで立てかけてある、彫刻を施した分厚い衝立を身振りで示した。「あれをここに運んできてくれないか」彼は打ち解けた感じでいった。「そのほうが都合がいいだろう」

プレーターは何もいわずにうなずいた。衝立のところに行って、軽々と持ち上げると、いわれた場所に持ってきた。ジェフリーは死体を囲むように枠を据えると、うなずいて相手に席を示した。「ありがとう、プレーター。坐って。話したいことがあるんだ」

白髪混じりの老人は首を横に振った。「ありがとうございます」と、簡単に答えた。「立ったままで失礼させていただきます」

「お好きなように」ジェフリーは祭壇の手すりのところまで行って、ナイフを用心深く手に取った。

「これを見たことは」

執事はうなずいた。「何度も見ております」

「では、この屋敷の誰かのものだと」

プレーターは無表情のまま答えた。「オーエン様の持ち物でございます」

3

「ほう」と、ブラックバーン氏は短く声を発して、ナイフを下に置いた。振り返りながら、彼は微かな衝撃を感じていた。プレーターは顔を背け、ロジャー・ロチェスターの死体を隠している衝立をじっと見つめていた。皺の寄った顔に、どこか不自然な満足感、残酷で悪意に満ちた仮面の表情が一瞬浮かんだかと思うとすぐに消え去った。

「では、オーエンさんが使っているわけだね」ジェフリーは静かにいった。

プレーターはもう、穏やかな、どちらかというと鈍い目つきに戻っていた。「はい。アメリカのおじ様の農場からお帰りになったとき、同じようなナイフをたくさん持ってこられました。これはその中の一本で」

「ナイフの保管場所はどこに」

「博物室です。ロチェスター教授は中世の骨董を集めておられます。ほとんどのものは鍵のかかる陳列棚に入れてあります。ただ、武器のような大型のものは壁に掛けてあり、ナイフも同様の扱いになっております」

「誰でも手に取ることができるんだね」

執事は首を横に振った。「博物室には鍵がかかっておりますから」

ジェフリーは、ポケットから小さな黒い手帳を取り出して、書きつけた。彼の口振りから打ち解けた感じが消えて、てきぱきした調子に変わった。「では、プレーター。先ほど君がこの礼拝堂の扉の鍵を開けるのを見たけれど、その鍵は君が持っているのかい」

「はい。鍵は一つしかございません。使い始めてかれこれ五年になります」

「その鍵はいつも身につけているのかい」

プレーターはもう一度首を横に振った。「いいえ。台所へ通じる廊下の釘に下げてあります。屋敷の中ではほかにミセス・コンシダインが鍵を使います。日曜日の礼拝に備えて、土曜日の午後に掃除することになっておりますもので」

「では、平日この場所は鍵がかかっているんだね」

プレーターのピンクの頭皮を縁取る白い髪の毛の輪が、また、ひょいと前後に動いた。「おっしゃるとおりです。私どもがこちらに参ったとき、浮浪者と申しますか——その——好ましくない連中が押し入って、盗みを働くことがあるかもしれないと考えました。あの銀の燭台は非常に高価なものでして、二つは祭壇に据え付けてありますが、三つ目は取り外せるようになっております。そういうわけで、新しく鍵をあつらえたのでございます」

「ミセス・コンシダインがここの掃除を終えるのは何時かな」

「たいてい六時ごろです。彼女が戸締まりすると、私が鍵を預かって、釘に下げることになっております」

ジェフリーは少し考え込んだ。「では、昨夜の六時以降は、台所に行って鍵を取ってくれれば、誰でもここに入れたわけだね」

プレーターはまた首を横に振った。彼はしきりに指を絡み合わせ、微かに興奮を帯びた声でいった。

「ほかの夜でしたら——そのとおりです。ところが、昨夜は違いました。なぜかと申しますと、六時にミセス・コンシダインから鍵を預かると、そのままポケットに入れたからでございます」いいわけがましい口調だった。「釘に下げるのをすっかり忘れておりました。教授が大切な骨董を一つ失くされたとかで、少しあたふたしておりましたもので。ご立腹なさって、家じゅうを探すようにと——」

「その話ならすっかりわかっている」ブラックバーンは口をはさんだ。「つまり、昨夜鍵は釘に下がっていなかったんだね」

「ええ、おっしゃるとおりで。少しご説明いたしますと、十一時近くまで戻すのを忘れておりました。ミス・ウォードを廊下で見かけなければ、そのときでも思い出さなかったでしょう——あの若いご婦人はふだん鍵を下げてある釘の場所を探しておられました」

「ミス・ウォードだって」驚きの声が上がった。「ミス・ウォードが昨夜十一時に礼拝堂の鍵を探しているところを見たのかね」

プレーターが口を開こうとしたとき、通路の端から鋭い声がしてさえぎられた。「とんでもないでたらめだ。その時間カミラは台所近くになどいなかった」ブライアン・オースティンが戻ってきて、戸口のところに立っていた。

ジェフリーは振り返り、厳しい声でいった。「ドクター、出て行って下さいとお願いしませんでしたか」

ブライアンは不服そうにいった。「それはそうですが」

「お願いします、ドクター」ブラックバーンのいいかたが非常に冷たく、容赦ない調子だったので、通路を大股でやってきたオースティンは足を止めた。激しい怒りに興奮した眼差しが、ジェフリーの強い意志を込めた視線とぶつかった。すると医師はうなだれて、背を向けた。扉が彼の背後で閉まり、ばたんという音が小さな建物全体に響いた。再び執事に話しかけたブラックバーンの声には、いくらかとげとげしい感じが残っていた。

「さて、プレーター。ドクター・オースティンはああいっていたが、君が見たのはミス・ウォードだと断言できるかい」

老人は躊躇した。禿げた頭に少しずつピンク色がさした。「実を申しますと、顔そのものを見たわけではございません」と、口ごもっていった。「廊下が暗く、目がよく利かなかったものですから。ただ、レインコートを見て、そう思ったわけで——」

ブラックバーンの声が鞭のように鋭く響いた。「待った」彼は老人を席に導き、ほとんど押し込むようにして坐らせた。「まあ、落ち着いて。時間をかけよう。最初から話してくれないか」

プレーターの目つきはもう虚ろではなかった。今は、そわそわと何かを怖れているようだった。

「ええと——九時半ごろだったと思います。そのときまで、ウィッチボールがなくなった件について教授からいろいろお尋ねを受けておりました。書斎から下がりますと、客間に参りまして、若い方たちに夜食に何をお持ちしましょうかと伺いました。ロジャー様がミルクを一杯注文なさったほかは、どなたもお断りになりました。用意に五分ほどかかりましたでしょうか。ミルクを持って屋敷の勝手口に通じる廊下まで来たとき、そこにロジャー様が待っておられ、その場で立ったままお飲みになりました」

「それは何時ごろ？」

「正確には申し上げられません。九時四十分から五十五分のあいだぐらいだったと思います」執事はそこで黙ったが、ジェフリーがうなずいたのですぐにあとを続けた。「私は台所に戻ってビアンカを呼び、コップを洗うようにいいました。洗ったのはミセス・コンシダインです。自室に戻ったとき、時計が十時を打ちました。それから椅子に坐って小説を読みはじめました。一時間は読んでいたはずです。時計の鐘が十一回鳴ったのを覚えておりますから。そろそろ寝る時間だと思い、本を閉じて、休む支度をしておりますと、誰かが廊下を歩く音が聞こえました」

「ずいぶんいい耳をしてるね」ブラックバーンは皮肉っぽくいった。「部屋の扉は閉まっていたんだろう」

「廊下の床が石でございますから」穏やかな非難の色が執事の顔に浮かんだ。「靴の当たる音は意外なほど大きく響きます。それで、コンシダイン親子のどちらかが、私に用があって来たのだろうと思い、戸口まで行って外を見ました。少し離れたところで、ふだん礼拝堂の鍵を下げておく釘を探していたのは、若いご婦人でした。ミス・ウォードがお持ちのものと同じ真っ赤なレインコート姿だったものですから――それで、あの方だと思ったわけでございます。そのときです、鍵を戻すのを忘れたことに気づきましたのは」

「それでどうした？」

「その若いご婦人に声をかけました」プレーターは答えた。「『失礼ですが――礼拝堂の鍵をお探しですか』といったのですが、返事はありませんでした。ご婦人はびっくりしたように息をのむと、振り返らずそのまま廊下を慌てて駆けていきました。もちろん私は驚きました。ですが、私が詮索するような筋合のことではありませんでしたので、釘に鍵を下げるとすぐ部屋に戻りました」

「鍵は今朝も同じ場所にあったんだね」

「はい」

「十一時以降、廊下でほかに物音はしなかったかい」

プレーターは首を横に振った。「はい。私はベッドに入ると小説の続きを読んで、真夜中ごろ明かりを消しました。その間はほかに何も変わったことはございませんでした」

ブラックバーンはうなずくと黙り込んだ。彼はポケットから小さい手帳を取り出したが、思い直して元に戻した。執事はおどおどした目つきで彼を見ていた。彼は、執事が目の前にいるのを忘れてしまったかのように、礼拝堂の隅の暗がりを見るともなく見つめていた。やがて、ひとりうなずくと晴れ晴れした顔になった。「プレーター」と彼はいった。

「はい」

「ロジャーさんの遺体を見てもらいたいんだ。そして、昨夜、勝手口に通じる廊下で会ったときと同じ服装かどうか教えてくれないか」

ジェフリーは衝立を折り曲げた。執事は立ち上がると、拳を握り締め、顔を紙のように白くして、払いのけられた布の下から現れた姿に一瞬目をやった。それから彼の目は祭壇近くをしきりに見つめていた。彼は蒼白い唇を嚙んだ。声はかろうじて聞きとれる程度の大きさだった。

「まったく変わりありません——昨夜のままです」

ブラックバーンはゆっくりといった。「スリッパもかい」

「スリッパもそのままです」と執事は答えた。

「間違いないね」

「ええ、もちろんでございます。ロジャー様はこのスリッパしかお持ちになっておられません」

ブラックバーンは肩をすくめた。「見てもらったおかげで、推理を一から組み立て直さなければならなくなったよ、プレーター」そういいながら衝立を元に戻していたとき、ピムロットが二人の前に姿を現わした。勢いよく扉を押し開けると、細長い紙を手にしたまま、息を切らせながら通路をやってきた。緑の罫線を縦横に引いた紙の片面には、ぎざぎざな線が紫インクで描かれていた。「遅くなって申し訳ない」喘ぎながら近づいてくると、いいわけした。「この紙を筒から外すのに手間取ってしまって」

「それが何かの役に立つんですか」

「これは、昨夜十時五分前に雨が降り始めたのが、絶対確実だという証明書ですぞ」ピムロットはもったいぶった調子でいった。

プレーターは恭しく咳払いした。「ほかに何かご用はございませんでしょうか」と尋ねて、ジェフリーを見た。

「博物室の鍵が欲しいんだが」ジェフリーは答えた。「ロチェスター教授からもらってきてくれないか。それから、この礼拝堂の鍵も預からせてもらうよ」

プレーターは黙って鍵を彼に手渡すと、背を向けて戸口に歩いていった。ジェフリーはその後ろ姿を見つめていた。執事が扉を閉め終わると、彼は振り返った。そしてピムロットの腕に片手を置くと、座席のほうに導いた。

「どうぞ、かけて下さい」と彼は促した。「話したいことがあります」

眼鏡の奥で目を丸くしたピムロットは、好奇心を隠そうとしなかった。二人が衝立から少し離れたところに坐ると、ブラックバーンはまず手帳を、それからたばこ入れを取り出した。彼はたばこに火を点けて擦ったマッチを箱に戻した。ぼんやりと光る煙を通して、思案するように、相手の品定めをした。

「大学の教師などをしていますと」彼は穏やかに口を切った。「困ったことに、つまらない習慣が二つ身につくようになりましてね。何かあるとすぐにメモを取る癖というのが一つで、まあ、これはいいとしても、もう一つ厄介なのが、その内容を人に話したくてたまらなくなるという癖なんですよ。

前もってお知らせしておきますが、ピムロットさん」ブラックバーンは重々しい口調に変わった。「僕といっしょに仕事をするつもりなら、超人的といっていいくらいの忍耐力を是非とも発揮してもらわなくてはなりません。なぜかというと、僕は、能弁という点にかけてはシェヘラザードにだって負けないつもりですが、この話好きなお姫様ほど面白おかしく聞かせる能力を持ち合わせていないからなんです。それでも、もう少し聞いて下さい。

正確な計算を誇る数学者の目から見ても、この事件は複雑に絡み合っていて、まごつくばかりです。ロジャーの死体を発見してからまだ三十分も経っていないのに、明らかにつじつまが合わなくて解明しなくてはならない点が、すでに、半ダースも出てきているんですから。まずは、一番はっきりしているものから検討していきましょう」彼は話を中断して、まだ小男が握っていた雨量計の記録用紙を指さした。

「あなたの手の中にあるのは、昨夜〈ロチェスター〉を襲った大雨が十時五分前に降り始めたという、決定的な証拠です。さて、あなたも気がつかれたでしょうが、衝立の後ろのロジャーの遺体は、きちんとはしていないが寛いだ身なりをして、しかも両足には布のスリッパを履いています。亡くなった方の習慣については、あなたのほうが当然詳しいわけですが、家のまわりを散歩するときに着る程度の服装だと考えるのが自然でしょう。とすると、彼は、昨夜屋敷からここまでやってきたと結論づけていい。しかし——ここで、極めて重要な点が二つあることに注意して下さい。ロジャーはくたびれたスリッパを履き、しかも、コートもオーバーも着ていないということを」

「なるほど——」と、ピムロットが口を開いた。

「感心している場合ではありません」ジェフリーはきっぱりといった。「〈ロチェスター〉のまわりは雨に濡れて非常にぬかるんでいるんですよ。昨夜降ったのが小雨ではないことくらい、思い出せばすぐわかるでしょう。一気に大量の雨が降ったために、水浸しになって村との交通が途絶えてしまったのは、被害をこうむった一人としてあなたもご存知のはず。ならば、それほどの大雨の中を、ロジャーが屋敷から礼拝堂まで服も足元も濡らさないで歩いていくことが可能だった、と推定するには無理がありませんか。オーバーやレインコートを着ていないのは彼がぼんやりしていたからだ、という前提を仮に認めるとしても——まあ、こんなことはまず考えられない仮定ですが——集中豪雨の中をまったく濡れないで歩くという気象学的に不可能なことを、どういうわけか彼が成し遂げた、という事実は否定できないのです」

「ちょっと待った」ピムロットはさえぎった。「当たり前だと思っていることが多すぎやしませんか。どうして、大雨になる前にロジャーがこの場所には来ていない、ということがいえるんです」

「それがいえるんですよ」ジェフリーは言葉を返した。「大雨の前にロジャーがこの礼拝堂に入ることができなかったのは、扉には鍵がかかっていて、一つしかないその鍵が、たしかにプレーターのポケットの中に入っていたからです。鍵は十一時過ぎまで執事のポケットから外には出ていなかったのに、その時刻には、ドクター・オースティンの証言に従えば、ロジャーはすでに死亡していたのです」ブラックバーンは一服すると、煙の行き先をじっと見つめていた。

「さて、まずこの二つの相容れない事実を頭に入れて下さい。扉には鍵がかかっていて、当の鍵を手に入れるすべがなかったのですから、十一時以前にロジャーがここに入ったということはあり得ません。一方、彼が十一時以降ここに入ったということもあり得ない。もしそうだとすれば、服もスリッパも、大雨のせいでびしょびしょになっていなければならないはずです。よろしいですか」

ピムロットは目を閉じたまま、しきりに考え込んでいたが、突然、拳で椅子の背を叩いた。

「わかったぞ。しかもこれで、もう一方のわけのわからない事実の説明もつく」彼はおおげさに声を低くした。「ロジャーは、プレーターが戻した鍵を後から手に入れて、十一時以降ここに入ったんですよ。彼は大雨でずぶ濡れになった。しかし、犯人が暖房を入れたために乾いているんです。何らかの理由で、ロジャーが入った時刻が大雨よりも前だと思わせたかったからでしょう」そういうと、ピムロットは坐り直し、勝ち誇ったように相手の様子を探っていた。

ジェフリーは首を横に振った。「立派な推理だと思います」彼はいった。「しかし、残念ながら、全部の事実にぴったり当てはまるというわけにはいきません」

「どうしてだめなんです」

「というのは、あのぬかるみが、そうではないことを証明しているからです。あそこは、雨が降り出すとすぐに、柔らかくなったに違いありません。もしロジャーが十一時以降にこの礼拝堂に入ったのだとしたら、あの泥の部分を通ってきたはずです。すると、地面に残る足跡は一種類だけ——ロジャーがこちらに歩いてきた跡が残るでしょう。ところが——泥の上にはもう一種類別の——礼拝堂から出ていく足跡があるのです。もちろん、ロジャーはここから一歩も出ていません」ブラックバーンは仲間をじっと見つめた。「そこで僕たちはひとつの疑問に突きあたります——外に向かう足跡の主はいったい誰なのか、という疑問に」

私立探偵はその問題をじっくり考えていた。「では、こう考えてはどうですかね」しばらくして彼は口を開いた。「犯人は大雨になる前から礼拝堂に隠れていた。だから、まだ柔らかくなっていない地面には足跡が残らなかった。大雨になって——ロジャーが入ってくる——最初の足跡がつく。暗闇の中で犯人が目指す相手に襲いかかり、ロジャーが倒れる。犯人は立ち去り——第二の足跡が泥の上に残る」ピムロット氏は自信満々といった調子で軽く舌打ちをして、深々と座席に坐り直した。

「何だか、あなたの仮説のあら捜しをするのが僕の役目のようですね」相手の顔から取り澄ました表情が消えていくのを眺めながら、ブラックバーンはにやりとした。「あなたの推理がそれなりに当を得たものであるのは認めますが、まだ事実に合わないところがあるんです」

ピムロットは何もいわなかった。

ジェフリーは立ち上がって、仲間を招くような手振りをすると、祭壇に向かって歩き、死体を隠している衝立をずらした。彼はゆっくりいった。「この男性が、昨夜はどの時間も、ぬかるみを通ってこなかったということについて、あなたの納得がいく証明を僕はできると思います。ですから、僕らが選択できるのはただ一つ——大雨が降り出したとき、ロジャーはすでに礼拝堂の中にいた、ということしかありません」

「だが、扉は閉まっていたし——鍵も——」

「なるほど、あり得ないように思えます」ブラックバーンはうなずいた。「しかし、僕の信念は、扉に鍵がかかっていたという事実とほとんど変わらない、具体的な事実に基づいています」彼は下を指さした。「ロジャーのスリッパを見て下さい。もしも、彼がぬかるみを歩いてきたのなら、否応なく底に泥が付いてしまいます。あなたがいわれたように、暗闇の中で待っていた犯人が、殺したあと、被害者の衣服を乾かす目的で暖房を入れたとしても、その熱でスリッパの泥も乾いたはずです。ところが、今ご覧になってわかるように、スリッパはまったく汚れていません」

ピムロットはうなずいた。

「そうすると」と、ブラックバーンは続けた。「あなたは、どう見ても抜け目のないこの犯人が、こうした複雑な事態を予想していて、泥の付いたロジャーのスリッパを脱がせ、きれいなものと取り替えたかもしれない、とおっしゃるかもしれません。この意見については、二つの反論が挙げられます。第一は、ロジャーが、精神的に不安定だったのは間違いないとしても、知恵遅れではなかったのですから、集中豪雨の中を室内履きでふらふらと出ていくようなことはまずあり得ない、という元からある前提です。第二は、さらに筋道だったものです。ロジャーはスリッパを一足しか持っていなかった。ということは、すりかえが行なわれていたならば、殺される前にロジャーが履いていたスリッパを見ていたプレーターが、先ほど遺体を確かめたとき、それに気づいたでしょう。たとえ仮説を推し進めて、犯人が同じスリッパを用意していたかもしれない、という点まで認めたとしても――大雨を予想するのは不可能なので、かなり極端な仮定になりますが――すりかえたものが新品ではトリックは露見します。ところが、ロジャーのスリッパは新しくはない。見ての通り、履き古したもので、擦り減って、形が崩れています。すなわち、昨夜屋敷を出たときに履いていた、そのスリッパなのです」

私立探偵は面白くなさそうだった。「困ったことになりましたな。殺し屋以外に相手にしなくてはいけないことがごっそり出てくるとは。だが、なぜロジャーさんが被害者になったんでしょう。オツムが足りないだけで、何の害もない哀れな人間を――」

ジェフリーは相手の顔を覗き込んだ。「文字通りの意味でそういっているのですか」

さすがのピムロットも顔を赤らめた。「いや――まさか、その通りだなんていうわけじゃありませんがね」と、決まり悪そうに答えた。「奴さんの精神状態がそれほどしっかりしていたわけではないことは、屋敷の誰もが知っていることですから。もちろん、そんなこと認めやしませんが。でも、私は、その男が頭がおかしくて自分の世話ができないものだから、お守り役として雇われたんですよ。ということは、私がさっきいってたことに戻るじゃありませんか。いったい誰がこの哀れな男に危害を加えようと思ったんでしょうかね」

ブラックバーンはたばこを手に持ったまま、落ち着かない様子で歩き回っていた。相手があきらめ顔で両手を広げたとき、彼は立ち止まった。ピムロットに話しかける声はこれまでで一番小さかった。

「そうです。なぜロジャーが狙われたのか。なぜ祭壇の脇にあのようなピクニックの支度がしてあるのか。なぜ死者の手首にあんな傷痕が残っているのか。なぜ暖房が入っていたのか。そして、人形による謎めいた警告の理由は」何かに腹を立てたように、彼は吸い殻を投げ捨て、靴でもみ消した。「なぜだ――なぜだ――なぜなんだ。この事件には一定の型というものがない――手順や構想という観念が欠けている。こんなに歪んでいるのは、正気の沙汰じゃない。殺人の舞台からして異常で病的だ」

ピムロット氏は、眼を丸くして、小声でいった。「舞台とは」

「そう――舞台です。魔女信仰や黒魔術に捧げられたダイダロスの館。文明史上最暗黒の時代を研究し、妖術にどっぷり浸った碩学が統べる、孤立した小王国。犯罪の舞台として完璧だ――完璧すぎるといっていい。だから僕は怖くなるんですよ、ピムロットさん――とてつもなく怖いんです」

ピムロットのしゃがれ声が再びそっけなく響いた。「怖いですと」

「たまらないくらいですよ」ブラックバーンは両手を落ち着きなく動かした。「なぜなら、これほど手の込んだ演出をわざわざ工夫し、グラン・ギニョール風の背景を己の犯罪のためにしつらえた犯罪者は、これ以上のことを目論んでいるからです。この背筋の凍るような茶番劇がここで止まるはずはありません。だから怖いんです。今僕らが目にしているのは幕開けにすぎないのです。次がどんな展開になるかまったくわからない以上、僕らは手をこまねいて見ているしかない」

ピムロットは穏やかにいった。「それで、警察に助けを求めようと考えている」

「ええ。それに理由はそれだけではありません。この手から責任を離したいんです。舞台袖に控えて、成り行きを見守りたい――僕は、犯人がロチェスター屋敷の屋根の下にいると信じていますから」

小男は急にびくっとしたので、眼鏡が落ちそうになった。「ここに――この屋敷の中ですと」信じられないというような上ずった声だった。

ジェフリーはそっけなくうなずいた。「そのとおり。今は理由をお話しすることはできません。やらなければならないことが山ほどあります。荒野では魔女たちがうごめき、不吉な災いが起ころうとしているんですから」

ピムロットは礼拝堂を一渡り見回すと、最後に、手足を無造作に投げ出して通路に横たわる死体の上で視線を止めた。彼は、突然吹いてきた冷たい隙間風を防ぐように、肩を丸めた。「あのう」と、落ち着かなそうにつぶやいた。「ここから出ませんか」

「その前にやってもらう仕事があります」と、ジェフリーはいった。片手をポケットに入れて礼拝堂の鍵を引っ張り出すと、それを私立探偵に手渡した。「ひと回りして、ここに誰も忍び込めないように、窓を一つ残らず戸締まりして欲しいんです。それが済んだら、扉に鍵をかけて、鍵を返して下さい。それと、何も手を触れないよう、お忘れなく。警察が到着したときに、僕らが発見したときと同じ状態で見てもらえるようにしたいので」

ピムロットはうなずいた。「わかりました」

ジェフリーは奥まで歩いて祭壇からナイフを取り上げると、丁寧にハンカチで包んだ。「これは僕が責任を持って預かりましょう」と彼はいった。「屋敷にいますから、終わったら鍵を持ってきて下さい。それから……」

次の言葉が彼の口から出かかったとき、礼拝堂の扉が押し開けられ、朝日がどっと流れ込んでくると、鋭い剣のような光が二人の驚いた顔を照らした。戸口には、黄金色に踊るちりを背景に、体のひどく曲がった人影が、輝く光をさえぎって、冥界へ通じる門のように真っ黒な姿で立っていた。ジェフリーが目を細めると、すぐに焦点が合って、すみずみまでとらえることができた。

入り口のところに立っていたのは、魔女のような老婆だった。しわくちゃで背が曲がり、覗き込むような目つきをしたところは、まるで、アーサー・ラッカムが描いたグリム童話の挿し絵の中から、そのまま脱け出してきたのではないかと思われるほどだ。半クラウン銀貨ほどの大きさの金箔のはげた円盤で裾を飾った、はいているというよりは、いいかげんに巻き付けた感じに見える、色褪せた緑のスカート。紫と金が変色して汚らしい縞になっている、くたっとしたブラウス。かつてはナヴァホ毛布のように鮮やかだった色が、時の経過と粗末な扱いのせいでしだいに褪せ、何とも形容しがたい淡い色の溶け合った状態になったショール。両腕を伸ばして大きな木のバケツを下げている、何かのパロディのようなこの粗野な人物と、彼女の足をおさめている不格好な男物のブーツは、まさに似合いだった。

驚きよりも好奇心が勝ったジェフリーは、彼女に向かって通路を大股に歩いていった。

女は、乳絞り人が近づくのを見つめる牝牛のように、彼が来るのを気にせずぼんやりと待っていた。顔にはまったく表情というものがなく、岩の塊――鉤鼻と、深く窪んだ眼窩、大きく貪欲な口に似せた形を刻んだグロテスクな岩――のようなごつごつした顔だった。これらの隆起した部分をぴったりと覆う皮膚は、キャンプファイアーの煙を百万回浴びたように黒く汚れ、エッチング同然の皺が刻まれていた。そして、ボタンのような目の中で絶えず逆巻いている、激しい眠気を誘う何かをきっかけにして、ブラックバーンがこの闖入者の素性に思い当たったとたん、ピムロットは甲高い声を発した。

「ミセス・コンシダインですよ」

ゆっくりと、腐肉を嗅ぎつけたハゲワシのように、老婆は頭を回した。巨大な金色の耳輪が揺れる。その瞬間、ジェフリーは、邪視に対する原始的な恐怖がどんなものかを悟った。そして、意識の底を動き回る恐怖に彼は冷静さを失った。ブラックバーン氏が女性に向かって声を荒げたことは生まれてこのかた一度もなかったが、今回ばかりはほとんど怒鳴り声になっていた。

「ここへ何しに来たんですか」

ミセス・コンシダインの岩のような顔がぴくりと動いた。細長く開いた口が一瞬引きつったかと思うと、わけのわからない言葉があふれ出た。彼女は、突然活発になり、ずんぐりした体をいっぱいに使って、いわんとするところを伝えようとした。細い指がバケツから飛んで、床に着いたかと思うと、今度は通路に降りる。腕の、掃き、洗い、磨く動作が残像のように目に焼きつく。すると彼女は手振りを止めて、悪知恵の薄膜の張った小さな目で二人を見つめた。

「そうか」と、ピムロットがいった。「礼拝堂を掃除しようと思っているんだ。わかりますか、掃除したいんですよ」

「たしかにそうらしい」ジェフリーは不満げにつぶやいた。「それにしても、ずいぶんと面白いことがあるものだ。誰がここに寄越したんでしょうね。それとも、自分の意志で来たのか」

トレヴァー・ピムロットは、出し抜かれてはならじと心に決めると、振り返って老女にいきなり質問を突きつけた。皺だらけの顔にいっそう皺が寄った。彼女は片方の耳のうしろに曲がった爪を当てると、叫びとも唸りともつかない声を発した。私立探偵は相手に向かって大声で話しかけた。不意に、魔女のような老婆は曲がった体を伸ばすと、両肩を後ろに反り返らせて、片手を頭上高く差し上げた。パントマイムにじっと目を凝らしていた二人の男は、同時に、この奇怪なパロディからある人物を思い浮かべた。

「プレーターか」彼らはいっしょに声を上げた。

ミセス・コンシダインは歯のない口を開けてにやりと笑い、子どものようにしつこく何度も頭を下げた。男たちは顔を見合わせた。それから、ジェフリーは老女の視線を捉えると、頭を横に振って戸口の外を指さした。ごつごつした顔に再び皺が寄った。女はその場に立っていたが、ピムロットが彼女の両肩を押さえて、体の向きを変え、そっと押すようにして扉の外へ出した。彼女は礼拝堂の中の二人に聞こえるほど大声で、怒った猿のようにひとりわめきながら、足を踏み鳴らしてぬかるみを覆う敷物の上を歩き、屋敷に戻っていった。

ジェフリーはうつろな目で彼女の後ろ姿を見ていた。「ところで、プレーターはどうしてこうもきれい好きなんだろう」と、あきれたようにいった。隣ではピムロットが、にぎやかな声でくどくどと、非難や疑いの文句をまくしたてていた。ブラックバーンは、ピムロットを払いのけるようにして老使用人の後を追い、屋敷へ向かった。勝手口の脇を通って正面に向かったとき、目に飛び込んできたものに驚いて、彼は、考えごとから急に我にかえった。

広い玄関の前には、新しい革紐をかけた、大きなスーツケースが二つと、そばに小さめの箱が三つ置いてある。ジェフリーは躊躇しなかった。すばやくその場に駆けつけると、重い扉を押し開けて、ホールを走らんばかりの勢いで抜けて居間に向かった。話し声が不意に途切れたのがわかった。挨拶もせず、彼は飛び込んだ。

居間には大勢人が集まっていた。ジャン・ロチェスターが、蒼ざめた幽霊のような表情をして、ロロ・モーガン、フィリップ・バレットといっしょに壁際の大きなソファに坐っていた。彼らは暖炉の前に立っている三人を不安そうな目つきで見つめていた。ブライアン・オースティンが、ピンクの顔を怒りで紅潮させ、サファイアのような青い眼で、射すくめるようにカミラ・ウォードを睨みつけていた。カミラは頭を振りながら、きゃしゃな両手で手袋を引っ張っている。彼女は旅支度だった。チェックのコートのベルトを締め、同じ素材で作った小さな帽子をつやのある髪に傾けてかぶっている。オーエン・ロチェスターは彼女のほうを向いて〈C・W〉のイニシャルが浮き彫りしてある革の鞄を手渡そうとしていた。あたかも見えない糸に強く引っ張られたかのように、全員の顔が入ってきたブラックバーンに向けられた。彼は部屋の中に進み、カミラ・ウォードを見た。彼の腕時計のかちかちいう音がはっきり聞き取れた。

「どこへ行かれるおつもりですか」ジェフリーの目は彼女から一瞬たりとも離れなかった。

振り返ったのは蒼白の仮面だった。その顔からは、翳りを帯びたすみれ色の眼を除いて、あらゆる色が失われていた。指をそわそわ動かして帽子の位置を直しながら、娘が落ち着こうと焦っているのがよくわかる。ゆったりした物言いが消えて、言葉は途切れ途切れにしか出てこなかった。「出て行きます――私は――ロンドンに帰ります」

ジェフリーは首を横に振った。「ミス・ウォード、今ここを出て行くことはお勧めしませんね。むしろ厄介なことになりますよ」

彼女の顔がみるみる赤くなった。あごを突き出して娘が発する言葉は、一言ごとに微かなとげとげしさを増しながら、次第にしっかりしてきた。「失礼ですが、ブラックバーンさん。〈厄介なこと〉とは何でしょう。どういう意味ですの」

「それはですね、お嬢さん。もしも私に無断でこの屋敷を出て行かれるならば、あなたの逮捕を命令せざるを得ない、ということです」

「逮捕ですって」

「ロジャー・ロチェスター氏殺人に関与した容疑でね」ブラックバーンは事務的な口調でいった。

完全な沈黙が不意に訪れた。まるで世界中が動きを止めて、何かに耳をそばだてているかのようだった。雷鳴が聞こえてから土砂降りが始まるまでの、空の風さえ一時休んでいる、時間感覚を失った空白のひととき。どこかで長く、かぼそいため息がして、部屋の静けさをかき乱した。突然、暖炉で太い薪が崩れる音がすると、誰もがどきりとした。カミラ・ウォードはジェフリーをじっと見つめた。彼女の瞳は白い紙を焦がす黒い穴のようだった。彼女は、蛇が舌を動かす素早さで、乾いた唇をなめた。とうとう彼女は口を開いた。

「その冗談はあなたのお考え？」声はとげとげしかったが、ガラスのような脆さを含んでいた。「私をここに引き止めておくわけにはいかないわ」

ブラックバーンは二歩下がって部屋全体を見渡した。

「僕には、あなたを——ほかの方も——ここに引き止めておくことはできません。それができるのはスコットランド・ヤードだけです。彼らはそうするでしょう。なぜなら、この屋敷にいる人は皆同じ容疑の下にあるからです。すなわちロジャー・ロチェスター殺害の容疑です。あの不幸な男性を殺害した者がこの屋敷のどこかにいるとしたら、彼らは誰一人として出て行かせはしないでしょう。ですから、スコットランド・ヤードに事件を預けるまで、僕は、その人物をみすみす逃すようなまねをするわけにはいかないんです」

第四章　ブラックバーン氏、詮索好きになる

（三月七日　日曜日）


「この娘は足し算ができないのね」と、赤の女王が口をはさみました。

「引き算はどう。八ひく九はいくつ」

「八ひく九なんて、できっこないじゃない」と、アリスはすぐ答えました。

――ルイス・キャロル『鏡の国のアリス』

1

暖炉の熾《おき》がまた崩れて、驚いた螢の群れが飛び立つように、火花が散った。息をするのが重苦しく、つらかった。まるで、部屋の中で凍りついた眼をして坐っている者たちが、肉体的な重圧を受けているかのようだった。ブラックバーンが口を開くまで物音一つ聞こえなかった。彼の声からは冷徹さが消えて、かわりに専門家らしい穏やかで確信に満ちた話しかたになっていた。

「この屋敷に殺人犯といっしょに閉じ込められることになる――たしかに、そう考えると実に不愉快なものです。ちなみに、僕は犯人という言葉を男女どちらにも当てはまるものとして使っています。もちろん、無実の方は何も恐れる必要はありませんが、その方たちの協力が捜査に不可欠であることをわかっていただかなくてはなりません。それというのも、みなさん」そこでジェフリーは声を落と

した。「僕にはこの忌まわしい事件がこれで終わったとは思えないからです。これは警告です。こんな予感が当たりませんように。今の時点でお話しできることはもうありませんが、これまで申し上げたことで、この屋敷に残ることがいかに重要か、おわかりになっていただけたはずです」

ロロ・モーガンが何か話そうとした。喉がかれて絞り出すような声だった。「この屋敷の中に犯人がいるっていうのか、J・B。そんな恐ろしいこと——あんまりだ……」彼の口から漏れる言葉が、弱々しく、うつろに響いた。ジェフリーは友人の顔に浮かんだ苦悶を無視した。折りたたんだハンカチを広げてナイフを取り出すと、暖炉まで歩いていって、オーエン・ロチェスターの目の前に差し出した。

「これはあなたのものですね」

オーエンはうなずいた——動作はぎごちなく、緩慢だった。「それはまさか……」彼はそういいかけて、口をつぐんだ。

「そうです」きっぱりした言葉だった。「これが凶器です。最後に見たのはいつですか」

若者の逞しい体がこわばった。喉元の血管が、網の中でもがく昆虫のように震えた。オーエンはしゃがれた声で答えた。「さあ——覚えてませんよ。何ヶ月も前のことだから——」

そのとき、ジャンが部屋の隅から口をはさんだ。「それは違うでしょ、オーエン。あなた、先週カミラに投げ方を見せてやってたじゃない」

「投げ方だって」ブラックバーンは半歩前に身を乗り出すと、ナイフを突き出した。「では、このナイフは——投げて使うものなんですか」

オーエンは黙ってうなずいた。

「なるほどねえ」とジェフリーはいい放つと、相手の出方を待った。人を怯えさせるような彼の態度が、この若いロチェスターの心のばねを弾かせた。オーエンの顔がみるみる赤黒くなって、言葉が堰を切ったようにほとばしり出た。

「いい加減にしてくれ――だからどうだっていうんだ。それは投げナイフさ。マードックおじさんの農場から持ち帰った六本のうちの一つだよ」怒りがこみ上げるにつれて、口調が荒っぽくなった。「興味があるらしいから、もっといいことを教えてやろうか。そのナイフなら、厚さ二インチの板を五十歩離れたところから真っ二つに割ることだってできるんだ。しっかり覚えとけ」オーエンは背中を丸め、ポケットに両手をつっこんだまま立ち上がると、ブラックバーンを睨みつけた。むき出しの敵意にあたりの空気が震えた。

ジャンが椅子から立ち上がり、部屋を横切ってオーエンの隣に立つと、兄の腕に自分の腕を滑り込ませた。二人の並び立つ姿は、ゴリラとガゼルを想像させる。「ブラックバーンさん、あなたが何をおっしゃろうとしているのか、私にはわかりません」彼女は静かにいった。「面白いお話をしてあげましょうか。オーエンが使ったあと、ナイフを博物室に戻したのは私なんです。扉には父が鍵をかけました。しまうときに、たまたま居合わせたものですから。それからずっと、博物室には鍵がかかったままで、父以外の者が鍵を手にしたことはないんです」

オーエンが投げやりにいった。「無駄だよ、ジャン。こいつはもう俺が兄貴を殺したと決めつけているんだから」

ジャンは、兄を落ち着かせるように、彼の腕を軽く握って「オーエン」といった。

ジェフリーは肩をすくめた。「我らが犯人は、かの婚姻の神ヒュメーン同様、錠前屋を何とも思わないようですね。鍵のかかった博物室から凶器を持ち出し、鍵のかかった礼拝堂で殺人を犯したのですから」彼は部屋を横切って、暖炉の近くに下がっている呼び鈴の組紐を強く引いた。まもなくプレーターが姿を現わした。戸口のところでしゃちほこばって立っている。ジェフリーが前へ出た。

「プレーター、玄関に置いてある荷物をミス・ウォードの部屋に運んでくれないか。それから……」

「何でございますか」

「僕の部屋はどこかな」

執事は禿げた頭をわずかに傾けた。「二階でございます。モーガン様のお隣にご用意しました。いつでもお使いになれます」

ブラックバーンはうなずいた。「もうひとつ頼みがあるんだが。荷物を運ぶ前に、ロチェスター教授に、僕が博物室の前で会いたがっていると伝えてくれないか」

一瞬、名状し難い複雑な表情が執事の皺だらけの顔をよぎった。彼は目を伏せたまま返事をした。

「ロチェスター教授は大変混乱しておられます。誰も取り次がないようにと厳しく申しつけられておりますので……」

ジェフリーはゆっくりといった。「僕のいったことは聞こえたね、プレーター」

相手はがっくりと肩を落とし、「かしこまりました」というなり、背中を向けて立ち去った。

ジェフリーは部屋の中をすばやく見渡すと、戸口に向かった。執事の姿がホールの暗がりに消えようとしている。「ちょっと待って、プレーター」

執事はすぐに振り返り、ジェフリーが追いつくのを待った。老人の声が皮肉っぽく響いた。「まだ何かご用で」

「教えてもらいたいことがあるんだ」ジェフリーは軽い調子で声をかけた。「今朝はどうしてミセス・コンシダインを礼拝堂に行かせたんだい」

プレーターの両眉が上がった。「礼拝堂へですか」

「ああ、掃除にね。モップとバケツを持って来てたよ。君にいいつけられたと話してた」

ホールの移ろう影の中で、執事の顔は青く流れる水の中に蒼白く見える仮面のようだった。「失礼ですが、何かのお間違いではありませんか。ミセス・コンシダインがそのようなことを申したはずはありません。だいたい彼女はこの国の言葉を話せませんし、朝食を済ませてから一度も見てはおりませんので」

あっさりと否定されたので、ジェフリーはどう言葉をつなげてよいものやら戸惑ってしまった。

「ということは、君がいいつけたのではないのだね」彼の口調はぎごちなかった。

プレーターはかぶりを振った。「ミセス・コンシダインが礼拝堂に行ったとしても、私が命じたのではありません。きっとご家族のどなたかがそうおっしゃったのでしょう」

ブラックバーンはあえて逆らおうとはしなかった。「博物室にはどうやって行くのかな」と彼は尋ねた。

「二階へお上がり下さい。扉の小さな真鍮板に部屋の名前が書いてございます」執事はすこし待っていたが、相手がうなずくと背を向けて、廊下の角を曲がり姿を消した。プレーターの後ろ姿を見つめながら、ブラックバーンはどうしたものかとしばらく考え込んだ。見え透いたアリバイをでっちあげていいわけするものとばかり思っていたので、あんなに落ち着いた態度で否定されたのは意外だった。彼はたばこに火を点けると、階段の方へ足を向けた。

勾配がきつくなるのを避けるため、オークの階段は中ほどがヘアピン状に曲がっていて、折り返すように段を上り切ると、上りと向きが正反対になるようにできていた。両側の手すりは、太さが人の腕ぐらいで、階段の曲線に沿ってついている。曲がるところで段は扇状に広がり、外側が広く内側が狭い。ミス・ベアトリスがつまずいたのは、ここなのだろうとジェフリーは思った。彼はその場に立ち止まって見下ろした。それにしても——落ちたらただでは済まないだろう。床までは相当な距離があるように見えるし、ベアトリスのような女性には落下の衝撃は致命的だ。優しい手があの床から運び去ったのが、壊れて役に立たなくなった土塊だったとしても、そう不思議ではない。ジェフリーはやり切れない思いで首を振った。こういう扇状の階段は危ない。上の段も下の段も幅が一定なので、そのつもりで歩いていると、踏み段が狭くなったり広くなったりするところではつまずきやすい——不自由な足をひきずって歩く場合はなおさらだ。こんなことを考えるのは心地よいものではなかった。彼はまた上りはじめ、手すりのついた幅広い回廊に出たところで立ち止まった。階段を上り切った場所の暗さには、震えるような不透明感があったが、階下から漏れる薄明かりでいくらかその感じは和らいでいた。あたりはおぼろげで何があるのかよく見えない。ヴェールの奥から密かに媚を送る瞳のように、暗がりの中で、電灯のスイッチを覆う蓋が弱い光を反射していた。ジェフリーはそこまで行ってスイッチを押し下げた。

回廊に突然光があふれた。傍らに出現した一体の甲冑に彼はぎくりとした。柱の陰からいきなり出てきたような気がしたのである。足元は絨毯に変わり、オークの壁からは、長い眠りから不意に起こされた肖像画が、目を見開き呆気にとられた顔でじっと見下ろしている。漆黒のくぼみだったアルコーブは、ありふれた戸口に姿を変えた。いくつかある戸口の一番近いところに、〈博物室・部外者立入禁止〉と刻んだ小さな金属板が掲げてあった。ジェフリーは廊下を横切ると、ノブに手をかけて、頑丈なオークの扉を開こうとした。扉は一インチも開かない。途中で止まったイェール錠の丸い真鍮板が、心得顔で彼に向かってウィンクした。

階段を上る足音に彼は振り返った。ロチェスター教授はもう少しで上り終えるところで、薄い唇を動かして独り言をつぶやいていた。歩きながら、その指は懐中時計の鎖をもてあそび、細い銀の環をさまざまな形にひねっている。小鳥がすばやく動くように、白髪混じりの頭がせわしなく揺れていた。「な、なんということだ――い、いったいどうなっておるんだ」と老人がどもりながらいうと、ジェフリーは戸口から姿を現わした。

彼は相手の言葉を無視することにした。「教授、この博物室の鍵をお持ちだと聞いておりますが」と、気軽な調子で尋ねた。コーネリアスはぞんざいにうなずいた。「そうだ、部屋にはいつも鍵をかけておるからな」

教授は一歩近づいた。弱々しい小さな眼に疑惑の色がかすかに浮かんだ。「いったいどうなっておるかのね」彼はまた、しゃがれた声を出した。

「息子さんの殺害に使われた凶器がこの部屋から持ち出されたものであることには、疑問の余地がありません」ジェフリーはいいにくい言葉をあえて伝えた。「そのナイフはオーエンさんのものなのです」

一瞬、固く結んでいた老人の青い唇が離れた。そわそわしていた指先が凍りついたように動かなくなった。しかし、ブラックバーンは、ロチェスターの表情を縛りつけたのは驚きではないことを感じ取っていた。それが何であるのかをさらに分析する間もなく、教授の叫び声が回廊中に響いた。

「ばかな！　ばかげたたわごとだ。ここはいつも鍵がかかっているといっただろう。持ち出しなど不可能だ。一つしかない鍵は私が肌身離さず持っておるのだ。この博物室の中のものは、蒐集家にとってひと財産といってもいいほど貴重なものばかりだからな。実にくだらん思いつきだ」

「なるほど」と、ブラックバーンは思案顔でいった。「それは興味深いお話ですね」

「しかも、鍵はちゃんとここにある」コーネリアスは銀の鎖を引っ張った。一方の端には古めかしい金の懐中時計がついている。もう一方の端で輪に通した鍵束がじゃらじゃらと音を立てた。教授は中から一本選んでジェフリーに見せた。「ほら、見るがいい」

ジェフリーは一瞥しただけだった。「その鍵束を肌身離さず持っておられるとおっしゃいましたが、本当にそうしていらっしゃるのですか。お休みのとき、枕の下に隠したりはなさいませんでしょう」

「それはあたりまえだ」老人の声は鋭かった。「夜は引き出しの中に入れることにしておる。だが、それがどうだというのだ……」

「僕はただ調査しているだけです。どうぞ続けて下さい」

「鍵は寝室にある机の引き出しの中にしまう。そのほかに私の体を離れるのは、夕食のために着換えるような場合だけだ。そのときはプレーターが新しい服に移すことになっている」

「わかりました」しばらく間があいた。「では、先週ご子息のオーエンさんがこの博物室からナイフを借りていったことは覚えていらっしゃいますか」

コーネリアスは目を瞬いた。くたびれた黒いスーツを着て、すぼめた肩のあいだに鋭い目鼻立ちの顔をうずめた姿は、どう見ても狡猾な古鴉だ。その瞬間、ジェフリーの脳裏に、彼が知っていることをすべて打ち消すのではないかという予感が走ったが、相手はぶっきらぼうにうなずいた。「ああ――もちろん、覚えておる」

「どういう事情だったんですか」

「別にたいしたことではない。オーエンが私のところにやってきて――博物室を開けて欲しいといったんだ――あのウォードという娘に投げナイフの技を見せるのに一本必要だからとな。私が鍵を渡してやると、オーエンはナイフを取り出し、博物室にまた鍵をかけて、私のところに返しにきた。あとで用事があって私が博物室にいたときに、ジャンがナイフを持ってきた。それだけだ」

「ご老体、警察本部長がこの場に居合わせなくて本当によかったですねえ」ジェフリーは心の中で叫んだ。口を開くたびに矛盾したことをいう証人から、確実な情報を得るのは無理だと悟った彼は、顔を横に向けると、「入りましょう」とだけいった。

教授は進み出て、鍵を鍵穴に差し込むと、扉を大きく開いた。博物室は間口は狭いが奥行のある部屋で、突き当たりの高いところにあるステンド・グラスの窓から光が射している。床には敷物がなく、緋や青や黄の絵の具を使った筆の跡で汚れていた。窓の真下には大型の火縄銃が銃架に立てかけてあり、両側に金属板と鎖帷子からなる完全武装の甲冑が並んでいる。ジェフリーの右手は、細長い壁一面が刀剣類や破砕用の武器でほとんど埋め尽くされていて、懐剣、長剣《レピヤー》、鉈《カトラス》、偃月刀《シミタール》、大刀《クレイモア》が目に入った。ブーメランや槍、南アフリカの原住民が使う投げ槍《アセガイ》も掛かっていて、矢は木製のも金属製のもある。その近くには銃器類があった。銃口がらっぱのように広がったマスケット銃、騎兵銃、火打ち石銃、火縄銃、古めかしい先込銃などだ。この驚嘆すべき武器庫のありさまに、ジェフリーは軽いめまいを覚え、しばらく目を閉じた。それから、壁の低い部分に沿って置いてあるガラス・ケースに目を向けた。錆びついた親指締め拷問具とミイラ化した子どもの頭がある。ちらりと見ただけで彼はすぐ顔を背けた。教授は、薄い唇に意地悪そうな笑みを浮かべて、彼の様子を窺っていた。

ジェフリーはすかさず質問した。「オーエンさんが持ち帰ったナイフはどこですか」

「おまえさんの頭の上だ。壁に掛かっている」

彼は上を見た。幅広の刃が付いたナイフが星型に並んでいたが――一ヶ所欠けている。その空白の部分は、ナイフを壁に固定する針金がねじ曲がっており、ナイフは強引に外されたように思われた。ジェフリーは部屋を横切ると、上着の内側からハンカチに包んだナイフを取り出した。オーエンが自分のものだと認めたナイフである。ロチェスター教授はいきなり目の前に現れたものを凝視した。ジェフリーはハンカチをほどき、壁のナイフとじっくり見比べた。ぴったり合う。彼は包み直して、上着の内ポケットに戻した。

どういうわけかコーネリアスは黙り込んでいた。ただ、上着のボタンをいじっている細い指だけは、落ち着きなく何かを警戒しているような精神状態を示していた。「ほかに何か見たいものはあるのかね」と、ジェフリーが振り向いたとき、低い声でいった。

「あと一つだけお願いします」と、ジェフリーは答えた。「この部屋には弩《いしゆみ》があるはずだと思いますが、拝見できますか」

教授は軽くうなずくと、部屋の奥まで案内した。そして上のほうを指さした。「あそこだ」

弩は、小さな鉄の留め具で壁に固定されていて、長さが三フィートぐらい。台木には、鳥や獣や狩の場面の見事な装飾が施され、そのまわりを渦巻き模様が取り巻いている——銀と真珠の精巧な象眼細工だ。弦はなかったが、鋼の弓は優雅な曲線を描いている。動物の角でできた矢溝は、年月を経て黄ばんでいた。ジェフリーは、この中世の武器に目をやりながらいった。「教授、これはどこで入手されたのですか」

「ニュルンベルクだ。この前の旅行で、そこにあるのと同じ状態で持ち帰ったのだ」

「弦はなかったのですね」

「もちろん」苛立っている口調だった。「その弩は四百年前のもので、おそらくジェノヴァで作られたものだ。弦はとうに朽ちている。弓の両端に弦の輪の部分が残っていたが、持ち帰る途中外れてなくなってしまった」ロチェスターは一息つくと、ジェフリーに陰険な視線を向けた。「ブラックバーン君、こんなものにどうして興味があるのかね」

「ちょっと思いあたるところがありまして」ジェフリーは曖昧な返事をして、目を伏せた。「この手の弩だと射程距離はどれくらいでしょうか」

コーネリアスの指が再び上着のボタンに伸びた。「そのことならバレットに教えてもらうほうがいいだろう。あれはその道の権威で、つい先だって非常に面白い論文を書いたばかりだ。そういうわけもあって、ここを訪ねてきたのだ――この弩を見るためにな」

「本当ですか」ジェフリーの眉がつり上がった。「では、バレットさんにここに来てくれるよう教授から話していただけませんか」

「わかった――引き受けよう」ロチェスターは喜んで行こうとしているように思われた。「ここで待つつもりかね」

「ええ。それから、いらっしゃる前に、この部屋の鍵を預からせていただけますか」

ロチェスターは戸口のところで足を止めた。ゆっくりと仕方なさそうに振り返る。その顔には不安と反抗心がせめぎあっていた。「それはいいが――そんな必要などないだろう……」

「今はどうしても必要なのです、教授」ジェフリーはきっぱりといった。

「だが、私のコレクションが……」

ジェフリーは進み出て、腕を伸ばした。「教授のコレクションは、僕が鍵を預かっているほうが心配が少ないと思います」彼は冷淡にいった。「お願いします」ほんの一瞬、老人はためらったが、彼の広げた手のひらに鍵束を落とすと背を向けた。だがジェフリーは相手の顔に苦々しい表情がかすめたのを見逃さなかった。彼は肩をすくめた。老人の痩せた後姿が階段を曲がって見えなくなるまで待ってから、扉を閉め、壁にかかった弩のところに引き返した。

鍵束をポケットの中に滑り込ませると、彼はウォッシュ・レザーの手袋を引っ張り出し、皺をのばすようにして両手にはめた。それから腕を伸ばして弩をつかんだ。驚いたことに、鉄の留め具にひっかけてあるだけだったので、簡単に取り外せた。ジェフリーは扱いに気をつけながら降ろすと、弓の強さを試した。鋼の剛性が非常に高く、精一杯力を振り絞ってもわずかしか曲がらない。彼はポケットから携帯用ルーペを取り出して、光が当たるように弩を傾けながら、矢溝を調べた。動物の角でできた矢溝には縦に細長い傷が何本も走っている。彼は途方に暮れたかのように首を横に振ると、弩を元の場所に戻した。手袋を外してポケットに押し込んだちょうどそのとき、扉が開いてバレットが入ってきた。

「私に用があるそうだが」ぶっきらぼうないいかただった。

ジェフリーは微笑んだ。「ええ、ちょっと。お知恵を拝借したいと思いまして」

大柄なバレットが進み出た。「なるほど――それは構わないが」態度同様、一歩も引かない様子が口調に感じられる。ジェフリーはたばこ入れを取り出してすすめたが、相手はそっけなく断った。そこで彼は自分で一本選んで火を点けた。

「バレットさんは中世の武器にかなり造詣が深いそうですね」ジェフリーは気軽な調子でいうと、「この弩について教えてもらえるとありがたいんですが」と、たばこの先で壁を指した。

ジェフリーの物腰にジャーナリストは機嫌を直したらしく、少し打ち解けた態度を見せた。「武器については以前から研究している」と、バレットは認めた。「知りたいのはどんなことかね」

ジェフリーはガラス・ケースにもたれかかった。「まず最初は」と、切り出した。「壁にかかっているあの武器を使うことは可能かということです――当然弦が張ってあると仮定した場合ですが」

「もちろん」答えは一瞬のためらいもなく返ってきた。「弓の強度は作った当時そのままだろう。実際、あの弩に弦があって、使う者が要領を心得ていれば、相当な深手を負わせることも可能だ」

「ああ」ブラックバーンは煙を吐き出した。「やはりそうですか。では、二番目の質問です。弩の射程というのはどれくらいでしょう」

「まあ、それは場合によって違う」バレットの口調はもうかなり滑らかになっていた。この話題に夢中になっているのは明白だった。「まず、大まかにいって、弩には二種類――攻城兵器として戦争で用いるものと、主に猪や鹿を倒すのに使う狩猟用のものがある。この弩は」――壁を指さしながら――「明らかに狩猟用だ。台木の飾り模様を見ればすぐわかる。だが、狩猟用の弩が戦争で使えないということではない。封建時代の貴族が攻撃を受けたときは、攻城用だろうと狩猟用だろうと弩を総動員して城を守ったんだ」

「興味深いお話ですね」ジェフリーはうなずいた。「で、射程距離はどうですか」

「攻城用の弩は、狩猟用のものよりも大型で強力だから、当然射程距離も長い」と、バレットは説明し始めた。「十五世紀の平均的な戦闘用弩の場合、発射角を四十五度まで上げると、矢を三百七十から三百八十ヤード先まで放つことができる。しかし、もちろん直射射程距離ではない――わかるかね」

　ジェフリーは首を横に振った。「中世の武器に関してはまるで無知なものですから」と、小声でいった。「直射射程距離とは何ですか」

「殺傷可能距離のことだよ」と、バレットがいった。「弓の強度と使い手の技量にもよるが、殺傷可能距離は五十から七十五ヤードほどだ。だから、それ以上は、矢を空中に撃ち出して地面に落ちるまでの距離がどれくらいになるかを、ただ試験的に測ったものにすぎない。そうやって撃った場合で一番長い距離はたしか五百ヤードだったと思う」[*1]そこで一息いれた。「よけいな話をしすぎてはいないかな」

「いいえ、そんなことはありません」と、ジェフリーは答えた。「もう一つ大事なことをお聞きしたいんですが、先ほど発射角を四十五度に上げるとおっしゃいましたね。そうするのは直射射程距離の場合ですか、それとも試し撃ちの場合ですか」

「試し撃ちの場合だけだ。直射射程距離で狙うときはもっと微妙に調節する必要がある。その場合、矢の頭を台木からほんの少し上に傾けて置くのがふつうだ。すると射手は標的よりもちょっと上を狙うことになる。だから、仮に、射手が敵の口を撃とうと思う場合、額に狙いを定める。矢は放物線を描いて飛んでいくわけだからね。古文書によると、並外れた腕前の射手がいたことがわかっている。たとえば、サー・ファラモンド・キャンビスの記録がそうだ。彼は、あのバラ戦争において、バーネットの戦いが行なわれた一四七一年、ウォーリック伯の下、グラズモア・ヒースで戦っている。サー・ファラモンドは百二十ヤード離れたところからヨーク党員の心臓に矢を撃ち込んだそうだ」

ブラックバーンはじっと耳を傾けていた。相手が話を中断したとき、彼は上着からナイフを取り出し、折りたたんだハンカチを開いてガラス・ケースの上に置いた。彼は穏やかな声でいった。

「このナイフですが、バレットさん――これを弩で撃ち出すことは可能でしょうか」

ジャーナリストの目がナイフに留まった。「壁にかかっているあの弩で、ということかね」抑揚のない口調だった。

「ええ。壁にかかっているあの弩ではどうか、ということです」

フィリップ・バレットはしばらく考えてから、口を開いた。「そうだな、普通のナイフだったらまったく不可能――と答えるところだ。なぜかというと、重量バランスが逆なので、どうやっても命中させることができないからだ。弩で撃ち出す矢は、ふつう、重さが二オンス半を超えることはめったにないし、先端には金属製の鏃《やじり》が、後端には羽根が取り付けてある。矢は重いほうが前になって飛ぶ仕組みだ。ところが、普通のナイフでは柄のほうを刃よりも重くしてあるから、いやでも空中で向きが変わることになる」

「なるほど、それで」

バレットはゆっくりと答えた。「だが、これは投擲用のナイフだ。刃のほうが柄よりも重い特別な作りになっている。だから、重量配分は弩用の矢とほぼ同じだ。よろしいかな」

「よくわかります」ジェフリーはちょっとたばこをいじった。「では、ナイフの太さによる影響はどうでしょう。普通の細い矢に比べて狙いにくいということはありませんか」

「それは距離による。優秀な射手なら五十ヤード離れたところから正確に矢を命中させることができるだろうが、そのナイフで同じ結果を得るには標的にずっと近づかなければならないだろう」

「標的にずっと近づかなければならない」ジェフリーは物思いにふけるように相手の言葉を繰り返した。彼は立ち上がった。「さて、これだけ伺えば十分です。教えて下さってありがとうございました、バレットさん。おかげでとても助かりました」ナイフをガラス・ケースの上に残したまま、彼は相手の後について戸口に向かい、扉を引いて閉じると、鍵を差しこんで回した。遠くで鳴っているような銅鑼《どら》の音が、下のホールから響いてきた。

「昼食だな」と、バレットがいった。「申し訳ないが、支度するのでこれで失礼する」

ブラックバーンは階段に向かいながら、時間の進みかたが主観によって伸びたり縮んだりすることに驚嘆していた。ロチェスター屋敷を訪れてからまだ三時間しか経っていないとは、とても信じられない。それというのも、この短い間に何ヶ月分もの時間が経過して、この屋根の下で暮らす人々のことを、親しい友人並みに、細かいところまではっきりと理解したような気がしていたからだ。もっとも、屋敷の人々との関係について、今の自分の立場に〈友人〉という言葉を当てはめるのは、どう見ても無理があるようだ。まあ、自分が引き起こした相手の反応には、やむを得ないところもある——彼らは、暴力と恐怖によって体面を剝ぎ取られた姿をさらけ出しているのだ。人間を動かす二つの根源的な要素――恐怖心と自衛本能――が、あらゆる気取りを蹴散らし、上品さという脆い殻を突き破り、文明の虚飾の陰で反抗的な唸り声をあげている。愉快な想像ではなかった。ジェフリーは肩をすくめ、「憂鬱よ、下界に去れ」とつぶやいた。エリザベス一世の言として、サー・シドニー・リーが『英国人名辞典』に記録している言葉である。しかし、言葉の上で憂鬱を黄泉の国に追い払ったからといって、御意に入るとは限らない。眉間に皺を寄せたまま、階段を降りて、ホールを横切ったとき、彼は、書斎から出てきたロロ・モーガンともう少しで衝突するところだった。

「やあ」ロロはそっけなくいった。そして、ややぎごちない調子で付けくわえた。「お昼に行くのかい」

「いや、まだ無理だよ」ジェフリーは愛想よく答えた。「僕らにはやらなくちゃいけないことがあるから」

「僕らって」

「君と僕さ」ジェフリーは念を押すと、友人の腕を取った。「ベアトリスおばさんが眠っている墓地を案内して欲しいんだ」

モーガンは一緒に歩き始めたが、気が進まないようだった。「後回しにはできないのか――」

「それはできない」ブラックバーンはきっぱりといった。

「どうしてそんなに急ぐんだ」と、ロロはわけを知りたがった。

ジェフリーは穏やかにいった。「なぜ急ぐかっていうとだね、ロロ。それは、僕がロックウォールに行って電話をかければ、すぐに警察本部長がここにやってくることがわかっているからなんだ。明日には着くだろう。そのときまでに人に嫌われる仕事を僕がいろいろ済ませておいて、できるだけ本部長の負担を減らそうと思ってね。だから、今墓地に行くんだ」

「だが、そんなところで何を探り当てるつもりなんだい」

「君も知っている『お気に召すまま』と同じく」と、ジェフリーは答えた。「〈路傍の石に神の教えを見いだす〉つもりだよ。アーデンの森で老公爵がアミアンズに語ったようにね」

モーガンは不満そうになった。二人は黙ったまま歩きつづけた。ホールを抜け、玄関ポーチに向かう絨毯敷きの廊下に入ると足音も消えた。そのとき彼らに会話を止めさせた運命の神々は、すぐ近くのことを見通せる眼力を備えていたに違いない。というのも、その静けさのおかげで、すぐあとに起こったばつの悪い出来事がはなはだ強調されることになったからである。彼らが無言であっただけに、その粗野ともいえる出来事はいっそう際立っていた。二人が半開きの扉の前を通りかかったとき、カミラ・ウォードの押し殺した声――ときには普通の話しかたよりも通りのよいひそひそ声――が漏れてきた。

「もっと気をつけなくちゃだめっていったでしょ。前だって危なかったけど、今はダイナマイトで遊んでいるのと同じなの。モーガンが連れてきたあの男が、この先ずっと嗅ぎまわるのよ――あの礼拝堂のあたりは特にね――」

鋭く「しーっ」という姿の見えない人物の声がした。激しい音をたてて扉が閉まると、その出来事の幕も閉じられた。だがそれに込められた意味が消えることはなかった。髪の生え際まで真っ赤にしたロロは、一瞬目を上げて友人の顔を見たが、すぐ目を伏せた。しかし、ブラックバーンはまるで平気なようだった。彼はおどけた口調でいった。

「見事な逆説じゃないか。今耳にしたのは、聞こうと思って聞けるような話じゃないぞ。ミス・ウォードがいった言葉よりも、あのしゃべりかたが肝心だ。今は亡きW・S・ギルバートは『彼女は常識を陽気にあざ笑う』（喜歌劇『ペンザンスの海賊』第一幕）とか何とかいってなかったかな。〈彼女〉っていうのは逆説のことで――ミス・ウォードじゃないよ――もっとも似たようなものといえなくもないだろうがね」

ロロは不機嫌そうにいった。「ここに君を連れてくるんじゃなかったよ。こんなことになるなんて夢にも思わなかったし……」そこまでいうと、唇を固く結び、あとは身振りでごまかした。

「殺人というのは最高の嘔吐薬でね」と、ジェフリーは冷たくいい放った。「これを呑むと、一番苦い、嫌なものが喉もとまで込み上げてくる」

「恐ろしい話だ」モーガンはかすれるような声でいった。「枯れ木をひっくり返したら、とてつもなく気持の悪い虫が這い出してきたようなもんだね。ここはいったいどうなってるんだ」彼はいきなり強い調子になった。

今や彼らは庭に出て、ところどころ崩れた礼拝堂への小道をたどりながら進んでいた。納骨所は片側にある。二人は、敷物で覆ったぬかるみから少し離れたところで小道をはずれた。近づくにしたがって納骨所の姿がはっきりしてきた。低い石の丘のような形をして、正面に重々しい鉄の扉がはまっている。両脇には葉を伸ばした丈の高い雑草が表面をなめるように風になびいていた。ブラックバーンは進み出て、金属の扉に刻まれた碑文の一部を覆っている苔を靴でこすった。苔が容赦なく削り取られると文字が現れた。

神が手に我が魂を委ね

我は蘇らん

かさかさと下草を踏む音がして、ジェフリーは立ち上がった。振り返ると、トレヴァー・ピムロットがこちらに向かってくるところだった。生意気なほど威勢のよかった姿が少ししおれているように見える。興奮した意地悪い目つきには、むしろ怒りが表れていた。ピムロットは近づいて、ブラックバーンにうなずくと、目で合図してロロを脇にどかせた。相手のしぐさに自分への不信感を感じたモーガンは、仕返しのつもりでピムロットに背を向けると、あてつけがましく二人の話が聞こえないところまで離れて、あたりをぶらぶら歩き回った。ピムロットは礼拝堂の鍵を取り出して差し出した。

「まったく時間の無駄でしたね」ピムロットはうんざりしたようにいった。「祭壇の近くのあのみょうちきりんな食い物を除けば、あそこには何にもありませんよ」

「何も手を触れなかったでしょうね」ジェフリーは厳しい口調でいった。「僕は鎧戸に鍵をかけるようにとお願いしただけですが」

「とんでもない。触る必要もなかったくらいで」と、ピムロットは手短に答えた。「鍵はもともとかかってましたから——内側からちゃんと」

「全部がですか」

「一つ残らずすっかり」賢者ぶった表情が小男の顔をよぎった。「いいですか、ブラックバーンさん。あの窓からはムカデだって入れませんよ」

ジェフリーは何か話そうとしかけたが、気が変わって止めることにした。「わかりました。そうですか」と、彼はいった。「ところで、十分ぐらい前にお昼の銅鑼が鳴りましたね。食事を取りたければ屋敷に戻っていいですよ」

ロロ・モーガンが、ぶらぶら歩いて二人の近くまで戻って来たとき、最後のひとことが耳に入って、彼は口をはさんだ。「僕はどうしたらいい。君は、コカインを少々やってヴァイオリンでバッハのフーガでも弾いていれば、何ヶ月も活躍できる超人探偵かもしれないが、こっちは汁気たっぷりのステーキをたらふく食べなくちゃやってられないよ」

「それならご勝手に」と、ジェフリーはいった。「贅沢なご馳走を飽きるほど味わってくれたまえ。ピムロットさん、あなたもどうぞ。はらぺこでしょう」私立探偵はうなずくと小走りに立ち去った。ロロはためらっていたが、友人の顔を見ると、肩をすくめて背を向けた。ジェフリーは後を追いたい衝動をきっぱりと退け、新しいたばこに火を点けてから、礼拝堂に向かって歩いた。持っている鍵で中に入ると、扉を閉めて、通路を進み、あたりを見回した。

＊1——歴史家の記述に誤りがなければ、バレットの挙げた数字は間違いである。トルコのオク・メイダンにある大理石の柱に、弓術に優れた人々に関する碑文が刻まれており、それによると飛距離は、六百二十五から八百三十八ヤードに達していた。この最長記録はスルタン・セリム一世によるものだとされている。

2

ブラックバーンは殺人事件の中心人物のことで頭がいっぱいだったので、この瞬間までその背景のことをほとんど気に留めていなかった。彼は今、新たな興味を持ってこの礼拝堂を眺めた。

二つの例外を除けば、注目に値する点も、個性的なところもない。建物自体は何千何万とある礼拝堂の複製だった。分厚い壁に、ガラスのない四つの窓。今その窓は鉄の鎧戸が塞ぎ、留め具がかけてある。それに、十字円天井と奥の祭壇——どれもみな似たようなものだ。この画一性を破る極めつけの例外は、この場合、何にも増して個性的な——通路の向こう端、衝立ての陰で手足を投げ出して横たわる——物いわぬ物体だった。そして、もう一つの例外は、時代錯誤——灰色の石壁の端から端まで蛇のようにくねる金属製の温水パイプである。鼈甲《べっこう》の眼鏡を殉教者聖ペトルスにかけさせて、その穏やかな顔を台無しにするのと同様、調和を欠いた現代と中世のグロテスクな混合だった。

ジェフリーは歩いて行って、パイプを指先で触れて様子を確かめた。背後の壁と同じ冷たさだった。

彼はピムロットに暖房を止めるように指示したときのことを思い出した。そして、頭の中をよぎった思いつきに急き立てられて、温水を送る栓を探し始めた。しかし、神聖な空間に裸のパイプをこれ見よがしに据え付けた業者は、給湯栓に関してはどうやら特別鋭敏な感覚を備えていたらしい。ジェフリーが隠し場所を突き止めるのに十五分近くかかってしまった。礼拝堂の片隅で床板がゆるんでいるところがあるのに気づいたのは、まったくの偶然だった。板を上げると、床下の奥まったところに給湯栓があった。ところが、この発見で明らかになった点は何もなかった。彼はがっかりして首を振ると、立ち上がった。

次にジェフリーの注意を引いたのは祭壇だった。彼は窓のところに行き、鎧戸を荒々しく押し開けて日の光を室内へ射し込ませた。そして、たばこをくわえ両手をポケットに突っ込んだまま、好奇心というよりむしろ美術品を鑑賞するような感覚で、神聖な儀式の場を調べはじめた。祭壇は明らかに礼拝堂自体よりもずっと古く、威厳とある種の無機的な美が結合した中世の工芸品の典型だった。

祭壇とその背後の飾り壁は彫刻を施したオークでできていた。飾り壁には五人の人物が描かれていて、中央には主イエスが、右手で祝福し左手に聖書を持つ〈教師キリスト〉のポーズをとっている。右側の二人は悔悛する聖マリアと聖ヒルダだ。あとの二人が誰だかわからず悩んだ末、ジェフリーは聖カタリナと聖マルタということにした。

祭壇の正面には五フィート近い高さの、見事な彫刻を施したパネルがはめこまれていた。五角形で、五枚あるパネルのそれぞれに聖書物語の場面が描いてある。たとえばジェフリーのすぐ近くのパネルには、アロンの杖が族長たちの杖の上で花を咲かせている彫刻で、一方にはアロンが手に水差しを持って立ち、もう一方にはモーゼが右手に杖を左手に巻き物を持っている。ジェフリーがかがんでよく見てみると、巻き物には〈汝等の息子から、神は予言者を招来せり〉と書いてあった。それから、もう一枚のパネルには嬰児大虐殺が、三枚目にはイエスの足を洗うマグダラのマリアが、四枚目には中世の商人向けに翻案された六つの慈悲の行いが描かれている。だが、ブラックバーンを釘付けにしたのは正面中央のパネルだった。

中央パネルに描かれた人物が、断末魔の苦しみに身悶えする兵士だということは、一目でわかった。鎧をつけた胸からは矢の柄が突き出し、左右に広げた手は銀の燭台を握っている。司祭がこの瀕死の男を見守りながら、指をあげて罪の許しを与えるしぐさをしていた。背後では角を生やした二匹の悪魔が抱き合って、邪悪な悦びに浸っている。無残に射し貫かれた兵士の上には、ケルビムやセラピムなど天使の一団が浮かんで、バラや巻き物や竪琴といった、中世の天国観にもとづく、ありとあらゆる手の込んだ華麗な飾りとからみあっていた。パネルの真下には〈いと高きところに神の栄光あれ〉の文字がある。

この不気味な場面を構成する悪魔や天使や人間の姿には、ほかの彫刻とは違って、うつろで無表情なところは微塵も感じられない。表情、しぐさ、流れる線のひとつひとつに、束縛され、抑圧された生命と意志を思わせるものがあった。ドレの描いた挿絵のような、えもいわれぬ恐怖が全体に満ちている。兵士の粗暴で野卑な顔を引きつらせる苦悶、高僧の顔に浮かぶ気味悪い満足、歪んだ悪魔の顔に表れた狂喜——これらすべてがこのパネルに、身の毛のよだつ呪縛の力を与え、その力をすぐ下の敬虔な文句が皮肉たっぷりに強調している。豊かな想像力をあらゆる事柄に投影する傾向のあるジェフリーは、あまりの生々しさに不安を覚え、ふと気がつくと肩越しに振り返って後ろを見ていた。彼は恥ずかしげに苦笑いを浮かべると、祭壇から視線をそらし、もう一方にある奇妙な食事を調べることにした。

皿の上のものは前に見たときと同じだったが、ハムは乾いて縁がめくれ上がり、エンゼル・ケーキのクリームは黄色く変色している。ジェフリーは肩をすくめた。この事件が彼一人の力ではどうにもならないのは明らかだった。地元の警察本部長に即刻知らせなければならない。彼はもう、警察の圧倒的な捜査力によって、頭のまわりに集まった妄想が引き剝がされるときを心待ちにするようになっていた。もちろん、本部長がこの一件を手に余ると考えて、スコットランド・ヤードに支援を求めるという可能性も考えられる。そうなれば、何の障害もなくリード首席警部の出動を要請できるにちがいない。「たしかに相当な難事件だぞ」ジェフリーはそうつぶやきながら、驚くべき出来事の数々を振り返った。そして、たとえ本部長でも、この限られた時間の中では、自分がやった以上のことを成し遂げるのは無理だったはずだと本気で思った。だが、自分に何ができたというのだろう。

ブラックバーンは最初のたばこを吸い終わって、二本目に火を点けた。そして、腰を下ろして、ちょっとした頭の中の棚卸しに集中した。

しかし、どこから始めたらいいのだろうか。ロジャー・ロチェスター殺しとベアトリスの階段転落事件に関連があるのかどうかは大いに疑問が残る。とはいえ、人形による謎めいた警告は両方の悲劇を結びつけているらしい。ジェフリーは頭を振った。人形を送り付けたのは外部の者のしわざである、という前提で推理を進めているが、ロジャーの犯人を示す証拠はすべてロチェスター屋敷の屋根の下にある。偶然の一致にすぎないのだろうか。いや——それはあり得ない。では、カミラ・ウォードはどんなことを隠していて、プレーターが死者に抱いている秘密の憎悪とは何なのか。どちらを向いても、難問が立ちはだかっている。あの薄暗い古びた屋敷にどんな陰謀が沸々とたぎっているのかは誰にもわからない。出発点は礼拝堂よりもむしろ屋敷にあるはずだ。蒼白い仮面の陰に隠れ、盗み見によってしか窺い知ることのできない真の姿、どもりがちに語られるいいわけから少しずつ明らかになる矛盾——そうしたものから取りかかるべきなのだと彼は確信した。

けれども——取りかかるべきものとは何なのか。半開きの扉から漏れた内緒話の断片か、死体に刺さっていた家族の一員のものであるナイフか、それとも、夜遅く暗い廊下でおぼろげに見えた人物か。とても無理だ。こんな不十分な材料では満足な仕事ができるはずはない。屋敷中の者に対する徹底的な訊問が本部長によって行なわれるのを待って、根拠のない憶測を当てにするよりも、事実という基盤から組み立てていったほうがいい。

現実にロジャーが殺されたこととは別に、犯人がどうやって礼拝堂に入ったかという疑問は残っている。事件の流れをピムロットに思い出させていたときにジェフリーが抱いた優越感は正当なものだったが、そうした自惚れが育てた口汚ない怪物に、結局は己の導いた論理をなじられることになったのに気づいた今では、そのときの得意な気持ちは萎えていた。ただ、鍵のかかった博物室からナイフが消えたのが不思議で、祭壇のそばに食事が置かれていることにびっくりしながらも、あまり悩んでいなかった。こうした糸のほつれは結局自然に撚り合わさって、スコットランド・ヤード犯罪捜査部がロチェスター家の長男を殺した犯人を捕らえる縄となるだろう、と確信していたからである。

では、弩はどうなのだろう。四百年という歳月を経たにもかかわらず、非常に強力で音を立てないあの武器が、ロジャー・ロチェスターの心臓にナイフを撃ち込んだのだろうか。礼拝堂の扉の外から発射されたために、犯人はぬかるみの上を歩く必要がなかったのだろうか。それともブライアン・オースティンがいっていたように、ナイフは至近距離で用いられたのだろうか。そうだとしたら、どうやって犯人は証拠を残さずに礼拝堂の中に入ったのだろうか。敷物の下でもう乾いてきている足跡が犯人のものだとしたら、ロジャーはどうやって中に入ったのだろうか。そもそも彼が礼拝堂まで行ったのはどういうわけなのだろう。この陰鬱な茶番劇が始まったきっかけはどこにあるのだろうか。罠にかかってもがく小鳥のように、彼の思考は謎という檻の格子に絶えず打ち当っていた。

礼拝堂の扉を叩く音にはっとしてジェフリーは立ち上がった。

通路を歩いていって扉を押し開けると――驚いて目を見張った。目の前にいたのは若い女で、もう二度目のノックをしようと片手をあげている――褐色の肌をして、豊かで官能的ともいえる色合いをした、ハイビスカスの花のように優美な娘だった。口元の真紅の曲線は無愛想で荒々しい美しさをたたえ、瞳には時代を経た金襴のもつビロードのような柔らかさがある。彼女は寛いだ姿勢で立ち、漆黒の髪が太陽の黄金の光を飲み込んでいた。このしなやかな若い女神こそ、ビアンカという娘に他ならないのだろうとジェフリーは思った。そしてその瞬間、白い歯を輝かせながら、女神が口を開いた。ためらいがちに言葉を不規則にとぎらせて話す、彼女の話し方はかなり風変わりだった。

「お昼を召し上がりに、お屋敷まで来て下さいって、いってます」

ジェフリーは真剣な顔でうなずいた。「素晴らしい考えだ。どうもありがとう」

そう返事をしているときにも、ドロシー・パーカーの一節が脳裏をかすめた。〈そこに私はいた。泥と炎の民の末裔として……〉目の前の娘にぴったりの描写だったので、彼はほとんど無意識のうちにその文句をつぶやいていた。ビアンカは怪訝な顔をして彼を見つめた。それから背を向けて屋敷に戻っていった。その姿をブラックバーンはじっと見守った。彼の心を捉えたのは、彼女の原始的な美しさや、この浅黒いディアナから発せられるオーラのような、成熟した動物のもつ磁力というよりもむしろ――少なくともジェフリーの観点からは――もっとずっと重要なものだった。ビアンカ・コンシダインが二度目のノックをしようと左手を上げたとき、彼の目にちらりと映ったのが、手首の赤い腫れ――ロジャーの治りかけた傷痕そっくりだったのである。

第五章　審　問

（三月七日　日曜日）

多くの魔女が拷問に頑強に抵抗できるのは、沈黙の秘薬のもつ魔力によるものだといわれている。原料は、無残に打ち据えられた未洗礼の子どもの心臓やほかの臓器を粉々に砕いたものとされていて、その粉末をこっそり体中にふりかけておけば、どんな拷問にも口を閉ざしていることができるのだという。

――マルタン・アントワーヌ・デル・リオ『魔術講論六篇』第五篇第九章

1

背の高い時計が、居間の隅で九時を打った。

この珍しい計時機械は、コーネリアス・ロチェスターが外国旅行で集めた骨董の一つだった。製造地はニュルンベルクである。バロック様式の装飾と、風変わりだが少し子どもっぽい機械仕掛けの造作に教授が心惹かれたのは、取り散らかった店内の一角にそれを発見した瞬間からだった。象牙製の針は指さす手の形に仕上げてあって、太陽と月と星を描いた文字盤のまわりをゆっくりと回っている。また、二つの人形の形をした温度計と気圧計もあり、隣り合った窓からきれいに色を塗った顔をのぞかせていた。それに、月の満ち欠けを示す仕掛けも付いている。

しかしながら、時計の珍しい特徴はそれに止まらない。指型の短針が時刻を表す数字の位置に達すると、文字盤の上のほうでかわいい扉が開いて小さな緑色の狩人が現れ、古ぼけてはいるがはっきり聞こえる音で、豆粒のような角笛を吹き鳴らす。両方の針が重なって敬虔に手を合わせるような形になる正午には、狩人のかわりに金ぴかの妖精が出てきて、杖をふってから姿を消す。明かりの消えた部屋に鐘の音が十二回鳴り響く真夜中になると、彩色した木の骸骨――ブリキの草刈り鎌と小さな砂時計を持って歯をむき出した人形――がいきなり飛び出す、という案配だ。それを見てすぐオーエンが、夜の人形を〈マハトマ・ガンジー〉と綽名すると、ジャンは、もう少し長い間外に出ているように説得できさえすれば、寸法を測って腰布を作ってやれるのに、などというほどだった。

居間にいたのは八人だけだった。にもかかわらず、満員の講堂を思わせる暑苦しい空気が、この広い部屋を満たしていた。集まっていたのは、夕食を済ませたロチェスター家の家族と招待客である。カミラ・ウォードはたばこを吹かしながらうろうろと歩いていた。ジャンはオーエンとフィリップ・バレットの間に坐って読書――というより、むしろ、一ヶ月も前のイラスト週刊誌の挿絵を見ているふりをしていた。ドクター・オースティンとロロ・モーガンが暖炉のそばに立って、そわそわと手や足を動かしている姿には、心の動揺がはっきり表れていた。ロチェスター教授だけが冷静を保っているように見えた。彼は椅子をテーブルに引き寄せて、ノルウェー民話に関する書物に没頭していた。そして、部屋の奥の隅で、万年筆と便箋を置いたもう一つの小さなテーブルについていたのが、ロックウォール警察署のリチャード・コーマー巡査部長である。ここに集まった人々は、程度の差こそあれ、皆不安げにジェフリー・ブラックバーン氏の到来を待っていた。

その日の午後、事態はブラックバーンの思い通りに進んだわけではなかった。かなり遅い昼食をとったあと、ジェフリーはロロ・モーガンの車を借りてロックウォールに向かった。運転しているあいだは割と愉快だった。本部長が興味深げに自分の話に耳を傾けて、その結果、警官が何人もロチェスター屋敷に殺到する場面を頭の中で思い描いていたからだ。「そうなってくれれば、大助かりだぞ」と、ブラックバーンは心の中でいった。「僕は後ろに引っ込んで、納税者の金で働いている誰かさんに仕事を任せられるんだから」もしもラ・ロシュフコーが助手席にいたら、〈期待に三分の喜びがあるとすれば、三分の失望もありうるのだ〉などと警句を吐いただろう。だが、もとよりそんな声の聞こえないジェフリーは、ロックウォールに到着したときはその気になっていた。

彼は車を蔦に覆われた小さなコテージの前に止めた。青葉のあいだに〈警察署〉と書いた白い看板が出ている。ジェフリーはポーチまで歩いていって、壁に張ってある告示に目を通してから、扉を叩いた。扉を開いたのはピンク色の顔の、はっとするほど青い眼をした若い男だった。袖章で巡査部長だとわかる。彼はブラックバーンを掲示物がいろいろ張ってある、がらんとした小部屋へ案内した。ピンク色の顔をした若者は、リチャード・コーマー巡査部長だと自己紹介した。次にジェフリーが名前を告げると、相手の青い眼がビー玉のように飛び出した。彼はまじまじと見つめた。

「まさか――あの、シェルドン判事殺人事件の犯人を捕まえたブラックバーンさんではありませんよね」

ジェフリーはゆっくりと頭を下げた。

「でも、こんなところで何をなさっているんですか」コーマー巡査部長は椅子を近くに引き寄せた。「事件の捜査ではないんでしょう」

ブラックバーンは説明し始めた。ロチェスター屋敷で起こった殺人事件のあらましを話し、それに先立つ奇妙な出来事について軽くふれた。コーマーの顔が赤くなったり白くなったりした。少し興奮気味に両手を動かしてはいたが、ジェフリーの話が終わるまで口をはさまなかった。それから彼はゆつくり首を振った。

「前代未聞ですねえ。まるでおとぎ話じゃないですか」ほとんど軽い口調で彼は最初の矢を放った。

「だだ、あいにく本部長の体調がすぐれないんです。きっと注目されると思うんですが――」

「体調がすぐれないだって」ジェフリーはきつい声でいい返した。「ご病気なのかな」

コーマー巡査部長は残念そうにうなずいた。「ホアゴードン少佐はインフルエンザで寝込んでおられます」と、彼は説明した。「三日間頭を上げられないほどで、お見舞いしたときには――」

ブラックバーンはまた相手の話をさえぎった。「本部長はどこにお住まいかな」

「バーンスタプル通りです」と、返事が返ってきた。「ここから二十マイルくらいのところです」ジェフリーは立ち上がった。「でも、お会いになっても、どうでしょう。お気の毒に、かなり悪いようですから」

「会いに行こう」と、ブラックバーンはそっけなくいった。「いっしょに来てもらえるかな。外に車を停めてある」

もとよりその気だったコーマー巡査部長にその申し出は渡りに船だった。コテージの奥に引っ込んで二、三分たつと制帽を片手に現れた。車に乗り込んだ二人は、前の晩に嵐が通った跡が生々しく残る轍《わだち》の深い道を進んだ。谷間を上ったり下ったりしていると、ジェフリーは、この地を訪れてから慌ただしく過ごした時間のことを思わずにはいられなかった。そのため、好奇心といういうきわめて人間らしい欠点の虜になっていた巡査部長に対して、彼はちょっとつっけんどんになっていた。ところが、またとない機会に遭遇する恩恵にあずかったコーマーは、相手の無愛想な態度にも怯まなかった。車が走っているあいだ、彼は繰り返し事件の話を持ち出して、言葉の宝庫ともいえるような多彩な表現を駆使しながら、事件の風変わりな性格を細かく分析していた。ジェフリーは相手のおしゃべりをそのままにしておいて、道を尋ねるときだけ口を開いた。

やがて目的地に到着した。グレイストーン造りの古い建物が、手入れの行き届いた芝生に囲まれて奥のほうに立っている。傾斜のきつい破風とねじれた煙突が見え、蔦に覆われた壁から菱形の窓がのぞいていた。車は入り口の石柱のあいだを抜けて、曲がりくねった道を玄関先まで登っていった。ジェフリーは、コーマーに助手席で待っているように合図すると、車を飛び降りて、重厚な真鍮のノッカーを軽く叩いた。背の高い、気難しそうな顔をしたスコットランド婦人が戸口に姿を現わした。本部長に面会を求めると、ためらいがちに首を横に振った。

「あいにく旦那様は臥せっておられまして、お取り次ぎしますと御迷惑になってしまいますから」彼女は癖のある巻き舌でラ行の音を発音した。

ジェフリーがスコットランド・ヤードとの関係を伝えると、ようやくこの忠実な守護天使は主人に会わせることに同意した。数分して戻ってくると、決して〈旦那様〉の〈御迷惑〉にならないようにして下さいましと何度も念を押してから、こちらへどうぞと、ひんやりとした大きなホールを通って、消毒薬の強い匂いがする部屋へジェフリーを案内した。縦長の窓から射し込む光が部屋全体を満たしている。

ホアゴードン少佐は首元まで毛布をかけてベッドに横になっていた。すぐ脇の、手が楽に届くところに小型テーブルがあって、壜入りの錠剤や水薬、粉薬やカプセルが置いてある。少佐は――やせこけて、皮膚が黄ばみ、のどの肉が七面鳥のようにだぶついている――体を少し起こし、涙の止まらない眼で訪問者を観察した。

「入りたまえ、ブラックバーン君」ひどい鼻声で、ところどころ聞き取りにくい音がある。「どうぞ腰かけて、ただしあまり近寄らないように」盛大な音を立てて洟をすると、てかてかに光る痛々しげな鼻を濡らしたハンカチで拭いた。「近ごろ首席警部はどうしてるかね」

「じつは、そのこともあってこちらへ伺ったのです」と、ジェフリーは答えた。それからたばこに火を点けると、前置き抜きでいきなりロチェスター殺人事件の説明をはじめた。ただ、今度の説明は先ほど巡査部長に話したときよりも詳しく、事件に関係があると思った事柄は一切省かなかった。頻繁に出るくしゃみや咳で話は途切れたが、少佐はじっと耳を傾けていた。ジェフリーは、控えめだが真剣な口調で、三十分近く説明した。話が終わりに近づく頃には、病人は涙の止まらない眼も、鼻の穴のひりひりする痛みも忘れていた。片方の肘で体を起こして、一語たりとも聞き逃すまいという熱心さだった。ジェフリーが話し終わると、部屋はしんとなった。ホアゴードンは顔を輝かせて、若い訪問客を見つめた。すると、途方もないくしゃみが不意に出て、静寂を打ち砕いた。少佐はぐったりと枕に身を沈めた。

「何たる運の悪さだ」彼は呻いた。「こんな事件は──千年たっても二度とお目にかかれない事件だというのに──ベッドに縛りつけられて、身動き一つとれんとは。もしかすれば私も──」急に咳が出て言葉は途切れた。落ち着くと彼はまた横になって、白髪混じりの頭を横に振った。「いや、止めておこう。私などが行っても足手まといになるだけだ」

「どうしたらよろしいでしょうか」と、ジェフリーは尋ねた。

涙の止まらない眼を我慢しながら、本部長は顔を歪めて作り笑いをした。「こんな事件をよそに任せるのはどうにも我慢ならんが──こんな調子では仕方がない」と、鼻声でいった。「いずれにせよ、ヤードの出動を要請せにゃならんだろう」老人は度量の広いところを示した。「どのみち、うちの署の手におえるヤマでもなさそうだ。まあ、そうするのが適当なところだろう」

ジェフリーの心臓が高鳴った。彼は落ち着いた声で尋ねた。「そうなさるのでしたら、リード首席警部に連絡していただけませんか。以前、いっしょに仕事をしたことがありまして――」

「そのことなら知らないわけがない」少佐は新しいハンカチに手を伸ばした。「よろしい。早速そうしよう」

ジェフリーは礼をいい、少佐の体調について同情の言葉を述べてから、付けくわえた。「起き上がれるようになりましたら、すぐにでもロチェスターへおいで下さい。お待ちしております」

「わかった、そうしよう」と、本部長は約束した。二人は握手を交わした。「コーマーが付いているといっておったね。それはいい。若いが腕の立つ男だ。首席警部が来る前に、ほかに加勢が必要なことはあるかな」

「いえ、その必要はないと思います」ブラックバーンは答えた。「とにかく、首席警部が今晩来てくれるのを待っています」そういって彼は部屋を出た。

「今度はどこへ行きますか」車の向きを変えて再び路上に出たとき、コーマー巡査部長が尋ねた。

「ロックウォール村へ戻ろう」ブラックバーンはほとんど歌うようにいった。「リード首席警部が引き受けてくれることになったんだ」「おっと、いけない」ジェフリーは腹の中で叫んだ。「口を慎むべし」彼は腕時計を見た。四時近かった。「どこに行けば電話をかけられる?」

「三ヶ所あります。駅に一台、ホテルに一台、それにガソリンスタンドに一台ですが」巡査部長は首を横に振った。「あいにく今日は全部使えませんね。日曜日は郵便局長のウィリングトンさんが交換局を閉めてしまいますから」

「本当かい」と、ジェフリーはいった。「では、ウィリングトンさんのところに案内してもらわなくてはならないようだ」

ロックウォール村の電話交換局は、郵便局と雑貨屋と貯蓄銀行を兼ねた建物の中にあって、その全部を取仕切っているのがジャスパー・ウィリングトンである。ジェフリーは、コーマー巡査部長の案内で、この田舎のウルワース雑貨店を難なく見つけることができた。ところが、持ち主を探すのはそうはいかなかった。厳格なメソジスト教徒であるウィリングトンは、地元の日曜学校で聖書のクラスを担当していて、最後の『アーメン』を唱え終わるまでは、地獄に落とすぞと脅されようが、天国に連れていってやると誘われようが、てこでも持ち場を離れないというのだ。

ジェフリーはそれまでの三十分間を使って、ジャン・ロチェスターとピムロットのアリバイについて、ホテルの支配人に確かめた。しばらくすると、お勤めを終えて出てきたウィリングトン氏が、ジェフリーたちの要請に応えて交換局の鍵を開け、交換台のスイッチを入れた。彼はジェフリーを中に案内すると電話の場所を教えた。

電話を手にしてはじめて、ジェフリーは、奇跡でも起こっていない限り、首席警部がまだハートリプールにいるという事実を思い出した。とはいえ、ほかに取る道も考えられず、はかない望みをかけて、友人の所属するスコットランド・ヤードの部署にダイアルした。電話口の声は丁寧な口調だった。軍隊調の荒っぽいしゃべりかたをするリードとは正反対だったので、彼の望みは無になったことがわかった。せっかくですが首席警部はまだハートリプールにおりまして、と相手はブラックバーン氏の無駄な骨折りを気の毒がった。管轄の警部にお話しになったらいかがでしょう——

「いいえ、結構です」とジェフリーは答えた。が、彼は、首席警部のハートリプールでの滞在場所を教えてもらえないだろうかと尋ねた。承知しました、と返事が返ってきた。ロイヤル・グローリー・ホテルですが——ほかに何か……

ブラックバーンは受話器を乱暴に置いて、相手の丁重な対応を最小限に切りつめた。電話帳をわしづかみにして手元に引き寄せると、隅が折れたページを繰ってロイヤル・グローリー・ホテルの番号を探した。

見つかった。ジェフリーは交換手に番号を告げた。何時間も過ぎたようだった、と後に彼は話しているが、もちろん誇張にすぎない。そうして、あまり上品でない声が返事をした。後ろで聞こえる音楽はどうもラジオから出ているらしい。彼は用件を伝えた。あまり上品でない声は彼に「ちょっと待って」くれるようにといった。「その首席警部さんがいるかどうか確かめますから」とのことだった。ジェフリーが待っていると、ウィリアム・リード首席警部のぶっきらぼうな大声が受話器の向こうから聞こえてきた。

「なんだ、おまえさんか」言葉は荒っぽいが、温かみがこもっている。「ホアゴードン少佐と話していたところだ。何でもエンドルの魔女（招魂を行なう魔女。旧約聖書サムエル記）にちょっかいを出しんだってな」

「からかうのは止めて下さいよ、首席警部。真面目な話なんですから」ジェフリーが今日ロチェスター殺人事件の詳細について述べるのは、三度目だった。説明には十分ほどかかった。リードは聴いてくれた。だが、最後に待っていたのは失望だった。

首席警部は関心を持った。ところが、少なくともあと十二時間はハートリプールを出られないとのことだった。「こっちの事件は今夜が山場なんだ」相手はどら声でいった。「まあ明日の今ごろまでには片がつくだろう。夜にはそっちの幽霊屋敷の仕事に取りかかれる」

「明日の夜ですって」落胆のあまりジェフリーの声がとがった。「いいですか、首席警部。明日の夜になったら、犯人は海の向こうにいるかもしれないんですよ」

「自分のことを何だと思ってるんだ――食い止め役じゃないのか」リードは声を荒げた。「そんなことはいわれなくともわかっとる。縛りつけとかなきゃならんのなら、屋敷に戻って全員に外出禁止を命ずればいいだろう」

「僕は全能なんですか」ブラックバーンは激しい口調でいい返した。「僕にはそんなことをする権限はないんですよ。うまくいいくるめて、この何時間かはいわゆる禁足状態にしてありますが、当局の後ろ盾がなければこれ以上続けるのは無理です。僕は捜査官ではありません。それに——検死をしてもらわなければなりませんし。明日の夜までどうしても出られないんですね」

リードの声が電気の火花のように弾けた。「よく聞くんだ、いいか。権限が必要ならみんなくれてやる。少佐の話だと、もう地元警察の支援を仰ぐことにしたそうだな。上出来だ。これからバーンスタプルの警察医に電話をかけて、そっちの死体を引き取ってすぐ検死に回すよう伝える」

「でも僕のほうの手伝いは……」ジェフリーはぼやいた。

「付けてやるよ」首席警部はつっけんどんにいった。「朝一番にコナリーとドンランとアームストロングを送ろう。で、おまえさんだが……」

「何でしょう」

「地元の警官と屋敷に戻ってくれ。全員を集めて片っ端から供述を取るんだ——昨夜についての供述をな。俺が到着したとき詳細まで完全につかめるように、写しを作っておくこと。飲み込めたか」

「ええ、胸いっぱい」ジェフリーは皮肉たっぷりに答えた。

「それに最後にもう一つ。例の素人ホームズのことだが——名前は何といったかな。ピムロットか。そいつはさっさと首にして屋敷から追い払ってしまえ。そういう手合いのことなら知ってるぞ。ちっぽけな事務所を構えてせいぜい迷子の犬を探すくらいのことしかできないくせに、自分ではスコットランド・ヤードの鼻を明かしているつもりなんだからな。そんなやつは追い払う——素晴らしい考えだろう。わかったか」

「さきほど僕は警官ではないといいませんでしたか」ジェフリーは冷ややかにいった。「こういう厄介な殺人事件で僕が関心を持つのは学問的なことだけなんです。それに、警察流の厳しい取り調べができるような質ではありませんよ、本当に。僕はあの屋敷に呼ばれた客にすぎないんですから」

「ごもっとも」と、リードは鼻で笑った。「なるほど立派なお客様だ。名探偵の盛名高き御仁が、目と鼻の先で人殺しが起こるのを放っておくとはな」彼はくすりと笑った。「おまえさんが自分の皿の上に人形を見つけないうちに、そっちに行ったほうがよさそうだな」

「下らないおしゃべりはもういい加減にして下さい」ジェフリーはうなるようにいい返すと、受話器を乱暴に置いて、リードの含み笑いを打ち切った。機嫌を悪くして郵便局を出ると、コーマー巡査部長は車の前を行ったり来たりしていた。「巡査部長」と、ジェフリーはつっけんどんに呼びかけた。

「速記はできるかい」

「一分間に九十語ですが」若者の返事には自慢げな様子がなくもない。

「じゃあ来てくれ」と、ブラックバーンはいった。「やってもらいたいことがある」彼がアクセルを思い切り踏みつけると、車は白い道に向かった。

　その晩コーマー巡査部長がロチェスター屋敷の居間にいることになったのは、そういう経緯があったためで、ジェフリーが遅れて姿を見せたのも同じ理由からだった。自身の言を借りれば〈警察流の厳しい取り調べができるような質ではない〉ブラックバーン氏は、男子生徒がシェイクスピアの授業の時間が来るのをいやいや待ち受けているのと同じ心境で、差し迫る審問の時間を待っていたのだった。

2

ロチェスター屋敷の居間は奥行き五十フィートほど、天井は平らで、六フィートの薪が楽に入る暖炉があった。心地よい調度が備えつけてあったが、どれも古いものである。部屋の雰囲気を決めている時代がかった数少ない家具の中でも、ニュルンベルクの時計だけは特別な存在として際立っていた。

鐘の音が次第に弱まって聞こえなくなったちょうどそのとき、扉が開いてジェフリーが入ってきた。ピムロットがすぐ後から小走りについてきている。ジェフリーはまだこの私立探偵に解雇通知を伝えてはいなかった。滑稽なほどやる気満々で、人の気に入られようと小犬のように躍起になって、偶然転がり込んだ機会を心から喜んでいるピムロットの様子を見ると、ジェフリーは、首席警部のぶっきらぼうな命令一本で彼のバラ色のユートピアを粉砕する気にはなれなかった。それに、やがて始まるつらい試練に際しては、協力者がどうしても必要だった。これだけ自信満々なのだから、ピムロットはきっとこの方面で頼りになるだろう。明日ならうなだれて屋敷を後にしてもらってもかまわないが、今夜は最後のスポットライトを浴びてもらうことにしよう、と彼は思っていた。

ブラックバーンはまわりの何人かにうなずくと、部屋を横切ってコーマーのいるテーブルのところに行き、彼と二言三言交わした。ピムロットは扉のそばの持ち場についた。ジェフリーは屋敷内の人間に対して一人ずつ訊問を行なうよう決めていた。このため、プレーターが扉の外で待ち、ピムロットが声をかけたら、該当者を呼んでくる手はずになっていた。

細長い居間に漂う沈黙を感じながら、ジェフリーは部屋を横切ってテーブルにつくとあたりを見回した。コーネリアスは不機嫌にうめいて本を脇に押しやると、絨毯に目をやった。ジェフリーは小さく咳払いして開始の合図をした。

「ここに集まっていただいた理由について繰り返し説明する必要はないでしょう」と、ジェフリーは話しだした。「殺人、それもとりわけ残忍な殺人がこの敷地内で起こったのです。前にもお話ししましたように、この犯罪が部外者の手になるものだという可能性は極めて低いように思われます——この点はじきにはっきりさせるつもりです。不愉快なことですが、この屋根の下にいる誰かがロジャー・ロチェスター殺害の責めを負うべきであるということを、真実として認めなければならないのです」

彼はそこで一息いれて、部屋の中をさっと見渡した。「今日の午後スコットランド・ヤードの首席警部と電話で話したところ、コーマー巡査部長は別として、明日の朝まで警察は出動できないとのことでした。首席警部から僕は、彼が到着する前に予備訊問を行なうようといわれています。とはいっても、皆さんとはざっくばらんにお話しするつもりでいます。この部屋におられる皆さんの協力がなければ、僕だけではどうすることもできないということをご理解いただきたいのです。どうか真実をお話し下さい。明日になればスコットランド・ヤード犯罪捜査部がこの屋敷に押し寄せてくるのですから、隠し立てをなさることは時間の無駄です。どんなに異議を申し立てても一蹴されてしまうでしょう。皆さんの誰一人として法制度という容赦ない機構の網から逃れることはできないのです。そして遅かれ早かれ真実は明らかにされるでしょう。その真実を引き出すために、より不快な方法を好ましいと判断するかどうかは、あなた方次第です。でも、そんな無用のいい逃れをされる方がおられるとは思いません――この犯人の正体を暴くために協力することが、当然、あなた方自身のためになるはずだと思っています」

彼はここで言葉を切った。背の高い時計の時を刻む音と、コーマー巡査部長が万年筆を走らせて、のたくる字で便箋に書きつける音のほかには、部屋の中は物音一つしなかった。

「さて」と、ジェフリーは先を続けた。「僕は犯人がこの屋根の下にいると申し上げましたが、三人は例外として除きます。その幸運な一人目はロロ・モーガンです。死亡推定時刻から判断して、犯行があった時間には僕といっしょにロンドンのクラブにいたからです。あとの二人は、嵐のために屋敷から離れたところで孤立状態に置かれていた、ミス・ジャンとピムロット氏です。このアリバイには巧妙なからくりが隠されているのではないかという思いが浮かんだのですが、午後の調査でそうではないという確証を得ました。ホテルの支配人は昨夜十一時にラウンジでこの二人と話をしたと証言しており、従業員の話もそれを裏づけています。その上、一晩中ホテルを離れなかったことを示す証拠もあります。しかも、自動車協会の係員が、ムーア街道が浸水しているとピムロット氏に伝えたことを覚えていたばかりでなく、未明まで通行不能だったと証言しているのです。ですから、この二人が同時に二ヶ所に姿を現わす能力を備えているか、あるいは、何らかの方法で部屋を抜け出し、一寸先も見えないほどの土砂降りの中を、ロックウォールと〈ロチェスター〉の間を徒歩で往復したということを、僕らがあえて信じようとしない限り、二人に疑いをかけるのは根拠がないと思われます」

「そうですとも」と、ピムロット氏はいった。

ジャン・ロチェスターは、ほんのりと頬を紅潮させて、ジェフリーを冷たい、敵意を含んだ眼で睨んだ。

「さて、おそらく皆さんは、どんな根拠に基づいて僕が、犯人は屋敷の中にいるなどという重大な発言をしたのか、知りたいと思われるでしょう」と、ジェフリーは穏やかに話しつづけた。「いくつかの理由はわかりきったことだと思いますが、あらゆる点をおさらいしてみれば、皆さんは必ず納得するに違いありません。まず最初に検討するのは、殺人の行なわれたところ——礼拝堂です。凶行の現場としてその場所が選ばれたのは、一つには、家族が礼拝に集まる翌朝まで死体の発見が遅れるからです。ということは、犯人がこの家の習慣を知っているということを意味していますが、それは些細なことです。もっと大切なのは、礼拝堂の——窓には鎧戸がおりて、扉には鍵がかかっていたために——中に入ることができなかったという事実です。十一時を過ぎてから礼拝堂の鍵は屋敷の奥まった場所に掛けてありました。では、部外者が屋敷に侵入するだけでなく、廊下をいくつも抜けて誰にも見つからずに鍵を手に入れることは、人間の力ではたして可能でしょうか。僕の答えは『否』です。

次に、凶器の問題があります。凶器に使われたナイフは博物室から持ち出されたものであることが判明していますが、その博物室も鍵がかかっていたのです。ほかのナイフでも間に合うはずなのに、博物室のような特別な場所にあるものを、部外者がわざわざ選ぶ必要があるでしょうか。さらにまた、どうやって部外者が誰にも気づかれずに博物室からナイフを持ち出すことができたのでしょうか。

第三に、嵐のことを考える必要があります。ご存知のように、道路は車両が通行できる状態ではありませんでした。とすると、この架空の部外者が一本しかない通行路を避け、激しい土砂降りの中、水浸しの荒れ地を徒歩で渡るところを想像しないわけにはいきません。そのあと、びしょ濡れのまま屋敷に侵入し、ナイフと鍵を盗み出し、礼拝堂に向かわなければならなかった――その間ずっと誰にも見つからずに。そんな非論理的で信憑性の乏しい場面を思い浮かべることはできません。

さて、あと二点ほど指摘してこの問題に決着をつけたいと思います。もし、謎めいた人形の二度目の出現とロジャーの死のあいだに関係があるとするなら――あるいは、二つの出来事が無関係だと考えることが、あまりに不自然で検討に値しないならば――贈り主と屋敷内の者のほかは誰も人形の存在を知らなかったという事実に注目しないわけにはいきません。ということは、ロジャーが受け取った、大釘の打ち込まれた人形は、屋敷内の誰かか、ライネルスマン教授本人が送り付けたに違いないのです。

最後に、遺体の状況の特異性についてお話しいたします。遺体の後ろの祭壇には二本の蠟燭が点され、すぐ近くには食べ物の載った皿が何枚かありました。被害者の衣服に乱れはなく、スリッパは履いたまま、顔の表情は穏やかで――どちらかというと陽気に見えるほどです。ここで思い出して欲しいのですが、人形の警告によって、ロジャーは身の危険を感じていた。彼がピムロットさんを屋敷に呼び寄せるよう求めたのはその証拠です。ですから、彼が礼拝堂に一人でいるところに部外者が入ってきたとしたら、叫び声を上げるか何かしてもよさそうなものではないでしょうか。そして襲われたとすれば、ロジャーはきっと必死になって争ったはずですが、現場にはそうしたことがあったと思われる形跡は何も残っていません。ロジャーは誰かに会うために礼拝堂に行ったように思われます。彼は静かにその誰か――とても親しい間柄で信頼を置いている人物――と話していたところ、いきなりこの謎の人物がナイフを抜いてロジャーの心臓を刺したのです。奇跡でもなければ部外者にこうしたことはできるはずはありません。それは、ロジャーとともに暮らしていた人物――この屋敷内の誰か――だけに可能なことなのです」

彼は話を止めると、すばやく部屋の中を見渡した。蒼ざめた顔や不安げな眼、そわそわと落ち着かない手が次々と目に映る。コーマー巡査部長のペンが紙の上を走っていた。最初に発言したのはフィリップ・バレットだった。

「なるほど、あんたのいうとおりだ」彼はそっけなくいった。「で、次はどうするんだ」

ジェフリーの声は落ち着いていた。「皆さんに殺人があった夜の出来事を一つ残らず思い出していただきたいのです」と、彼はいった。「訊問は一人一人別々に行ない、お話しいただいた事柄の秘密は守ります。ご自分の部屋に戻られた方には、順番が来たらプレーターが呼びに行きます。ミス・ジャン――ここに残って下さいませんか。あとの方はどうぞご自由に」

その声を合図に皆が扉に向かって歩きはじめた。誰もが素直に一人ずつ順々に部屋を出ていった。コーネリアスでさえ驚くほど素直だった。カミラ・ウォードは列の最後に並び、部屋を出るのをわざと遅らせていた。扉のところで立ち止まって振り返った彼女は、鮮やかな赤い唇を歪めて冷笑を浮かべていた。

「まるで小説にでてくる探偵みたいじゃない、ねえ、ブラックバーンさん」

ジェフリーの返した笑みはよそよそしかった。「そうだといいんですがね、お嬢さん。小説に登場する探偵が、犯人を――男にしろ女にしろ――取り逃がしたという話をまだ聞いたことがありませんから」

カミラが彼に微笑んだとき、無愛想な表情は消えていた。まばたきをすると、長いまつ毛がクリームのように白い肌に細く黒い線を描いた。ハスキーな声には嘲笑の痕跡が微かに残っている。「それじゃあ、小説みたいにいまわの際の言葉をあなたに残した人はいるの」

「一人いましたよ」ジェフリーは真剣な声で答えた。

カミラは眼を大きく見開いた。「まあ、本当ですの。誰ですかその人は」

「ハーバート・ケートーというブライトンの殺人犯です。処刑直前に僕のことを罵りましたよ、するとそいつの足元にある落とし穴の板が滑り落ちて――」

だが、話を聞き終わらないうちにカミラは部屋を逃げ出し、乱暴に扉を閉めて姿を消していた。

3

「では、ミス・ジャン」ソファに一人で坐っている娘にジェフリーはうなずいた。「ロジャーさんのことについて二、三質問があります」

ジャン・ロチェスターはちょっと首を傾げた。「私にできることでしたら何でも……」と、彼女は小声で返事をした。

「お兄さんが心を患っていたというのは本当ですか」ジェフリーはつとめて穏やかに話しかけた。だが娘は鋭い目つきで彼を見返した。一瞬、挑戦的な態度を取るかと思われたが、すぐに力なく肩をすくめ、強ばっていた表情をゆるめた。彼女の視線は膝の上で握り締めた拳から離れなかった。そしてゆっくりとうなずいた。

「あなたには本当のことを知っておいてもらったほうがいいでしょう。そう、たしかにロジャーには精神的に不安定なところがありました。でも、そうなるのは特別の場合だけなんです。ただ、発作が起きると危なっかしくて、気に入らない相手が近くにいると手がつけられなくなるほどでした。ロジャーはベアトリスおばさんが嫌いで、一度などナイフで襲いかかったこともあったくらいなんです」

ブラックバーンは表情を変えずにうなずいた。「その出来事の後どうなりましたか」

「ベアトリスおばさんは、父にロジャーをどこかに隔離するよういいました。でも父は耳を貸そうとしませんでした。おばさんはとっても怒って――ロジャーは信用できないから誰かが見張っていなければだめだっていうんです。父が何もしないのなら自分がすると詰め寄りました」話をする娘の顔に不快感が表れていた。「おばさんは父に、一ヶ月の猶予を与えるからそのあいだに何らかの手を打つように、さもなければ、自分が警察に持ち込むつもりだと話したんです」

「ロジャーが襲いかかったのはいつのことですか」

「一ヶ月くらい前でした」と、ジャンは答えた。「ロジャーがベアトリスおばさんに怒りをぶつけたのはそれが初めてではありませんでした。でも、あのときは本当に危なくて――ロジャーがテーブル越しに投げつけたナイフは、もう少しでおばさんの顔に当たりそうだったんです――できるだけ早く何とかしなくてはいけないと誰もが思いました。そして、家族の中に味方が一人もいなくなってしまった兄は、私たちのあいだに陰謀があるとこぼすようになりました。兄が刑務所に入れられるように私たちがわざと仕向けて、兄の金を皆で分け合おうとしているといったのです」

ジェフリーは関心を示した。「お金とは。お兄さんには財産があるんですか」

「おっしゃるとおりです。実は、ロジャーは腹違いの兄なんです。父は結婚がとても早く、ロジャーが生まれたときに最初の妻を亡くしました。ロジャーの外見や性格が、私やオーエンと似ていない——似ていなかった——のはそのためです。ロジャーの母親はとても裕福で、亡くなるとき財産を全額息子に遺しました。後に父は再婚しましたが、その母は私たちが小さいころ鉄道事故で死にました。私たち三人を育ててくれたのはベアトリスおばさんです」娘の声が和らいだ。「これでなぜ父がときどき気難しくなってしまうのか理解していただけるでしょう。人並み以上の不幸を味わってきているのですから」

ジェフリーは同情するようにうなずいた。「お兄さんの攻撃的な状態はどれくらい続いたのですか」

「わずか数時間しか続かないときもありました。その場合、次の日になるとすっかりよくなっているんです。兄はロックウォールまで出かけて、リューマチ病みのおばさんのために塗り薬を大壜一本買ってくると、昨日のお詫びにと平謝りに謝って渡していました。そういうふうに収まることが多かったので、ロジャーにいつまでも腹を立てることはできませんでした」

「モーガンはそんなことがあったとは一言も話してませんでしたが——」ジェフリーがいいかけたとき、娘は身振りでさえぎった。

「ロロは兄の発作のことをほとんど知りません」ジャンは説明した。「できるだけ人に知られないように家族が協力しあっていたからです。兄がおばさんにナイフを投げつけた晩は、幸いテーブルにお客さんがいなくて助かりました。他所の人の目に、ロジャーはふらふらした無気力な人間に映っていたようです。発作を起こすと表れる、爆発的な怒りや手に負えない興奮のことは一切知りませんでした」彼女はそこで一息つくと、ブラックバーンをひどく落ち着かない目つきで見つめた。「でも、バレットさんは兄のことを疑っていたようでした」

「バレットが。どうしてですか」

「そういう意味のことを話していたのです」ジャンは抑揚のない声でいった。「聞くつもりはなかったのですが——扉が開いていたので、通りがかりに話す声がいやでも耳に入ってきたんです。三日ほど前のことでした。ロジャーの部屋の前を歩いていたら、バレットさんが怒った声で『いつかは責任を取らなければならないんだぞ。男らしく振る舞ったらどうなんだ』といっているのが聞こえました。それからロジャーが私には聞き取れない声で何かぶつぶついうと、バレットさんは『こんなことをいつまでも続けられるわけがないじゃないか』と答えました。私はそのまま歩いていったので、あとはもう聞こえませんでした」ロチェスター嬢の魅力的な顔がピンクに染まった。しかし、ジェフリーの眼を見つめる彼女の眼差しは率直で、動揺の色はなかった。

しばらく間があった。部屋はひっそりとした。コーマー巡査部長はこの切れ間を使って便箋を揃えた。扉にもたれかかったピムロットは、あごを始終動かしながら、眼鏡の奥の小さい眼を鋭く光らせていた。やがてジェフリーは口を開いた。

「生きているお兄さんを最後に見たのはいつでしたか」

「夕食のときです」と、ジャンは答えた。「ピムロットさんと私は村に行く用事がありましたから、他の人よりも早く席を立ちました。ロジャーは家の者といっしょにその場にいました。それからは見ていません、次に見たのは……」彼女の声はたどたどしくなって聞こえなくなった。頬から赤みが消えて、異常なほど白くなっていた。

ジェフリーはうなずいた。「もう結構です、ミス・ジャン——どうもありがとう」

娘はぎごちなく立ち上がると出ていった。彼女の背後で扉が閉まると、ジェフリーはピムロットに向かってうなずいた。「次はバレット氏にお目にかかるとしよう」

当の紳士は即座に姿を現わした。現れるのがあまりに早かったので、呼び出しを待ち構えていたのは明らかだった。部屋に入って席についたとき、バレットのいかつい顔立ちには表情がなかった。明るくさりげなく振る舞おうとかなり無理をしているように見える。彼はブラックバーンにうなずいた。

「責め道具は何かな。指締め器か拷問台か、それとも煮立った油か」

「そんな必要がないことを心から願ってますよ」ジェフリーは愛想よく応えた。「バレットさん――昨夜のことについてお話ししてもらえませんか」

「殺人事件に関連して、ということだろうね」

「もちろんそうです」

バレットはパイプを取り出してたばこを詰めはじめた。「私自身の行動についてなら教えよう」彼は気安くいった。「さあて、どこから話そうか」マッチで火を点けて青い煙を吹き出す。「うん、そうだ。我々が夕食をはじめたのは七時ごろだった――時間が早かったのはジャンが出かけたいといっていたからだ。彼女が出かけたあと、とりとめないおしゃべりが続いたが、八時半近くになると客間に移った。ただ、コーネリアスは食事に降りてくるのが遅かったので残っていた」

「あなたといっしょに客間に行ったのは誰ですか」

ちょっと考えてから相手は煙を吐き出した。「オーエンがいたな。オースティンとミス・ウォードも。それにロジャーだ。皆で集まってブリッジをしようかと話し合っていたら、プレーターが入ってきて、あとで夜食がいるかどうか尋ねた。皆いらないと答えたが、ロジャーはミルクを一杯飲みたいからと、プレーターといっしょに台所に行った。彼は二、三分して戻ってくると、部屋の中をぶらぶら歩き回って窓際に行った。嵐になりそうだ、というようなことをいっていたのを覚えている。それからもう寝るからといって部屋を出ていった」

「ちょっと待って下さい」と、ジェフリーは口をはさんだ。「ロジャーはどんな服装でしたか」

バレットはしばらく考えた。「くたびれた灰色のスーツ——今朝我々が彼を発見したときに着ていたものと同じもの——を着て、スリッパを履いていた。あのスリッパで部屋の中を歩き回っていたのを覚えている」

ジェフリーはうなずいた。

「で、私は十時十五分近くまで客間にいたはずだ。その時間になると疲れてきたので、部屋に上がってベッドに入った。そのあとは、今朝プレーターがお茶を持って起こしに来るまで、何も覚えていない。枕に頭をのせた途端に眠ってしまったから」

ブラックバーンは舌打ちをした。「ついてないな」とつぶやく。

「要するに」と、バレットは落ち着いた声でいった。「私から聞き出せるのは、私が部屋に戻ったというだけのことだ」彼は同情するように肩をすくめた。「悪いね、参考になるような話ができなくて」

「ということは、殺人事件の解明に役立つようなことは何もご存じないんですね」

「そうだ」

ジェフリーは真鍮のペーパーナイフを手に取ると指先でひっくり返した。「もしかすると僕はあなたの記憶を蘇らせることができるかもしれませんよ。三日ほど前にロジャーと交わした会話を思い出すことができますか。男らしく責任を取るように諭していたときのことを」

しばらく間があいた。ジェフリーは眉を上げた。バレットが装っていた冷淡で、退屈そうな無関心さは消えていた。まるで警鐘が鳴って全身がさっと緊張したかのようだった——少し身を縮めて、警戒しているように見える。「それはどういうことかね」彼はゆっくりいった。

「時間稼ぎは止めて下さいよ、バレットさん」ジェフリーは厳しい口調でいった。「さあ、質問に答えて下さい」

眼鏡の奥で、ジャーナリストの眼は青く冷たい光を放ち——その青の中に微かな赤が一筋見えた。「よかろう」と力なくいった。「答えよう。その会話はロチェスターが殺されたこととは何も関係がない。我々以外の誰にも関わりのない、純粋に私的なものだ。ここでそれを繰り返すことに何ら意義を認めないし、そのつもりもない」

リチャード・コーマー巡査部長が立ち上がって、手錠を鳴らすような素振りを見せた。彼は視線をバレットからジェフリーに移したが、ジェフリーは席に戻るように手で合図した。「バレットさん、あなたは非常に愚かな態度をとっておられる」彼はきっぱりといった。

大柄な男は立ち上がった。ゆっくりと暖炉のところまで歩いていって、パイプの灰を叩き落とした。動作は緩慢で、ほとんど物憂げといってもよかった。振り返ると、彼は口元を歪めて話した。「時間を無駄にしているだけだよ、ブラックバーン君。お手上げだと認めたらどうなんだ。算数の問題並みの簡単な強盗事件とはわけが違う。今回、君の前に立ちはだかっている犯罪者には頭がある。しかも、これまでのところ、君はそいつの思うがままに引きずり回されている」バレットはパイプをポケットに押し込むと部屋から出ていった。コーマー巡査部長は不思議そうな顔をしてジェフリーに目をやった。彼が頭の中で何らかの修正を施しているのはたしかだった。ピムロットは大仰に眉をひそめた。「あんなことをいわせたまま出て行かせるべきじゃないと思うがね」とピムロットはいって、重々しく頭を横に振った。「故意の情報隠蔽——そういう行為だよ、あれは。それに、あの己惚れた調子。頭のいい一流の犯罪者によるしわざだとか何とか、いいたいことばかりいいやがって」

ブラックバーンはピムロットをしばらくじっと見つめていたが、やがてペーパーナイフをテーブルに放り出して、沈んだ声でいった。「しかも、あの男の態度で一番腹立たしいのは、間違ったことをいっていないことだ」

第六章　死神は真夜中に動き出す

（三月七日　日曜日）

「では、君は、一度人殺しをした者が再び同じ罪を犯すことがありうると思ってるのか。まさか本気でそういってるんじゃないだろうね」

――オスカー・ワイルド『ドリアン・グレイの肖像』

1

ロチェスター教授が現れるのを待つあいだ、ジェフリーの心の中をよぎったのは、この訊問が期待していたほどの成果をほとんど収めていないという思いだった。彼は、自分が相手にしている人々は、穏やかに扱うよりも厳しい姿勢で望んだほうが、いうことを聞くのかもしれないと感じ始めていた。手段として必要なのは、ご機嫌取りの言葉よりも有無をいわせぬ強制力なのだろうか。彼がまだその問題について思案しているとき、コーネリアスが入ってきた。

老人は明らかに気が立っていた。しきりに腕を動かしながら、上着をはためかせて慌ただしく入ってきたその姿は、肉切り台に追い詰められて恐慌をきたしためんどりのようだった。客間に入るなり、彼の唇からはいい逃れの言葉が飛び出した。片手はまだ民話の本をしっかり摑んでいる。

「こんなことは無駄だ。君に話すことなど何もない。私は寝るまで書斎にいた。昨夜のことで知っているのはそれだけだ」いい終わると、空いたほうの手で紐ネクタイを引っ張った。率直な憤りとも、むき出しの反抗心ともいえない煮え切らない態度のせいで、あらゆる威厳を失くしたコーネリアスは、ただの口うるさい厄介な老人にしか見えない。

ジェフリーはたばこに火を点け、相手の興奮を鎮めるように気軽な調子で話しかけた。「昨夜ですって。ああ――そうでしたね。ですが、教授、あなたには昨夜よりもっとずっと以前のことをお話しいただきたいんですよ。四十年ほど前の話を」

ばさりと乾いた音がした。本がコーネリアスの指の間から床に滑り落ちたのだ。老人はブラックバーンを睨みつけた。骨張った首の喉仏が子どものおもちゃのように上下に揺れた。落ち込んだ頰は、蠟よりも白く――というよりむしろ、底知れない海に棲む生き物のこの世のものとは思えない蒼白さを帯びていた。

「四十年前だと」しわがれ声には力がない。「そんな昔のことがどうしたというんだ」

「教授はかなり早婚だったと聞いています」と、ジェフリーはいった。「そして最初の奥さんはロジャーが生まれたときに亡くなったと」

「ああ」コーネリアスは急にかがみ込んで、本を拾った。しかし、その仕草にブラックバーンは欺かれなかったし、その叫びが、了解を表したものというよりも、安堵のため息であることを聞き逃しはしなかった。老人は背筋を伸ばすと、目を細めてジェフリーを見つめた。再び口を開いたコーネリアスの声には、辛辣な悪意を込めた調子が戻っていた。「まさか君は、私の個人的な問題に探りを入れることが、捜査に必要だと思っているのではなかろう」

「残念ながらそのとおりなのです、教授」ジェフリーは身振りで椅子を示した。「おかけ下さい」

コーネリアスは仕方なく腰を下ろした。「何を知りたいのだ」と、彼はいった。

「最初の奥さんは」ジェフリーは説明した。「亡くなるとき、大金をご長男に遺されたそうですね」

老人は渋い顔をしてうなずいた。「額はどれくらいですか」

「二十五万ほどだ」ロチェスターは答えた。

ブラックバーンは上目使いに鋭い視線を投げた。「何ですって。ロジャーには二十五万ポンドの財産があったというのですか」

「違う、そんなことはいっとらん」コーネリアスは苛立った狆が嚙みつくようないいかたをした。「ロジャーの母親が遺した額がそれだけだといったのだ。だが、そのあとあれこれ出費がかさんで、その金も目減りした。あいつから――ときどき借りることもあったのでな」

「そうですか。では、息子さんの遺された金額はどれくらいなんです」

「十万から十五万ポンドのあいだだと思う」と、ロチェスターはいった。

ジェフリーは老人に愛想よく微笑みかけた。「この点にこだわるのをお許し下さい、教授」彼はいった。「しかし、最初の奥さんがそれだけの莫大な金を息子さんに遺しただけではなくて――何といったらいいんでしょう――それほど弾力的な取り決めが、神聖な遺言に関して存在するというのは、かなり異例のことではありませんか」彼は、相手の気持ちに寄り添うような口調でいった。「詳しい話を聞かせていただけませんか」

一瞬、老人は断るかと思われた。彼は半ば腰を浮かして、部屋をじろりと見渡すと、小鳥のような、風変わりな仕草で頭をせわしなく動かした。それから両肩をがくんと落とし、ぼんやりと椅子に坐った――すっかりあきらめたような動作だった。彼が口を開いたとき、とげとげしく軋る声が、夕焼け空を渡る雁が遠くで鳴くように、ひっそりとした空気を震わせた。

「最初の妻は私よりずっと年上だった」コーネリアスはジェフリーの視線を避けた。「アメリカの食肉加工業者の一人娘で、とても裕福だった。私はロンドンで勉強中に彼女に出会い、結婚した。そしてロジャーが生まれた。ロジャーが生まれたとき妻が死んだというのは真実ではない。妻が世を去ったのは、息子が十歳になろうかというときだった。私にも何がしかの金を遺したが、大部分はロジャーに渡った」甲高くぎすぎすした口調が弱くなった。「ロジャーは——たしかに——よその子どもとは違っていた。母親はロジャーの障害が重いのをよく知っていて、深く思いやっていた。だから、あした財産の分けかたをしたのだ。私は管財人に指定され、ロジャーが二十一歳になるまで金を預かることになった。その歳になれば、何に使おうとも金はロジャーの自由になる決まりだった」

「そしてあなたは再婚した」

「そうだ。最初の妻が死んで数年後のことだ。オーエンとジャンが生まれた。二人がまだ幼いときに、二番目の妻は大陸で鉄道事故に遭って死んだ。妹のベアトリスが子どもたちを育てたのだ」

ジェフリーはうなずいた。「で、ご長男の遺言書はありますか」

老人はかぶりを振った。「それはないだろう。ロジャーがそういう話をしたのを聞いたことはない。密かに作っていたとすれば別だが。それなら、たぶんマイルズ・ペニファーザーに預けているだろう。我が家の顧問弁護士だ」

ジェフリーは問題点を検討した。「それでは」と、しばらくして彼はいった。「僕の法律知識が間違っていなければ、息子さんが遺言を残さずに亡くなったのだとしたら、遺産は遺族が均等に相続することになるはずですね」

老人は肩をすくめた。「そういうふうになるのかね」彼は立ち上がった。「ほかに何か」

「ひとつだけお願いします」ブラックバーンはいった。「教授がこの屋敷にお住まいになって十年ほどになると伺っています。前の持ち主のことを教えて下さいませんか」

「モンカムのことか」コーネリアスは目を細めてジェフリーを見つめた。「大して知らんな。屋敷を建てた人物だとされているが、それは違う。この屋敷には数百年も前に建てられた部分がある。彼はここにあった廃墟に建て増ししたのだろう。いくらモンカムが変わり者だったとはいっても、誰かが住んだ跡でも残っていない限り、狂人だってこんな場所に家を建てようなどとは思わんだろうからな」

「礼拝堂についても同じことがいえますか」

「だろうな」ロチェスターは気のない返事をした。まだつらい過去の思い出から抜け出ることができないらしい。「興味があるなら」彼は付けくわえた。「礼拝堂と祭壇のことを詳しく書いた古い本が図書室のどこかにある。場所はプレーターが知っている――いえば探してくるだろう」

ジェフリーはうなずいた。「ありがとうございます、教授。これで結構です。すみませんが、戻られるときにドクター・オースティンにここに来るよう声をかけていただけませんか」

だが、姿を見せたブライアン・オースティンは、新たな情報を提供するつもりがないのか、そうでなければ、できないかのどちらかだった。人形のことは、郵便で送り付けられたいわくありげな二体を垣間見たことを除いて、一切知らなかった。(彼が〈ロチェスター〉の滞在客の中で、不吉な死の前兆を目にしたことがない唯一の人物であることにブラックバーンが気づいたのは、実にこのときである)。オースティンは恨みがましいことはいわずに、知っている限りの話は何でもした。彼は休暇でエクスムアに来ていたが、許婚者のミス・ウォードが、数ヶ月前にロンドンで知り合ったジャンの家を訪れるつもりだということしか知らなかった。彼も、来宅されたしとの丁重な誘いを受けたということだった。彼の前夜の行動は、これまでの証言者と変わらない単調な〈同上〉――夕食、客間、寝室――であった。丸一日続いている緊張が体にこたえ始めたジェフリーは、ここで訊問を中断して、扉の外で待機しているプレーターにブラック・コーヒーを注文することにした。濃い一杯で元気を回復した彼は、楽観的な見方は揺らいでいたものの、新たな意気込みで、次に指名したオーエン・ロチェスターの訊問にとりかかった。

はじめ、オーエンにはフィリップ・バレットのときと同じくてこずらされるだろうと思われた。彼は椅子に坐るのを拒み、両手をポケットに突っ込んだまま、むっつりした顔で扉の近くに立っていた。十二時間前に玄関でジェフリーを迎えてくれた陽気な青年とは別人のようだ。

「昨夜の十一時は、自分の部屋に入るところでした」ブラックバーンの質問に答える中で彼はそういった。「扉を開けたとき時計の打つ音が聞こえましたから」

ジェフリーは少し芝居がかったため息をついた。「どうせそんなことじゃないかと思っていたが」彼は不満そうにいった。「どうぞ続けて」

オーエンの顔に暗い影が差した。「とにかく、本当なんです。僕はほかの人たちといっしょに食事を終えて、客間に行きました。そこでおしゃべりをして――」

「そう――そう」ジェフリーはつっけんどんに口をはさんだ。「そのことならみんな承知してるよ。客間を出たのは何時？」

オーエンはしばらく考え込んでからいった。「十時三十分を少し回ったくらいだと思います。バレットがミス・ウォードに時間を尋ねたのが十時十五分ごろで、僕はそのあとに出ましたから。オースティンがいっしょでした。ミス・ウォードは本を読んでいて、この章を読み終えたいからといっていました。それで僕らは彼女を客間に残して、そのまま寝室まで上がっていったのです」

オーエンが話し終えてもジェフリーは何もいわなかった。彼は立ったまま、怪訝そうな少しからかうような表情で、ロチェスターの若者を見つめた。気まずい沈黙が流れた。しばらくして彼はいった。

た。

「それだけかい」

「ええ、それだけです」オーエンは意地を張るように鸚鵡返しした。

ブラックバーンはたばこを灰皿に押しつけた。「ずいぶん間抜けな嘘をつくんだね、ロチェスター君」と、彼は落ち着いた声でいった。

オーエンの両手が、いきなり醜い拳に姿を変えて、ポケットから飛び出した。怒りに燃えた血が顔を染めた。体を強張らせ、ゆっくりと慎重な足取りで前に出ると、「もう一度いってみろ」と挑発した。

冷え切った鋼のように、ブラックバーンの声は冷たく、視線は鋭かった。「ずいぶん間抜けな嘘をつくんだね、といったんだよ。そうかりかりするのはやめたまえ。ここで腕力に訴えても何の役にも立たないのはわかるだろう」

「どうしてそんなことがいえるんだ」オーエンは唸るようにいうと、顔を顰《しか》めた。

「では、なぜ真実を語ろうとしない」ジェフリーは大声でいい返した。「君が私に信じさせようとしているのは、十時三十分に客間を出て、寝室に入ると時計が十一時を打ったという話だ。とすると、あの程度の長さの廊下を歩き、階段を一階分上るのに、三十分もかかったことになる。馬鹿をいっちゃいけない」

冷たい軽蔑の言葉を浴びせられて、オーエンの闘争心は萎えてしまった。彼は平衡感覚を失った人間のように少しふらついた。あまりの決まり悪さに頰は真っ赤だった。重そうな足を引きずってもとの位置に戻ると、絨毯に目を向けたまま口を開いた。

「どうしても知りたいのならいいますよ。僕は部屋に真っ直ぐ行ったわけじゃありません」強いられて渋々発した言葉だった。「廊下を半分ほど行ったとき物音がしたので客間に引き返したんです」

「なぜ引き返したのかね」冷ややかな視線を向けたままジェフリーは訊いた。

オーエンはためらった。顔を鮮やかに紅潮させ、蚊の鳴くような声でいった。「あの、カミ――ミス・ウォードの、何かに怯えたような叫び声が聞こえたからです。客間に一人きりなのを知っていましたから、何があったのか確かめようと慌てて戻ったんです」

「それで」

オーエンはズボンの膝で手のひらの汗をぬぐった。「カミラは椅子に坐っていました。本は読んでいなくて――窓をじっと見つめていたんです。顔は真っ白で――震えていました。僕が中に入ると慌てて立ち上がりました。僕はどうしていきなり叫び声をあげたのかと聞きました。ねずみが床を横切ったというようなことを彼女はいいました」ロチェスターの若者は首を横に振った。「それが本当ではなかったことはわかっています。でも無理強いはしませんでした――とっても興奮して苛々しているように見えましたから。そのまま付き添っていましたが、十五分ぐらい経って落ち着いてきたようだったので、また彼女を残して客間を出ました。僕が部屋に入ると、ちょうど時計が十一時を打っていました」

ジェフリーは指でテーブルをこつこつ叩いた。「君の考えでは、窓の外に何かがいて――その何かを見たために――ミス・ウォードが怯えた、ということなんだね」

オーエン・ロチェスターはうなずいた。「ええ。ただ、僕が部屋に入って窓を見たときには何も見えませんでしたが」

ジェフリーは若者に真剣な眼差しを向けた。「君は、一回目に客間を出たとき、オースティンといっしょだった、といわなかったかな」

オーエンの喉が何かを飲み下すように動いた。彼は静かにゆっくりとうなずいた。ジェフリーはさらに迫った。「では、ミス・ウォードの怯えた悲鳴が君の耳に届いたのなら、オースティンにも聞こえたはずだろう」

若者は再びうなずいた。眼に煩悶の色が浮かんだ。だがジェフリーは容赦しなかった。「あの女性はオースティン氏と婚約しているそうだが。婚約者が恐怖の叫び声をあげたのに、オースティンが、わざと聞こえない振りをして、第三者ともいえる君に、原因の究明を任せるなんて、普通では考えられないことじゃないかね」

ロチェスターの次男の姿は当惑そのものだった。何かのジレンマにもがき苦しんでいるのは明白だった。「ちくしょう――」彼は怒りを爆発させようとしたが、ブラックバーンの眼光に射すくめられて思いとどまった。いつのまにか例のむっつり顔に戻っていた。

「そこまでいうなら話しますよ」彼は押し殺した声でいった。「カミラとブライアンはその晩ずっと喧嘩してたんです。もちろんたいしたことじゃありません――どのカップルにもよくある些細なものです。カミラが叫ぶのをブライアンが聞いたとき」――そこで哀れなオーエンの声はほとんど聞き取れなくなった――「ブライアンは、彼女が気を引くために芝居をしているんだというようなことをいいました。僕らは、そのことで一分かそこら――いいあらそ――話し合って、それから、僕が客間に戻ったんです」

「で、オースティンのほうは」

「部屋に戻ったと思います」

ブラックバーンはピムロットにうなずき、ピムロットは扉を開けてプレーターに合図した。「どうもありがとう」と、ブラックバーンはオーエンにいった。「その件についてミス・ウォードからどんな話が聞けるのか興味深いね」彼は、戸口に姿を見せた執事に振り向いた。「プレーター、今度はミス・ウォードを呼んできてくれないか」

老人が姿を消すと、ジェフリーはオーエンに向かっていった。

「部屋に戻ったら、ウォルター・スコットを読むといい」と、彼はいった。「『マーミオン』には人を欺く行為についての説教が調子のよい韻文で書いてある。今の君にはぴったりだと思うよ」すっかり悄然としているオーエンを、彼は手を振って引き取らせた。オーエンの背中で扉が閉まると、ジェフリーは頭を横に振った。「片意地な青年だが、根は善良なんだろう」と、彼は部屋にいる二人に向かってつぶやくようにいった。「かわいそうに、あのエキゾチックなカミラにぞっこんなんだ」

ピムロット氏は目をみはると、「なるほど、そういう裏があるとはね」と甲高い声でいった。「オースティンが何もいわなかったのもむべなるかなだな」彼は狡猾そうに目を細めた。「とはいえ――あの若者を責めるわけにはいかんだろう。あれほどの別嬪だもの」

ジェフリーはかすかな嫌悪を含んだ眼差しを小男に向けた。「ピムロットさん、そんな次元の低い発想をしていると良識を疑われますよ」と、彼は咎めるようにいった。「人の仮面を剝いで正体を暴き出す仕事をしなければならないのは嫌なものですが、美貌も所詮は皮一枚のものと思い知らされてがっかりすることはよくありますからね。『浅瀬に絶えずさざなみが立つように、絶えざる微笑は浅はかさをあらわす』と詠んだのはポープだったかな、それともアリストテレスの言葉だったかな――」

しかし、ピムロット氏は、今話し合っていた問題に関する古代ギリシア哲学者の見解を知る機会を永遠に失ってしまった。というのも、その瞬間扉が開いて、当の女性が入ってきたからである。

部屋に入った相手に冷ややかな礼儀正しさでうなずく背の高い灰色の眼をした若い男に対して、カミラ・ウォードがここぞとばかりに知恵比べを挑むつもりなのは、現れた瞬間から明らかだった。ところが、先立つ経験もなく、最も効果的な態度を示そうとしても、もっぱら当て推量に頼らざるをえなかった彼女は、思っていたほど自信たっぷりに振る舞うことができなかった。結局、この若い男に身のほどを思い知らせるため、彼女は、生意気で上品ぶった態度をとり、ほとんど警句ばかりともいえる機知に富んだ返答をしてやろうと心に決めた。そして、万一この手合わせが、知恵比べにとどまらず強引な手段に訴えられそうになったら、かよわい相手に向かって何と大げさなことを、となじるつもりで待ち構えていたのである。ブラックバーン氏は、一目で彼女のもくろみを見破ったが、同時に、ここにいるのが一番手強い相手であることも悟った。なぜなら、仲間であるべきピムロットとコーマー巡査部長が、顔を輝かせてちらちら証人を見ている姿から、この二人が自分に協力するどころか、もう相手方になびいているのがわかったからだった。

カミラは、虎が血の匂いを嗅ぎ取るようにこの雰囲気を感じ取っていた。ピムロットが慇懃に差し出した椅子に向かって歩く姿には、どこかこの獣を連想させるところがあった。愛らしい顔を傾げて、彼女は、微かな嘲りを含んだ大胆に挑むような視線でジェフリーを品定めした。

「スカートを持ち上げて膝の窪みをお見せしましょうか、ブラックバーンさん」と甘い声を出す。

「ずっと前にグラビアを撮ってもらったときみたいに」

時計の針が止まったかのような三十秒間、凍りついた表情のままジェフリーはカミラを凝視しつづけ、硬く張りつめた視線で相手をすっかり射すくめてしまった。強烈な日の光が大地から霞を払うように、この確固たる沈黙の審問によって、カミラ・ウォードの傲慢な態度は消え去った。彼女は落ち着きなく体をもじもじさせ、コーマーとピムロットは気遣わしげにその様子を見守った。それから、ゆっくりとジェフリーはいった。どの言葉も辛辣で、一語一語平手打ちを加えるように響いた。

「僕はいいませんでしたかね、お嬢さん、その場に相応しい基本的な礼儀作法を尊重する分別を持っていただきたいというようなことを。それとも、ひょっとして、あなた特有のユーモア感覚が、殺人の現場となった家庭では、不快感を催させるものだということにお気づきではないのですか」

カミラ・ウォードの口紅を塗った唇が細い生傷のように固く閉じた。細めた眼が緑色の光を放った。「よくもそんなことを」彼女はかすれ声でいった。「よくもそんなことを」小さな片方の足が絨毯を踏み鳴らした。

微かな笑みがブラックバーンの表情を和らげた。「さあ、もうお互いにわかりあえたようですから、そろそろ用件に取りかかりましょう」彼は両手を背中で組んだまま、娘から数フィート離れたところに立った。「僕が質問をします。あなたは答えて下さい」

虎は今や、ひと睨みで人を殺すといわれた伝説の怪物バシリスクと化していた。固く結んだ唇のあいだから、彼女は同意とも悪態ともつかないつぶやきを発した。ジェフリーはかまわず先を続けた。「大切な事柄を二つ教えてもらいたいのです。一つはプレーターから聞いた妙な話に関するものですが」彼の口調が鋭くなった。「ミス・ウォード――あなたは、昨夜十一時に、台所に通じる廊下にいませんでしたか」

「いるわけないでしょ」

「でも、プレーターは、たしかにその時間にあなたをそこで見たといっていますよ」

細めた眼がきらりと光った。「それならプレーターが間違えたのよ」と、娘は声を荒げた。「何のことをいっているのかはわかってる――ブライアンから聞いたもの。プレーターがあなたにしたという、真っ赤なレインコートを着た人物の馬鹿げた話をね。それは私じゃないわ」

ブラックバーンは肩をすくめた。「真っ赤なレインコートをお持ちだと聞いていますが」

「ええ」

「部屋にしまってあるのですか」

「レインコートは」カミラ・ウォードはゆっくりと話しはじめた。「この一週間ホールに掛けてあるのよ。この家にいる人なら皆そこにあるのを知ってるわ。だから、プレーターが見かけたっていう人は、ちょっと借りて行こうと思ったんじゃない」

後ろにまわした両手を、ジェフリーはとんとん打ち鳴した。「では、プレーターが昨夜目撃したのはあなたではない、と宣誓して証言なさるつもりですね」娘はうなずいた。飛びかかる猫のように、彼はすばやく問いを投げた。「それでは、昨夜十一時にあなたはどこにいたんですか」

真っ赤な爪が、こねまわすようにしていたシフォンのハンカチを引き裂いた。カミラ・ウォードは下を向いたままだった。声は低かった。「あの――私は――十一時には、ええと、客間にいて、小説を読んでました」

「すると、その時間にはもうほとんどショックから立ち直っていたでしょう」ジェフリーはゆっくりといった。

その言葉に彼女はいきなり顔を上げた。「知ってるの?」と小声でいった。彼がうなずくと、逆らうように付けくわえた。「そうよ。すっかりよくなっていたわ。あれは――あれはそんなに怖くはなかったから」

「そして、それはねずみではなかった、ミス・ウォード」突然ジェフリーは微笑みかけた。「オーエン君もその話を真に受けてはいませんよ。さあ、もうこんな口喧嘩のような真似はやめて、友好的にやりませんか。僕は真実を明らかにしようとしているだけなんですよ」

休戦の申し入れは心から受け入れられたわけではなかった。自尊心を傷つけられた娘はまだ無愛想な口調だった。「そうよ」と彼女はいった。「ねずみではなかったわ。でもオーエンに本当のことをいえなかったの。屋敷中の人を起こして、調べ回ろうとしたでしょうから。そんなことで騒いだら馬鹿げてると思われるだろうし、だいいち、最初のショックのあとでは、そんなもの気のせいだと思いたかったもの」

ジェフリーは辛抱強くいった。「窓の外に何を見たと思ったのですか」

カミラ・ウォードは深く息を吸った。「顔よ」彼女はつぶやくようにいった。「恐ろしい顔だったわ。でもこっちを覗き込むとすぐに消えたの」

2

ハスキーな震え声によるこの発言こそ、周到な用意にもかかわらず効果を上げられなかった登場の際に、カミラ・ウォードが求めていた見事な山場であった。だが、この予想外の見せ場も、今の彼女には、口の中にざらざらした感じを残しただけだった。恐怖心にあらゆる感覚を圧倒されたカミラは、暗い記憶にぼんやりと霞んだ眼で部屋を見回した。

男たちは彼女をじっと見返した。三人の顔にはそれぞれの心持ちの変化が刻まれている。ブラックバーンの表情は驚きの見本のようだった。後日、彼は、このときびっくりしたのは愚かだった——このあやふやな魔術の悪夢と、現実離れした犯罪、暗闇の囁きなどを頭に入れていれば、簡単に予想できることだった——と回想している。しかしながら、その瞬間、彼の論理思考はこの異様な新事実によって麻痺していた。彼はポケットから金色のケースをそっと取り出し、蓋を開けて娘にすすめた。カミラ・ウォードは一本受け取ると、目で礼を伝えた。ジェフリーはマッチを擦りながらいった。

「ミス・ウォード、顔を見たといいましたね。どんな顔でしたか」

彼女はたばこを吸い込んだ。「よく覚えてないわ——正確には。ほんの二、三秒のことだから。顔を窓にぴったりくっつけて、部屋の中を見ていた。私が叫んだらいなくなってしまったのよ」

ジェフリーは穏やかな口調でねばった。「でも特徴ぐらいはいえませんか」

娘はちょっと黙り込んだ。「浅黒くて、皺だらけだったような」と、しばらくしていった。「でも、今まで見たどんな顔にも似ていなかったわ」彼女はどうしようもないというしぐさをした。「比べる基準がなければ、比べることなんてできないでしょ」

「まあそうですね」と、ジェフリーはうなずいた。「で、それはいつでしたか」

また彼女は考え込んだ。「オーエンが客間を出たのは十時四十分だった。そのことがあったのは彼が出たあと少したってから——そう、せいぜい五分くらいかしら。本を読んでいたら、ふいに何だか顔を上げずにはいられない感じがして」彼女は身震いした。「そしたらそこにいたのよ——あれがガラスの向こうから私をじっと見つめていたの。叫び声を上げたらオーエンが走って戻ってきてくれて」

部屋の隅の時計が乾いた音をたててうなり、ゆったりとした間隔で十時の鐘を打ちはじめた。ジェフリーは、両手を背中にまわし、考え込むような目をして部屋を行ったり来たりした。鐘を打つ音のほかには何も聞こえない。やがて最後の一つが震えて消えると、テーブルのところからジェフリーがいった。

「ミス・ウォード、あと一つだけ質問があります。あなたが怯えた本当の理由を、なぜオーエン君に話さなかったのですか」

彼女は少し勢いをつけて煙を吐き出した。「もういったでしょ。何を見たのか自分でもよくわからなかったからだって。それに、オーエンにみんなを起こしてもらいたくなかったし——」

「あなたはみんなに起きてもらいたくなかった、そうでしょう」ブラックバーンはつかつかと歩み寄ると、彼女に人差し指を突きつけた。「それこそが真実なんだ。さあ、教えて下さい——なぜその時間みんなに起きてもらいたくなかったのかを」

「もういったじゃない——」

ブラックバーンは消え入るような声で同じことを繰り返す彼女にかまわずいった。「では、僕がいいましょう。あなたがその時間に家じゅうの人に起き出してもらいたくなかったのは、夜中に何かすることがあったからです。こっそりとやらなくてはならないことが。誰かが目を覚ませば、秘密に行動する機会が台無しになってしまいますからね」彼はさらに進み出て間近に彼女を見下ろすと、堅い木に拳を打ちつけるようなきつい調子でいった。「ミス・ウォード——昨日は真夜中近くにいったい何をしようとしていたんですか」

紫煙をあげていたたばこが、ぎゅっと握り締めた指のあいだで乾いた小枝のように折れた。カミラ・ウォードはいきなり立ち上がった。一瞬、彼女が野獣のように飛びかかってくるのではないかと思われた。憎しみと激しい怒りで歪んだその顔はゴルゴンの首そのもので、見ていたピムロットとコーマーは驚きのあまり口を開けたまま凍りついてしまった。彼女はジェフリーに顔を向け、体を震わせながら深く息を吸い込んだ。

「いいかげんにしてよ」カミラは彼の顔に吐きかけるようにいった。「よくも人のことをけちなスリみたいに侮辱してくれたわね。よくもまあ——あなたって人は——このろくでなし」彼女は走るようにして部屋を出ていった。分厚い扉のばたんと閉まる音が部屋じゅうに響き渡った。

茫然とした沈黙の時が流れた。つむじ風が通り過ぎたあとに訪れた意味深長な静寂だった。コーマー巡査部長は椅子に身を沈めた。「あのう……」と口を開くと、唇をなめた。ピムロットは眼鏡をはずし、丹念に拭ってから尖った鼻の上にかけ直した。

ブラックバーンはたばこに火を点けた。「まあまあだな」と、彼は満足げにいった。「首席警部本人だってこれ以上手際よくできたかどうかわからないぞ」

「ではこれで終わりですな」と、ピムロット氏がせいせいしたようにいった。

ジェフリーは首を横に振った。「いや、もうしばらく頑張らなければ」彼はいった。「今夜じゅうに記録をタイプライターに打って整理する仕事がありますからね」

「それなら残りましょう」ピムロットはそういうと、慌てて振り返った。「プレーターを忘れてましたなあ」

ブラックバーンは部屋を横切るところだった。「ご心配なく」彼はいった。「プレーターのことは片時も忘れていませんよ」彼は手を伸ばして呼び鈴の紐を引っ張った。「特別な理由があって、一番重要な証人を最後まで残しておいたんです」

彼は引き返すと、半インチほど伸びたたばこの灰をテーブルの灰皿に落とした。「ピムロットさん、この一週間で礼拝堂の座席の位置が少し変わったのを知ってますか」

小柄な探偵は頭を横に振って、「あいにくですが、聞かれても困るんですよ」と認めた。「今朝まであの礼拝堂には一歩も足を踏み入れたことがなかったですから。何にも知らなくて」彼の顔が輝いた。「でも、プレーターならわかるんじゃないですか」

まるで出番の合図を待っていたかのように、軽いノックの音がした。扉が開いて、執事の背の高い姿が現れた。

「入って」と、ブラックバーンは招き入れた。

プレーターは扉を閉めると指示された椅子のところまで歩いてきた。「私にご用ですか」老人がいった。

「二、三聞きたいことがあるんだ」ジェフリーは朗らかな口調でいった。「一番目は礼拝堂の外のぬかるみについていた足跡の件なんだが、あそこに先に行って鐘を鳴らしたのは君だね。ぬかるみの上を渡ったのかい、プレーター」

執事は禿げた頭を横に振った。「いいえ。鐘は礼拝堂の壁の片側に組み込んであります。私がそこに行ったのはもう一本ある正反対の道からです」

「ふむ」ジェフリーは口をすぼめた。「それでは、プレーター――君がロチェスター教授の身の回りの世話をしているというのは本当かい」

「わずかなことだけですが――そのとおりです。先生のお召し物に絶えず気をつけて、着換えを用意しております。お急ぎのときには、着換えの手伝いもいたします」

ジェフリーは首を傾げた。「なるほど。ポケットの中味を新しいスーツに移したりもするのかな」

プレーターは今度はうなずいた。「はい、いたします」

ブラックバーンは、ポケットから小さな革の手帳を取り出してページをめくり、鉛筆の書き込みに目をやった。彼は目を上げずにいった。「プレーター、君は週に二回ロックウォール村に郵便を取りに出かけているね」執事は声にならない声でそれを認めた。「ということは、この屋敷から出す郵便物があれば持っていくわけだ」

頭の周囲に残る灰色の髪がひょいと下がった。

「それでは――この一ヶ月間に屋敷から出された郵便物の中に、細長い公用封筒があったかどうか覚えているかな」

「いいえ、ありません」プレーターは即座に答えた。「その手の封筒を私が扱ったことは何ヶ月もありません。ですが、ロジャー様の遺言書のことをいっておられるのでしたら、たしかに一通あると思います。もっとも、この屋敷からは投函されておりません。ロジャー様が遺言書をお作りになったのは三週間前だと思います」

ジェフリーは顔を上げた。「なぜそういえるんだい」

穏やかな笑みが執事の蒼白い顔にぱっと浮かんだ。「ええ、いろいろありましたもので。二、三日前ロジャー様は家族の方と口論なさいました。そのもめごとがあった次の日に私をお呼びになって――夜遅くのことでしたが――翌朝ガート夫妻が屋敷に来たら、会いに来るよう伝えてくれとおっしゃいました。あとでガート夫妻が、ロジャー様から文書の下のところに署名するよう頼まれた、と教えてくれました」プレーターは少し文字を書くしぐさをした。「そういうことがあったものですから、ロジャー様が遺言書をお作りになったのだと思ったわけでございます」

「そのことを家族の誰かにいったかい」

相手の顔に微かな傲慢の色がさした。「いいえ、しておりません。私には関わりのないことですので」

再びジェフリーは手帳を覗き込んだ。「いっしょに、この事件の経過を順を追って確かめてもらいたいんだ」しばらくしてから彼はいうと、ページをめくった。「しっかり聞いていてくれ。十二ヶ月前、人形がロチェスター教授に贈られる。三ヶ月前、この人形を探すものの見当たらず。二ヶ月後――つまり一ヶ月前に――ロジャーが家族と口論をし、遺言書を作成」

「そのとおりでございます」

「さて、先々週の火曜日――十二日前に――第一の人形が届く。これはミス・ベアトリスをかたどったものだった。そして金曜の夜に彼女は階段から転落し、死亡。先週の火曜日に第二の人形が届き、四日後にロジャーが殺害される」彼は手帳を閉じると、ポケットに滑り込ませた。「これは昨夜のことだ、プレーター。そしてもっと興味深い事実もある」彼は言葉を区切りながらいった。「君は、ロジャーを、憎んでいた。違うかな」

執事の蒼白い指が這うようにそっと口元に近づいた。ジェフリーに鋭い視線を投げると、すぐ眼を伏せていった。「憎んでいたですって——おっしゃる意味がわかりませんが」

相手にかまわず、ジェフリーはたたみかけた。「君はロジャーを憎んでいた。なぜだね」

胸の上で握り締めていたプレーターの指が、蛇が動き出すようにくねった。「あなたは——誤解なさっています。私は——私は……」声は震えて、聞こえなくなった。彼は狂気じみた眼でブラックバーンを見つめた。ブラックバーンはゆっくりと腕を組んだ。

「まあ聞いてくれ。僕がわざわざいうまでもなく、君は極めて危うい立場にある。犯行が行なわれた時間の前後ずっと、君は礼拝堂の鍵を持っていた。ロチェスター教授が肌身離さず持っている博物室の鍵に手を触れることができると、君は先ほど自分で認めている。そして、ロジャーにこの世で最後の飲み物を渡したのは君だ。それに加えて、ロジャーを深く憎んでいたという事実——しかもその理由を話すのを拒んでいる。最後に、君の部屋は屋敷の裏手にある——礼拝堂に行くのがたやすく、人に見られる恐れはほとんどない場所だ。自分で自分をつかまえる網をせっせと編んでいるのがわからないのか」

日当たりの悪い湿気を含んだ壁のような、緑がかった色が、じわじわと執事の顔にさした。その眼は、今にもわっと泣き出しそうな子どもの、顔を歪めて涙をいっぱいにためた眼だった。プレーターは椅子の中で縮こまって、乾いた唇をなめていた。

ジェフリーは相手をじっと見つめた。「仮に——仮にだよ、プレーター——君がドクター・オースティンの薬箱から薬を持ち出して、例のミルクに入れたとしたらどうだろう。君は、意識を失ったロジャーを担いであのぬかるみを渡り、持っている鍵で礼拝堂の中に入って、薬で痺れている彼を殺した。争った跡がないのは、意識のない人間には抵抗する力がないからだ。それから引き返すと、泥の上に礼拝堂に出入りした足跡を付けて、釘に鍵を掛けた。しかし、君はアリバイが必要だと気づく。そこで屋敷内の人間を巻き込んだ話をでっち上げる。その人物が怒って否定したら、弱い視力のせいにすればいいわけが立つ。それでも、君のアリバイは完全とはいい切れない。なぜなら、その核心が赤いレインコートだからだ——知ってのとおり、ホールに掛けてあって持ち出すのは誰でも——」

「ま、待って下さい——お願いです」プレーターは立ち上がっていた。小刻みにからだを震わせる彼の姿は、執念深い風に引き裂かれた節だらけの老木のようだった。「ああ、そうじゃないんです——それは間違いです」哀れなほどの嘆きようだった。彼は、鋭く突き刺さる言葉を食い止めようとするかのように、震える片手を前に突き出した。そしてまた椅子に腰を下ろした。「私はもう——すべてをお話ししました——ただ——」

「ただ?」と、ブラックバーンはいった。

プレーターは疲れきった眼を上げた。「たいしたことではありません。些細なことだったのでほとんど忘れかけていたところでした。それに、また別の方に関わりのあることですので——」

「手短に頼むよ」ブラックバーンはそっけなく相手の話をさえぎった。「何かな」

老人の声は少し落ち着きを取り戻した。「先ほど申しましたように、昨夜は十一時を少し回ったころ床につきました。疲れていましたが、いつもの習慣で本を何ページか読んでから眠りました。昨夜はどうも本を手に持ったまま眠ってしまったようです。ぐっすり眠っていたわけではありません、意識が半分残って――ちょうど境目にいるような感じといったらいいでしょうか。しばらくすると、外から声が聞こえてきて、密かにやりとりしているのがわかりました。夢のような気もしたのですが、それにしてははっきりしていたので空耳だったとは思えません。男の声でした。もう一人のほうはひそひそ話していましたが、この男はときどき声を張り上げました。やがて声は止みました。少しして目を覚ますと、明かりがついたままでした。時計を見ると、十二時を少し過ぎていて、あたりは静まりかえっていました。ただ、夢が――それが夢だとしたら――あまりに鮮やかだったので、扉を開けて外を見たのです。何も見えませんでした。扉を閉めて、明かりを消してから、ベッドに入るとすぐに眠ってしまいました。今朝目を覚ましたときには、何がなんだかわからなくなっていました。夢と現実の区別がつかないのです。それで、このことについては何もいわないでおこうと心に決めていました」プレーターはブラックバーンの厳しい視線に怯まずに同じ視線を返した。「本当です――嘘ではございません」

しばらく間があった。「プレーター、その話には別に関係する人がいるといったね」とジェフリーはいった。「夢うつつの中で声の主がわかったということかな」

執事はうなずいた。「ええ、男の声を」

「で、それは――」

「バレット様の声にとてもよく似ておりました」プレーターは静かにいった。

ふたたび間があった。ジェフリーは執事をしばし鋭い眼で見つめると、背を向け、テーブルまで歩いていって灰皿にたばこの先を押しつけた。プレーターは、サーカス犬が調教師を見つめるように、相手のしぐさを見ていた。それからジェフリーは振り返った。

「プレーター、今の話で、君が本当のことをいってると信じたわけではないよ」彼は冷たくいい放った。「また、君は肝心な問題を避けようとしたね。かなりとりとめのない、関係者を巻き込むような話をして。その話は直接の証拠になるほど重大なものではないな。おまけに、真っ赤なレインコートの話のときと同じく、万一自分の話が否定されたり嘘だと証明されたりした場合に備えて、しっかりと逃げ道を作っている」

プレーターの顔には表情がなかった。「私は真実をお話ししているのです。それしか私にはできません」

ジェフリーは相手の言葉を無視した。「注意しておいたほうがいいと思うが、プレーター、首席警部が来たら、君の行動全般について根掘り葉掘り訊かれることになるよ。明日には部下を連れてここに来る予定なんだ」彼は容赦ない口調で続けた。「君自身のために忠告する。首席警部には隠し立てはやめたまえ。さもないと、厄介な立場に身を置くことになって、つらい思いをしなくてはならなくなるよ」彼は下がるよう身振りで合図した。「これで終わりだ、プレーター。もう行っていいよ」

執事は立ち上がると、祈るような声でいった。「でも、私は真実を――」

「これで終わりだ、プレーター」ジェフリーは老人に背を向けた。執事はごくりと唾を飲み込むと、すすり泣く声をとぎれとぎれに立てながら部屋を出ていった。

ブラックバーンは、奇妙な、態度の定まらない表情を浮かべて、プレーターの後姿を見送った。そしてあくびをかみ殺しながら、振り返って、時計に目をやった。「十時半か」彼はつぶやくと、両手をこすりあわせた。「さあて――もうひと頑張りだ。陳述をタイプで清書して点検する仕事が早く済めば、それだけ早く眠りにつけるぞ」

コーマー巡査部長が、万年筆のキャップをねじ込みながら立ち上がった。彼は脇の便箋をあごの先で示した。「全部書き留めたと思います。ただ、私の速記をお読みになれるかどうかわかりませんが」

「それは君の仕事だ」と、ジェフリーは指示した。「ピムロットさん――タイプライターは打てますか」

小男は残念そうに首を横に振った。「できないんですよ」と彼はいった。「でもモーガンに頼めば――」

しかしジェフリーはそれをさえぎった。「こんな時間にロロをベッドから引っ張り出すこともない」彼はぶっきらぼうにいった。「巡査部長に読んでもらって僕がタイプを打とう。それと、誰かが点検してページを振らなくてはいけないが」

「それは私にやらせて下さい」ピムロットは待ってましたとばかりにいった。

ジェフリーは部屋を見渡すと、眩しそうに眼の上に手をかざした。「ここは照明が強すぎる」彼はいった。「電気スタンドが図書室にあるから、それを持ってきて使うことにしよう。眼を悪くしては何にもならない」それからピムロットに向かっていった。「モーガンのタイプライターを彼の仕事部屋から持ってきてくれませんか」ピムロットはうなずいて部屋を出ていった。ブラックバーンはコーマー巡査部長に目をやった。「何か必要なものは」

「あの――パイプをやれると助かるんですが」若者は正直にいった。「一服もしていませんでしたから――」

「それなら今やりたまえ」相手がいい終わらないうちにジェフリーはいった。「いったん作業に入ったら、中断されたくないからね」

十分後、ジェフリーは電気スタンドとコードの束を持って部屋に戻ってきた。ピムロットはタイプライターのスペース・キーをあてもなく押しつづけている。スタンドに延長コードをつないでいるとき、コーマーが入ってきて、オイルスキンの袋からブライアーのパイプに葉をつめた。ブラックバーンは小さいテーブルにスタンドを置き、タイプライターを持ってくるようにピムロットに身振りで指示すると、その前に坐った。彼はキーの上で指を踊らせてからうなずいた。

「だいぶ腕がなまっているが――まあ、なんとかなるだろう」彼は便箋を台紙からはぎ取って機械に一枚差し込んだ。「では、巡査部長、読み上げて。ピムロットさんにはタイプした紙を集めて確認してもらいます。それから、ピムロットさん、真ん中のテーブルにいてもらいましょう。明かりの下だから」

こうして彼らは仕事に取りかかった。

十分たった。コーマー巡査部長の丁寧に読み上げる低い声にあわせて、かたかたと威勢よくタイプライターを叩く音が部屋を満たした。この慎重に進められる作業の音は、ブラックバーンが新しい紙を機械に差し込むために中断するときだけ途絶えた。ピムロットがタイプライターとテーブルのあいだを規則正しく行き来するにしたがって、紙の山が大きくなった。時計が十一時を打って――十五分たち――三十分が過ぎた。紙を交換しながらジェフリーが顔を上げると、眼鏡を手に持ったピムロットが落ち着きなく眼をこすっていた。問いかけるような視線を感じて、ピムロットは顔をしかめながらうなずいた。

「あなたがいったように、たしかにこの明かりは眩しすぎる。眼がしょぼついて困るんですよ。タイプの文字が細かいせいもあるんでしょうが――頭がずきずき痛くて」

「どうぞ休んで下さい」ジェフリーは優しく声をかけた。「僕らで終わらせておきますから」

トレヴァー・ピムロットに対してそんな言葉を口にすべきではなかった。小男は頑として首を縦に振らなかった。「いや、私も最後までやります」彼はいい張った。「部屋に特別な読書用眼鏡を置いてあるんです。プレーターに頼んで持ってきてもらいますよ」

彼はすっくと立ち上がった。そして部屋を横切ると、呼び鈴の紐を強く引いた。ジェフリーは肩をすくめて、作業に戻った。タイプライターのかたかたいう音がまた響いた。一分が過ぎて、そのあいだずっとピムロットはひとりつぶやきながら部屋を歩き回っていた。彼はもう一度紐を引いた。「あいつはどこにいるんだ」彼は苛立った。

ジェフリーは手元から目を上げた。「きっと熟睡しているんでしょう」

「それなら自分で取りに行くとするか」ピムロットはきびきび歩いて部屋を横切ると、扉を勢いよく開けた。「ずいぶん頼りない使用人を置いておくものだ――」不満のつぶやきが突然止んで、甲高い声になった。「ああ、そこにいたのか、プレーター。こっちだ。二回も鳴らしたんだぞ」

タイプライターを叩く音にかき消されて、執事が何と返事したのかよくわからない。しかし、ピムロットは相手をさえぎってまくしたてた。「わかった――わかった。読書用の眼鏡を持ってきてもらいたいんだ。私の部屋の簞笥の上に置いた、黒い革のケースに入っている」

ピムロットは扉を閉めてテーブルの自分の持ち場に戻った。「本当にしょうがない奴だ、あの執事は」彼は不平を鳴らした。「戻ってきたらどうせ、申し訳ございません、見つけられませんでしたなどというに決まってる」ところが彼が下したプレーターの人物評価は間違っていた。数分後、柔らかいノックが、タイプライターの騒々しい音のあいだから聞こえてきた。ピムロットが立ち上がって、扉を開けた。手を休めたジェフリーの耳に、彼が低い声で礼をいうのが聞こえた。彼は小さな革のケースを握り締めて戻ってくると、角縁の眼鏡を中から引き出した。そして、その眼鏡をきちんとかけてから、便箋を一枚手に取って目を通し始めた。「これで楽になった」というピムロット氏の一声で元の協力体制が復活し、三人はふたたび仕事に取りかかった。

しばらくして、ようやく作業は終了した。ジェフリーは最後の紙を機械から引き抜いた。コーマー巡査部長は速記録をテーブルに放り出すと、壁ぎわの長椅子に腰を下ろしてパイプに火を点けた。ピムロットは最後の一枚を取ってから、タイプの誤りを直し、隅に丁寧に数字を書き入れて、その紙を山の上に置いた。

「やったぞ」と、ピムロットがいった。困難と戦い、それに勝利した人物の口ぶりだった。

ブラックバーンは立ち上がって背中を伸ばした。疲れで顔色が冴えない。彼は背の高い時計に目をやった。手の形をした針は真夜中近くを指していた。震えるほど大きなあくびが出て、体じゅうがきりきり痛んだ。「やれやれ」彼は息をついた。「もう寝るとするか——」すぐに次のあくびが出て言葉が続かなくなった。

コーマー巡査部長が、長椅子のところから不思議そうにいった。「ずいぶん静かなんですね」

そのとき初めて、彼らは気がついた。仕事の完了とともに、部屋には静寂が訪れていたのだと。一日じゅう気が狂うほど慌ただしい時間を過ごしたあとでは、この静けさはかえって異様で不安をかきたてた。夜が更ければ自然にひっそりとしてくる普通の静けさと違って、よそよそしく光る月の下で孤独に白くかすむ人気《ひとけ》のない町、あらゆる生きものが逃げ出した荒涼とした平原や真夜中の深い森、幾重にも折り重なる葉むらやこっそりと通り過ぎる何かのおぼろげな影、そうしたものの不吉なささやきを内に秘めた、ずっと深い静けさ。穏やかな、単純に物が静止している場合の静けさというのではない。むしろ、じっと動かずに息をひそめてうずくまる生き物がいつ飛び出すのか、きつく巻き過ぎたぜんまいがいつ弾けるのかと、その瞬間を今か今かと待っているような種類の静けさだった。

「たしかにそうだ」とジェフリーはいった。穏やかな声が吐息のように響いた。

ピムロットは眼鏡を取り替えるのにやたらに手間取っていたが、ようやくケースをポケットに滑り込ませた。「では、これで私は休みます」と彼はいった。空元気を出している口振りだった。

ジェフリーは思わず笑みをもらした。「蠟燭を持っていったほうがいいよ、ピムロットさん。エイヴォンの詩人が信じるに足るとすれば、『もう、地獄が毒気を吐き出して、昼間には目にするだけで震えるような残忍なことも人が手を出す時刻』(『ハムレット』第三幕第二場)だからね」

ピムロットが「いや、その必要は――」といいかけた瞬間、まるでロボットが動き出すように、時計が乾いた金属音を立てて、彼の言葉をさえぎった。三人はとっさに音のするほうに頭を向けると、目を凝らした。手と手が合わさっている。午前零時だった。

色を塗った文字盤の上の小さな扉が勢いよく開いて、飛び出した台の上で死神の人形が踊り始めた。だが、三人がぎょっとして目を見張ったのは、この奇怪な木像のせいではない。トレヴァー・ピムロットがしわがれた声でつぶやいた。

「おやっ、何だあれは。ほら、あそこ」

三人の視線がそれに集まった。木像の両肩のところに、別の小さな人形がいい加減にもたせかけてある。驚くほど巧みに作られた彫像だった。彼らが足を踏み出すと同時に、人形はひっくり返って、ことりと音を立てて絨毯の上に落ちた。三人は急いでその場に行くと、ぞっとした眼で見下ろした。何をかたどったものか調べるまでもない。それはマイケル・プレーターの彫像で、背中に二インチ釘が突き刺さっている。

甲高いピムロットの震え声が部屋じゅうに響いた。「これはどういう意味だ。いったいどういう意味なんだ」

深く格調高い音がその問いに答えた。十二の鐘の一番目だった。鐘の音は、人間の魂の消滅を打ち鳴らす弱々しい太鼓の響きのように、静まりかえった廊下にこだました。

3

もう限界だった。ヴァイオリンの弦よりも強く張りつめていた緊張の糸が、その光景を目にしたとたん切れてしまったのだ。最初におかしくなったのはトレヴァー・ピムロットだった。へなへなと椅子に坐り込むと、蒼白い顔をして、ゼリーのように震えていた。何かいおうとして口を開いても言葉にならずに、しわがれ声ががらがらと弾けるだけだったが、それがヒステリックな笑い声に変わって、異様なほどけたたましく響いた。椅子の中で、自分ではどうすることもできない不愉快な笑いに震えながら、眼鏡を傾け、体を洗濯物のつまった袋のようにだらりとさせているこの男は、哀れであったが、同時に苛立ちを感じさせるところもあった。ジェフリーはずかずかと近づいて、両肩をつかんで眼鏡が鼻から落ちるまで揺さぶった。それが効いたのか、小男は不思議なくらい落ち着きを取り戻した。醜悪な甲高い笑い声が止んで、顔からは狂気じみた薄笑いが消えた。椅子に深く沈み込み、頬を引きつらせながら、盛んに息を吸い込んでいる。

「あの」とコーマー巡査部長が口を開いた。「あのう」

ブラックバーンはピムロットの前に覆いかぶさるように立ったまま、その声を無視した。「しっかりしろ」彼は厳しくいった。「さあ、落ち着くんだ」

ピムロットの蒼白い顔にかすかに色がさした。彼は、ジェフリーの視線を避けながら、かがんで眼鏡をさぐった。探し当てると、かけ直して眼をぱちぱちさせた。声は恐怖でかすれていた。

「こんな所はごめんだ。夜だってかまうもんか、出て行くぞ。最初にロチェスター――今度はプレーターか。次は誰なんだ。誰だっておかしくない――私かもしれないいんだ」引きつった声になって彼は立ち上がった。「仕事を引き受けたときには、こんなことになるなんて思いもしなかった。こんなのは調査でもなんでもない。魔法だ――血なまぐさい邪悪な魔法だ」

「そんなものじゃない」ジェフリーはわざときつい口調でいった。「これは周到に計画された、冷酷な殺人だ。わからないのか。混乱させる効果を上げるためにこんな芝居じみた仕掛けをしただけなんだ。そうやって自制心を失えばこの悪魔の思うつぼだということがわからないのか。それが奴の狙いなんだぞ」

ピムロットは力なく威厳を取り戻そうとした。「私は――私は臆病者ではありませんよ」彼はどもりがちにいった。「ただ――ちょっと」――びくびくした身振りをして――「プレーターの顔を見たのがほんの三十分前だったのに――こんなことになるなんて。も――もうたくさんだ」彼は唾を飲むと急いで口に手をやった。「もう大丈夫ですよ、たぶん」

ブラックバーンは一瞬ピムロットに鋭い視線を投げると背を向けた。彼は時計のところまで行って床から人形を拾い上げた。五インチほどの大きさで、モデルの特徴が不気味なほど巧みにすみずみまで写されている。あまりにも似ているので、その唐突な出現が表す意味に気づいたとき、ジェフリーは震えを抑えることができなかった。彼の顔は石のようにこわばった。ポケットに人形を押し込むとすぐ仲間を振り向いた。

「さあ行こう。プレーターを探さなくちゃいけない。手後れでなければいいんだが」

部屋の外は墓場のように真っ暗だった。彼らは盲人のように手探りで進み、ときどき立ち止まってマッチを擦っては、微かな光を頼りに位置を確かめた。三人がまごまごしながら立てる音は、ひっそりとした静けさの中ではとてつもなく大きく思われた。そのときジェフリーは、自分たちが近づくのがこれほどはっきりわかるのなら、誰であれこの謎に包まれた屋敷に潜んでいる者は、はるかに有利な立場にあるのだと感じた。やがて、屋敷と使用人部屋を隔てる緑色のベーズで覆われた扉にたどり着いた。

扉を開くと、隅に一つだけ灯った電球の弱い光に照らされた薄暗い廊下が、陰気な姿を現わした。ピムロットは、二人のあいだで、落ち込んだら抜けられない流砂にでも向かうようにそろそろ歩いた。廊下をゆっくり進んでいくと、まもなくプレーターの寝室の前に着いた。黄色い光が投げかける三人の影が奇妙な形に歪んで向かいの壁に映った。

「い——いっしょにかたまっているほうがいいだろう」ピムロットは小声でいうと、コーマー巡査部長に近づいた。

ジェフリーは片手を上げると扉を叩いた。返事はない。もう一度、先ほどより強く叩いた。ノックの音が消えると、息づかいがはっきり聞き取れるほどの静けさが戻る。ブラックバーンは十秒待ってから、コーマーにいった。

「様子がおかしい。見てみよう」

ジェフリーは把手を握ると、回して押した。少し隙間はできたものの頑丈な扉は開かない。彼はオークの扉に思い切り体重をかけた。扉はすさまじい音を立てて開いた。と同時に、丈の高い黒い物体が前に倒れ、どさりと床にぶつかった。

ピムロットが半分息が詰まったような声を漏らした。

それがマイケル・プレーターの死体であることは、電球の光の下でもはっきりと認められた。彼は驚いた表情で三人を見上げていた。眼は深海魚のように飛び出し、あごはだらりと下がっている。それはまるで、最後の瞬間に彼が殺人者の正体を知り、死がその顔に気違いじみた驚愕を刻印したかのようだった。

ジェフリーはかがみ込んで死体をうつ伏せにすると、血に汚れた手を見て後ずさりした。執事の両肩のあいだには、深々とナイフが刺さっていた。

間奏曲——非常に速く《プレスティッシモ》——

もしもジェフリー・ブラックバーンが想像したように、悪の女神アスタルテがロチェスター屋敷のすぐ上を黒い翼で飛び回っているとしたら、マイケル・プレーターの殺害に引き続いて屋敷じゅうに起こった大騒ぎと混乱状態を目にして、彼女の邪な心臓は質の悪い悦びで満たされているに違いない。第二の悲劇は、ことことゆっくりと煮えている鍋の下で不意に躍り上がった炎であった。火傷をするほど熱く煮えたぎった中味が吹きこぼれ、屋根の下にいる人々は皆いきなり狂気じみた恐慌状態に陥り、地下室から塔まで、震え、うなり、跳ね上がった。まるで窓に閉じ込められた不潔で醜い青蠅が必死で逃げ場を求めるように。

プレーター殺害の手がかりを得ようとするジェフリーの労苦は、夫オデュッセウスの帰還を待ちつづけたペネロペのそれと同じだった。不眠不休で走りまわったせいで、ただでさえもうろうとしている脳は活力を失っていた。誰も何も知らず——参考になるような助言や援助を与えてくれる者は一人もいない。寝ていたところを呼び出された家族と滞在客は、着換えもそこそこに、乱れた髪のまま、疲れきった眼をして、引き起こされたばかりの悪魔の仕業を、不信と恐怖を浮かべた表情で見つめていた。薄暗い明かりの中で見る彼らの顔は、『地獄篇』の下層から現れる亡者の仮面を思わせる。カミラ・ウォードは音もなく小さく息を呑むと、床に倒れ込んだ。ロチェスター教授は顔に皺を寄せ、見るのも恐ろしいという顔をして、恐怖に圧倒された老人特有の弱々しく甲斐のない涙を流した。ジャン・ロチェスターは悪夢に捕らえられたように歩き、兄のオーエンが彼女を守るように肩にまわした腕にもほとんど気がついていない。ロロ・モーガンとドクター・オースティンは砲弾ショックにかかったかのように茫然としている。空のパイプをくわえて歯を食いしばっている、フィリップ・バレットのあごの筋肉が浮き出て見えた。ピムロット氏は光の当たらない廊下の隅にうずくまってハンカチの中にもどしていた。

夜中にベッドを離れた方はいませんか。人形のように、彼らは首を横に振った。物音は聞こえませんでしたか。またも無言の否定。疲労のあまり気が立っていたジェフリーは、リード首席警部の言葉を思い出して声を荒げた。この人が殺されてから三十分も経っていないんですよ――あなたたちはその時間いったいどこにいたんだ。彼らは、羊のような眼つきでジェフリーを見つめ、羊のように身を寄せあっている。彼はポケットからプレーターの人形を取り出すと、一同の目の前に突き出した。

「これを見なさい。皆さんに居間に集まってもらったときよりも前に、時計の中に置かれていたものだ。置いた人物はあなたたちの中にいる。誰だ、なぜこんなことをした」

ロチェスター教授は鼻をすすり、鞭でお仕置きされた生徒のように手の甲で鼻を拭った。ドクター・オースティンは、気絶しているカミラにかがみ込んで、まるで関係ないことをつぶやいた。「この娘をベッドに運ばなきゃいけない」

「それならベッドに戻るがいい――あんたたちみんな」ジェフリーは怒鳴った。神経が疲れて威厳を保つどころではなかった。「そしてしっかり眠るんだ、明日まで……」そして手を振って一同を追い払った。何もいわず彼らは立ち去った。

ブラックバーンはコーマー巡査部長を手招きした。「車を用意してくれたまえ」彼は命令した。「ロックウォールまで行って、電話で首席警部を呼び出したら、また殺人事件が起きたと伝えるんだ。そして、朝のうちにこちらに来てくれるよういってくれ――」

コーマーの眼が飛び出した。「でも、私にそんな権限は――」

「首席警部にいうんだ」かまわずジェフリーはたたみかけた。「十時までに来られないようだったら、僕は手を引くとね。それだけだ。すぐ行きたまえ」

コーマー巡査部長は出ていった。

ピムロットの手を借りて、ジェフリーはプレーターの遺体を部屋の中に戻し、ベッドに寝かせた。そして扉に鍵をかけると、その鍵をポケットにしまった。「僕はもう寝る」彼はぶっきらぼうにいった。「あなたもそうしたほうがいい。それから、出て行くのなら首席警部が来ないうちにどうぞ」

「出て行きますとも」ピムロットが力を込めていった。「行きますとも。もうこの屋敷にいるのはごめんだ……」そのあとも一人でぶつぶついっていたが、ジェフリーは相手にしなかった。彼は階段を上って自分の部屋に戻ると、服を脱ぎ捨てて、ぐったりとベッドに横になった。ロチェスター屋敷をふたたび静寂が支配した。

何十マイルも離れたホテルの寝室で電話が鳴った。血色のよい顔に鬼軍曹のあごを持つ大柄の男がだるそうに体を動かし、電灯のスイッチを探してうろうろと手を伸ばした。首席警部は毒づいて、体を起こすと、受話器を耳にあてた。「はい」彼はうなるようにいった。畏れと苦悩の入り交じったリチャード・コーマーの声が電話線を伝って流れてきた。耳を傾けているうちに、リードの花崗岩のような表情が和らいだ。彼は一人でうなずいた。

それから驚くほど愛想のいい声で返事をした。「よくわかった、巡査部長。すぐそちらに向かうとブラックバーン君に伝えてくれ」彼は受話器を置くと、ベッドから跳ね起きた。そして壁の呼び出しボタンのところまで行って、権威に満ちた指先でボタンを強く押した……。

すると、そのボタンを押した指が、蜂の巣に突っ込んだ棒の役割をしたかのように、事態はびっくりするほど急速に展開しはじめた。指は、テムズ川北岸エンバンクメントのだだっ広い灰色の建物の心臓部である、中央局と呼ばれる部署まで達した。ひっきりなしに鳴る電話。次々にともる電灯。タイプライターがかたかたと音を立てはじめ、ファイルがしきりにめくられた。朝の訪れとともに、ある副総監が朝食の席でインタビューを受け、三月八日月曜日午前九時をもって、犯罪捜査部がロチェスター殺人事件の捜査に乗り出すことを明らかにした。

ちっぽけなロックウォール村がそんな朝を迎えたことはかつてなかった。黒光りする車が、肩幅の広い男を詰め込み、制服警官の運転で、何台もこの小村に押し寄せた。ぽかんと見つめる眼に土埃を巻きあげ、排気ガスの臭いを残して走り去ったあとには、当惑しながらも興奮した村人たちの姿があった。ウィリングトン氏の交換局は生き物のように唸りを上げた。霊安室にあてられた小さな建物では、黒いワゴンで〈ロチェスター〉から運び込まれた遺体の解剖を、医師が慎重な手つきで行なった。そのあとからは新聞記者が、上司から直接いわれたり、電話か電報による指示を受けたりして、つぎつぎにやってきた。皆、両端を鋭くとがらせた鉛筆と、抜け目なく何でも写し取るためのカメラを持っていた。真実であれゴシップであれ何でも取材してやろうと、やる気をみなぎらせて、オートバイや車で駆けつけ、中には自転車で来た者さえいた。一方遠く離れたロンドンでは、編集者たちがページを〈空き〉にして待機し、植字工は、第一面に突っ込む被害者の略歴に、太いボドーニ活字を使おうかと話し合っていた。

ああ、哀れな報道嫌いのロチェスター教授。新聞が〈人形殺人事件〉と命名したこの悲劇には、一般読者の興味をそそる話題がすべてそろっていた。すでに谷間の屋敷に焦点が向けられた以上、ゆっくり這い寄る悪名のスポットライトから逃れるのは、日が昇るのを食い止めようとするのも同然だった。

ロチェスター屋敷を混沌が襲った。

巨大な機械仕掛けのロボットのように、犯罪捜査部は大邸宅にずかずかと入り込むと、威張りちらし、おだてあげ、媚びへつらい、果てしない質問を浴びせ、数え切れない写真を撮り、長さを測り、鍵の具合を調べ、重さを量り、計算し、メモを取り、記録簿に記載した——この屈強で物怖じを知らない軍団は、灰色の口ひげをしごきながら廊下をのし歩く、血色のよい大柄の男が吠え立てる命令のほかは何も従わないのだ。

その屋敷の中でただ一人、頭のすぐそばで渦巻く大混乱にはまったく気づかない男がいた。もう昼の十二時近くになろうというのに、ジェフリー・ブラックバーン氏は、賢者ソロモン王が怠け者を厳しく咎めたという故事も無視して、まだ深い眠りの中にいた。

第七章　カミラ・ウォードの悔恨

（三月八日　月曜日）

セイレーンがどんな歌を歌い、アキレスがどんな名前を使って女たちのあいだに身を隠したのかは、難しい問題ではあるが、まったく推測できないというわけではない。

――サー・トマス・ブラウン『壺葬論』

1

ジェフリーが目を覚ましたのは十二時少し過ぎだった。起き上がってあくびをすると、腕時計に目をやった。彼は仰天して叫び声を上げ、バスルームに駆け込んだ。二十分後、シャワーを浴び、ひげをそり、着換えを済ませて、下に降りた。ホールにはコナリー刑事がいた。この丸顔のアイルランド人とブラックバーンは、以前いくつかの事件でともに仕事をした間柄である。二人は握手を交わした。

「とんでもないごたごたに巻き込まれたもんだなあ」コナリーがいった。

「巻き込まれたのはそっちの方だろう」とジェフリーはやり返して、にやりとした。「御大はどうしてる」

「いらいらしてる、腕を失くした男が蕁麻疹にかかったみたいに」刑事は居間のほうを身振りで示した。「今はあそこだ――あんたの報告書に目を通してるよ」

ジェフリーはうなずくと部屋に入った。首席警部はテーブルについて、眼鏡をかけ、タイプした紙を丹念に読んでいた。ジェフリーが入っていくと彼はちらりと目を上げた。

「やあ、首席警部」ジェフリーは部屋を横切ってリードの手を握った。「わざわざすみません。でも、またお目にかかれてよかった。まさに天の助けですよ」

リードはじろりと睨んだ。「昨日、電話でいっておいただろう――」

「昨日は」ジェフリーは済まなそうにいった。「別人になっていたんです。責任の重さに潰されそうで、気が立っていましたし、疲れきっていましたから――」

「では、私のほうはどうなる」首席警部はタイプした紙を手の甲ではじいた。「ブラックプールの鏡屋敷はまあ別として、こんな途方もない話にお目にかかったことはないぞ。どうにもこうにもわけがわからん」

ジェフリーは真顔になった。「首席警部、動機が見当たらない点が障害になっているように思いますが。なぜロジャーが殺されたんでしょう。そして、なぜプレーターが」

リードは報告書をテーブルに放ると、「ああ、プレーターが殺された理由ならわかっている」と、あっけなくいったが、にわかには信じがたかった。

「本当ですか。なぜなんです」

首席警部は立ち上がった。「プレーターの部屋に行こう」と彼はいった。「面白いものが見られるだろう」

屋敷の奥に向かう途中、リードはポケットから鍵を取り出した。「眠っているあいだにポケットを探らせてもらったよ」彼はわけを話した。「博物室と礼拝堂の鍵を失敬した」二人は緑色のベーズで覆われた扉を抜けた。ジェフリーは眉を少し寄せて、昼間でも薄暗い狭い廊下に目を向けた。プレーターの部屋の前で立ち止まると、リードが鍵を回して扉を開けた。

部屋の中は、遺体が運び去られた点を除いて、ジェフリーが前夜見たときのままだった。狭い部屋には、片側の壁に沿ってシングルベッドがあり、その脇に整理箪笥が置かれている。隅には衣装箪笥がぴったりはめ込まれていた。家具はそのほかに、小さなテーブルと椅子があるきりで、椅子は後ろに引いた格好で置かれていた。カーテンのついた窓からは庭が見渡せる。

「こっちへ来てくれ」リードはそういうと、身振りでテーブルを指した。

テーブルにはつやのあるアメリカン・クロスが掛けてある。その上には、ペンを差したインクスタンドとかちかちいう音が気になる銀時計、金属製の本立てにはさんだ四冊の本、それに大きな吸い取り紙が置いてあった。首席警部が吸い取り紙を持ち上げると、便箋が一枚現れた。明らかに書きかけの手紙だ。何行も走り書きした後の部分が広く余白になっている。

「発見したときのままだ」彼は説明した。「まるで執事が便箋を吸い取り紙の下に隠そうとしたかのように見える。これを読めばわかるだろう」彼は便箋を取りあげると、ジェフリーの目の前に突き出した。

はじめジェフリーはぼんやりと目をやっていただけだったが、すぐに熱心に読み出した。文面には宛先がなく、いきなり書き出してあって、中途半端に終わっている。彼は読みはじめた。


今晩この屋敷で起こった出来事のために、もう口をつぐんでいるわけにはいかなくなった。警察は私を疑っている。だから、十二時間だけ待とう。私のいったことをよく考えることだ。明日の十時三十分までにおまえが警察に話さないのなら、ロジャー様がベアトリス様を階段から突き落とした一部始終を、私は警察に打ち明ける、そうすれ――

手紙はそこで途切れていた。

「ひゅーっ……」ブラックバーン氏は口笛を吹いた。「じゃあプレーターが隠していたのはそのことだったのか。それならロジャーを憎んでいた説明もつく。殺されたのは口封じのためなんだ。すると三人の死には関連があることになるわけですね」

「どうもそうらしいな」リードは手紙を取り上げると、丁寧に折りたたんで、紙入れの中にしまった。「だが、いいか――もしロジャーがこの婦人を殺したのなら、彼こそプレーターの密告を恐れていたはずだ。ところがそのロジャーが殺されてしまった。それとも、ロジャーは復讐のために殺されたのだろうか。だとしたら、なぜプレーターにしゃべらせて、法の裁きに委ねなかったのだ?」

ブラックバーンは考え込むような眼をした。「では、どんな後ろ暗い理由があって手紙を吸い取り紙の下に隠さなければならなかったんでしょう」

「プレーターは犯人に見つけられたくなかった、そいつははっきりしている」首席警部は珍しいものでも見るような眼つきでジェフリーを見つめた。「推理は何もおまえさんの専売特許というわけではなかろう」と、彼は不満気にいった。「これは私の見方だ。プレーターは極めて重要な手紙を書いていた。自分の命がかかっている手紙だ。ところが書いている途中で邪魔が入った。要するに、可能性はただ一つ――最後まで書き終えないうちに、殺されたに違いないということだ」

ジェフリーはかぶりを振った。「その結論には少し無理がありませんか。昨夜は十一時半までプレーターが生きていたことは僕ら三人が知っています。ピムロットが呼びましたからね。なかなか来なかったのを覚えています。そのとき彼が手紙を書いていて――僕らの呼び出しで中断した、ということはあり得ませんか」

「その説には賛成できんな」リードは反対した。「あの手紙は極めて重要なものだ。この部屋から呼び出されたのなら、プレーターは手紙を持って出るか、引き出しにしまって鍵を掛けるかしただろう。吸い取り紙の下などという、部屋を留守にしているあいだに誰かが入ってきたら見つかってしまう場所に置きはしないはずだ」

「では、何が起こったというんですか」

首席警部は腕組みした。「きっとプレーターは、用事が済んでここに戻ったあと、手紙を書き始めたんだろう。扉にノックの音がしたのでそれを中断した。すばやく手紙を吸い取り紙の下に滑り込ませてから、扉を開けた」彼は声を落とした。「だが彼は二度と戻ってこなかった。それで手紙は我々が今朝発見した状態で残された」

ジェフリーは肩をすくめた。「理屈は通っているようですが」彼は不服そうにいった。「いずれにしても、それほど重要なことではありませんね。一番肝心なのは、手紙の中に、ミス・ベアトリスの死の真実を知る者がほかにもこの屋敷の中にいる、と書かれていることです。それが誰なのか少しでも手がかりをプレーターが残してくれなかったのが残念です」彼は振り返って戸口のほうに目をやった。黒い染みが敷居のあたりについている。不気味な光景が彼の心に何かを思い出させた。「今度のナイフの出所はどこですか。博物室にあったものとは違いますが」

リードは首を横に振った。「台所だよ、今度は。肉切りナイフだ。今は警察医の手元にある。あとで部下が指紋を調べるから渡してくれるだろう」はなからあきらめたような口調だった。「その筋からは何も期待していないがね」

「ロジャーを殺害したナイフはご覧になりましたか」

「それも指紋採集中だ」リードはそっけなくいった。

ジェフリーはたばこに火を点けた。「肉切りナイフですって。かえって厄介だな。誰でも台所から持ち出すことができただろうし」彼は目を上げた。「もう使用人にはあたりましたか」

「いちおうな」と、首席警部はうんざりした口調でいった。「あのジプシー女たちにはまったく手を焼かされる。まるで猿の群れを相手にしているようだ。婆さんに質問するには娘に通訳させなければならんのだから。むろん、彼らは何も聞いていない。昨夜は十時には眠っていたということだ」

しばらく間があった。ジェフリーは煙の輪を吐いた。「二つの殺人事件に奇妙な点があるのに気がつきましたか」

リードは睨みつけた。「おい——からかうつもりか。奇妙な点だと」

「特に変わっているという意味でいってるんです」ジェフリーは慌てて言葉をついだ。「二人の男性はともにナイフで刺されています。しかし、問題はそこにあるのです。首席警部の説に戻って考えると、プレーターは立ち上がって扉を開けたのですから、犯人と向かい合う格好になるはずですね。ところが、刺されたのは背中です」彼はそこで間を置いたが、相手は黙っていた。

「次にロジャーですが、彼の死体は礼拝堂の扉とは反対側を向いて倒れていたのに、刺されたのは胸なんです。こうした事実を考えると、逆のことが起こっていなければならないように思われます。背中を刺されたのがロジャーで、胸を刺されたのがプレーターでなければおかしい、ということです」

首席警部は扉に向かって歩きはじめた。ブラックバーンもすぐあとにつづいた。「ああ、うんざりだよ」首席警部は叫んだ。「新しい謎をこしらえるようなまねは止めてくれないか。現状でも手いっぱいなんだ」彼はプレーターの部屋の扉に再び鍵をかけると、ポケットに鍵をしまった。「ところで、ロチェスター爺さんが失くしたという膀胱につめた脂肪の玉が今朝出てきたぞ」

「どこで見つけたんですか」

「納屋の中からだ。午前中そこを部下がしらみつぶしに捜索していて、最初に見つかったものの中にあったそうだ」

「泥まみれの靴はどうです」

リードはむっとした表情をした。「礼拝堂の前にあった足跡のことをいってるのか。その件ならまるでだめだ。善男善女が靴を汚さずに歩けるようにと敷物を置かせた教授の素晴らしい思いつきのおかげで、足跡はすっかりめちゃめちゃにされている。そこいらじゅう踏みつけられて形が崩れてしまったから、恐竜の足跡だといわれたってわからないくらいだ」

「でもその靴を履いていたのが誰だって、どこかに脱いで置いたはずでしょう」と、ジェフリーは食い下がった。

「どこに置いたか教えてやるよ」リードは乱暴にいった。「見事な骨董品が見つかった納屋に、焦熱地獄のようなでかいボイラーがある。屋敷に四六時中温水を供給しつづけているやつだ。あの中に放り込めば何だって始末できる。誰にも気づかれずにな」

ジェフリーはため息を吐いた。「教授の使う魔神は、自分のものだけは用心深く守っているらしいですね」と、彼は呆れたようにいった。「礼拝堂の中では何か見つかりましたか」

首席警部は腕時計に目をやった。「今部下が捜査中だ。だがあまり期待しないほうがいい。こんなことをする人間が名刺を置いていくはずはないからな」

ジェフリーは別のことを考えているようだった。ホールに出たとき彼はいった。「あの手紙がプレーターの直筆なのは間違いないと思います」

「たしかに」リードは答えた。「この件で確実なのはそれだけだ。プレーターの部屋にあったほかの書類と照合したのはもちろん、三人の家族にも筆跡を確認してもらったから疑問の余地はない」

ジェフリーはうなずいた。「彼らは、ベアトリスの死因に触れた箇所を読んで驚きましたか」

「そのようには見えた」リードはひげをこすった。「だが、おまえさんが考えているほどではない。三人とも茫然として、まるで地震にでも遭ったような顔つきだった。まだこの屋敷の中に犯人がいるという説にこだわっているのか」

「ええ」と、ブラックバーン氏は答えた。「この狂気じみた事件全体で僕が確信をもっていえるのはそのことだけです」ちょうどそのとき、昼食を知らせる銅鑼が鳴った。

2

昼食室に向かう途中、ジェフリーは昨日までトレヴァー・ピムロットが使っていた部屋の前を通りかかった。午前中この私立探偵の姿を見ていなかったのを思い出して、彼は立ち止まって扉を叩いた。扉が開いて、ずんぐりした男が現れた。粗野な顔つきで、右眼に軽いやぶにらみがある。茶色い上っ張りと厚地の作業ズボンという格好で、手にほうきを持っていた。

「失礼」と、ジェフリーはいった。「ピムロットさんを捜しているんだが」

男はひたいに手を当てた。「おられませんです。今朝早く出て行かれなすって」

「ああ、そうか」ジェフリーはいった。「で、君は……」

「ガートといいます。女房といっしょにここに雇われておるもんです。プレーターさんがあんなことになっちまったもんで、ジャンお嬢様から、住み込みでお屋敷のご用をするようにといいつかりまして」彼はごつごつした褐色の手を振って部屋の中をさした。「ちょうど掃除の最中でございます」

ジェフリーはうなずくと興味深げにガートをしげしげと眺めた。「僕の記憶が正しければ、何週間か前に、君と奥さんは、ロジャーさんの書類に署名したことがあったね」

ガートはうなずいた。はい――そのことならよく覚えとります。四週間ほど前でしたか、ちょうどその前の日に姪のミニーが泊まりに来とったもんで。いいえ――何の書類かわかりません。吸い取り紙がかぶせてあって、下のほうに点線で引いた三行しか見えませんでしたから。名前は、最初にロジャー様がお書きになって、わたしらはその下に書きました。いいえ――ロジャー様は何もおっしゃいませんでしたが、とっても喜んでおられるご様子で、手間賃にフロリン銀貨を一枚くだすったんです。

ジェフリーは男に礼をいって、仕事に戻らせた。やはりプレーターは正しかったのだ。ロジャーは遺言を残していた。では、それは今どこにあるのだろう。プレーターが話していたように、もし顧問弁護士の手元にあるのなら、その内容が捜査官の目に触れるのは早ければ早いほどいい。ロジャーには財産があった。彼の金がこの邪悪な事件のからくりを動かす原動力なのだろうか。一刻も早く首席警部に話そうと、ブラックバーンは頭の中のメモに書きつけた。

礼儀上、ジェフリーはロチェスター家の人々と昼食をともにすべきだと思っていたが、その時間を楽しみにしていたわけではなかった。昼食室の扉を開けたとき、その場にいたのがバレットとモーガンだけだったので、内心ほっとした。ジェフリーは会釈して中に入った。二人の男は丁寧に挨拶を返した。やはり、彼らは悲劇を思い出すような話題を避けたがっているようだった。そして、オーステインはミス・ウォードの部屋で彼女と、ジャンとオーエンと教授はいっしょにジャンの部屋で、それぞれ食事をとっているとのことだった。三人のあいだでは、ぎごちない会話がしばらく続いたが、やがて短い言葉のやりとりだけになって、しまいにはふっつり止んでしまった。食事は沈黙の中で続けられた。給仕をしているビアンカの浅黒い顔が謎めいて見えた。三人ともほとんど食欲が湧かなかった。十分後にバレットが小声でお先に失礼といって席を立ち、部屋に下がった。彼が出て行ったので、あとの二人は気兼ねがなくなった。ロロはティーカップを置くと、不安に曇った眼でブラックバーンを見つめた。

「こりゃほんとの地獄だ」と彼はいった。「しまいにはいったいどんなことになるんだろうね、ジェフ」

ブラックバーンは肩をすくめた。「僕は魔法使いじゃない。こんな事件にお目にかかるのは初めてだ。どの糸を手繰り寄せても、その先にあるのはもっと絡み合った結び目なんだ。あの人たちが素直に打ち明けてくれさえすれば、どんなに助かるかわからない。だが実際は反対だ。たとえば、バレットはどうだ。何をそれほどまでに隠そうとしているんだろう。それから、あのウォードという娘——それにロチェスター教授も。皆何かを隠している。隠しつづければ、かえって犯人の思うつぼなのは、彼らにもわかっているはずなのに」

ロロが独り言のようにいった。「君はあの四人のうちの誰かが、は——」と、口元まで出かかった言葉をいいかえて、先を続ける。「二つの殺人事件の責めを負うべきだと考えているのか」

ジェフリーは軽く微笑んだが、声は重たかった。「ねえ、君には信じて欲しいんだが、これまでのところ僕にはさっぱり見当がつかないんだ」彼はテーブルから立ち上がった。「もしも君が、電光石火の推理や『犯人はそこにいる』というような芝居がかった結末を期待しているのなら、ひどくがっかりするだけだよ。この事件では、頭脳労働と同じくらい地道な調査が必要なんだ。それが終わるまで、僕はおとなしく休んでいよう」

ジェフリーが昼食室を出たとき、もう少しで首席警部とぶつかるところだった。首席警部の血色のよい頬が真っ赤な危険信号に変わっていた。

「ああ、そこにいたのか」と彼は大きな声でいった。

「否定しても無駄なようですね」ジェフリーはあきらめたようにいった。「でも、どうしてかっかしているんですか、首席警部」

リードはいい返す言葉を飲み込むと、ジェフリーの腕を抱え、階段の下まで引っぱっていった。そこで相手の腕を放して、急いであたりを見まわしてからポケットを探り、小さな物を取り出した。彼はそれをジェフリーに手渡した。ジェフリーは目を凝らした。

それは銀メッキした小さなライターで、化粧用コンパクトと同じくらい薄い物だった。平らな側には小型の時計がついていたが、ガラスが割れ、機械は止まっている。針は七時十五分を指していた。反対側には丹念な彫刻で〈C・W〉のイニシャルがあった。

ジェフリーは問いかけるような目を向けた。

「ドンランが発見した」首席警部はぶっきらぼうにいった。「二、三分前に礼拝堂で見つけたんだ。入り口のすぐ内側の床板のあいだに落ちていたそうだ。針を見たか――七時十五分で止まっているだろう」

ブラックバーンはうなずいた。「たしかに、カミラ・ウォードのものですね。しかし、いつからそこに隠れていたのかな」彼は自分の問いに自分で答えた。「それほど経ってはいない――ほとんど埃をかぶっていないから。それに、麗しのカミラ嬢は、教授から丁重に要請を受けるとき以外は礼拝堂には近づかないと認めていた。してみると、まるで彼女がつい最近その聖域にいたように思えるのだが、なぜなんだ」

「その理由を我々は今探ろうとしているところだ」首席警部はにこりともせずにいった。「何分も待っているわけにはいかん。さあ、すぐウォードの部屋へ案内してくれ」

「ベッドで休んでますよ」階段を上りながら、ジェフリーは不満そうにいった。

「入浴中だろうとかまわん」リードは顔を赤くして口ひげを逆立てた。「いったい何の捜査だと思っているんだ。ここの連中は犯人を見つけて欲しくないのか」

「少なくともそのうちの一人は望んでいませんよ」ジェフリーはそっけない返事をした。二人は黙って上っていった。回廊につくと彼は先に立って歩き、閉まっている扉の外で止まった。部屋の中からつぶやく声が微かに聞こえてくる。首席警部が進み出た。ぞんざいにノックすると、扉を押し開ける。ジェフリーはすぐに押し止めようとしたが、相手はかまわず中に入っていった。ジェフリーは、この年長者の場所柄をわきまえない態度に決まり悪い思いをしながらも、ベッドの脇でひざまずいている男が娘の指先に唇をあてているところを、すばやく目の隅で捕らえていた。

　静止していた光景がいきなり動き出した。映画のフィルムを一瞬早回ししたようだった。が、すぐに場面は静止して、登場人物は鎖を繋がれたように動かなくなった。カミラ・ウォードは、化粧を落とした頬を小さな露の玉で濡らしたまま、唇を開いてこちらをじっと見ている。ベッドの脇に立っているブライアン・オースティンは、蒼白い顔をして、怒りに体を震わせていた。彼は拳を握り締めては開き、また握り締めた。

「こんなふうに女性の部屋にいきなり飛び込んでくるなんて、いったいどういうつもりなんです」言葉は、かすれ声になって、緊張した空気の中で震えていた。青年の苦悩に満ちた表情は見ていていたたまれなくなるほどだった。ジェフリーは彼の顔にだんだん血の気が戻ってくるのに気づいた。カミラ・ウォードは、胸もとを膨らませたりしぼませたりしながら、視線をそらさずじっと見つめていた。首席警部は、鋭い眼の上で左右の眉をくっつくほど寄せたまま、断固とした視線をオースティンに据えていた。彼は重々しい口調で、一語一語強調しながらいった。

「お嬢さん、あなただけに話がある」

　ブライアン・オースティンが首席警部の前に進み出た。「いいですか」顔を引きつらせながら彼はいった。「この人に何かいうことがあるのなら、僕のいる前でいって下さい。彼女は侮辱されて――」

「ブライアン」カミラが手を伸ばして彼の指を握った。彼女の手が触れたとたん、オースティンの激しい怒りは静まって、体から緊張が去った。娘は穏やかな声でいった。「ねえ、行ってちょうだい。私はもう大丈夫だから」

ブライアンはもう片方の手を彼女の指に重ねると、やさしくさすった。「でも、君をひとりには――」

彼女は身振りで相手を黙らせると、もどかしげな口調でいった。「何があったのかきちんとお話しするつもりよ。私たちには隠さなくちゃいけないことなど何もないもの。警察だってたぶん見つけたでしょうし――」

「これを見つけたよ」と、リードが口をはさんだ。彼はベッドの上にライターを放った。「礼拝堂で発見したものだ。土曜日の晩にあそこであなたが何をしていたのか、話していただくことになるだろうね」

カミラ・ウォードはライターを引ったくるように取ると、そっと握りしめた。彼女は感謝するように一瞬目を閉じた。それから顔を上げた。「はい」彼女は静かにいった。「私は土曜日に礼拝堂にいました――」

「カミラ」オースティンはすがるような視線を彼女に投げた。カミラが首をゆっくりと横に振ると、若者はがっくりと肩を落とし、駆けるようにして部屋から出ていった。

首席警部は手をこすりあわせた。「では、よろしいですかな。ミス・ウォード……」

彼女は、はおっていた絹と毛皮でできたピンクの洒落た服を、風邪をひいているかのように襟元までたぐり寄せた。そしてベッドカバーに目をやったまま、話し始めた。「なぜ私がこれまで本当のことを話さなかったのか、たぶん不思議に思っておられることでしょう。恐かったのです――あんなひどい殺人事件があって。私が――私が訴えられるかもしれないと思っていましたから。でも、可哀想にあのプレーターが亡くなってしまったからには、もう黙っているわけにはいかないと覚悟を決めました。あの人には酷いことをしてしまいました。私はわざと嘘をついて彼のせいにしてしまったんです」囁くような小声になって、彼女はベッドカバーを指先でせわしなくいじり回した。「真っ赤なレインコートを着ていたのは、たしかにこの私でした。あの晩十一時に、プレーターが見たのは私です。でも怖くて打ち明けることができませんでした。本当のことをお話しした以上、後のことは――みんなはっきりしてくるはずだと思います」声が震えて、彼女はもう少しで涙を流しそうだった。

リードが口を開こうとしたが、ブラックバーンは身振りで押し止めた。彼は激しく首を横に振った。そして前に進み出ると、椅子を引き寄せた。首席警部は立ったまま、ベッドの横板を大きな手で握りしめていた。ジェフリーは椅子に腰かけた。

「よくその気になってくれましたね」彼は穏やかな声で話しかけた。「ただ、それだけではちょっと筋が通らない。初めから話してもらえませんか」

娘は眼で彼に感謝の意を伝えた。そして首席警部の存在を無視するように、ジェフリーに話しかけた。

「私がブライアンと婚約しているのは、もちろんご存知ですね」少し間を置いてから彼女はいった。「これからお話しすることは、私にとってそれほど気楽にお話しできるような事柄ではありませんが、真実です。私はここに来てオーエンに会いました。そのとき、私たちは――そう――互いに惹かれ合ったんです。はじめはそれほど真剣なものではなく、休日の戯れといったものでした。少なくとも、私はその程度のつもりだったのですが、オーエンは本気でした」そこで彼女は一息ついた。

「そして、あなたはそれが嫌ではなかった」と、ジェフリーは胸のうちで答えた。彼は声に出していった。「続けて下さい」

カミラは不安げに指を絡ませた。「ブライアンがロチェスター屋敷にやって来るまでは楽しかったのですが、それからは人目を忍ぶようになりました。うわべでは何でもない振りをしながら、あらゆる手を使って隠れて何度も会っていたのですが、やがてそれにも飽きてきました。でもそのときにはもうオーエンは――すっかり私に夢中になっていました。そそのかした私が悪かったのだと思います。彼は、ブライアンに私との婚約を解消してくれるよう頼むつもりだといいました。私は怖くなりました。もう冗談では済まされないところまで来てしまっていたのです。ブライアンが怪しんでいるのはわかっていました。あの人はオーエンにはいつも無愛想な態度をとっていました。バレットさんも、どんなことが起こっているのか知っていたと思います。ことあるごとに当てこすりをいわれていましたから」

ジェフリーはうなずいた。屋敷に着いたばかりの朝、朝食室で偶然出くわした場面の裏でひそかに流れていた微妙な雰囲気が何であったのかを、彼はここでようやく理解したのである。昨日の朝だったのだ――「やれやれ」と彼は思った。「何週間も前のことのような気がする」だが、娘は再び話し始めていた。

「土曜日の朝、私はオーエンとはきっぱり別れようと決心しました。彼が傷つくのはわかっていましたが、この先どうなるかと思うと不安でたまらなかったのです。それで、その日の夜七時に礼拝堂の中で会って欲しいとオーエンにいいました。礼拝堂を選んだのは一番人目につかない場所だと思ったからです。七時二、三分過ぎに私は何気ない風を装って礼拝堂に向かいました。オーエンは先に待っていて、一緒に中に入りました」

「だが扉には鍵がかかっていたはずだ」リードが異議をはさんだ。

彼女はかぶりを振った。「開いていました。その点についてはあとでまたお話しいたします。とにかく、私たちは、夕食の前にできるだけ早くこっそり戻れるようにと、扉のすぐ内側に入りました。私はオーエンに、二人の関係はここで終わりにしなくてはいけないといいました。しばらくいい合いになりました。そして私がたばこに火を点けているとき、ライターを床に落としてしまったのです。その時間にはもう外はほとんど真っ暗で、礼拝堂の中は何も見えません。ライターをどこに落としたのかわかりませんでした。何分間か探したのですが、遠くで話し声がしたので私たちはどきりとしました。誰かが礼拝堂に近づいてきたのです。二人でいるところを見つかるのだけは避けたかったので、ライターはそのままにして扉からそっと抜け出しました。かろうじて間に合いました。暗闇の中から二人が扉のほうへ向かってきていました。向こうはこちらに気がつきませんでしたが、私たちは相手の顔をはっきり見ました」

「ほかの二人とは」ジェフリーは静かにいった。「誰でしたか」

「ロジャーとフィリップ・バレットです」と娘は答えた。

「それはほんとうか……」首席警部の凄みのある声が長く響いた。彼は靴の裏で静かに床を叩いた。

「で、その二人は礼拝堂の中に入ったのかね」

「さあ、わかりません」と返事があった。「見つからずに逃げることしか考えていませんでしたから。暗がりの中で二人は私たちの前を通り過ぎていきましたが、何かいい争っているのははっきりわかりました。バレットは腕を振りまわしていましたし、ロジャーは体をこわばらせて——不機嫌そうに歩いていました。まるで、嫌なことを押しつけられているような感じでした。でも、声が低くて言葉を聞き取ることはできませんでした。とにかく、二人をやり過ごしてから私たちは屋敷に戻って、夕食の銅鑼に間に合ったのです」

「また口をはさんで申し訳ありませんが」とジェフリーはいった。「そのときのロジャーがどんな服装をしていたか思い出せますか」

カミラ・ウォードはうなずいた。「その晩あとで見かけたときの姿とまったく同じでした。よれよれの灰色のスーツを着てスリッパを履いていました」

「それと、時間は……」

「たぶん七時三十分か四十五分ぐらいだったと思います」

娘は上掛けを整え、男たちの顔をちらりと見ると視線を落とした。そしてベッドカバーをしきりにいじり続けた。

「その夜はずっとライターのことが気になっていました」彼女はまた話し始めた。「屋敷の人たちは、私が礼拝堂に行く習慣がないのを知っています。次の朝お祈りに皆が集まったときにライターを発見されたら、どうやっていい抜けたらいいでしょう。オーエンと礼拝堂で密会していたことがわかってしまうでしょうし、そうなったら騒ぎが持ち上がるのは目に見えています。私は皆が寝静まるのを待って礼拝堂に探しに行くことに決めました。ですから鍵を手に入れる必要があったのです。

オーエンと待ち合わせして礼拝堂の中に入ったときには、当然、彼が台所の廊下の釘から鍵を持ってきて扉を開いたのだと思っていましたし、私たちが出ていったあと鍵は元の場所に掛けてあるものだと信じ切っていました。そこで、しばらく待ってから、台所に行って鍵を持ち出し、礼拝堂に入ってライターを探すつもりでした。都合のいいことに、皆かなり早く休むことにしたらしく、十時四十五分までに客間に残っているのは私一人になりました。私はあと十五分待つことにしました。本を読んでいてたまたま目を上げたとき、あの顔が窓からこちらを覗いていたのです。私の叫び声をきいてオーエンが戻ってきました。彼は家じゅうの人を起こして調べたほうがいいといいました。ブラックバーンさん、これでもう、なぜ私が彼にそうさせなかったのかがおわかりでしょう。みんなが目を覚ましたりすれば、礼拝堂にこっそり入ることはまずできなくなります。私はそのことをオーエンに伝えました。オーエンは代わりにライターを探したいといいましたが、私は借りを作りたくなかったので断ると、不満そうにぶつぶついいながら出て行きました。それから十一時になるまで待ちました」

彼女の声が低くなってささやき声になった。二人の男は聞き逃すまいと上体をかがめた。

「雨は小降りになっていましたが、すぐにでも土砂降りが来そうな気配でした。私はホールを抜けていくときにレインコートをすばやくはおり、使用人部屋のほうに向かいました。十一時を少し回っていました。廊下はひっそりとしていて、プレーターがいる部屋の扉の下から光が漏れていました。いつも鍵を掛けてある釘には何もありません。そんなことは予想していなかったので――びっくりして、どうしたらいいかその場に立ったまま考え込んでいました。すると扉が開く音がして、プレーターの声が聞こえたのです。私は怖くなりました――そこにいるのが私だとわかれば、いずれは何もかも知られてしまうはずですから。慌てて廊下を引き返すと、すぐレインコートをホールに戻しました。そして部屋に帰ろうと階段を駆け上がりました。プレーターが追いかけてくるかもしれないと思ってびくびくしていたのです。

二階の回廊でオーエンに会いました。礼拝堂に入るのに鍵はいらないということを、私に伝えるためにやって来たのだといいました。礼拝堂の扉には鍵がかかっていなかったのです。彼の話では、何時間か前に鍵を取りに行ったときには、なかったということでした。ミセス・コンシダインが掃除をしていて、鍵も持っているのだろうと思って、そのまま礼拝堂に行ったそうです。扉は開いていましたが、礼拝堂の中には誰もいなかったと彼はいいました。そのとき彼は、どうして開いたままなのか不思議に思ったそうですが、ほかのことがあって忘れていたということでした」
彼女の告白が終わりに近づいているのは明らかだった。できるだけ早く終わらせたくてたまらないというふうに、言葉は次々と出てきた。

「私はオーエンに、鍵はまだ見つからないと話しました。彼は、私たちが行ったあと誰かが礼拝堂に鍵をかけたかもしれないが、まだ開いている可能性もあるだろうと、自分で調べに行くといいました。私は止めました。プレーターに疑われるようなことをしてしまったのに、朝になるまでさらに危険を犯す必要はないと思ったからです。そこで、私たちは礼拝の前に探しに行くことにしました。だから昨日の朝は私が一番先に扉のところに着いたのです」彼女は口ごもった。「でも、ああいうことがありましたから、探すことはできなくなりました」

そこで間があいた。カミラは小さなシフォンのハンカチで両眼をそっと押さえた。

ジェフリーの声はとても穏やかだった。「だから、あなたは、答えにくいことを訊かれないうちにここから出て行こうとしたのですね」

彼女はうなずくと、濡れたハンカチをしまった。「どうかしていました」と彼女は認めた。「ずいぶんばかなことをしたと思っています。でも——でも友人が殺されるなんてめったにあることではありませんから。ただ、私には、やましいところがなかったので、ここに残って適当にはぐらかしてやろうと決心しました」まつ毛を上げてジェフリーをちらりと見つめたとき、彼女の口元に微かな笑みが浮かんだ。「でも、それもばかなことでしたね」

ジェフリーはうなずいた。「そう、実に愚かなことでした」

「でも仕方がなかったんです」娘はすぐにいった。「あのときオーエンは、ライターはまだ礼拝堂の中にあるのだから探さなくてはだめだと、しきりにいっていました。それで私は、今そんなことをいい出すのはどうかしてる——あそこはもう警察が見張っているのだから倍も危険だといい返しました。どうしたらいいのか不安で頭が変になりそうだったのです」また上目づかいにちらりと見た。「失礼なことをいってすみませんでした、ブラックバーンさん。わかって下さったらもう、許していただけるかしら」

ジェフリーは立ち上がって、軽くお辞儀をした。首席警部は、相変わらず厳しい口調でいった。「ミス・ウォード、あなたの話から色恋沙汰を抜きにすれば、礼拝堂の扉は土曜日の夜の七時から八時まで開いていて、そのあいだにバレットとロジャー・ロチェスターが建物に向かって行くのを目撃した、ということですな」

カミラは首席警部のぶしつけな物言いに少しも不快な態度を示さなかった。静かに彼女は答えた。「そのとおりです」

部屋を出て行くとき、二人の背後から押し殺したすすり泣きの声が聞こえた。ブラックバーンは顔を曇らせた。

「要するに」とジェフリーは、階段のところまで来たときいった。「そういうことだったんだ」

首席警部は眼を光らせてあたりを見回した。「どうだろう」彼は穏やかな声でいった。「いきなり行ったらバレットは怒るだろうか。どの部屋か知ってるか」

ジェフリーはあまり気が進まなかった。「容疑者を怒鳴りつけるおつもりなら、どうぞお好きにやって下さい」と彼はいった。「僕はほかにやることがありますから」

「たとえば、どんなことかね——」

「時間がたてばわかりますよ」ジェフリーはあいまいな返事をした。彼はたばこに火を点けると、ゆっくりした足取りで自分の部屋に戻っていった。扉を開けると中は片付けの途中で、少し乱雑になっていた。小太りで、血色のよい顔をした女性がベッドの用意をしている。使用人の名前はすっかり覚えていたのでこの人に違いないと彼は思った。「こんにちは、ミセス・ガート」と愛想よく声をかけた。

彼女はひょいとおじぎした。眼差しには敬意が満ち、口元には微笑みさえ浮かびかけている。作業を続けながら、彼女はちらちらと彼の様子をうかがっていた。視線が気になるらしく動作が少しぎごちない。何かを伝えるというよりは彼女を楽にさせようと、ジェフリーは気安い調子で声をかけた。「こんなときにわざわざ手伝いに来てくれて悪いねえ」

「いいんですよ」彼女の声は穏やかで、訛りがかえって好ましかった。「このお屋敷は自分の家みたいなもんですから。ずいぶん昔から存じておりますもんでね」

「本当かい」ジェフリーは水を向けるようにいった。

「ええ、もう。あたしらは村にはもう何年も暮らしておりまして。結婚前の名字はレンというんです。レン家といえば、村じゃあちょっとしたもんなんですよ」彼女は慣れた手つきで枕カバーの皺を伸ばした。「あたしの父親がここの礼拝堂を直す手伝いをしたんです」

ジェフリーはたばこを下ろした。「されど望みが挫かれることはなし」とつぶやくと、打ちとけた口調でつづけた。「すると礼拝堂は改築されたんだね、ミセス・ガート」

彼女はうなずくと、帽子の下からはみ出した黒い髪の毛の束を押し戻した。「壁を壊さないとあの祭壇が入りませんでしたもんでね。モンカムさんがいらしったころの話です。父もその仕事をしたんです。二十人がかりでございましたよ。ものすごく大きな物だったんで、ばらばらにして運んで中で組み立てなけりゃならなかったんです」

彼女は一息つくと彼のほうを向いた。「よけいなおしゃべりだと思われるかもしれませんが、あの工事には不幸なことがあったんです。トビー・コリンズときたら」

「その人に何があったんだい、ミセス・ガート」

「滑って転んで、背骨をひねってしまったんですよ」と、彼女は思い入れたっぷりにいった。「それも結婚式の一週間前だっていうんですから。かわいそうに、許嫁だったペイシェンス・マームジーは、そのことが忘れられなくてね。ほかのことならともかく、毎日泣いてばかりで――」

「コリンズさんのほうは」ブラックバーンは口をはさんだ。

彼女はまばたいた。「ああ、あの人のこと。こうだったんですよ。トビー爺さんは――今から三十年前の話ですから、そのころは若かったんですが――その仕事で親方をしてました。働き手はモンカムさんが村から頼んで集めてきましてね。それで、トビーが祭壇の一部を持ち上げていたときなんですが、いきなり――後ろにすてんとひっくり返ったんですよ。滑ったんですね。でもトビーはそうじゃないっていってるんです。みんなに助けてもらったんですが、背骨をひどくくじいてました」と、ミセス・ガートは付けくわえるようにいった。「トビーは押し倒されたんだといってますがね。もちろん、そんなのでたらめですよ。そばに誰もいなかったのに、どうして押し倒されることがあるんでしょうねえ」

ちょっと考えてからジェフリーはうなずいた。「本当にどうしてかね」彼はミセス・ガートを見つめた。「コリンズさんは元気かな」

「元気どころか、ぴんぴんしてますよ」彼女は力を込めていった。「あの日からまるっきり仕事をしてなくてねえ。モンカムさんが年金みたいなもんを下すったもんだから。いつでも〈鍵束亭〉のあたりに行けば見つかりますよ。背中がおかしいくせにすばしっこいんだもの。悪いふりしてるだけで、ほんとはそんなに悪くないんですよ」

「先ほど祭壇がここに運び込まれたといったね」彼女はうなずいた。「元はどこから持って来たのか知ってるかい」

ミセス・ガートは首を横に振った。当時はまだ小さな子どもだったのだ。トビー爺さんなら覚えているかもしれない。ジェフリーは礼をいうと彼女に背を向けた。戸口で彼は立ち止まった。

「ちょっといいかな、ミセス・ガート」

「はい、何でしょう」

「聞いた話だけど、あなたとご主人は、何週間か前にロジャーさんの書類に署名したそうだね」

ミセス・ガートは掛け布団を広げ、手際よく裾をたくし込んでいた。落ち着いた声で返事をした。

「はい。遺言書でしたよ、署名したのは」

「本当かい」ジェフリーはさりげない調子で尋ねた。「文面は吸い取り紙で隠れていたとご主人から聞いたんだけど」

彼女は背筋を伸ばした。「まあ、そうだったとも、そうでなかったともいえますね。うちの人が先に名前を書いたんですがね、そそっかしいもんだから、一番下に書いちゃいましてねえ。だからインクを吸い取っておかないと私が上に書けないでしょう。それでロジャー様がね、吸い取り紙を下にずらしてうちの人の名前を乾かしてくだすったんです。私はペンを持ったまま待ってましたから、書いてある字がいやでも目に入ってしまいましたよ」

ジェフリーは片手をポケットに突っ込んで、フロリン銀貨を二枚取り出すと、思わせぶりにかちゃかちゃさせた。「思い出せるかな……」と小声でいった。

ミセス・ガートのふっくらした頬が赤くなった。「ええ、お客様は警察の方のようだから……」彼女は落ち着かない手でエプロンのしわを伸ばした。「ちらっと見ただけなんですよ。飾り文字で〈遺言書〉ってあって、次にロジャー様の字で財産が全部書いてありました。あとは吸い取り紙で見えませんでしたが、その先にもう少し文字が書いてありました——ただ、ちらっと見ただけなもんでねえ……」

「それで」

「brotherという言葉に見えましたが、前に何文字かついていました。よくわからなかったんですよ。覚えてるのはSとTと、それからEという文字だったように思うんですが」

彼女はエプロンをいじりながら立っていた。ジェフリーは部屋を横切って、鏡台の上にコインをそっと置いた。振り返らずに彼はいった。「ミセス・ガート——前の文字はS-T-E-Pではなかったかな。だとするとstepbrother（異母兄弟）という言葉になるけれど」

輝く硬貨に目を据えたまま、彼女はうなずいた。穏やかな声だった。「はい——そうだったかもしれませんねえ」

ジェフリーは階段を降りてコーネリアスの書斎へと向かった。ノックをして彼は入った。老人は、危険な黒蜘蛛が巣の中から様子を窺うように、書物の山の中から彼を見つめた。「おや、今度は何かね」と、しわがれた声でいった。

「貴重なお時間を少しいただきたいんです」ジェフリーは愛想よくいった。「この屋敷の歴史について記した書物が図書室にある、と教授がおっしゃっていたのを思い出しまして。どこにあるかご存知ですか」

「目録を見ればわかる」ロチェスターは不機嫌な声を出した。彼は声を張り上げた。「モーガン——

モーガン」するとロロがやって来て――「何週間か前に私が探しておった本だ。〈ロチェスター〉の歴史が書いてあるやつだが。ブラックバーン君に場所を教えてやってくれんか」そういって目を落とすと、書見を続けた。ジェフリーはロロに目を向け、顔をしかめると後について部屋を出た。

図書室はコーネリアスの書斎の隣で、少し歩けばよかった。モーガンは片隅にある小さな飾り棚のところまで行って、引き出しを開けた。索引カードがずらりと並んでいる。彼は慣れた手つきでカードを次々にめくると、一枚を表にした。「あったぞ」と大きな声でいった。「七二一番だ」それから部屋の隅にある書棚まで歩いていって、さまざまな色の背表紙に目を走らせた。と同時に、鋭い叫び声を上げた。

「おや、なくなってる」下から上までぎっしり並んだ書物のあいだに一ヶ所、ぽかんと空いた空間をロロは指差した。

ジェフリーは両手の指先を合わせてとんとん叩いた。「ということは……」とつぶやいた。「光が差して来たぞ。ほんの微かな光だが」彼は勢いよく友人のほうに振り向いた。「ロロ――今晩また君の車を貸してくれないか」

「いいとも」モーガンは答えた。「だけど、電気系統がかなりいかれてるぞ。水が入ってるんじゃないかと思うんだが。屋敷の車を借りたほうが安心じゃないか」

ブラックバーンはかぶりを振った。「いいや、君の車のほうがいい。立ち往生するかどうか運試しだ。とにかく、ロックウォールまで行くだけだから」

「いったい何しに」

「人に会いにだよ。コリンズ――トビー・コリンズっていう爺さんを知ってるか」

ロロはうなずいた。「地元のパブをうろついてる飲んだくれのごろつきだろ」

「その男だ。コリンズ氏に今晩思い出話をしてもらおうと思ってね。たっぷり聞かせてもらえると期待してるんだ」

ロロは肩をすくめた。「やっこさんが素面だといいけどね」彼は沈んだ声でいった。

3

ブラックバーン氏は腹を立てていた。

向かい風の中を夜中の一時に自転車でがたごと走る羽目に陥るというのは、極めて快適な状況とはいい難い。それに、今にも雨を落としそうな真っ暗な空と、轍《わだち》が深くいつ振り落とされるかわからない道、それに乗り手の経験不足が重なれば、このジェフリーの態度も納得できる。

そのうえ、苦々しい思いをつのらせながら語ったように、彼には自分自身のほかに責めるべき人間がいなかった。ロロ・モーガンから車のことでは注意されていたのに、整備士の仕事に対する現代人の単純な信仰から、あえて勝負に出るようなまねを彼はしていた。そして、実に見事なかたちで運に見放されることになったのだ。

前の晩の八時に、彼は一人ロロの車のハンドルを握り、ロックウォール村に向けて出発した。村に着くと、トビー・コリンズの居所は難なく見つかって、その老人と素晴らしい夜を過ごすことができた。彼が車に乗り込んでロチェスター屋敷を目指したのは、真夜中近くだった。村を出てちょうど一マイル走ったところでエンジンが妙な息苦しい動きをし始め、ぱちぱちいう音を立てたかと思うと、いきなり止まって、立ち往生した。ジェフリーは車を降りると、次第に集まる嵐雲の雲間を通して見えるほのかな星の光を頼りに、ボンネットを開けて、何とかなるだろうとしばらくいじってみた。ところが車の具合は一向によくならない。十五分ほど過ぎて、ブラックバーン氏は嵐が近づいているという事実に直面した。〈ロチェスター〉まではまだ八マイル離れていたし、時刻は十二時半近くなっている。その場で彼は、世の電気系統なるものと、楽観的な見通しに賭けた己の馬鹿さ加減、ロックウォールまで自分を導いた好奇心とを呪った。

この冒瀆行為によって胸をすっきりさせたジェフリーは、車のステップに腰を下ろしてたばこに火を点け、この事態をどうしたものかと考えた。夜明けまでに屋敷に帰るつもりならば、方法は二つに一つ。すなわち、今いる場所から〈ロチェスター〉までの道程をとぼとぼ歩くか、あるいは、眠りについた村に戻って乗り物を貸してもらうかのどちらかだ。正直なところ、どちらの手段も気がすすまなかった。すると車の中で一夜を明かすという別の考えが浮かんで来た。日中の活動で疲れていたジェフリーが、この第三の計画に傾きかけていたとき、氷山から吹き降ろしたのかと思えるほど冷たい風が、嵐の前触れとなる雨粒を彼の顔に吹きつけた。それで決まりだった。ブラックバーン氏の唇が罵りの言葉を吐いた。彼は立ち上がると、上着のボタンを留め、重い足をひきずりながら村へと引き返し始めた。

本通りに出るまで急いで十五分かかった。さらに十五分を無駄にして、〈鍵束亭〉の主人をたたき起こし、おんぼろ自転車を借りだすことができた。もう何年も自転車のサドルをまたいだことがなかったので、ジェフリーは最初うまくこげなかった。だが、一度身につけた技術をそう簡単に忘れることもなく、一度転んだあとは次第に上手に乗れるようになった。もっとも、速度は上がらず、こぐのは苦痛だったけれども。彼は必死に自転車をこいだ。道の凸凹を越えるたびにペダルを踏みそこない、体が揺れて、はらわたが煮えくりかえった。そうしてようやくロチェスター屋敷の門が目の前に現れた。

ジェフリーはぎごちなく自転車を降りると、腕時計に目をやった。明かりに照らされた針は二時近くを指している。そして自転車を押して敷地の中に入れると、いまいましげに庭に放り出した。屋敷に着いたのに、正面玄関の扉に鍵がかかっていたので少しも怒りは静まらなかった。濡れねずみで震えてそこに立っていると、扉を思い切り叩いてやろうかという衝動にかられそうになったが、同時に良識がしゃしゃり出て歯止めをかけた。屋敷の脇か裏に入り口があるかもしれないと思って、彼は建物の周囲をまわり始めた。歩きながら、枝のもつれ合った植木やでこぼこした小道に足を取られた。

屋敷の脇にまわりかけたとき、裏手の発電機室の光が目に入った。

そこは発電機を収めた別棟の大きな建物だった。はじめ、星の光がトタン屋根に反射しているのではないかと思ったが、近づいてよく見るとそれは間違いだとわかった。踊るように揺れる光のもとは小屋の中にあったのだ。ジェフリーに張りついていた疲れと苛立ちは服を脱ぐようにするりと抜け落ちた。夜も明けないこんな時間にいったい誰が小屋の中をうろつきまわっているのだろうか——それに、なぜ。

影のように音を立てずに、彼はにじり寄った。人の声が聞こえる。ひそひそと良からぬ話をしているらしい。扉が少し開いていた。ジェフリーはさらに近寄って中を覗き込んだ。

明かりのもとは逆さにした箱に立てた二本の蠟燭だった。小屋の中にいたのは三人。フィリップ・バレットの隣にロチェスター教授が立っていた。教授は厚地の上着をパジャマの上に引っかけた格好だったが、バレットの身なりはきちんとしている。三人目はすらりとした、生気にあふれている若い娘だった。ビアンカ・コンシダインだ。彼女の緊張した態度を見ていると、これが穏やかな会話ではないことがわかった。ちょうどバレットがこの娘に鋭い声で話しかけているところだった。「だが君はどんなことになるのか知っていたはずじゃないのか。こうしたことに耐えるだけの心構えがないのなら、そもそもなぜ君はそうしたんだね」

興奮して甲高くなったロチェスター教授のか細い声が、相手の返事よりも先に割り込んだ。「もうこうなってしまった以上、あんたには何もいわないと約束してもらわなければならん。いいかね、このことが知れ渡れば、三人とも取り返しのつかないことになるんだよ」

ビアンカは、両手を腰に当てたまま、不機嫌そうに二人の顔を見ていた。「あたしは自分のやったことを後悔なんかしちゃいないよ」

コーネリアスが一歩前に進み出た。機嫌を取るような調子でいった。「まあ、聞きなさい。我々は、あんたのためにはずいぶんしてきたつもりだ。あんたを守ろうとしているだけなんだ。何もかもうまくいく。あんたをここから逃がそうと思っている。誰もあんたがロジャーと関係があるなんて夢にも思わない場所にね。だから何も怪しまれることはない」

ビアンカの、怒りに満ちた乱暴な声が響いた。「それで、あたしの命がなくなったらどうなの。そしたらどうすんのさ」

「命を失うことはない」バレットがそっけなくいった。「それどころか危ない目に遭うこともない。だが、ここにいるならそれはわからない。あのブラックバーンというやつが嗅ぎまわっているんだから——」

「『あのブラックバーンのやつ』とは」とジェフリーは冷たい声でいいながら、扉から中に入り込んだ。「ずいぶんごあいさつですね」

とっさの思いつきではあったが、実に見事な登場場面だった。二人の男に与えた効果は絶大だった。蠟燭の光で痩せこけた顔を蒼白にしたロチェスター教授は、長くか細いあえぎ声を出すと、気を失ったかのようにふらついた。バレットはだらりとあごを垂らしたまま、眼鏡の奥の眼を満月のように丸くして、闖入者を見つめた。彼は体がぐらつかないように片手を壁につけた。ビアンカだけは気にしていない様子だった。モナ・リザの微笑のようにあいまいな、謎めいた表情はそのまま唇のあたりに浮かんでいる。緊張のあまり今にも張り裂けそうな沈黙が、蠟燭の炎を震わせた。そのとき、コーネリアスが年老いた顔を動かして、体を揺すったかと思うと、ジェフリーに向かってつばを吐いた。

「この悪党め。こそこそと盗み聞きなんぞしおって。私の屋敷から出て行くんだ」彼の声は金切り声に変わった。「出て行けというのが聞こえんのか。さあ出て行け」怒りのあまりほとんど我を忘れているようだった。狂った獣のような眼で睨みつけ、口の端には唾液が泡になっていた。

バレットは自制心を取り戻していた。彼は老人の腕をつかんだ。「静かになさい」激しい声だった。「屋敷中の者が目を覚ましてしまいますよ」彼はジェフリーのほうを向いて、苦り切った声でいった。「こんなことをするなんて、いくら君でも礼儀に反する行為じゃないかね、ブラックバーン君」

ジェフリーはゆっくりいった。「いや、僕はもっと質《たち》の悪いことをするつもりですよ。首席警部を起こして皆さんを逮捕してもらいましょう。容疑は――」

「違う」ロチェスター教授の声が、強風にあおられる木の葉のように震えた。「違う――そうではない。断じて、違う」

ブラックバーンは背を向けて立ち去ろうとした。しかし、フィリップ・バレットのほうが速かった。電光石火の勢いで動くと、大きな体で戸口をふさいだ。彼はあえいでいた。「ちょっと待ってくれ。とんでもない間違いをすることになるぞ」

「首席警部なら、間違いなく、喜んで責任を取ってくれるでしょうよ」ジェフリーはきっぱりといった。「どいて下さい」

「だが、もし我々が事情を話したら――」とバレットがいいかけると、コーネリアスが甲高い声で割って入った。

「だめだ、フィリップ。何もいっちゃいかん」

バレットは老人のほうに振り向いた。汗で額が濡れていたが、なんとか声を落ち着かせようとしていた。「いいですか、教授。真実を話さなければだめですよ。ほかに道はないのがわからないんですか。この連中を信用して打ち明けるか——それとも、全世界に報道されるか、どちらかなんです。新聞に嗅ぎつけられたら、もう終わりじゃないですか。ここは警察を信用するしかないんです。それしか道はないんですよ」

コーネリアスは答えなかった。逆さにした箱の上にぐったりと坐り込んで、麻痺したように顔を引きつらせていた。何か話そうとしても、血の気を失った唇の間からは、すすり泣くようなむせる音のほかは出てこない。ビアンカは、皇后テオドラ（東ローマ皇帝ユスティニアヌス一世の后）が円形闘技場を見下ろすような冷淡で尊大な眼差しで、一部始終を見つめている。バレットは袖口で額を拭った。「このことは口外しないよう手を尽くしてくれるだろうね」懇願するように彼はいった。

「取引の条件などあり得ませんね」ジェフリーはそっけなくいった。「そんな遠回しないいかたはいい加減にして下さいよ。真実とは何なのですか。なぜあなた方は、この娘さんを邪魔にするんですか」

しばらく沈黙があった。ロチェスター教授は頭を両手で抱えながら、苦しみ悶える人間のように、体を前後に揺らしていた。蠟燭の明かりに照らされて、教授の影が壁に真っ黒な引っ掻き傷を作っている。ジェフリーは自分の腕時計の音を聞いた。バレットは彼を見つめていた。二人の目が合って、視線が重なった。ジェフリーはゆっくりと繰り返した。

「なぜあなた方は、この娘さんを邪魔にするんですか」

バレットが唇をなめた。「それは——彼女がロジャーの子どもを身ごもっているからだ」

今度はジェフリーが驚いた顔をする番だった。こんなことがあろうとは――まさに夢にも思わぬ出来事だった。彼の顔には当惑の色がありありと浮かんだ。娘の顔をじっと見つめてから、教授の顔を見つめ、そしてフィリップ・バレットに視線を戻した。

「どういうことなんです」

相手の唇が歪んで苦々しい微笑を作った。「それはね、君の賢い頭脳をもってしても想像できないことだ」彼は片腕を放り出すようにして娘を指した。「ビアンカはロジャー・ロチェスター夫人なんだよ」

第八章　ツイゴイネル！

（三月九日　火曜日）

ノルウェーの連中は金をもらって
召使いのように家事をするそうな。
馬にブラシをかけたり、ワインの栓を抜いたり、
肉を焼いたり、亜麻を梳いたり、
糸を紡いだり、ドレスを洗ったり。
ご主人様がお目覚めのときは、箒片手に掃き掃除。
——ロンサール『北の魔女の話』

1

「もしも僕がそんなにぼんくら頭の阿呆でなかったら」と、ジェフリーは首席警部に白状した。「それくらい自分でわかったはずだったんですよ。ロジャーの手首にあった傷痕とそっくり同じものがビアンカの手首にある——ということは、そのしるしが、二人が何らかの秘密の儀式に関わっていた証拠だということ以外に考えられないんですからね」

次の日の朝食のあとのことだった。二人はジェフリーの部屋でフィリップ・バレットが来るのを待っていた。真夜中に驚くべき事実を漏らしたあとでは、このジャーナリストは洗いざらいぶちまけて

しまいたい気持ちになっていた。しかしジェフリーは、かくも重要な告白を全神経を集中して聞く態勢にないのが自分でもわかっていた。それに友人のリードにも同席していてほしかった。そこで彼は、朝食が済んだら部屋に来てもらいたいとバレットに伝えていた。

　知らせを聞いたときの首席警部の反応は、説明するよりは想像にまかせるほうがいいかもしれない。リードは大きく息を吐き出すと、力なく首を横に振った。疲れと苛立ちが交じり合った顔つきだった。

「まいったね」と彼はいった。「あと我々が知りたいのは、本当にコーネリアスが黒魔術によるジル・ド・レ（十五世紀フランスの軍人。ジャンヌ・ダルクを助けたことで知られるが、のちに悪魔主義・幼児虐殺の罪を問われ異端として処刑される）の生まれ変わりなのかどうか、ジャン・ロチェスターがローマ法王の生まれ変わりなのかどうかということだけだ」

「止めて下さい、ばかばかしい」ブラックバーン氏はいった。「ここで明らかになったことは、この犯罪自体と何ら関係ないかもしれません。けれども、とにかく、それがわかったことで本筋からよけいな事柄を取り除くことができたんです」ノックの音がしたので彼はそこで中断した。「ほらバレットが来ましたよ」彼は声を張り上げた。「どうぞ」

　大柄のジャーナリストが入ってきた。発電機室で劇的な発表をしたあとではろくに眠れなかったらしい。だが、重荷の圧迫から解放されてほっとしているのは一目でわかったし、眠りを妨げていたのは不安ではなくて期待だったようだ。彼は二人に向かって軽く会釈した。椅子を引き寄せて腰かけると、パイプにたばこを詰めはじめた。バレットは静かにいった。

「たしかに、私は、ロジャーの死にまつわる特異な事実の解明という点ではお役に立てると思いますが、殺人事件そのものについては、あなた方同様皆目見当がつきません。それに、プレーターの殺害についても何も知らないのです。話を始める前に、それだけははっきりさせておきたいと思います」

彼はマッチでパイプに火を点けると、煙を吸い込んだ。

「では伺いましょう」リードがそっけなくいった。

バレットは彼をちらりと見て、「たぶん、あなたは、私が今までこの件を黙っていたのを非難なさるでしょう」といった。「しかし、信頼を裏切らずには、そんなことは不可能だったのです。ロジャーの結婚を知っていたのは三人――教授とハナ婆さんと私だけです。コーネリアスが私のところに来て助言を求めましたが、最初に、決して口外しないことを約束させられました。自分のことだけを考えればよかったのなら、何日も前に話していたでしょう。

全体の流れをはっきりさせるために、六ヶ月前にさかのぼることにします。ロジャーがビアンカ・コンシダインを激しく愛するようになったのはそのころでした。私は心理学者ではありません――なぜそんなことになったのか説明するつもりはありません。とにかく、そうなったのです。そのことをロジャーはほとんど表に出しませんでした。誰にも気づかれずにほぼ五ヶ月が過ぎました。ビアンカが教授のところにとんでもない知らせを持ってこなかったならば、そのときでさえわからなかったかもしれません。彼女は妊娠していたのです。しかも、相手は教授の息子――ロジャーだというのです」

彼が間を置くとジェフリーが質問した。「それはいつの話ですか」

「ビアンカが教授のところに行ったのは、だいたい六週間前のことです」と相手は答えた。「そのときの娘の出方には戸惑いました。ロジャーにそれほど愛情を抱いていないようでした。それに、婚約中の身だったのです。ここで是非理解していただきたいのは、ビアンカと母親が純粋のジプシーではなく、ハンガリーの農民との混血だということです。そのせいでしょうか、彼らには農民のがめつさとジプシーの迷信深さが奇妙に混ざり合っているのです。

そうして、ビアンカは八歳で、軽業師一座の座長の息子と婚約しました。その少年の名は、文字どおり訳すと〈大胆不敵のタナシ〉といって、父親の一座といっしょに国じゅうを旅していました。まわりでは二人は成人したら結婚するものと思っていました。ところが、そうとは知らずにロチェスター教授がこの計画をぶち壊してしまったのです。十年ほど前にハンガリーのプスタ地域を旅行していたとき、教授は、ビアンカと母親に、故郷を離れてイギリスに来るつもりがあれば、住む場所を与え給金もたっぷり払おうと持ちかけました。気前のいい申し出です。彼らは二つ返事で引き受けました。ビアンカに愛情を抱いていたタナシが納得するはずはありません。彼女がいなくなったら、地の果てまでも追いかけてやると誓ったのです。ジプシーが気分にまかせてとっぴな誓いを立てるのはよくあることですから、そんな脅し文句など誰も気にしません。ビアンカと母親はしばらく待って、タナシが次の巡業に出た隙に村を脱け出すと、ロチェスター教授の一行に加わりました。教授は二人をイギリスに連れて帰り、この屋敷に住まわせました」

バレットは一休みしてパイプに新しくマッチを点けた。

「自分はもうすぐ母親になる、とビアンカが老人に打ち明けたときには、厄介な問題が持ち上がりました。コーネリアスは金を渡して黙らせようとしましたが、彼女は断固として聞き入れません。ロジャーが結婚してくれなければ納得しないといい張りました。ずる賢い計算があったからです。今なら有利な立場を利用して、金持ちのロジャーと結婚できる。そのほうがはした金で手を打つよりずっと得だということを彼女は知っていたのです。コーネリアスは魂が抜けたようになりました。彼がロジャーを怒鳴りつけると、逆にロジャーは手のつけようがないほど怒り出して、世間にばらすと脅す始末です。心配で気が狂いそうになったコーネリアスは、絶対に口外しないでくれとまず断った上で、私に助言を求めました。私は長年ハンガリーに暮らして、ジプシー民族を専門に研究していました。彼らの言葉がわかりますし、風俗習慣の知識もあります。ビアンカを説得してもらえないか、とコーネリアスに頼み込まれました。私はそうしましたが、事態は一層悪くなるだけでした。こちらの反対にあって、娘は腹を立てました。そして我々に最後通牒を突きつけました。一週間以内にロジャーと結婚できなければ、自分の権利を守るため告訴するというのです」

バレットはそこで話を区切ると、パイプを口から離して、脇のテーブルに置いた。二人の聞き手は口をはさまなかった。黙って相手が先を続けるのを待った。

「私はそれからロジャーのところへ行きました」ジャーナリストは話を再開した。「ビアンカをどこかよそへ連れていって、そこで静かに結婚生活を送ったらどうかと勧めました。彼は断わり、私たちは口論になりました」バレットは目を上げてジェフリーを見た。「そのときの話の一部をミス・ウォードに立ち聞きされたので、これはまずいことになったと思いました。ですが、私は完全に口を閉ざしました。それで、一週間ああでもないこうでもないとやりあいましたが、結局、ロジャーがビアンカと結婚するよりほかに取るべき道はないという結論に達したのです。

すると、式を執り行なう牧師をどうするかという問題が持ち上がりました。ロックウォールから地元の牧師を呼んでくるわけにはいきません。そんなことをしたら、十二時間もしないうちに新聞にスキャンダル記事として載せられてしまいます。ロンドンから呼び寄せたらどうかと、私は提案しました。口外しないよう報酬をたっぷりやっておけば大丈夫だといったのですが、コーネリアスはためらいました。相手が腹黒い人間なら、賄賂をつかませたことでいつまでもその男のいいなりになってしまう——そんなことをすれば、一生強請《ゆす》られることになりかねない、と彼はいいました。そのとき、ビアンカをなんとか承知させられれば、ジプシーのしきたりに従ってできるかもしれない、という考えが浮かびました。そうすれば私がハナ婆さんといっしょに式を執り行なうことができるのです。私は娘にその話を持ちかけました。彼女は乗り気ではありませんでしたが、私がそれ以外は認められないということを承知しました。こうして段取りがついて、次の日の夜、ロジャーとビアンカは、ジプシー流の血を混ぜ合わせる神聖な儀式によって結婚することになりました」

ジェフリーは即座に口をはさんだ。「そういう結婚がイギリスの法廷では無効だとされていることに、娘は気がついていましたか」

バレットは苦笑いをした。「もちろん、そんなことまでわざわざ話してはいません」と、彼は答えた。「この結婚が法的に有効なら、ロジャーに万一のことがあった場合、どれだけビアンカが有利になるかということは、考えないわけにはいきませんでしたから。でもその点については、あとですぐお話しするつもりです。

ビアンカは、どうしても礼拝堂で式を挙げたいといいました。そういう希望がどうして出たのかよくわかりませんが、もしかすると、二人の結びつきに神聖な雰囲気が加わると思っていたのかもしれません。とにかく、ロジャーとビアンカとハナと私は、ある晩遅くこっそり礼拝堂に入って、いろいろな儀式を行ないました。いちいち詳しく話す必要はないでしょう。ここで関係があるのは血を混ぜ合わせるところだけです。ロジャーとビアンカの手首に細長い切り傷をつけ、血が混ざるように傷口を重ねあわせて縛るというものでした。結婚式は三十分もかからずに終わりました。ジプシーの掟に従って、ビアンカ・コンシダインはロジャー・ロチェスター夫人となりました。

そして、結婚式から一週間後——時間の流れをわかりやすくいうと——ロジャーの死の一ヶ月前に、我々の計画を著しく妨げる事態が起こりました。ほっと息がつけると思ったちょうどそのころ、青天の霹靂《へきれき》のように、ビアンカのもとに一通の手紙が届きました。送り主はあのタナシです。青年はサーカス団の一員としてロンドンに来ていました。コンシダイン母娘の居所をつきとめた彼は、一ヶ月以内にビアンカを花嫁としてもらいに来るというのです」

バレットは二人を代わる代わる見つめた。「とんでもないことになりました」と、彼はいった。「ビアンカが結婚したことをタナシが知れば、まさに万事休すです。とにかくタナシにこれまでのいきさつを説明しないわけにはいきませんし、必要なら、金を渡してあれこれいわせないようにすることも考えなければなりません。そうして金曜日がやってきました――ロジャーが殺される前日です。その日ビアンカはタナシから、翌日の晩に行くから待っているようにという短い手紙を受け取りました。ロジャーの秘密結婚を知らない家族や使用人に、彼がやって来るのをなんとしても隠さなければなりません。我々は、ロジャーがタナシに会う場所を礼拝堂にして、暴力沙汰に備えて私が同席するというように手はずを整えました。そういうわけで、ハナ婆さんに、土曜日の午後礼拝堂の掃除が終わったあと、扉を開けたままにしておくように頼みました。その晩、私はロジャーを礼拝堂まで連れていくと、鍵の開いた扉を彼に見せ、ジプシーの若者に金を渡して結婚に口出しさせないようにするという、我々の計画を伝えました」

「あなたたちはその場を見られていましたよ」ジェフリーは口をはさんだ。

ジャーナリストは彼の言葉を無視した。ほとんど聞こえていないようだった。

「さてここからロジャーが殺された夜の話になります」と、彼はいった。「手紙では、タナシは午後遅くの列車に乗るということでした。ロックウォールには七時三十分ごろに到着する列車です。ロチエスター屋敷まで歩いてこなければならないでしょうから、どんなに早くても十時前に着くのは無理だろうと私は計算しました。そこで、門のところで彼を待ち構え、事情を話して、口止め料を受け取るように説得しようと決めました。彼が同意したら礼拝堂に行かせて、その間に私が金を取りに屋敷に行くのです。私が戻るまではロジャーがタナシの相手をするという段取りでした。

私が客間を出たのは思っていたよりも遅く――十時十五分ごろになってしまい、すぐ庭に出て行きました。門の前で十五分待ちましたが、若者の姿は見えません。間に合わなかったことがわかると、不安になりました。屋敷に戻ることにしたのが十時半です。客間の外を通ったとき、窓のところに男がしゃがんでいるのに気がつきました。タナシでした。中を覗き込んでいたのです」

「なるほど、それで窓辺に現れた顔の説明がつく」と、リードが大声でいった。「誰の顔だか、あのウォードにわからなかったのも無理はない」

バレットはうなずいた。「それで――私はその男に近づいて、相手の言葉で話しかけました。はじめ彼は怖がって、こちらを疑っていました。それでも、少したつと信用させることができました。長い話になるがと断った上で、すぐにロジャーの結婚について詳しく聞かせました。私たちは十一時近くまで話していたはずです。多少の不満はいいましたが、タナシは金を受け取ることにしました。私は彼に、礼拝堂で待っていてくれれば、屋敷にこっそり戻って約束した金額を取ってくるといいました。しかしタナシはまだ不安に思っていました。罠ではないかと疑っていたようです。いっしょに礼拝堂に行くよう要求しました。そこで私たちは正面の小道を通って行きました」

「ちょっと待って下さい」そういったのはブラックバーンだった。「正面の小道から礼拝堂に入ったということですね」

「ええ、そうです」

「だとしたら、あのぬかるみに足跡を残さなかったという点については、どう説明するつもりですか」

「ぬかるみなどなかったというだけのことです」バレットは答えた。「いいですか、雨は十一時までずっと降ったり止んだりでした。土砂降りになったのは十一時をかなり回ってからです。私たちが礼拝堂に着いたのは、十一時を二、三分過ぎていただけでしたから、舗装が壊れていたところはそれほど濡れていませんでした。土砂降りでどろどろになったのは、もっとあとのことです」

ジェフリーはうなずいた。「わかりました。先を続けて下さい」

ジャーナリストは声を落とした。「私たちが扉を押し開けると、むっとした熱気が押し寄せました。真っ暗なので驚きました。ロジャーには、先に中に入ってあらかじめ蠟燭に火を点けておくようにいってあったからです。何かのせいでロジャーが手間取っているのだろうと思い、そのまま入って蠟燭のある祭壇に向かいました。手探りで進んでいくと、私の少し前を歩いていたタナシが、何かにつまずいて、いきなり怯えたように息を吞みました。そして、人間の体だと叫びました。私がマッチを擦ると、足元に倒れていたのは、ナイフの刺さったロジャーの死体だったのです」

しばらく沈黙があった。

「私は座席を一組引きずって、その上に立つと、祭壇の高いところにある二本の蠟燭に火を点けました。その明かりで体を調べました。脈はありませんでした。かがみ込んで触ってみると、肌はまだ暖かでした」バレットはそこで間を置いて、片手を震わせて顔を拭った。「恐ろしい――本当に恐ろしい時間でした」

「それでどうしました」ジェフリーは穏やかな声で促した。

「まず思い浮かんだのは、タナシを逃がすことでした」相手は先を続けた。「危険な立場にいたからです。彼はロチェスター家に復讐を誓ってやって来ました。足元にはロジャーの死体があり、ベルトにはナイフが下がっています。いつ何時見つかるかもわからないのです。現場をすべて発見したときのままにして礼拝堂を出ると、私たちは急いで使用人部屋に向かいました。そしてハナとビアンカに何があったのかを話しました」

ジェフリーはまたうなずいた。出来事がだんだんと納まるべきところに納まり始めている。彼は、不運なプレーターが、土曜の夜遅く話し声を耳にしたと話していたのを思い出した。あのときの密かなやりとりが決して夢ではなかったということが、今確かめられたのだ。

「もちろん、タナシのほうもできるだけ早く屋敷から立ち去ることを考えていました」バレットは話を続けた。「すっかり怯えたタナシは、もう二度と係り合いになることはないといい残して、その夜のうちに姿を消しました。しかし、彼を追い払った安心感よりも、ロジャーの死による恐怖感のほうが圧倒的に大きかったのです。ジプシーの後姿を見届けると、自分の部屋までそっと上がり、扉の鍵をかけました。ところがどうしても眠ることができません。そうして迎えた朝には試練が待っていました。皆が礼拝堂に入ればかならず死体が発見されることを知りながら、そのときまで、いつもとまったく同じ素振りをしていなければならなかったのです」そこで彼は話を止めると、両手を少し開くようなしぐさをした。「これで終わりです」

「すっかり終わったとはいえませんね」と、ジェフリーはいった。「ぬかるみの上を行ったり来たりしている足跡をつけたのがあなたではないとすると、誰のしわざなのでしょうか。それに、食べ物の載った皿はどうやって礼拝堂の中に運び込まれたのでしょうか」

「ああ——そのことですか」中途半端に微笑んだジャーナリストの唇が歪んだ。「食べ物のことを忘れていました。あれをやったのはハナ婆さんです。足跡は、彼女が肉とパンを持っていくのに、行ったり来たりしてつけたものです。真夜中近くのことでしたから、雨がひどくて土が柔らかくなっていました。それで彼女の足跡が残ったんです」

「でも、なぜ食べ物なんかを」リードがとげとげしい声でいった。

「古くから伝わるジプシーの迷信です」バレットはゆっくりと答えた。「ハナは娘と結婚したロジャーを同じ民族の人間と見なすようになっていましたから。ところで、ジプシーには〈死者崇拝〉と呼ばれる風習があって、ルーマニア、ブルガリア、フランス、スペインのジプシーは、死者の魂は一年間死体から離れないと信じています。ですから魂には食べ物を供えなければなりません。こうした国々の墓地——ジプシーが埋葬されている墓地では——墓の上に定期的に食べ物が置かれているのをよく見かけることができます。十二ヶ月間——ときにはもっと長いあいだ——お供えは続けられることになっていて、この定めを守らずに死者をないがしろにした妻や子どもには、恐ろしい罰が下ると信じられているのです。[*1] この迷信はジプシーのあいだに深く根ざしたものなので、祖父母や死んだ妻や夫がやって来て、霊魂の供養を怠ったことで叱責を受けたという証言は数多くあります」

この話を聞いているあいだ、灰色の口ひげを逆立ててバレットをじっと睨んでいた首席警部が、勢いよく息を吸い込んだ。気配を察したジェフリーは、とっさに口を開いた。

「ハナが食べ物を礼拝堂に置いたのは何時でしたか」

「私が部屋に戻ったあとでしたから」ジャーナリストは答えた。「真夜中近くだったはずです。翌朝それが置いてあるのを見るまでまったく知りませんでした。見たときに、どういうことがあったのか推測したのです。ハナ婆さんに尋ねたら、彼女が置いたのだといいました」

「では、彼女は土曜日のうちに出ていって、蠟燭を点したままにしておいたということで間違いありませんね」

バレットはうなずいた。「ええ」

「そして鍵をかけたと」

「扉を閉めて出ていったのです。イェール錠ですから、かちっとやれば閉まります」

ジェフリーは頬をさすった。「日曜日の朝にハナ婆さんは掃除をしに礼拝堂へきたのですが、誰がいいつけたのかご存知ですか」

バレットはまたうなずいた。「それは私です。足跡を残したかもしれないと思っていましたから。危険なのは承知の上で、捜査が始まらないうちに彼女に拭き取らせたほうがいいと思ったのです」

「でも、ハナはプレーターに頼まれたといったのですよ」ジェフリーは強い調子でいった。

バレットは驚いた顔をした。「プレーター。プレーター」と繰り返した。すると晴れやかな顔になって笑みを漏らした。「どうしてそんな間違いが起こったのかわかりました。ハナの知っている英語はごくわずかで、しかも耳が遠いんです。ジプシーの言葉で友だちのことを『プラーロ』といいますが、耳の遠い老婆にはプレーターが『プラーロ』と聞こえるのでしょう。どうも彼女はあなたが『友だち』といったと思ったようですね。礼拝堂に行くようにいったのは私でしたから、当然彼女はそうだと答えたのです」

ジェフリーはうなずいた。首席警部が立ち上がった。足を広げ、ポケットに手を突っ込んだまま、眉が眼につきそうなほど顔をしかめて、ジャーナリストを見下ろした。

「さあて」彼は荒っぽくいった。「たっぷり話してもらったから、こんどはこっちの質問に答えてもらおうか」

バレットは冷ややかに答えた。「いいですよ」

「礼拝堂の扉を開けたとき、熱い空気が押し寄せたと聞いたが、そうすると、そのときにはもう暖房が入っていたということだな」

「そうだと思います」

「そして礼拝堂の扉は、ハナが掃除を終えた六時から、彼女が祭壇に供え物を置いて閉めた真夜中まで、開いていたんだな――屋敷の者なら誰でも入れるように」

バレットは黙ってうなずいた。

「死体に触ったときには、まだ暖かかったということだったが」相手はまたうなずいた。「それは何時かね」

「たぶん十一時十分ごろだと思います」バレットは答えた。

リードは冷たい眼差しでこのジャーナリストを見下ろした。それからジェフリーのほうを向くと、しぐさで『この証人はおまえに任せた』という意思表示をした。ブラックバーンは封筒の裏にびっしりと鉛筆でていねいに書き込みをしているところだった。そのメモをポケットに滑り込ませると、彼はバレットに向き直った。

「一つだけ質問があります」緊張した声だった。「マッチの明かりでロジャーの死体を確かめてから、祭壇に行って、そこに立っていた二本の蠟燭に火を点けたといいましたね」

「そのとおりです」

そこでジェフリーはゆっくり話した。「ところが、日曜日の朝僕たちが礼拝堂に入ったとき、祭壇で燃えていた蠟燭は三本だったのですよ」

バレットは静かにうなずいた。「そのとおりです。細かいことなので忘れていました。二本の蠟燭に火を点けたとき、三本目が祭壇から落ちていて、ロジャーの死体のそばに転がっているのに気がつきました。犯人ともみ合ったときの衝撃で外れてしまったのに違いないと思いました。できるだけ明かりが欲しかったので、それを拾うと、祭壇に戻して火を点けました。ですから、次の朝には三本の蠟燭が燃えていたのです」

何か理由があるらしく、ジェフリーは微笑んでいた。「バレットさん、細かいことだ、といいましたね。詩人の言葉を借りれば、『たった一本の蠟燭が何て遠くまで光を投げかけるのでしょう』(『ヴェニスの商人』第五幕第一場)というところですね」彼はうなずいた。「僕のほうは全部済みました。バレットさんにまだお話がありますか、首席警部」

リードは不満げに答えた。「いや、もういい」

ジャーナリストは立ち上がって、二人の男を一瞥すると、肩をすくめた。彼は一言もいわずに部屋を出ていった。扉が閉まると、ブラックバーンは立ち上がり、リードの肩をぽんと叩いた。

「ねえ、首席警部——今の話どう思います」

リードはむっとした声でいった。「矛盾の数ではハリネズミの針に勝るな」彼は人差し指の先をジェフリーに向けた。「たとえば、三本目の蠟燭の件だ。もしバレットが拾って祭壇の上に置いたのなら、どうしてあいつの指紋がついていなかったんだ。昨日は、礼拝堂の中で可能性のあるものはすべて指紋を採集したのに、あそこの蠟燭からは一つも見つかっていないんだぞ」

ジェフリーは口をすぼめた。「かえって、興味をそそられませんか」と彼はいった。「もっとも——僕は、バレットが真実を話していると思いますね。調べればすぐに見破られるのがわかっていながら、わざわざあそこまで細かい作り話をすることはないでしょう。ところで首席警部、例のサーカスの天使の追跡はなさいますよね」

「当然だ」リードは語気を強めた。「午後にはその件に担当を一人付けることにしよう。サーカス団を捜して、中にジプシーの曲芸師がいるかどうか調べさせるつもりだ」彼はまるで絶望したかのように鉄灰色の頭を左右に振った。「前進どころか、また一歩後退だ。犯人に手錠をかけるときがきたら、天才だと認めて脱帽してやるよ」

自分のベッドに坐ると、ジェフリーは、瞑想にふけるようにいった。「天才ですって。はて、そいつは妙だ——ずいぶん妙ですよ」

リードの血色のよい顔に皺が寄った。「何が気に入らないんだ」

ジェフリーは目の前をぼんやりと見つめていた。「それはですね、首席警部。古代人には天才《ジーニアス》という言葉の概念と、心霊《デーモン》という言葉のそれとが似通っていたことを思い出したからです。ソクラテスは、人間は誰でも二つのデーモン、あるいは彼が名づけたように、ダイモンを持っていると信じていました。一つは善の霊で、もう一つは悪の霊です。ジーニアスというダイモンは善良な妖精で、犯罪や不敬な行為を人間にさせない力を持っています。こうしたダイモンは、時が経つにつれて神格化され、土地の守り神として祭壇や彫像が建てられたんです」顔を上げて相手のしかめ面が目に入ると、彼はいたずらっぽく笑った。「このような事件に関連して、あなたが天才という言葉を口にするなんて、偶然の一致ですかね」

「たわけたことを」首席警部は荒っぽく怒鳴った。

＊1―カレル・チャペックは『ジプシーの物語』の中で、この迷信のことを広範囲にわたって調べている。彼は、ブカレストから二時間のところにある、ブザウ近郊のセミリアンカ付近で目撃された有名な事例を引用している。そこには、喉にひどい火傷の傷痕がある気の狂ったジプシー女が暮らしていたが、それは、墓の供え物を怠った彼女を絞め殺そうと夜中にやって来た、彼女の亡夫が指で傷つけたものだといわれていた。

2

その日の午後〈ロチェスター〉の上には陰鬱な雲が低く垂れ込めた。検死解剖が終了し、ロジャー・ロチェスターとマイケル・プレーターの遺体が、最後の休息所である、屋敷の裏手にある雑草だらけの墓地に並んで葬られた。

予想されたとおり、犠牲者の葬儀は周囲の関心を大いにかき立てた。村から出る道路沿いには、噂を聞きつけた村人があちこちに何人かずつかたまって、遺体を村から屋敷まで運ぶ黒い霊柩馬車を、驚きの眼で見つめていた。葬儀を司式するパーシー・フォリオット師が、自家用の馬車をポニーに引かせていた。記者たちは、この二十四時間というもの、〈鍵束亭〉の売り上げを増やす以外にはほとんど何もしていなかったが、鉛筆の芯を尖らせ、カメラのフィルムを詰め替えると、屋敷に向かって進撃した。なりふりかまわず先を争う彼らの様子は、瀕死の牛の跡を追いかけるハゲワシそのものだった。ところが、こうしたトップ屋や追っかけカメラマンの群れは、仕事に取りかかろうとした矢先に望みを絶たれてしまった。悲しみに沈んでいる遺族の気持ちを察して、首席警部がロチェスター屋敷の塀のまわりに部下を配置して設けた非常線が、袖の下も脅しもおだても一切通用しない頑強な盾になっていたからである。塀のところから望遠レンズを使って埋葬式を撮影しようとしていたカメラマンが、コナリー刑事につまみ出されると、ほかのブン屋連中も、そんな目論見が無駄だということを悟った。すっかり当てが外れた一同は、ぷりぷりしながら退却した。夕方、〈鍵束亭〉の格子扉の奥では、編集長へのいいわけが数多く様々に捏造され、首席警部を罵って乾杯が一度ならず行なわれたのだった。

一方〈ロチェスター〉の内部では、のろのろと進行する葬儀の厳粛な雰囲気が、その前から疑念と不安に悩まされている参列者の心を圧迫していた。「土を土に、灰を灰に、塵を塵にかえし、終わりの日のよみがえりと後の世の命とを主イエス＝キリストによりて堅く望む……」語呂のよいこのお決まりの文句は、不安と恐怖以外の感情をすべて失った胸の中には、空ろに響くだけだった。「我ら生のなかばにも死に臨む」とフォリオット師が単調な声で唱えると、その言葉に反応してひそかに視線が行き交い、蒼ざめる顔もあった。ロチェスター教授は鼻をすすり、オーエンは口に指を当てた。カミラ・ウォードは恥も外聞も忘れて泣いた。ジャン・ロチェスターは蒼ざめた顔で、押し黙ったまま、冷静な態度を保っていたが、墓所の扉が不快な音を響かせて動いたときには、ほとんど聞こえないくらいの微かな声ですすり泣きを漏らした。少し離れたところに立っていたモーガンとオースティンとバレットは、私的な悲しみの場に期せずして立ち会うことになった侵入者としての立場に困惑の色を浮かべていた。ハナとビアンカ・コンシダインは、ガート夫妻とともに、片隅にひとかたまりになっていた。雇い人夫婦は明らかにこの深刻な状況にうろたえていた。ハナ婆さんは、しなびた唇を絶えず動かしながら、何かぶつぶつつぶやいていた。ビアンカは行儀のよい子どものような落ち着いた態度で、儀式の進行を興味深げに見守っていた。

首席警部とブラックバーン氏はともに葬儀には参列しなかった。二人は図書室に閉じこもって検死解剖の報告書を読んでいた。とりたてて関心を引くところは見当たらなかった。すると首席警部は、ロックウォールまで車で出かけるといった。彼は本部に電話して、バレットが話していた男の特徴を伝え、サーカス団を捜させるつもりだった。ジェフリーは同乗させてくれと頼んだ。

「それで、首席警部、村にいらっしゃるんでしたら、例の顧問弁護士のペニファーザーにも電話して、ロジャーの遺言書の写しを持っているかどうかお尋ねになったらどうでしょう」と、彼は提案した。「本当に遺言書があるのかどうか怪しいように思えるんです。ロジャーが持っているのなら、もうとっくにこっちに来ていないとおかしいですよ。ロジャーが死んだことは知っているはずです。イギリスじゅうの新聞に大々的に取り上げられているんですから」

警察の車はジェフリーが運転した。途中何台もの車両を追い越して、ようやく郵便局の前に停車した。ジェフリーが一服しているあいだ、首席警部は忙しく電話をかけていた。十五分して戻ってきたとき、血色のよい顔が汗でびっしょり濡れていた。顔を合わせるなり「ビールをぐいっとやろうじゃないか」とジェフリーにいった。

〈鍵束亭〉の個室で、錫のマグカップをテーブルに戻すと、首席警部は手の甲で口ひげをぬぐった。

「ああ、生き返る」彼は大声でいった。

「弁護士殿はどうでした」ジェフリーは尋ねた。

「遺言書など見たことがないそうだ」リードは答えた。「もっとも、ロジャーに作成する意志はあったらしい――五週間前に連絡があって、ペニファーザーを遺言執行者に指定すると話していたということだったからな。弁護士の知っているのはそれだけだ」

「ではあの遺言書はどこにあるんでしょう」ブラックバーンは問いかけた。「僕らが知ってるように、ロジャーが一通作成したのは確かで、ガート夫妻の証言もあります。屋敷内のどこかにあるのなら、相当厳重に隠してあるに違いありません。そうでなければ首席警部の部下が昨日捜索したときに発見しているでしょうからね」

リードはちょっと考えた。「遺言書用の封筒は目につきやすい」彼はいった。「この一ヶ月のあいだにそんな封筒が〈ロチェスター〉から投函されたなら、ウィリングトンは覚えているだろう。あのちっぽけな局で扱う郵便物などたかが知れてるからな」

ジェフリーは立ち上がった。「僕が電話してきましょう」部屋を出ていくと、少しして戻ってきた。リードが問いかけるような顔をすると彼は左右に首を振り、「だめでした」と簡単に答えた。「ウィリングトンの頭では無理なようですね。手紙の量が多すぎて――いちいち覚えていられないんだそうです。口だけは達者なくせに」ブラックバーン氏は厳しい調子でいった。

首席警部はビールを飲み干した。「遺言書が重要だと考えているんだな」

「重要か、ですって。何てこと聞くんですか、首席警部」ジェフリーは自分の言葉を強調するように指で机を叩いた。「もちろん重要です。ロジャーは大金持ですからね。控えめに見積もっても十万ポンドの遺産が相続人に渡ることになります。誰が相続するんでしょうか。その気になってもおかしくない額ですよ、首席警部」

「どうしてそこまで知ってるんだ――」リードがいいかけると、ジェフリーがさえぎった。

「自分で調べたんです」ジェフリーは陽気な声で答えた。「昨日ロジャーが取引していた銀行に電話しました。そりゃあ、もう――我らが変わり者の友人は、この世の富の相当な分け前に与っていました」

たからね」

しばらく間があいた。リードは顔を上げた。「それだけのお宝が眠っているんなら」彼はゆっくりいった。「例の遺言書は見つからないほうが、ロチェスターの家族にとって都合のいいことになる。遺言がなければ、ロジャーの金は家族全員が平等に分けることになるからな」

「もちろんです」ジェフリーは静かにいった。「もちろんですよ」

リードがいきなり立ち上がった。「そうか、これで一丁上がりだ。ロジャーが殺《や》られたのは金が原因で、家族が相続できるよう遺言書は闇に葬られたんだ。プレーターが殺されたのは――」興奮にうわずった声がそこでつまって、彼は話すのを止め、ジェフリーの顔を見つめた。

「そうです」と、ジェフリーは悠々と落ち着き払ってあとを引き受けた。「プレーターが殺されたのは、ロジャーがベアトリスを殺したのを知っていたからです。それを首席警部の唱える相続家族犯行説の中に組み込むことができれば、まさにファイロ・ヴァンスですね」

「ちょっと待った」怒鳴り声でリードがいった。「プレーターは家族の誰かがロジャーを殺すところを見ていたのかもしれないぞ――だから消された。口を塞ぐためにな」

ジェフリーは黙ってうなずいた。「そうだとしたら、プレーターはなぜそのことを手紙に書かなかったんでしょう。どう考えても、あの老人の心を苦しめていたのはベアトリス殺しの件だけです。ロジャーを殺害した犯人を知っていたのなら、そっちのことも書いたでしょう。違いますね、首席警部。

プレーターのところでどうしても引っかかってしまいますよ」

「それなら、プレーターがロジャーを殺したというのはどうだ」

「そして復讐の天使が彼に襲いかかった。ただし、彼の背中に突き立てられたのは、天界の閃光たる稲妻の矢ではなく、肉切りナイフであったということですか」

「おいおい――」リードが鼻を鳴らした。「また、ふざけおって――」

ジェフリーは真顔になった。「ふざけてなんかいませんよ、首席警部。僕としては甚だ興味深い問題を提示してるつもりです」彼は椅子の背にもたれると、頭の後ろで両手を組んだ。そしてゆっくりと話した。「プレーターがロジャーを殺したかもしれないと、今おっしゃいましたね。では、僕が作った報告書の内容を覚えていらっしゃいますか。どう見てもあの執事が犯人であることを示す事実ばかりですよ。証拠があれだけきちんと揃っているのですから、彼が生きていたなら、無実を証明するのはかなり難しいことになったでしょう。プレーターがロジャー・ロチェスターを殺したのは事実だと、あらゆることがらが示しているのですから」

「なるほど」ジェフリーが間を置くと、リードがいった。

「ですが、これだけ不利な証拠が積み重なっていたにもかかわらず」ジェフリーは続けた。「驚くべきことに、プレーターの無実は証明されたのです――彼自身が殺されるという究極の証明によって。裏を返せば、殺されたことで、プレーターがロジャー殺害の犯人ではありえないことが明らかになりました。とすると、彼に不利な証拠は真犯人が捏造したものに違いありません。そしてこの仮説を最後まで推し進めていくと、とんでもない矛盾に突き当たることになります。真犯人は、素晴らしい手がかりを丹念に捏造して無実の男を罪に陥れたあと、同じ男の無実を自分でわざわざ証明しているんですよ。つまりですね、真犯人は、プレーターに不利な証拠を苦労して次々に作りあげてきたのに、どうしてそれを御破算にしてまで彼を殺し、彼の無実を証明するようなことをしたんでしょう」

首席警部の答えはすぐさま返ってきた。「それは簡単だ。無実のプレーターは、自分が知っていることを話すことによって、その証拠が偽物であることを証明し、無効にできる立場にあった。プレーターが死にさえすれば、犯人は追及の手を逃れることができる」

ジェフリーは目を輝かせてうなずいた。「そのとおりです。だとすると、なぜ犯人はプレーターの死を自殺に見せようとしなかったんでしょうか」

「自殺だって」

「当然ですよ。犯人にはそのほうが得なんですから」今やブラックバーンは椅子を離れて、いらいらと部屋の中を行ったり来たりしていた。「自殺に見せかけてプレーターを殺すことができれば、犯人は二つの極めて重要な点で有利な立場に立つことになるでしょう。第一に、一連の捏造証拠がプレーターにとって非常に不利だったために、それに気づいた彼が、むざむざ縄にかかるよりも自らの命を絶つことを選んだかのように思わせることができます。第二に、犯人は自分の身を危険にさらさずに首尾よくプレーターの口を塞いだことになります。というのも、彼の死は――例の証拠のために――自殺とみなされて、殺人事件として捜査の手が及ぶことがないからです」

首席警部はブラックバーンをじっと見つめた。そして晴れ晴れとした顔でいった。「わかったぞ。犯人がプレーターの死を自殺に見せかけることができなかったのは、手紙が残っていたからだ」

ジェフリーはじれったそうに首を横に振った。「でも犯人はプレーターがあの手紙を書いていたとは知らなかったんですよ、首席警部。ご存知のように、手紙は吸い取り紙の下に隠れていました。犯人が気づいていたなら、握り潰すのが当然でしょう」彼は元の位置に戻ると、相手にしっかり向き合った。「違いますね、首席警部。犯人がプレーターの死を自殺に見せかけなかった理由は一つしか考えられません」そこで彼はゆっくり話した。「ある事情から、そうできなかったんですよ」

長い沈黙が続いた。リードはゆっくりといった。「時計の中の人形のせいだとでもいうのか」

ジェフリーは拳を固め、手のひらに叩きつけた。そして再び部屋の中を行ったり来たりしはじめた。

「いいえ、僕がいいたいのは――そもそも犯人はなぜあの人形を時計の中に置く必要があったのか、ということなんです。プレーターの死が予告されたのはなぜか。僕たちが発見したとき、プレーターの死体が自殺の徴候を示していなかったのはどういうわけなのか。そうしたことは、犯人の立場からすれば、きちんとした理由があったんでしょう」

「ひょっとすると」首席警部がいった。「犯人は、芝居がかった衝動に駆られて、その機会をどうしても利用したくなったのかも――」

「止めて下さい、ばかばかしい」ジェフリーは叫んだ。「芝居じみた感覚は、病的で歪んだものだとはいえ、時計の中にあの人形を置いた一番の理由ではありません。僕の考えでは、その行為は愚の骨頂――それがために完璧な計画を台無しにしてしまう稚拙な一手――といえるものです。では、なぜそんなことが行なわれたのでしょう。というのは、この殺人犯が粗忽者などではないことには、十分すぎるほどの証拠があるからです。犯人はどの駒も最大限の注意を払って動かしています。一手一手が完璧な設計図の下で正確に決められているのです。では、なぜこんな途方もない愚行を犯したのでしょうか。この疑問の解答がわかるまでは、僕がロチェスター屋敷に足を踏み入れた日から、少しも前進していないのと同じなんです」

リードは広い肩をすくめた。「とんでもない殺人事件に首を突っ込んで、にっちもさっちもいかなくなったということだな」と、不満そうにいった。「シェルドンの事件はかなり異常だと思っていたが――これに比べたら、こそ泥並みに思えてくる」彼は腕時計に目をやった。「もう屋敷に帰らんとな。あそこが魔法で消されないうちに」

ジェフリーは中途半端な笑みを浮かべ、首を振った。「あの厳めしい甲冑の背後には様々な迷信の歴史が流れているんです、首席警部。五百年前に魔女を焼き殺したのは、あなたのような人たちだったんですよ」

3

二人は四時ごろ屋敷に戻った。納骨所の葬儀はもう終わっていて、会葬者は部屋に戻っていた。ホールを通りかかると、デニス・コナリーが呼び止めた。コナリーはにやにやしながら、満月のように顔を輝かせていた。

「首席警部、お客さんです。図書室で三十分も待ってます。どうしてもお会いする必要があるとのことで」

リードは唸るような声で言った。「誰だそれは」

コナリーは可笑しくてたまらなそうな顔をした。「ブルームズベリーに探偵事務所を開いているとかいう小男です。名前はたしか――」

「ピムロットですか」ジェフリーはびっくりした。「いったいここに何の用があるんだろう」

「見当はついてる」と、首席警部はいった。うなずいて刑事に下がるよう合図すると、ジェフリーといっしょに図書室に向かった。「一昨日からピムロットのことを調べさせているんだ。何も期待してはいなかったが、念には念を入れておいたほうがいいだろうと思ってな」

ブラックバーンは賞賛と驚きの混じった口調でいった。「さすが首席警部、抜かりないですね。で、何がわかりました」

「さっぱりだ」リードはぶっきらぼうに答えた。「ピムロットは八年前に事務所を開いている。我々の調べた限りでは、あいつが法すれすれのことをやろうとしたのは、離婚をでっちあげたときだけだ。あの手合いの専門といったら、浮気な夫を尾行して不義申し立ての理由を作ることだからな」

図書室に入ると、行ったり来たりしていた男が扉の音にさっと振り向いた。ピムロットだった。眼鏡をしっかりかけ直すと二人に向かってきた。

「用件は何だ」リードが威圧的な声で言った。

ピムロットは憤然として眼を瞬いた。立ち止まると肩をいからせた。「ぜひ教えていただきたい。ここはいったい英国なんですか、それともドイツなんですか」彼は苦々しげにいった。「どんな理由があって私の仕事を刑事に探らせたんです。私はやましいことなど何もしていない。紳士に対する侮辱ですぞ。副総監に手紙を書くから、そのつもりでいて下さいよ」

「わかった、わかった」リードは苛立たしげにいった。「そう怒らんでくれ。おたくが真っ当な商売をしていることはよくわかった。二度と迷惑はかけん」

ピムロットはまた眼を瞬いた。「よし、そういうことなら構いませんがね」強硬だった口調が少し弱まった。「ところで、ちょっとお知らせしたいことがあるんですが」

首席警部は部屋を出ようとした。「別のときにしてくれ」彼はそっけなくいった。「取り込み中なもんでな」

ところがピムロットは彼の腕をつかんだ。「いくら忙しくてもこの話を聞き逃すわけにはいかないでしょう」転びそうになりながら、彼はそういった。「例の人形の出所を見つけたんですから」

「何ですって」聞き返したのはジェフリーだった。リードと同じく、彼もこの私立探偵をじっと見つめていた。一躍脚光を浴びることになったピムロットは、胸を膨らますと、偉そうな足取りで椅子に歩いていった。そして、気取った態度で坐った。首席警部は、相手の顔から決して目を逸らさずに、ゆっくり訊いた。「出所はどこなんだ」

「まあ慌てないで下さいよ」ピムロットは椅子の背にそっくり返ると、腹の上で指を組んだ。「昨日、同業者がうちの事務所に顔を出しましてね。人形殺人事件のことを新聞で読んで、ひどく心配になったというんですよ。ずいぶん妙な話を聞きました」

「誰なんだそいつは」リードは知りたがった。

ピムロットは眼鏡をはずしてレンズを拭くと、かけ直した。「秘密を守るという条件付きでよろしければ、お教えしますがね」彼は尊大な口を利いた。「というのも、この話をすると彼の立場が面白くないことになりまして。彼が心配しているというのはそのためなんですよ。警察に出向くべきだとは思っていても、いらぬことを訊かれるのは厄介だし――」

「もういい」リードは声を荒げた。「ずばりといこう。どんな話だ」

「一ヶ月ぐらい前のことです」ピムロットは話し始めた。「この仲間はある仕事を引き受けていました。夫がよその女と浮気をしていると思われる節があるから調べて欲しいという、さるご婦人からの依頼です。我が友人がこの男の行動を観察し、身辺を洗い始めると……」ピムロット氏はそこで言葉を切って、思わせぶりな咳払いをした。

「ソーホーにある〈スクラップ・オブ・ベルベット〉という小さなホテルの一室を借りていることをつきとめました。しばらく張り込みを続けていると、当の男が見知らぬ女と何回か出入りしているのがわかり、彼がそれを雇い主に報告すると、今度は夫の背信行為の証拠を集めるよう指示を受けました」私立探偵は息を継いで、指の爪をしばらく見ていた。「ここから先は我が友人にとって若干不名誉な話になるんですが」

彼はためらった。リードは険しい顔をしていた。一方、ジェフリーは椅子から身を乗り出して、相手の言葉を一つ一つ呑み込んでいた。ピムロットは話を続けた。

「彼は、部屋に忍び込んで証拠になりそうな手紙を手に入れることにしました。ホテルに部屋を取ると、夜中の一時になるまで待って、男の部屋に行きました。用意した合鍵で中に入りましたが、明かりをつけるのはためらわれたので、懐中電灯を使ったそうです。整理箪笥から取りかかると、最初に開けた引き出しの中には葉巻の箱がありました。開けてみて驚いたことに、中には小さな木彫りの人形がいくつもあったんです」ピムロットは目を上げた。「彼の話に疑わしいところはありません。人形の特徴について詳しく話を聞いたところ、この屋敷から盗まれたものと明らかに同じものでした」

ジェフリーはすかさず質問した。「いくつあったんですか」

「正確な数は聞いてませんが」と、相手は答えた。「半ダースぐらいあったそうです。まあ、箱の中にいい加減に放り込んであったものだから、大したものだとは思わなかったのも無理はありません。そうしているうちに、ふと変な感じがしたそうです。彼は立ち上がって懐中電灯で部屋の中を照らしました。その瞬間、とんでもない失敗をしでかしたのに気づきました。違う部屋だったのです。真っ暗だったから、きっと扉の数をかぞえ間違えたんでしょう。

彼の頭に真っ先に浮かんだのはそこから出ることでした。引き出しを戻してから、部屋を半分ほど歩いたところで、廊下をこちらに向かってくる人の話し声が聞こえてきました。彼は待ちました。話し声はその部屋の扉の前で止まりました。男と女の声です。把手を回す音が聞こえ、我が友人は急いで寝室に入り、扉を閉めました。その瞬間です、二人連れが部屋に入ってきたのは」

ピムロットはまた言葉を切った。芝居がかった話しかたは、どう見ても自分で自分の話に酔っているとしか思えない。

「二人連れは中に入ると明かりのスイッチを入れました。何か話をしていましたが、扉が閉まっているのでよくわかりません。それでも、娘がカレンダーのことを尋ねているところだけは聞こえました。それから会話が途切れて、引き出しが開く音がしました。娘が人形の箱を出して、いじられた跡があるのに気がついたんでしょう、すぐに興奮した声が上がりました。男は、『ここをかぎまわる奴は誰だろうとぶっ殺してやる』と言ったそうです。扉の後ろにいた彼にはその一言で十分でした。彼は窓を探り当てると、そこを開けて、自分の部屋にこっそり戻ったのです」

ピムロットはジェフリーたちの顔を見つめ、意見を求めた。彼らは何もいわなかった。ピムロットは弁解がましく先を続けた。

「友人がどんな立場にあるかは知ってのとおりです。彼は法を犯して部屋に入りました。この話をするために警察に出向くわけにはいきませんでしたが、新聞で人形が行方知れずだと知ったとき、彼は貴重な情報を持っていることに気がつきました。それで私のところに助言を求めにやってきたんです。なにしろ、私が」――ここでピムロット氏は少し胸を張った――「この事件の捜査に関わっていたのを彼は知っていましたからね。できる限りのことはするつもりだといってやりましたよ。それで私はここに来たんです」

ジェフリーは首席警部に目配せした。リードはうなずくと、口ひげを引っ張った。「よし、わかった。部下をやってその件を洗わせよう。まずはホテルの捜査だ」

ジェフリーが立ち上がった。「水を差すつもりはないんですが」と、彼はいった。「時間の無駄だと思いますがねえ、首席警部。彼らが生まれつきのばかでもないかぎり、宿泊者名簿に本名を書いたりはしないでしょう」そしてピムロットに顔を向けた。「あなたの――その――同業の方はその二人連れにもう一度会って確かめているんですか」

ピムロットは首を横に振った。「そんなことは思いも寄らなかったようですよ。当然のことだと思いますが、人形のことに気を留めてはいませんでしたし、昨日新聞を読むまで、そのときの出来事をほとんど忘れていたくらいですから」

「いずれあんたの友だちにも話を聞くことになるだろう」リードはつっけんどんにいった。「今聞いた話のほかにも、思い出してもらえることがあるかもしれんからな」

ピムロットは不安そうな顔をした。「お手柔らかに願いますよ。とにかく、彼は自分で進んで情報を提供するだけ真っ当な人間なんです。黙っていようと思えば黙っていられたんですから」

「不法侵入の件は忘れるとしよう」リードは無愛想にいった。「そいつの名前は何という。どこにいる」

「チャーリー・バーティーです」ピムロットはそういうと、ポケットからよれよれの封筒を取り出して、走り書きした。「ここが彼の事務所です」

ピムロットはほどなく立ち去った。リードとジェフリーは図書室にそのまま残っていた。リードは部屋の中を落ち着きなく行ったり来たりしていたが、ジェフリーのほうは疲れたのか、だらしなく椅子にもたれていた。やがて首席警部は歩きまわるのをやめ、年下の友人の前で立ち止まった。「明日ロンドンに行ってくる」首席警部はいった。「こっちではいろんなことがごちゃごちゃで埒があかん。一緒に行くか」

ジェフリーはかぶりを振った。「いえ、結構です。僕にはここでやることがありますから」

「本当か」リードの声には相手を小ばかにしたような響きがあった。「何をするつもりだ」

「じっくり腰を落ち着けて、考えることです」ジェフリーは愛想よく答えた。

第九章　神の家の恐怖

（三月十一日　木曜日）

屈強な人が筋肉を働かせる運動を好んで自分の肉体的能力を誇示するように、分析家は複雑な事柄を解きほぐす活動に頭を使うことを誇りにする。彼は、この才能を発揮できることなら、どんなにつまらない仕事にでも楽しみを見出すことができる。彼が好きなものは、謎や、難問や、暗号文字で、常人の理解力からすると超自然的とも思えるほどの鋭い知力を発揮して、それらを解き明かす。その実、彼が全身全霊を傾けて得た答えは、直観そのものにしか見えないのだ。

——ポー『モルグ街の殺人』

1

水曜日は終わった。

その日は重い足取りでのろのろと進み、救いようの単調さに気力は奪われた。重苦しい屋敷の壁は不幸な家族とその招待客を牢獄のように取り囲んだ。彼らはあてもなく部屋から部屋を渡り歩き、こちらの部屋に寄って短い言葉を交わしたり、あちらの部屋に腰を落ち着けてちょっとした娯楽で時間をつぶしたりしていたが、じきに、悠長なリレー競走に出場してぜんまいの切れてしまったブリキのねずみや、やる気のない走者のように、それも止めてしまった。抑えつけられ、柔軟性を失ったぎごちない静けさをともなう彼らの所作は、恐ろしいほど示唆に富んでいた。彼らは感情に蓋をして、ぴりぴりしながら待っていたのだ……。一方、焦りの気持ちの強かったジェフリーは、こうした不自然な無活動状態をわざわざ示す余裕などなく、嫌な予感に頭を横に振った。

その日ジェフリーは一日中ほとんど自分の部屋から出なかった。リードがロンドンに出かける前に、彼は、プレーターの部屋で見つかった手紙と、ベアトリス、ロジャー、プレーターの死を予兆した不吉な人形、それにリードが収集した事件の資料をまとめて借り受けた。たばこがぎっしり入った大きな缶を手元に置くと、彼は預かった品々を目の前に広げ、自ら簡潔に「じっくり腰を落ち着けて、考えること」と名づけた作業に取りかかった。

前日の午後遅く起こったある出来事のために、考える材料はたっぷり揃っていた。火曜日だったので、エイブラハム・ガートがロックウォールまで行って〈ロチェスター〉宛の郵便物を取ってくることになっていた。その中にロチェスター教授が受取人になっている小さな小包があった。一目見て、ジェフリーは、これまで人形が届いたときのことが頭にこびりついていたため、忌まわしい事件がまた繰り返されるのでないかと覚悟したが、二つの点でそうではないことに気づいた。その小包は人形を収めるには小さすぎたし、コーネリアスが小包の到着を待っていたのが明らかだったからだ。

首席警部は中味を見せるよう要求した。不承不承ながらも老人は同意した。包み紙をはがすと小さな革の箱が出てきた。それを開けて、彼はビロードの台にのった粒よりの真珠の首飾りを首席警部に見せた。真珠はロジャーが母親から遺贈されたものだと、教授は説明した。どれくらいの金額のものなのか宝石商に鑑定してもらうようロジャーに頼まれたのだという。それが今戻ってきたのだ。

ごく自然な出来事だ。ロジャーならそういうことがあってもおかしくない——だが、コーネリアスの態度にはどこかジェフリーの心に疑いを起こさせるものがあった。それとも、そう感じたのは、この屋敷に立ちのぼる猜疑心という恐ろしい瘴気が、彼の理性を蝕んで、何ら罪のない行為にさえ欺瞞を読み取らせていたからだろうか。しかし、この老人がすらすら答えたのは、秘密めいた行為を埋め合わせるためだったのではないか、という考えをジェフリーはどうしても捨てることができなかった。

それに、もう一つ、行方不明の遺言書のこともひっかかる。ロジャーは公然と遺言書を作っていた。ならば、彼にその書類を隠す必要があるだろうか。ミセス・ガートの証言から推測できるように、異母弟が遺産の受取人に指定されているのなら、遺言書が見つかって一番得をするのはオーエンだ。とすると、ロチェスター教授が、遺族のあいだで平等に相続することを望んで、遺言書を破棄したとも考えられる。だが、ロジャーが遺言書を作ったのは、どう考えても、そんな事態が起こらないようにするためだった——遺言書が作成されたのは家族のあいだで口論があったあとだった——のだから、他人の手に渡らないようにするぐらいの知恵は働かせたはずだ。それなら、なぜ顧問弁護士に直接郵送しなかったのだろうか。考えれば考えるほど、わからなくなる。ジェフリーは焦った。

そうやって彼が午後遅くまで頭を悩ませていたとき、首席警部は戻ってきた。扉を勢いよく開けた首席警部は、灰色の煙幕に眼を瞬いた。ジェフリーはたばこを口にはさんだまま、目を閉じ、両手を頭の後ろに組んで椅子にもたれていた。灰皿には吸い殻の山ができている。

「ふう——何だ、この部屋の空気は」こう叫ぶとリードは顔の先を夕刊紙で乱暴に扇ぎながら入ってきた。「鰊の燻製を作るわけじゃあるまいし、窓を開けたらどうなんだ」

ジェフリーは立ち上がってあくびをした。ぼんやりした目でまわりを見ている。「うーん——ちょっと煙ってるな」彼は部屋を横切って窓を開け放った。「これでどうですか、首席警部」

「窒息しそうだよ」と、相手はうなった。「よくもまあ、そんなもので空気を汚しながら、締め切った部屋に閉じこもっていられるもんだ……」そういいながら新聞を振り回して、たなびく煙の帯を切り裂いた。

ジェフリーはにやりとした。「これもホームズと僕に共通する習性の一つですよ。狭いところにいるほうが集中できるんです」彼はすましていった。「脳細胞を鍛えてありますからね」

「少しぐらい体を鍛えても毒にはならんだろう」リードは呆れ顔でいった。「ちょっと庭に出ないか」

とうに溢れかえっている灰皿に吸い殻を一本つけ加える時間だけその場にとどまってから、ジェフリーは友人の後を追って階段を降りた。

日が沈んで暗くなりきる前の穏やかな時間だった。西の空は黄金色の残照に映え、刷毛ではいたような紫色の雲が、地平線上に細長くたなびいている。薄明かりがくすんだ庭を華やかに彩り、超然とした厳かな景色は限りない美しさをたたえていた。あたりには音もなく夜の闇が迫り、風さえ止んでいる。ジェフリーは立ち止まった。振り返って屋敷を見ると、不安をかきたてるあの非現実的な妄想、木々が人間のように歩き死者が語りだす白日夢の中に迷い込んだ気がする。彼はまぼろしを払いのけて、リードに顔を向けた。

「こんなに早くお戻りになるとは思ってませんでしたよ」

「検視審問があるからな」相手は手短に答えた。「明日ロックウォール会館で行なわれる予定だ」

ジェフリーはうなずいた。「ロンドンで成果はありましたか」

「例によって大したことはなかったな」むっつりとした声が返ってきた。「ペニファーザーにはじかに会ってきた。たしかにロジャーから遺言書を作るんで遺言執行者になってくれといわれたそうだが、それだけのことだ」

「ホテルのほうはどうでした」

「だめだ。男はジェイムズ・スミスという名で宿泊している」リードはひげをいじった。「フロント係は細かいことは記憶していない。三日泊まっているんだがな」彼はそこで話を切って、ジェフリーに顔を向けた。「ジェフ——不安になってきたよ」

ジェフリーはうなずいて、リードの曇った顔を見つめた。

「最初の殺しから三日になる」リードは続けた。「だが、三日もたっているというのに何一つわからんのだ。からくりのいくつかは説明がついたが、肝心の問題の解明にはまったく結びつかんのだからな。それに屋敷の人間のこともあるし……」彼はそちらを指差した。

「おっしゃるとおり」と、ジェフリーは静かな声でいった。その先はわかっていた。「いつまでもここに足止めしておくわけにはいきませんね。取り調べは終わっていますから、怒り出しても仕方ないでしょう。理屈の上では全員が疑わしいといえても、出て行くのを引き止めるだけの正当な理由はないんですから。でも、まだ解放するわけにはいかない。散り散りばらばらになったら、そこで終わりだ」

二人はまたゆっくりと歩き出していた。相手の失望に同調するような声でブラックバーンは話を続けた。「僕らの身動きを取れなくしているのは、動機の欠如です。この二つの殺人事件はなぜ起こったのか。ベアトリスの事件は、その点、非常に明快です。ロジャーは彼女を憎んでいた。彼女はロジャーを精神病院に隔離するように主張して——実際、すでに手を回していましたからね。あの晩ロジャーが衝動に駆られて階段からベアトリスを突き落としたのは容易に想像できます——これまでに知り得たロジャーの性格とぴったり合う。きっと家族もそう信じていると思いますよ。ベアトリスが生きている限り自分の身が危ないことをロジャーは知っていたんです。だから彼は唯一の手段を行使した」

「ではベアトリスに人形を送りつけたのはロジャーだというのか」

ジェフリーはうなずいた。「間違いないと思います。そういう一種歪んだ冗談が、心を病んでいたロジャーの好みに合ったんでしょう。また彼にはそういうことができる機会がありました。なにしろ彼は人形をめぐるいきさつを知っていて、いつでも手にすることができたんです。ロジャーが、ベアトリスと口論した次の日にロックウォールに行って、おばのために塗り薬を買ってきたという話をミス・ジャンがしていたのを覚えておられますか。きっと彼は、そのとき人形の入った小包を知り合いの村人に渡して、決まった日に屋敷宛てに投函するように頼んだのだと思います。口外されないように、相応の金が渡されたに違いありません。今ごろその村人はびくびくしていることでしょう」

一瞬リードは考え込んだ。「だがロジャーは自分でも人形を受け取ったんだぞ」

「そうです」ジェフリーの声は重々しかった。「悪魔の所業が始まったのはそこからでした。なぜなら、誰かがロジャーのしたことを知っていて——自分の目的を果たすためにその手を使ったからです。ロジャーがベアトリスを殺したのを知っていた人物は、彼が人形の送り主だということも知っていた。だから、その人物は屋敷内の誰かということになります。つまり、プレーターが殺されたときに手紙を書いていた相手なのです」

二人は伸び放題の芝生の端にあった大理石の腰掛けの前で立ち止まった。首席警部は腰を下ろした。少し肩で息をしている。

「まあ、待ってくれ」と彼はいった。「ちょっとややこしくなってきた。順々に整理していこう」彼は片手を出すと指を折り始めた。「ロジャーがおばと口論して彼女の生命を脅かす。ベアトリスは怖がって彼を精神病院に入れる手はずを整える。これを知ったロジャーはおばを殺す決意を固め、ロックウォールから彼女に人形を送りつける。数日後、階段を降りていたとき絶好の機会を得て、ロジャーはベアトリスを突き落とす。もちろん事故死だと思われるように考えた上でのことだ」

ジェフリーの目は輝いていた。「そのとおりです。では先に進みましょう。屋敷の誰かが――プレーター以外の、ですが――ロジャーのしたことに気づく。その人物は男とも女ともいえるが、いくつかの明快な理由から男だと考えていいでしょう。その男は残りの人形を手に入れてロンドンに向かい、共犯者と計画を練る。取り決めた日がくると共犯者はロジャーに人形を送りつける。送られたほうは、誰かが自分の犯罪を知っていてベアトリスの復讐をするつもりだとわかり、怖くてしかたがない。だから、なんとしても身を守る必要が出てくる」

「なるほど、妥当な推理だな」リードは両手をこすり合わせた。「だがこういうのはどうだ。プレーターは最初から陰謀に加わっていたのかもしれないぞ。つまり、ロジャーがおばを殺したところからということだが。プレーターが人形を持ち出して村から投函したという可能性もあるだろう」

「ええ、可能性は大いにありですよ」ブラックバーンは同意した。「プレーターがロジャーを憎んでいたのは、十分な口止め料をもらえなかったからだとすれば説明がつきますからね。そしてロジャーが殺されたあと、プレーターは秘密を打ち明けることにした。ところが、この執事が口を割ればすべての計画が明るみに出ることがわかっている第三の人物が、そうなる前に彼を殺害した」

「とすると、プレーターはこの第三の人物が誰なのかを知っていたことになる――なにしろ彼はその男に手紙を書いている途中だったのだからな」

ジェフリーは立ち上がった。「僕らは暗闇を手探りで進んでいるようなものですね」彼はいった。「でも真相に近いところまできているのは間違いありません。考えれば考えるほど、ロジャーが自分の目的をかなえるために使った恐ろしい手を、誰かが利用して逆に彼に災いをもたらした、と思えてならないんです。そして、なぜそんなことが行なわれたのかという理由が発見できたとき、僕らは最後の問題への正しい道すじをつかむことになるでしょう。つまり、この謎の第三の人物とはいったい誰なのか、という問題のね」

夕闇が音もなく庭に忍び寄っていた。谷間から吹き上げる風が木々をかすめている。真っ黒な輪郭だけになった屋敷のあちこちに光る窓は、じろじろと暗がりを覗き込む眼のようだ。二人の男はゆっくりと庭から引き返した。屋敷に入ろうというところまで来るとリードが口を開いた。

「なあ、ジェフリー――これで犯行は最後だろうか」

庭にさす影にも劣らない暗い声でジェフリーは返事をした。「さあどうでしょう。それこそこの事件の凶々しいところですよ――僕には想像もつきません」

あとは沈黙が続くだけだった。二人は示し合わせたように歩みを速めた。そのときはじめて彼らは風がひどく冷たいのに気がついた。

2

翌朝のブラックバーン氏は、あらゆるものに向かう態度が昨日までとは打って変わって、全身には生気がみなぎり、喜びが夜明けとともにやって来たような顔をしていた。ふさぎの虫は眠っているあいだにどこかに姿を隠したようだった。調子の外れたメロディーを口ずさみながらシャワーをすませると、着換えに取りかかった。きびきびした動作は、なすべき仕事があることを示していた。朝食のテーブルで首席警部と顔を合わせると微笑みかけた。二人のほかには誰もいなかった。

「いいことでもあったようだな」相手が上機嫌なのを意外に思って、リードが尋ねた。「大穴でも当てたのか」

「つまらないことをいってると立派な肩書きに傷がつきますよ」と、ジェフリーは相手の皿に目をやったままやり返した。「今日は首席警部にとって晴れの日になるんですから。百台のカメラが首席警部の顔に向かってシャッターを切り、千本の鉛筆が智恵のことばを書き記し――」

「今朝の我々はばかに冴えてるようじゃないか」リードは苦い顔をしていった。「とすると、ロチェスターの検視審問には心強い味方が控えてくれることになりそうだな――」

「申し訳ありませんが」そういうとジェフリーはトーストに手を伸ばした。「それには出られません。行かなくちゃいけないところがあるんです。でも、午後までには戻れると思います」

「午後までにはとは」首席警部は顔を上げた。「どこまで行くつもりだ」

「ブリッジウォーターです。友だちに会おうと思いまして。ヴァンシッタート・ロスといって、頭が切れる男なんですよ。『ウィリアムかエドワードか』というおもしろい本を書いていて、イングランドにノルマン様式の建築を採り入れたのはエドワード証聖王だと論じているんです」と、ジェフリーは楽しそうに説明した。「それまではウィリアム征服王だとされてきましたから……」彼はいきなり中断した。「すみません、首席警部。退屈な話をしてしまって」

「いや、そんなことはない」丁寧な言葉づかいとは裏腹に険のある声だった。「おもしろそうな話だな。もっと聞きたいから、続けてくれ」

「口ではそうおっしゃっても、腹の中では止めろといってるのが聞こえますよ」ジェフリーはおどけた調子でいった。彼はテーブルナプキンをさっと振った。「わかりました、真面目にお話ししましょう。このロスという友人は、中世の建築に関して我が国では第一人者なんですが、彼にいくつか教えてもらうつもりなんです。『アブー・ベン・アドヘム』（リー・ハントの短詩）のように、夜中に〈訪れ〉があって気がついたんですよ。難しい問題を考えながらベッドに入ったからそうなったんでしょう。潜在意識が助け舟を出してくれたのだと思います」

リードは椅子をうしろに押した。「まともな話を聞かせてもらいたかったがな」そういって立ち上がると、手を振った。「まあいい――そのかび臭い第一人者とやらに会ってくるんだな。だが昼食までには必ず帰ってくるんだぞ。さもないと警察犬に跡を追わせるからな」リードと入れ替わりにフィリップ・バレットとオーエン、ジャンがやってきた。もうすぐ始まる検視審問の話をしている。三人はこの審問を試練ととらえているようだった。屋敷にまつわる複雑な事実関係が、来るべき審問を一層厄介なものにしていた。リードが心配だったのも無理はない。彼は、ロジャーの結婚の件はできるだけ秘密にしておくという自分の約束に縛られていたので、新聞の大攻勢を避けるためにも、とにかく慎重に進めなければならないと思っていた。幸い、こうした予備的な取り調べは主に死因の確定のためのものだったので、故意に検視官の鼻先に突き出すようなまねをしない限り、詳細にまで立ち入る必要はなかった。そういうことから、朝食のあと首席警部は屋敷内の人間を居間に集めて話をしたとき、危険な部分をうまく切り抜ける手段や方法についてそれとなく触れることにした。しかしジェフリーはその場にはいなかった。そのころ彼は、謎めいた用事を済ませるため、車でロックウォール村をちょうど通過しているところだった。

ジェフリーは正午になる直前に戻ってきた。晴れ晴れとした顔は小旅行が上首尾に終わったことを物語っていた。彼がさらに喜んだことに、第一の審問で取り上げられた項目があまりに多岐にわたったため、午後に食い込むことになり、そのために、プレーターの検視審問は明日の金曜日まで延期されたのだという。「午後は自分の仕事に使わせて下さい」と、彼は首席警部にいった。「まだ頭の中がうまく整理できていないものですから」

ブリッジウォーターへの旅に関してジェフリーは、ロジャーの死に関する謎の解明に大きな前進があったと話しただけで、あとは一切口をつぐんだ。懇願する友人には、ルソーまで持ち出してここは我慢が肝心だと諭すだけだった。そして、穏やかな笑みを浮かべながら部屋に閉じこもると、ヴァンシッタート・ロスの書斎から借り出した書物に全神経を集中させた。

ジェフリーは四時に部屋から出てきて、首席警部を探した。首席警部は図書室で午後のお茶をとっているところだった。屋敷はひっそりしていた。使用人を除いて、家じゅうの者が検視審問に出ている。ジェフリーは呼び鈴を鳴らしてお茶を注文した。入れたてのお茶を運んできたミセス・ガートが扉の向こうに消えると、彼は友人のほうに振り向いた。リードの前には鉛筆書きのメモが何枚もある。そのメモに向かってジェフリーはあごをしゃくった。「その書き物は何ですか」

リードはカップを置いた。「証言をもとにして今度の事件の経過をまとめたものだよ」と、彼は説明した。「今、時間の記入が終わったところだ」そういうとテーブル越しに差し出した。「参考になるかと思ってな」

ジェフリーは鉛筆書きの紙を手にした。


〈ロチェスター殺人事件〉

三月六日（土）午後

六時　ハナ・コンシダインが礼拝堂を清掃。扉に鍵をかけずにおく。
七時　五分　カミラ・ウォードが礼拝堂でオーエン・ロチェスターと会い、しばらく話し合う。
七時三〇分　ウォードがライターを落とす。探す際に、フィリップ・バレットとロジャー・ロチェスターが礼拝堂に向かうところを目撃。
七時四〇分　ウォードとオーエンが夕食のために屋敷に戻る。
八時　ジャン・ロチェスターがロックウォール村へ出発。

八時三〇分　ウォード、オーエン、バレット、オースティン、ロジャーが食堂を出て客間に入る。
　　　　　　ロチェスター教授は書斎へ。
九時三〇分　プレーターが客間に来て、夜食の注文を聞く。
九時三五分　ロジャーが客間を出てミルクを飲む。
九時四〇分　ロジャーが客間に戻る。
九時五〇分　ロジャーが客間を出る。
九時五五分　雨が降り出す。
一〇時一五分　バレットが客間を出て、門でジプシー青年タナシを待ち構えるが、行き違いになる。
一〇時三〇分　オースティンとオーエン・ロチェスターが客間を出る。
一〇時三二分　ウォードが窓から覗くタナシの顔を見る。
一〇時三三分　オーエンが客間に引き返す。
一〇時五〇分　バレットがタナシを見つけ、庭で話し合う。
一〇時五一分　オーエンがウォードを客間に残して自室に向かう。
一一時　　　　ウォードが礼拝堂の鍵を探しに使用人部屋へ行く。
一一時　五分　ウォードが鍵を探しているところをプレーターが見かける。このときバレットとタナシはすでに礼拝堂に向かっている。
一一時　七分　ウォードが使用人部屋の前を去る。
一一時一〇分　礼拝堂でバレットがロジャーの死体を発見。
一一時一五分　バレットとタナシが礼拝堂から使用人部屋へ行く。
一一時三〇分　二人がハナとビアンカにロジャーの死を伝える。

一一時四五分　タナシがロチェスター屋敷を去る。
一一時五五分　ハナが礼拝堂に食事を運び、ぬかるみに足跡を残す。

三月七日（日）午前

八時　　嵐のために足止めされていたジャン・ロチェスターがロックウォール村から戻る。
八時三〇分　ロジャーが部屋にいないことが判明。
一一時　二分　ロジャーの死体が礼拝堂で発見される。

「よくまとめてありますね。たしかにこれを見れば流れははっきりする。でも、それ以上のことはわからない」そう寸評すると、ジェフリーはテーブルに放った。

リードは一覧表を手に取ると、丁寧に折りたたんでポケットにしまった。彼は眼を上げずにいった。

「一連の殺人が内部の者による犯行だと相変わらず考えているんだな」

「その思いはますます強くなりましたよ」というのが返事だった。

「では、これを見てくれ」首席警部は別の鉛筆書きの紙を差し出すと、メモの一箇所を人差し指で示した。「検死報告によると、殺人は十時四十五分までに行なわれたに違いないということだ。ロジャーの死体に触ったときにぬくもりが残っていたというバレットの証言もこれを裏付けている。ところで、これまでの証言に意図的な嘘が含まれていないとすれば、オーエン・ロチェスターとカミラ・ウォードとフィリップ・バレットは、ロジャーを殺したとは考えられない。オーエンとカミラはその時間には客間で話し合っていたし、バレットは――タナシを訊問するまでこの点についてはまだ確証はないが――このジプシーと庭で話していたといっているからだ。同様にプレーターも容疑者から外すことができる。十一時に彼は自分の部屋にいた。また、ブライアン・オースティンが、十時半に居間を出てあのナイフを持ち出し、オーバーを着てから礼拝堂に向かい、ロジャーを殺し、部屋に戻るということを、十五分という時間でできるとはとうてい思えない」リードはメモを指先で叩いて自分の言葉を強調した。「とすると、残りはロチェスター教授だけになるが――あの虚弱な老人が、息子の体にナイフを柄まで深々と突き刺すことができたとは信じがたい。そうすると、私の見たところ、屋敷の人間は家族も客も誰一人あのナイフを使った可能性がないということになる」

ジェフリーは椅子の背にもたれると、両手を頭の後ろに組んで、天井を見上げた。「それこそ犯人の手口の冴えているところですよ、首席警部」彼は穏やかな声で言った。「現場に居合わせる必要などなかったのですから」

「どういう意味だね」リードは厳しい口調で問い質すと、目を細めた。

「人間の手があのナイフを扱ったのではないということです」ジェフリーの体がしゃんとなった。彼は姿勢を正すと、身を乗り出していった。「その点は明白じゃないですか、首席警部。検死報告を思い出して下さい。ナイフは人間わざとは思えない力でロジャーの体に突き刺さっている、と書いてありますよ」

リードの眼が、ひそめた眉の下で光った。「だからどうだというんだ」彼は声を荒げた。「また馬鹿げた黒魔術のおでましか」

「たしかに黒魔術じみた話に聞こえますね」と、ブラックバーンは認めた。そして、考え込むように向かいの壁に並んだ書物をじっと見つめた。「想像してみて下さい。真っ暗な嵐の夜――人気《ひとけ》のない礼拝堂。ロジャーが中に入る。通路を歩いていく。すると突然、闇の中から何かが襲いかかる。そして、静寂――ロジャーは手足を投げ出して床に倒れ、心臓にはあのナイフが」彼は首を左右に振った。

「しかも、ロジャーのほかには誰も礼拝堂に足を踏み入れていないのです」

首席警部は立ち上がった。「ジェフ、お願いだからまともなことをしゃべってくれ。ただでさえ混乱しているのに、このうえお化け話を聞かされてはたまらんよ。いったい何を考えているんだ」

ジェフリーも席を立つと、友人の腕に手を置いた。「礼拝堂に行きましょう」彼はいった。「ホールからステッキを一本持って来て下さい。丈夫なやつをお願いします」

「そこへ何しに行くんだね」首席警部が尋ねた。

「ロジャー・ロチェスターを殺した相手の正体を暴きにですよ」ジェフリーは静かにいった。

およそ十分後、ジェフリーが礼拝堂の扉を押し開け、首席警部とともに通路を進んだとき、出入りの絶えた場所特有の微かに黴臭いにおいが感じられた。リードの手にはステッキがある。しっかり握り締めているさまは、あたかも虚空の中から立ち現れる敵に備えるかのようだった。ブラックバーンは先に立って祭壇に進むと、身振りで座席を示した。

「かけて下さい」と、首席警部にすすめた。「お見せする前に少し説明することがありますから」

「是非ともそう願いたいね」相手は不満げにいうと、腰を下ろした。ジェフリーは祭壇に寄りかかった。

「覚えておられますか」ジェフリーは切り出した。「僕がロジャーの死因——心臓を刺されていたこと——に気になる点があると指摘していたことを。死体のあった位置を思い出していただければ、ロジャーの倒れたところが祭壇の真正面、中央のパネルからだいたい六から八インチ離れた場所だったたのがおわかりになると思います。ドクター・オースティンによれば、ロジャーは即死で、一撃を受けた直後その位置に倒れたということです。これはどういうことを意味しているでしょう。ナイフを突き刺した人物は、ロジャーの正面に立つ必要がありますね。つまり、祭壇と被害者のあいだに立っていたということです。さもなければ、祭壇の上にいなくてはならないことになる」

彼は言葉を切った。リードはうなずいた。

「ところが、どちらの仮説も筋が通らない。最初のものについていえば、ロジャーの位置が祭壇に近すぎるために、犯人が彼の正面に立つのは無理です。二番目の可能性も、祭壇のつくりからいってありえません。祭壇の上で足場になるようなところは飾り壁の真下の細い棚だけで――そこには大きな銀の燭台が三つ並んでいるからです。すると、犯人はどこに立っていたのでしょうか。礼拝堂の奥からナイフを投げつけることはできません。ロジャーがいた場所のように、祭壇の正面だと祭壇自体が壁になってしまうからです。角を回るようにナイフを投げることも不可能です。ロジャーが刺されていたのが背中だったならば、こうした矛盾は生じなかったでしょう。ところが、ナイフがロジャーの心臓に正面から刺さっていたのは疑いのない事実です。つまり、被害者は一撃を受けたときには犯人と向かい合っていたということになります」

再び間があった。首席警部はステッキで軽く靴を叩いた。「続けてくれないか」彼は静かにいった。

「ここで問題になるのはナイフがどうやって刺さったのかということです。医学的見地からは、この一撃には途方もない力が加えられていたことがわかっています。解剖にあたった医師の話では、人間の腕であれほどの打撃を与えられるとは信じられないということでした。ここで、さきほど立てた仮説の視点からこの発言を検討してみましょう。犯人が一撃を与えるだけの場所を確保することは不可能だと思われますし、その一撃が人間の手でなされたものだとも考えられません」ジェフリーはそこで話を打ち切って、身振りで祭壇を示した。「こちらへ来て下さい、首席警部」

彼は友人を祭壇に連れてくると、五つあるパネルの中央の、瀕死の兵士を描いた彫刻を指差した。

「これは」ジェフリーはいった。「中世の職人がこしらえたグロテスクな一作品です。でも、この場面で胸に矢を受けて倒れている兵士と、ナイフを刺された姿で発見されたロジャーとのあいだに共通するものがあるとは思いませんか。そして兵士は手に燭台を握っている——バレットは燭台が一本ロジャーの死体の近くに転がっていたと証言しています。

バレットからこの事実を聞いてはじめて、僕は隠された秘密があるに違いないと思うようになりました。そして自問しました——なぜ燭台は動かされていたのだろう、と。そこで昨日ここに来て調べると、驚くべき事実がわかったのです。祭壇にある三つの燭台のうち、動かせるのは真ん中のものだけでした。あとの二つは棚に固定してあります。僕は腰を下ろしてあの土曜日の夜に何が起こったのか想像してみました。ロジャーが礼拝堂に入る。中は真っ暗だった。彼は祭壇のところに行き、身を乗り出すようにして燭台を手に取った——その瞬間、死が彼に襲いかかった。さあ——よく見ていて下さい」

ジェフリーは首席警部の手からステッキを取った。リードは彼の肩越しに首を伸ばして覗き込んだ。燭台を載せている棚は幅が狭く、あごの高さの位置にある。二番目の燭台は中心からわずかにずれたところに置かれていたが、板の丸いくぼみが燭台の重い台座がはまる場所を示していた。ジェフリーは手を伸ばして燭台を自分のほうに引き寄せると、丸いくぼみに台座をはめた。と同時に祭壇の内部が微かにきしんでかちりという音がした。

「下がって」ジェフリーは叫んだ。彼の眼は興奮に輝いていた。二人は三フィートほど後ろに下がった。「これで燭台の位置は、土曜日の夜ロジャーがここに入ってきたときと正確に同じになりました。彼は祭壇に向かい、中央のパネルに身を乗り出して手を伸ばし、燭台をつかむ」——そういいながらジェフリーは腕を伸ばして、ステッキの握りを銀の台座の周囲に引っかけた——「そして、こういうふうに燭台を動かす……」

ステッキが台座を強く引いた。燭台は前に傾いて床に落ち、激しい音を立てた。すると、その瞬間、急にばねが外れる不快な音がした。中央のパネルの上部がすべるように開き、黒い隙間から金属の筒がものすごい勢いで飛び出したあと、再び闇に消えた。かちっと音を立ててパネルが閉まると、すべてが元に戻った。

「うーん」リードはうなった。額には細かい汗の玉が浮いていた。「どういうことなんだこれは。いったいどうなっているんだ」

ジェフリーはステッキを近くの椅子に置いた。「中世の聖職者が祭壇の装飾品を泥棒から守るために使った恐るべきからくりですよ」と、静かな声で説明した。「金属の筒をご覧になったでしょう。昔はそこに矢をつがえましたが、ロジャーを殺した犯人はそんな古いやり方はしませんでした。博物室から盗んだナイフを使ったのです」

3

首席警部は顔にハンカチを押し当てた。「いつこの仕掛けに気づいたんだね」感服した口調だった。

ジェフリーは坐ると、たばこ入れを探った。「ばらばらの出来事が半ダースもあったおかげですよ」たばこを手に取りながら説明した。「ロジャーを見つけたときからずっと、死体の位置が祭壇からほとんど離れていなかったことと、彼が心臓を刺されていたという事実をどうつなげたらいいのかわからず困っていました。それに加えて、ナイフを突き刺した力が途方もなく強いものだったことから、第一の疑念がわいたのです」

彼はたばこに火を点けた。

「それから、ミセス・ガートと世間話をしていたときに、たまたま話題にのぼった出来事がヒントを与えてくれました」ジェフリーは話を続けた。「三十年前の祭壇の組立作業中、一人の男がある部品を動かしたときに転倒して怪我をしたことがあったというのです。かなり漠然とした話でしたが、その男の名前を聞き出して、月曜の晩にロックウォールへ会いに行ったのです。コリンズという名の老人で、事故のことははっきり覚えていました。彼が中央のパネルを礼拝堂に運んでいたとき、内部で何かが回転する音がしたかと思うと、いきなりものすごい力でボルトに胸を突かれて倒されてしまったということでした。中のばねをうっかり外してしまったためにそうなったのはいうまでもありません」

ジェフリーは何かを思い出したように、そこで中断した。「いい忘れていましたが」彼はいった。「ミセス・ガートから三十年前の事故の話を聞いたあと、ロチェスター教授が図書室にこの建物の歴史を書いた本があるといっていたのを思い出しました。それで探しに行ったのですが、なくなっていたのです。この事実は事件に不吉な光を投げかけることになりました。仮に祭壇に隠された恐ろしい秘密があって、もしもその秘密が本に書かれているならば、それを知って、自分の目的を達するために秘密を利用しようとした屋敷の中の誰かが、その本を処分したことを意味しているからです。それで僕は、いよいよ祭壇には何か危険な仕掛けがあるに違いないと思うようになりました。

しかし、ロジャー殺しにどうやってそれが使われたのかは——倒れた燭台のことをバレットがたまたま口にするまで——まったく見当がつきませんでした。ただ、この燭台が三つある燭台のうち唯一動かすことができるものだとわかったとき、ふと、これが仕掛けを作動させる鍵になっているのかもしれないと思いました。しかし、どのような仕掛けなのでしょう。そして昨夜、ヴァン・ロスのことを思い出して、彼なら答えてくれるだろうと思ったわけです。

ヴァンには今朝会ってきました。彼は完璧な知識の宝庫でした。十四、五世紀の聖職者たちは、祭壇の神聖を守るために、恐ろしい細工をいろいろ施したのだそうです。ここに隠されていた仕掛けもそのうちの一つです。燭台を取ると釣り合いおもりがばねを外す仕組みになっているのです。ヴァンは、オーストリアのチロル地方の国境沿いにある、キルシュヴァッサーという村の古い教会の例を教えてくれました。そこの祭壇には剣を振り回す装置が組み込まれていて、神を冒瀆する者の首をいとも簡単に刎ねるようになっているのだそうです[*1]。ヴァンの話では、そのような装置はけっしてまれなものではないらしく、アントワープの博物館で同じものを見かけたとのことでした」

「ありがたい時代があったもんだな」リードはにこりともせずいった。

ジェフリーは灰を払い落とした。「当時は命の価値が低かったんですね」彼は肩をすくめた。「それでも、一撃で倒されるほうが、釜茹でにされるよりもましでしょう。中世では盗人は釜茹での刑と決まっていましたから」

首席警部は祭壇を細かく調べていた。「それでこの仕掛けがわかったというわけなのか」しばらくして彼は口を開いた。

ジェフリーはうなずいた。「たぶんモンカムは大陸からこの祭壇を取り寄せたのだと思います。秘密のことはもとから知っていたか、偶然発見したかのどちらかでしょう。次に住人となる者に警告するため、モンカムは、屋敷の歴史を扱った本にこの仕掛けのことを書き込みました。現在、屋敷の中でそれを知る者は唯一人――その本を発見し秘密を手に入れた人物だけです。この装置を自分の目的を果たすために使おうとした発見者は、秘密が漏れないよう本を処分したのです」

リードはひげを強く引っ張った。「なるほど、もっともな話だ」低い声でいった。「だが――そうだったとしても、その人物を特定することはできないだろう」

「いいえ、できると思います」ジェフリーはゆっくり言葉を返した。彼は深く腰かけると、片方の膝の上で両手を組み、たばこの先から漂う煙に半ば眼を閉じた。「想像力を使いましょう、首席警部」

リードは何もいわなかった。坐ったままひげをいじりながら、眉を寄せて考え込んでいる若い友人の顔を眺めていた。やがてジェフリーは口をきった。

「まず、動かしがたい事実として、次のことは押さえておく必要があると思います。犯人の計画が成功するためには、ロジャーが必ず二つのことをするという確信がなければなりません。つまり、ロジャーは礼拝堂に行かなければならず、そして、真ん中の燭台を動かさなければならない。この両方の要素について検討してみましょう。

　第一に、二つのことを心に留めておかなければなりません。ロジャーが、まったくとはいわないまでも、めったに礼拝堂に行くことがないということと、あの土曜日の夜は雨が降っていたということです。それでは、ロジャーがこっそり誰かと会いたいと思った場合、どこを選ぶでしょうか。礼拝堂なら雨に濡れないし、ロジャーがそこに行くと思う人間はまずいない。ならば、ロジャーは誰かに会うために土曜日の夜ここにやってきた、と考えてもいいでしょう。ひとまず証明終わり《Q・E・D》です」

「異議なし」と、首席警部はいった。

「そうだとすると」ジェフリーは続けた。「ロジャーは誰と会おうとしていたのでしょう。犯人でしょうか」彼は首を左右に振った。「僕はそうは思いません。犯人は自分は現場にいることなくロジャーを殺す計画を立てていたのです――だとすれば当然、犯人はアリバイを成立させるために、礼拝堂からできるだけ離れた場所にいたことでしょう。いいですか、犯人はロジャーがまったく説明のできない方法で殺されるように仕組んでいたのですよ。どんな手口が使われたのか形跡を一切残さないようなやりかたでね」

リードが口を開いて異議を唱えようとしたが、ジェフリーは手まねで相手を制した。「おっしゃりたいことはわかります、首席警部。痕跡を残さないように犯人が計画していたなら、なぜオーエンのナイフが死体に刺さっていたのか、とお尋ねになりたいんでしょう。そのおかげで納得のいく結論に達することができました。すぐに詳しくお話ししましょう

まず、先ほどの第二の要素についてはっきりさせたいと思います——ロジャーが真ん中の燭台を必ず動かすと犯人が確信していたという点です。土曜日の夜にこの礼拝堂に入ったロジャーがどういう行動を取ったのか考えてみましょう。ここは真っ暗闇です。おそらく彼はマッチを擦るでしょう。通路を歩いていくと、祭壇の上の燭台が眼に入る。いいですか、ロジャーは中の様子に詳しくありません——めったに来ないからです。蠟燭をともせば明るくなると思って、祭壇のところまで行きます。蠟燭は彼の頭より三フィートも高いところにあるので、下ろさなければ火を点けることはできません。両側の燭台は固定されているわけですから、動かせるのは真ん中の蠟燭だけです。ロジャーがそうすることは犯人にはわかっていたのです。ロジャーが中央パネルの正面に寄りかかりながら真ん中の燭台を持ち上げると——隠れていた武器が、一瞬のうちに飛び出して、心臓を貫いた」

首席警部はうなずいた。「では、私の疑問についてはどうなんだ。犯人が手がかりを一切残さないように計画していたのなら、なぜナイフが死体に刺さったままになっていたのかね」

ジェフリーは坐りなおして、ひらひら漂う煙を吹き飛ばした。

「そこが一番興味深い疑問ですね。一見、オーエンに罪を着せるためにわざと残しておいたように思えますからね。でも、殺人が行なわれた手段について検討してみましょう。祭壇の装置は、金属の筒がパネルの裏に隠したナイフの柄を支えていて——ばねが外れると、一撃を加えて再び中に消える仕組みになっています」ジェフリーは前にかがみこむと、意味ありげに指先を合わせてとんとん叩いた。

「消えるんですよ、首席警部。つまり、そういう構造になっているので、犯人は、恐ろしい仕事が済んだあとナイフがパネルの裏側に消えてなくなるものと思ったわけです。これこそ犯人が画策した――武器なき殺人――の根幹なのです」

「それならナイフが傷口に残っていたのはどういうわけだ」と、リードは迫った。

「手違いですよ」ジェフリーは強い口調で答えた。「あのナイフは、いってみれば代用品ですから、柄の太さが筒にぴったり合わなかったのかもしれません。あるいは、ロジャーの立っていた位置がパネルに近すぎて、ナイフが体の奥深くまで刺さったために、筒から外れてしまったのでしょう。でも、こうしたことを犯人が予測するすべはありませんでした。リハーサルの機会などないのですから。本番に賭けるよりしかたがないのです」

首席警部は目を細め、ときどきうなずきながら、若い友人の説明をじっと聞いていた。「するとどういうことになるのかね」

「興味深い事実が浮かんでくるのです」と、ジェフリーは答えた。「犯人は、ロジャーの死体が胸に傷痕だけが残った状態で発見されるだろうと思っていました。ところが、凶器を隠すことができたとしても、警察の捜査は避けられない――誰かにロジャー殺しの罪をかぶせることができない限り。一も二もなくその人間の犯行に違いないと思われるような誰かにね」

リードは首を横に振った。「よくわからんな」ぶっきらぼうな口調だった。

ジェフリーは立ち上がった。片手を上げると、要点を指折り数え始めた。「では、簡単にまとめてみましょう。こういう条件にあてはまる人物はいるでしょうか。一つ――ロジャーを憎み、命を狙っているといわれている者。二つ――ロジャーと事をかまえるつもりで〈ロチェスター〉にやってきた者。三つ――礼拝堂に行き、ロジャーのまだ体温が残っている死体の傍らにいるところを目撃される可能性のあった者。四つ——ベルトにナイフを下げて……」

「タナシだ」顔を輝かせてリードが叫んだ。「あのジプシーの男か」

「そのとおりです」ジェフリーは坐った。「ロジャーを殺害した犯人は、ジプシーの青年が土曜日の夜にここに来て礼拝堂に向かうことを知っていて、一石二鳥の罠をしかけたのに違いありません。ロジャーが死んで、ジプシーが殺人犯として捕らえられることを」

首席警部が驚いて吐いた息が口笛のようにあとを引いた。ジェフリーはきびきびと先を続けた。

「悪魔のような巧妙さだと思いませんか。それを仕組んだ真犯人が屋敷の中にいるのです。ジプシーが死体のすぐそばに立っているところを目撃される。いくら寛容な陪審でも、それだけ明白な証拠があれば間違いなく有罪を宣告するでしょう。結局、ロジャーは死に、無実の男が訴えられて、殺人の罪をきせられることになるのです。実に手際のいい計画だ」ジェフリーの口元に薄笑いが浮かんだ。

「だが、せっかくの計画も二つの出来事のせいで台無しになってしまった。その第一が傷口のナイフで、第二が……」ジェフリーは問いかけるような視線を相手に向けた。

「フィリップ・バレットだ」リードは大声で叫んだ。

「そうです」ジェフリーの瞳は輝いていた。「ロジャーの死体が見つかったとき、タナシが証人と一緒にいたら、彼を罪に陥れることはできなくなるわけですから、フィリップ・バレットが礼拝堂に割り込んできたのは、犯人にとって第二の誤算でした。犯人の計画した殺害方法では、バレットがジプシー青年と一緒に礼拝堂に行くことになるのを知ることはできなかったのです」

ブラックバーンは立ち上がって、ゆっくりと部屋の中を歩きはじめた。「では——バレットがタナシと会ったときの話を思い出してみましょう。バレットは、ロチェスター教授と打ち合わせて、教授から口止め料を受け取りに行っているあいだ、タナシを一人で礼拝堂に向かわせるつもりだったといっています。ところが、タナシは罠が仕掛けられているのではないかと疑って、バレットに一緒に行くように要求したのです。

首席警部、これで例の謎の第三の人物を追求する範囲が狭まったと思いませんか。その人物は次の条件を満たしているはずです。人形を手に入れ、ロックウォールとロンドンの両方から送る機会があったこと。ロジャーの精神が不安定で、おばを殺害した事実を知っていること。ナイフを持ち出すために博物室に入れること。祭壇の秘密を記した本を盗み出すために図書室に入れること。この礼拝堂に入って、罠を仕掛ける機会に恵まれていたこと。それに、ロジャーがジプシー娘に手を出して面倒なことに巻き込まれたことと、それに絡んで土曜日の夜タナシがロジャーと礼拝堂で会うのを知っていたことです。けれども一つだけ知らなかったことがある——バレットがタナシを礼拝堂に連れていったという事実です」

彼はリードの正面で立ち止まった。眼から光は失われ、憂いに満ちた口調に変わっていた。「これらの資格を完全に満たす人物は、この屋敷には一人しかいません。その名は——」

首席警部はうなった。「ロチェスター教授だな」と怒鳴り声でいった。「即刻手錠をかけてやる」

「いけません」ジェフリーは叫ぶと、相手の腕をつかんだ。「まだ早すぎますよ、首席警部。単なる推理にすぎないじゃありませんか。机上の空論かもしれないんです。証拠が必要です。証拠がきちんと揃うまで手錠を使うわけにはいきません」

「我々がじっとしていられると思わないでくれ——」リードは釘をさした。

「あと二十四時間下さい」ジェフリーは首席警部の腕をつかんでいる手に力を込めた。「それだけでいいんです。それまでに必要な証拠が集められなければ、あとは首席警部にお任せします。でも、まず欠けているパズルの最後の一片を探さなければなりません」

「何のことだ、それは」首席警部は不満気にいった。

「いちばん重要なもの」ジェフリーは静かに答えた。「ロジャー・ロチェスターの遺言書です」

＊1―同様な仕掛けについての記述は、テナリオンのポール神父の著書『中世の建築』にも見られる。

第十章　第四の人形あらわる

（三月十二日　金曜日）

絞首台だ。縄と自在鉤が見える。
絞首刑執行人のひげは赤く、
群がる連中の眼は憎しみで燃えている――
だが、いろいろ聞き知っているおれには、
珍しくも怖くもない。
赤ひげの顔に向かって笑いながら、おれは叫ぶ。
吊るすつもりか、大事な力はとっておけ。
不死身のおれをなぜ殺す。

――フリードリヒ・ニーチェ

1

「ねえ、ご存知」カミラ・ウォードがぎごちない丁寧な口調でいった。「今シーズンの男性用ズボンは、股上は長く、折り返しは短くするのが流行なのよ」彼女は〈エスクワイア〉をめくりながら、ブライアン・オースティンに話しかけた。

「そうなのかい」と、ブライアンも丁寧ないいかたをした。

娘は開いたページを指先で軽く叩いた。「ええ、ここに写真がありますもの」

「それは写真じゃないよ」オーエン・ロチェスターがテーブルのところから声をかけた。「輪転グラビアっていうんだ」

ジャンとロロ・モーガンの顔には空ろな笑みが浮かび、一方、フィリップ・バレットは中国の首振り人形のようにうなずいている。

こうしたことはすべて、子どもっぽくてばかばかしい、へ理屈をこねまわすだけの気晴らしにすぎなかったが、参加するのも傍で見ているのも辛く惨めなゲームだった。しかし、自分たちの生活に暗い影をさす思いつきや考えを——会話やしぐさや、できれば頭の中から振り払うために、全員が一致して決めたことなのだ。「こうでもしていなければ、いつまで続くかわからない幽閉状態の中でやっていくことはできない」と、彼らは考えていた。だから、ときおり薄笑いを浮かべながら、ファッションや料理や変わった趣味を話題に、いつ途切れてもおかしくないおしゃべりをしている様子は、まるで、自意識過剰の競技者が、自分だけを皆に印象づけようと躍起になりながら、相性の悪い相手と格闘しているようだった。

そんなゲームは、コナリー刑事と一緒に客間の隅に腰かけていたリードの注目を引きはしなかった。それでもリードは彼らの勇気に感心していた。その日の午後行なわれたプレーターの検視審問で、彼らが検視官の手荒な訊問に冷静な態度で受け答えしているのを見ていたときも同じことを感じた。だが、こんなばかげた茶番もいずれ終わりがくる。気晴らしの効果が薄れている兆しがすでに現れ始めていた。カミラ・ウォードは足音を立てて歩き、ジャン・ロチェスターはいらいらと急に首を動かし、フィリップ・バレットは唇を引きつらせている。「二十四時間の辛抱だ」と、リードは自分にいいきかせた。「ジェフ、時間を延長して欲しいなどといわないでくれよ——」

午後ジェフリーは用事があるといってまた屋敷を出ていった。昨日の午後の推理以来、彼は口が重くなっていた。質問に答えるとリードが不満をいう癖があるのをジェフリーは知っていたし、リードのほうでも若い友が悩んでいるのはわかっていた。ジェフリーは四時に車でロンドンへ向かった。翌日まで戻るつもりはなかった。「あの厄介な検視審問がなければ、もっと早く行かれたのですが」彼はそういい残しただけだった。

時計が九時を打った。テーブルのまわりではまだゲームが続いている。

デニス・コナリーが葉巻をくわえなおした。「アームストロングは例のジプシーの居所をちゃんとつかんだんですか、首席警部」

リードはうなずいた。「そうだ。ロンドンの演芸場で曲芸に出ていることがわかってな。その男の証言はバレットの話とぴったり一致した。また当てがはずれたらしい」

「礼拝堂に暖房が入っていたのは、死体の硬直を遅らせて、死亡時刻の推定を混乱させようという目的があったのではないか、という検視官の意見についてどう思われますか」

「たぶんな」リードは不満気に答えた。

コナリーは葉巻の灰を落とした。「あのう、首席警部。あの老人がウィッチボールと呼んでいる玉がなくなったあと、納屋で見つかった理由についてはまったくわかっていませんが、どうしたわけなんでしょうね」

リードの口元が微かにゆるんだ。「ここにジェフがいたら、立派な文句でも引用してその質問に答えてくれるよ」皮肉な口調だった。「いつぞや、耐えるのは辛くとも思い出となればまた楽し、などといわれた覚えがあるが」リードは弁解するような身振りをした。「あいにくこっちは無学なもんでな」

「この仕事に学問はいりません」コナリーはにやりとした。「必要なのは千里眼ですよ」

「まったくだ」リードは返事に力を込めた。そして、パイプを手探りし、葉をつめて火を点けると、また黙り込んだ。

テーブルの近くでは芝居が話題になっていた。

「もちろん僕が興味のあるのは『解剖学者』さ」と、ブライアン・オースティンが話している。「自分の仕事に近いことを扱っているからね。もっとも、一幕は間延びしていると思うな」

「台本が散漫なのよ」カミラ・ウォードはけなした。

するとブライアンがいった。「よくそんなことがいえるね。君は芝居のことなんか〈タトラー〉に載っている常連客の写真以外何も知らないくせに」

「『愛の施し』を観たら涙が止まらなかったわ」と、ジャン・ロチェスターが打ち明けた。

フィリップ・バレットが会話に加わった。「ずいぶん評判のいい芝居がかかっているそうじゃないか」彼はさりげない口調でいった。「エムリン・ウィリアムズの自作自演で、殺人犯が罪を悔いる話だとか――」

まるで冷たい風が部屋を吹き抜けたように、愛想のいい仮面はいっぺんに消し飛んだ。ジャーナリストの言葉は口から出たとたん粉々に砕けた。一瞬のうちにバレットはどれだけ重い罪を犯したかを悟った――タブーに触れたのだ。咎めるような視線が集まると。彼は取り返しのつかないへまをやらかしてしまったのをいやというほど感じた。そして不意に、ベルトを引き絞るような沈黙が訪れた。

そのとき彼らの耳に何かが響いた。

離れているせいで弱められていたが、それでもぞっとするような叫び声だった。取り乱した金切り声は、部屋の静寂を破って、彼らの張りつめた神経を震わせると、一番高い音で途切れ、すすり泣きに変わって消えていった。するとオーエン・ロチェスターが、大きなテーブルが揺れるほどの勢いで立ち上がった。

「父さんの声だ」彼が叫んだ。「書斎から聞こえてくる」

「大変だ——」その声の主が誰なのかここでは問題ではない。破滅を目の前にした罪人が逃げ出すように、一同は扉に殺到すると、ホールを抜け、曲がりくねった階段の脇を通り過ぎた。互いに押しのけ合いながら誰もが必死に先を争った。コーネリアスの書斎の扉に一番に到着したのは首席警部だった。扉は開いていた。肩をくっつけるようにして中に入った彼らは、目に飛び込んだ光景に足を止めた。

ロチェスター教授は書き物テーブルの陰にうずくまっていた。テーブルの隅を強く握り締めた指の関節が磨き込んだ骨のように白く光っている。視線は真正面にある丈の高い戸棚に据えられたままだった。かっと開いた眼は微動だにせず、口は空ろに開き、凍りついた顔のいたるところに恐怖の皺が刻まれていた。首席警部たちが駆けつけ、黙ってその場に立ちつくしたときも、コーネリアスの眼は離れなかった。まるで戸棚に催眠術をかけられたかのように、顔をそちらに向けたまま彼は口を開いた。かすれた声には、単なる恐怖にとどまらない複雑な感情がこもっていた。

「そこだ」声にならない声だった。「その——なか——だ」

打ちのめされた震え声、その言葉が示す意味、硬直したまま動かない視線——これらが冷たい手となって彼らの心を取り囲んだ。首席警部でさえその影響からは逃れられなかった。

「その中に何があるんですか」尋ねる声に動揺が表れていた。

戸棚に眼を据えたまま、コーネリアスは話そうとした。蒼ざめた舌が乾いた唇を舐めた。「わ……私の……」彼は声をつまらせたまま黙ってしまった。

リードは背筋を伸ばし、戸棚に向かって勢いよく歩いていった。そして思い切り扉を開けると、後ずさりした。

ロチェスター教授の人形が内側の釘に紐で吊り下げられていた。人形の首には紐の環がかけられ、折れた首が片方の肩にくっついている。

「首吊りだ」誰かが叫んだとたん、リードは振り返った。かたわらに立っているのはフィリップ・バレットだった。

2

首席警部は戸棚に向き直り、手を伸ばして釘から人形をはずした。そして、紐の端を持ってぶらぶらさせながら、人形を突き出した。

「これに心当たりはありますか」口ではそういいながらも、無駄な質問だということはリードにもわかっていた。入り口付近の者たちが見返した顔は虚ろで——感情を表現する力をすっかり奪われ、質問に込められた真の意味に怒りを表すことすらなかった。しばらく待ってから、リードは獰猛な眼つきで一同を眺め回した。

「わかった、もう結構——」声を上ずらせながらきっぱりといい放ったリードは、ポケットに人形を押し込むと脇を向いた。不吉なしるしの消滅とともに活気を取り戻したかのように、ロチェスター教授が我にかえった。教授は、うずくまっていた場所から起き上がって首席警部と向かい合うと、蒼白い唇を指先でしきりに引っ張った。

「警察は何もできないのかね」と、教授は訴えた。「どうなんだ。この国には法や秩序というものは存在しないのか。犯罪から身を守ることはできんのか」声はしだいに甲高くなった。「あんた方があたりを歩きまわるばかりで手をこまねいているあいだ、我々には、ここでじっとして、一人ずつ殺されるのを待っていろというつもりなのか」恐怖のために、体を弱々しく震わせながら老人は怒りを表していた。「真っ当な市民を守ることすらできない警察など何の値打ちもない。犯人はこの屋根の下にいるといっていたが、それならすぐ捕まえてくれ。ロチェスター家の人間が根絶やしにならないうちに捕まえてくれ。犯人の狙いは、我々の破滅なんだ」

「まあまあ――そう興奮しないで」大きな声でリードはいった。そして相手の骨張った腕をとると、そっと押し戻すように椅子に腰かけさせた。「教授、落ち着いて下さい。人形が置いてあっただけじゃありませんか」リードは老人の気が静まるのを待った。「ところで――これをどうやって見つけたんですか」

コーネリアスは椅子の中で背を丸めて体を前後に揺すった。「この戸棚は文房具入れだ」ぶっきらぼうな返事だった。「筆記用紙や鉛筆やインクが入っている。私は机で原稿を書いていた」片手をふりはらうと、散らかった書き物机をさした。「十分ほど前のことだった。新しい紙を出そうと思って、戸棚の扉を開けたら――あれが入っていた……」声はしだいに弱くなって聞こえなくなった。

「それ以前に戸棚を使ったのはいつですか」

「三日前ぐらいだった。封筒が必要だったのでな」

リードは事務的に質問した。「あなたのほかに戸棚を使うのは誰ですか」

老人は、ほとんど緑色の瞳を輝かせながら書斎の中にいる者たちを見回すと、そのうちの一人に目をとめた。「モーガンが使う」と大きな声で答えた。

ロロは半歩前に出た。顔には狼狽の色が表れていた。「このところは近づいたことも……」そういいかけたのを首席警部が身振りで押しとどめた。

「あの戸棚の扉を開いたのはいつが最後でしたか」首席警部は厳しい口調で尋ねた。

「一週間前です」ロロは即座に答えた。「タイプライターに使う四つ折紙が欲しかったので――」

リードは口をはさんだ「戸棚には鍵がかかっていないんですね」

「そんなことするわけがない」と、コーネリアスが小ばかにしたように叫んだ。「文房具入れに鍵をかける必要がどこにあるのかね」

首席警部は、冷たい水に飛び込む直前の人間のように深く息を吸い込むと、口を固く結んだ。そして一同を見渡した。「最後に伺いたい。あなた方の誰が戸棚にあの人形を置いたんですか」

長い二十秒間が過ぎた。誰もが壁のように押し黙っている。まるで、質問されていることに気がついていないかのようだった。すると首席警部は彼らから目を離さずに、部下に身振りで合図した。そのあと、リードが一言ずつ区切りながら発した重々しい言葉は、底無し井戸に一つずつ石を放り込むように、沈黙の中に沈んでいった。

「コナリー、車でロックウォールまで行ってくれ。本部に電話して二十人ほどよこしてもらうんだ。そう――二十人だ。朝一番に到着するようにな。残りの人形は屋敷のどこかにある。たとえ煉瓦を一つずつはがすはめになっても見つけ出してやる」

こくりとうなずいて大柄な刑事は書斎を出ていった。リードの眼光に射すくめられたように、ほかの者たちはその場を動かなかった。リードは腕組みした。

「それに、あとひとつ」彼は厳しい表情を変えなかった。「あなた方のなかに、明日の朝までならまだ残りの人形を処分する時間があるなどと、けしからん考えをいだいている者がいるなら、すぐに忘れたほうがいい。使用人を含め、この屋敷にいる全員が客間に入っていただく――人形が見つかるまで部下が監視に当たり、外出はできないのでそのつもりで」リードが作り笑いをすると逆立った口ひげがひきつった。「あなた方のためにも、捜索が不当に長引かないことを願ってますよ」

3

そうして、ジェフリー・ブラックバーンが彼らに再会したのは翌朝十時のことだった。

人好きのする顔に笑みを浮かべて彼が車を乗り入れたとき、ロチェスター屋敷は軽い地震のようなものに見舞われていた。鰓《えら》のはった屈強な男たちが、厳しい表情で庭のあちこちを丹念に調べている。車庫に車を入れたとき、別の男たちが、油まみれになりながらも断固とした手つきで家族の自動車の内部を探っていたので、ジェフリーはびっくりした。屋敷の中の混乱はもっとひどかった。男たちが、マットレスを振ったり、本をはたいたり、衣装簞笥や食器棚を覗き込んだりして、部屋という部屋を裸にしていた。家具を移動するときの軋る音、皿のぶつかる音、物を動かすときのどたばたいう音、大勢の人間が息を切らせながら動きまわる音——こうした音のすべてが混ざり合って巨大な交響曲となり、地下室から塔まで建物全体に鳴り響いていた。そうしたありさまに、ジェフリーは、ロチェスター屋敷が気に入ったアメリカ人の富豪が、北大西洋のかなたに運ぶ前に、屋敷のものを一つずつ取り外しているのではないか、という気がしてきた。

彼は、オークの簞笥をホールに引っ張り出そうとしている力持ちの男を呼び止めた。「この大掃除は何の真似だい」

偉丈夫は仕事の手を休めて汗のしたたる額を拭った。「首席警部の思いつきですよ」と、彼は答えた。「詳しいことは知りませんが、みんなでおもちゃを探してるんです」

「理由の詮索をなすべからず、か」ジェフリーはつぶやいて、相手に目を向けた。「おもちゃというのは——人形のことだろう」

男はうなずいた。「そのとおりです」

「ああ」と、ジェフリーは声を上げた。「首席警部は今どこかな」

「客間ですよ」そういうと力持ちは作業に戻った。ジェフリーは軽く会釈したあと、客間に向かった。

扉を開けたジェフリーの眼に、さらにびっくりするような光景が飛び込んできた。屋敷にいる全員が部屋の中央にかたまって、疲れきった顔をして黙り込んでいる島のまわりを、ドンラン、アームストロング、コナリー、それに首席警部自身が容赦ない海となって固めている。部屋の中ほどに引き寄せた長椅子や、散乱したクッション、皺になった女たちの服装などから、一同が厳重な監視の下で夜を明かしたことがわかる。身じまいを禁じられ、眠れない夜を過ごしたために、カミラ・ウォードの顔は台無しだった。ジャン・ロチェスターでさえぐったりしている。男たちは、ひとかたまりになって、眠たげな眼をこすりながら苛立っていた。刑事たちは歩哨のように部屋の端を歩き回っていた。

「おはようございます。すごいことになってますね」ジェフリーは驚きの声を上げた。

リードが顔を上げた。「ああ、ジェフか。入りなさい」熱のない言葉が返ってきた。

ジェフリーはいわれたとおりにした。「この攻囲作戦はどういうことです。僕がいないうちに始まったようですが」

「そのとおりだよ」リードはきっぱりといった。「新しい人形が見つかってな。今度のやつは――ロチェスター教授のものだ」彼はジェフリーに、第四の人形が発見されたいきさつと、全員を禁足したわけを手短に話した。部屋の外では物がぶつかったり倒れたりする音がしだいに大きくなっていた。

ジェフリーは友人が話し終わるまで黙って聞いていた。それからゆっくりと首を横に振った。

「首席警部、ここでは人形は見つかりませんよ」

それを聞いて客間の中央にかたまっていた一同は勢いよく起き上がった。

「なぜなんだ」リードは大声でいい返した。

「そのほかの人形がどこか遠くの場所で灰にされたと信じられる証拠があるからです」

首席警部はゆっくり立ち上がると、歯をむき出して怒鳴った。

「何だって、知っていたのか。それでも止めないのか、これを」リードは手を振って外の混乱を指した。

「でもこの捜索はどうしても必要なんです」ジェフリーは急いで説明した。「どうしてもやってもらう必要があるんです。人形を見つけることはできなくても、それよりもはるかに重要なものが発見される可能性があるからです――ロジャーの遺言書です」

間があった。しばらくしてコーネリアスが甲高い声でいった。「そんなはずは――」

「黙ってて下さい」リードは声を荒げた。そして苦々しい眼つきで若い友人をにらんだ。「本気でそういうんだな」

「ええ、もちろんです。屋敷がばらばらになるまで皆さんにやらせて下さって結構です――ただし、探すべきものをまず知らせて下さい。人形の入った箱ではなくて、長い公用封筒です。たぶん表に『ロジャー・ロチェスター遺言書』と書いてあると思います」

リードは急いで扉に向かった。そこにいたジェフリーはリードの肩に手を置くと、低い声で話しかけた。「僕ならあの人たちの拘束を解きますね、首席警部。遺言書が処分されていなければ大丈夫です。刑事がこんなに大勢いる屋敷の中で手出しをすることはないでしょう。下手に動けばかえって身の破滅ですから」

首席警部はちょっとためらって、振り返った。「いいだろう」彼はしぶしぶいった。「皆さん――もう結構です。出ていって下さい。ただし、くれぐれも変な真似はしないように。どこにいても刑事の目があることを忘れずに」リードはさっさと出ていった。するとホール中に響き渡る声で指示を与えるのが部屋の中にも聞こえてきた。

刑事の誘導で屋敷の人間は順々に客間を出た。ジャン・ロチェスターは、扉を抜けるとき列を離れて、ジェフリーに近づいた。彼女はそっと尋ねた。「ブラックバーンさん、本当のことを教えて下さい――いつになったらこんな恐ろしいことが終わるんでしょうか。何かご存知なのではありませんか」

ジェフリーはゆっくりとうなずいた。「二つのことをお約束しますよ、ミス・ジャン。人形殺人はもうこれ以上起こらないし、もうすぐこの屋敷から自由に出て行くことができるようになります。それも全員です――ただし一人を除いての話ですが」

振り向きながら、娘は客間を出ていく最後の一人を目で追った。「それは誰なんですか」彼女は小声で尋ねた。

「それさえわかればいいのですが」ブラックバーン氏は真顔でそういった。「それさえわかれば……」

蒸し暑く感じられる土曜日の、朝から午後遅くまでぶっとおしで作業は続けられた。

捜査の網はいたるところを覆い、時間の経過とともに残された部分は少なくなった。そしてじわじわとその輪を狭めていた。部屋という部屋が床から天井まで探し尽くされ、壁という壁が叩かれて秘密の隠し場所がないかどうか調べられた。図書室に一個小隊が突撃したとき、平和に眠っていた学術書から出る埃が渇いた喉をくすぐり、汗の浮いた額は真っ白になった。図書室から居間へ、居間から博物室へ、上は塔から下は地下室まであらゆる階に及んだこの執拗な調査で、見逃されるものはまずあり得なかった。

首席警部は、ここ、そこ、あそこと顔を出しては、大声で指示を与えたり、当てが外れたとわかれば雷を落としたりしながら、部下になおいっそう頑張るよう急き立てていた。首席警部のかたわらで、はらはらしながら様子を見守っていたジェフリーは、たばこをくわえると、火を点けては途中で投げ捨て、またくわえては途中まで吸って投げ捨てるということを際限なく繰り返した。彼の心に逆巻く嵐は、自分の体を激しく動かして鎮めるしか方法がないところまで強くなっていた。ジェフリーは大きい家具を力いっぱい動かしたり、本のページを何冊もめくったり、書類を飛ぶ鳥のようにまきちらしたりし、手を休めるのは「まだありませんか」と尋ねるときだけだった。

返事はどれも同じようなものだった。「何もありません」「首席警部、この部屋はだめでした」「空っぽです」「まだ見つかりません」「封筒らしいものはまったくありません」「ここにはまったく」捜索隊が前進するにつれて繰り返し発せられる不吉な言葉に、ジェフリーは落胆の色を隠せなくなった。反復される失敗の知らせに、希望はいやおうなく打ち砕かれていった。

「屋敷のどこかにあるはずです、首席警部」と、ジェフリーがいったのは二十回目になっていた。彼は、額に流れる汗を手の甲で拭うと、近くのテーブルに腰を下ろして新しいたばこに火を点けたが、口元を歪めてすぐに投げ捨ててしまった。捜索に当たる刑事たちは、使用人部屋に通じる扉に寄りかかって一息ついていた。

「ぜひともおまえさんの推理どおりであって欲しいものだな」ジェフリーのまわりの散らかったありさまを見て首席警部がいった。

ジェフリーは自分の正しさを強調するように何度もうなずいた。「ええ、そうですとも――僕にはわかっています。どう考えたって、ほかの場所にあるはずはないんだ」

「だが、犯人が処分していなければ、という条件付きだろう」リードは不満げにいった。

「それこそ」にこりともせずにジェフリーはいった。「巧妙に逃げ回る我らが友人がもっとも望まないことです。遺言書はまだ処分されていません、僕の大切な白い柄の携帯ナイフを賭けてもいいですよ」

リードは肩をすくめた。「まあ、まだ台所が残っているからな……」彼は振り返って指を鳴らした。小休止していた部下たちは不承不承立ち上がった。

廊下の先に台所はあった。そこは気配りの行き届いた部屋で、ぴかぴかの料理用ストーブ、磨き込まれた床、光り輝く料理用具は、ハナ婆さんの勤勉の賜物だ。封筒ほどの小さな物でも隠すような場所はほとんど見当たらない。ただ、部屋の片側の壁沿いに、食糧の保管場所として、背の高い板で仕切った棚があった。乾燥した果物の箱にじゃがいもの袋、小麦粉の入った鉄の大箱、それに外側に中身の名前を書いた小さなブリキの容器がたくさん並んでいる。天井からは塩漬けのあばら肉がいくつも下がっている。

真っ先にジェフリーの目を捕らえたのはブリキの容器だった。飛びつくようにして手に取ると、荒々しく蓋を開けては、コーヒーやお茶や胡椒や塩の中に指を突っ込んだ。台所じゅうに香辛料の香りが広がった。数分後ジェフリーは立ち上がり、くしゃみをすると、手を拭った。

「だめだ」彼はつぶやいた。「デニス、じゃがいもの袋をみてくれないか」

巨漢の刑事は、重たい袋を力いっぱい引っ張ってきてから、仕事に取りかかった。ジェフリーは、そばで見守りながら、小麦粉入れの様子を窺った。それは高さが人の背丈ほどもある大型の容器で、床からの湿気を防ぐため脚が三本ついている。ジェフリーは木箱をその前に置くと、上に乗って蓋を開け、中を覗いた。小麦粉はほぼ一杯に詰まっている。ロチェスター家ではまとめて仕入れることにしているらしい。シャツの袖をまくると——上着はとうに脱ぎ捨てていたので——ジェフリーは、片腕をふわふわした粉の中に突っ込んで熱心にかき回しはじめた。飛び散った白い粉が髪や眉毛にくっつき、目の前が真っ白になって、くしゃみが出る。五分もしないうちに彼はたまらず降参した。ジェフリーは木箱から降りようとした。片足を床につけるとき、デニス・コナリーが大足で踏み潰したりんごのかすに靴の底が触れた。その足に体重をかけたとたん——天地がひっくりかえった。彼はびっくりして息をのみ、目の前がぐるぐる回る中、あわてて近くの丈夫なものに手を伸ばした。ジェフリーが偶然つかんだのは小麦粉入れの足だった。そばにいる者が飛び上がるほどの地響きをたてて、鉄の箱は床に倒れた。

狭いところにいた二人は哀れなものだった。彼らは粉末のもやの中で前後の感覚を失った。どこもかしこも小麦粉だらけで、床には大きな白い山がそびえ、上には雲が漂っている。このかすみの中をジェフリーとコナリーは咳き込んだり、くしゃみしたりしながら、きれいな空気を求めてさまよった。捜索に当たっていた他の刑事たちは、不運な二人が姿を現わすと、にやにや笑った。首席警部はすぐさま大声で気合いを入れた。

「さあ」リードは声を張り上げた。「ぼやっとしてないで、さっさときれいにするんだ」彼はそばで見ていた三人を手招きした。「この箱を元に戻せ」

横倒しになった小麦粉入れの中身はほとんど空だった。取りかかろうと三人が進み出たとき、ブラックバーンはむせながら押しとどめた。むずむず落ち着かない鼻にハンカチを当てながら、彼は、うさぎに襲いかかる鷹のように突進した。「ほら、見て」彼は声を上げた。刑事たちがまわりに集まって、ブラックバーンの人差し指が示す先に目を凝らした。

箱の底、残った小麦粉の中から、細長い封筒が突き出していたのである。

「見つけたぞ《ユーレカ》」ジェフリーは叫んだ。彼は箱の中に飛び込んで、底にたまった粉の中から封筒を引き抜くと、軽くはたいてから差し上げた。封筒の表には、乱暴な文字だが、はっきりと『ロジャー・ロチェスター遺言書』と書いてある。

「ところで」ジェフリーはつぶやいた。「いったいどうしてこの封筒が小麦粉の箱の底になんかにあったんだろう」

首席警部は興奮のあまり踊り出さんばかりだった。「そんなことはどうでもかまわん」と、大声でいった。「さあ、中を開いて、読んでくれ」

ジェフリーは指を震わせながら封を切り、折り畳んだ紙を抜き出した。ぱりぱりと音のする紙の折り目を伸ばし、まつ毛についた粉をまばたきして払うと、彼はゆっくりと読み始めた。

「『当文書は、エクスムア、ロチェスター屋敷在住のケネス・ジョン・テンプル、別名ロジャー・ロチェスターの遺言書である。当文書において、私は、私が以前になした遺言をすべて破棄し、当文書が私の遺言書であることを声明する。私は、ロンドン、キングズベンチウォーク9A在住の弁護士、マイルズ・スペンサー・ペニファーザーを、唯一の遺言執行人及び管財人として指名する。第一に、私は、養父であるエクスムア、ロチェスター屋敷在住の教授、コーネリアス・ロチェスターに、現在図書室の金庫に保管中の、真珠三十二粒をプラチナの糸でつないだ首飾りを遺贈する。第二に、私は、そのほかの私の動産並びに不動産をすべて、生別した弟（absent brother）、南オーストラリア、アデレード在住のアーサー・ハーバート・テンプルに遺産として与える』」そこでジェフリーは間を置いた。「遺言書には、ロジャーと証人であるガート夫妻の署名があり、日付は二月十四日になっています」

沈黙があった。皆顔を見合わせた。見事な期待外れの結末に誰もが言葉を失った。男たちがヘラクレスの難業に挑んだのは、この文書——あらゆる謎を解く鍵、黒魔術をあばく最後の答え——を見つけるためだった。ところが、いざ発見してみると、期待とはまるで逆に、さらに深い闇に落とされたことに気づかされただけだったのである。

　最初に口を切ったのはリードだった。鉄灰色の髪を指ですきながら彼はつぶやいた。「ケネス・ジョン・テンプルとはどういうことだ。『生別した弟』とは誰だ」

　ジェフリーは遺言書を指先で軽く叩いた。「それこそ」彼は落ち着いた声でいった。「ロチェスター教授がひた隠しに隠しておいた秘密です。最初から予測しておくべきでした。ロジャーは養子だったんだ。テンプルは元の姓ですよ」

「だが、なぜ爺さんはそれを隠そうと——」とリードがいいかけた。

「その理由ならわかります」ジェフリーは険しい表情でいった。「それに、教授がなぜ新聞や雑誌の注目を嫌っているかということも」彼は遺言書をポケットにしまうと、首席警部を見つめた。「けれど、もっと重要なことで僕の理解できないことがあるんです」

「何かね」

　ジェフリーはゆっくりといった。「大量の小麦粉が入っている容器の底に、どうやって封筒を隠すことができたのか、ということです」

第十一章　この悪魔を見よ

（三月十三日　土曜日）

「ワトスンによれば、私は実生活における劇作家なんだそうです」と、ホームズはいった。「マック君、たしかに、我々の職業は、ときには結果を美化するような場面でもこしらえなければ、単調で味気ないものになりますよ。無愛想な顔で告発したり、乱暴に肩を叩いたり――結末がそんなものだとしたらどうでしょう。けれども、すばやい推理に巧妙な罠、来るべき事態の鋭い予測、大胆な推理のみごとな立証――こういうものこそ、我々の仕事が一生をかけるに値する証しであり、誇りではないでしょうか。マック君、ほんの少しの辛抱です。やがて何もかもはっきりしますよ」

――コナン・ドイル『恐怖の谷』

1

「事実を否定しても無駄なことぐらいわかっている」と、ロチェスター教授は葦のようにか細い声でいった。「そのとおり――ロジャーは養子だった」

重いものを引きずるような口調で教授はそういったが、それは気が進まないからというより、いいようのない疲労感によるものだった。書斎の本に囲まれて、ジェフリーと首席警部に向かいあった教授の態度は、刺激に対してぼんやりと反応することでしか感情を表現することができなくなっている人間のそれだった。ロジャーの遺言書が発見されてから三十分たっていた。リードは部下にコーネリアスの訊問が済むまで口外しないよう命じていた。老人は調べに対して動揺を見せなかった。むしろ、告白の機会を得たのを喜んでいるような印象を与えるほどだった。

教授は椅子に深くかけていた。扇の骨のように細く白い指が、書き物机の上に見えない模様を描いている。彼は眼を上げずに話した。

「そのとき私たちはロンドンで暮らしていた。最初の妻は子どもが好きで、心から望んでいたのだが、その願いが普通の方法でかなわなかったのは、彼女にとって人生の悲劇だった。それで、あの子をセント・オーガスティン男子孤児院という施設から養子にもらったのだ。当時五歳で、四つ年下の弟といっしょだった。両親に見捨てられていたのを孤児院が引き取ったという話だ。私たちは上の子どもをもらうことにした。妻は父親の名をとってその子をロジャーと名付け、すべての愛情を注ぎ込んだ。私たちはロジャーを自分たちの息子として育てた。だが、いっしょに暮らして何年も経たないうちに、ほかの少年たちとは違っていることに気がついた。少し大きくなってからも、発作的に怒りだしては、金切り声を上げながらおもちゃを壊すことがよくあった。だが、母親の眼におかしなところは何も映らない——それこそ盲目的に愛していたのだ。死の床で妻が最後の言葉をかけたのはロジャーだった。前に話したように、妻の財産の大部分は、ロジャーが二十一回目の誕生日を迎えたとき、彼のものになった」

「弟のほうですが——」と、リードが口をはさんだ。「その後どうしたか知っていますか」

「移民計画によってオーストラリアに渡ったと聞いている」コーネリアスは答えた。「孤児院がオーストラリア政府と話し合って若者を向こうに送ることにしたようだ。ロジャーの弟もその中に入っていたらしい」

「それはどうやってわかったのですか」

老人は眼を上げた。「ロジャーは弟と手紙のやりとりをしていた」彼は説明した。「ただ、頻繁というわけではなくて、消息がわかる程度のものだったが」

リードはうなずいた。「最後にロジャーが手紙を受け取ったとき、その男はどこにいましたか」

「弟のことか。弟はアデレードに暮らしていた。たしか——南オーストラリアにある町だ」

ジェフリーは二人の会話にじっと耳を傾けていたが、ここで初めて口を開いた。「教授、なぜもっと前にこのことをお話しして下さらなかったんですか」

コーネリアスの指がゆっくりとネクタイに伸びて、それをいじりはじめた。彼は訊問する二人の顔にさっと視線を投げると、また眼をそらした。「私は——」彼はいいかけた。「私は——」

「どうなんですか」首席警部はせっついた。

ジェフリーは穏やかにいった。「教授がそのことについていい出しにくい理由なら僕が説明できると思います。もしもロジャーが遺言書を残さずに死亡し、養子縁組の秘密が明かされなければ、遺族は、ロジャーの財産を生別した弟と分ける必要がなくなるからです——もちろん、弟が兄の死を知っている場合を除いての話ですが。ところが、弟は何千マイルも離れたところにいるのですから、そうした条件が重なることはまず考えられない。いや——考えられなかった、というべきでしょう。もうロジャーの死はイギリス諸島のあらゆる紙面を賑わせたわけですから。そのことはまた、彼の死が世間に知れ渡るのを、教授が避けたがっていた理由の説明にもなるのです」

冥府の裁判官ラダマンテュスを思わせる厳しい表情で首席警部は立ち上がり、不幸な教授を見下ろした。「そうなんですか」リードの声は遠雷のように轟いた。

沈黙があった。すると老人はいきなり椅子から飛び上がって、怒った軍鶏のように勇み立った。そしてけたたましい声で食ってかかった。「そうだ」と、彼は叫んだ。「そのとおりだ」机の隅を堅く握り締めながら、彼は早口にまくしたてた。「不正といわれようが、違法といわれようが、邪悪といわれようが、私はかまわん。何とでもいうがいい。だが、いったい誰が、養子にした息子の金について、家族や私以上の権利があるというのだ。この息子を育てる義務を負い、必要なものを何でも買い与えたのは私だ。息子の癇癪に耐えなければならなかったのは、いっしょに暮らしていた家族だ。ロジャーのおかげで我々が日々こうむった煉獄の苦しみが、どれほど辛いものだったか、部外者には想像できまい。我々は常に生命の危険にさらされていたのだ。しかも、我々はこの秘密が外部に漏れないよう絶えず気を配っていた。ところが、そんな事情を何も知らず、ロジャーといっしょに暮らす責任を一切負わずにいた生き別れの弟が、私やほかの子どもたちと同じ額を相続することになるとは。それこそ不当で、不公平というものだろう」

老人の皺だらけの顔が赤らんで、眼に光がさした。彼は深く息をつくと、急いで話を続けた。「それにビアンカとの恥ずべき一件がある。どれだけ私が苦しい思いをしたか誰にもわかるまい。露見しはしないかと怖れ、面目を潰されるのではないかと絶えず怯えていなければならなかったのだ」教授は背筋を伸ばし顔を上げた。「あげくの果てに、妹を殺したなどというとんでもない話を聞かされる始末だ。はっきりいって、礼拝堂でロジャーが死んでいるのを見たときは、生涯で最高に幸せを感じた瞬間だった。もう地獄のような生活を強いられることはなくなったのだからな。そんな息子にどうして哀れみを感じることができようか」

ロチェスター教授は、正当な憤りに体をこわばらせ、衰えた眼を燃やし、肩をいからせて、二人に一瞬向き合った。が、すぐに崩れ落ちるようにして椅子にへたり込んだ。そして、両手に顔をうずめると、細い体を震わせながら声を殺して嗚咽し始めた。

「私がどんな苦しみを味わったか、どんな地獄を見てきたか想像できまい」うめきながら老人はいった。「あの人形の脅迫どおりになっていればよかったのだ。そうすれば、こんな目に遭わずに済んだだろうに……」そこまでいうと、あとはすすり泣きになった。

ジェフリーは唇をかんで首席警部に目をやった。長い経験から並大抵のことには動じなくなっているリードだが、苦悩する老人の姿に、珍しく心を動かされているらしい。リードは乾いた咳払いをすると、書斎から出ていった。そして、二、三分後、ブランデーを少し入れたグラスを手に戻ってきた。彼はコーネリアスの震える手にグラスを押しつけた。

「これをお飲みなさい」ぶっきらぼうにリードはすすめた。

ブランデーの効き目は覿面《てきめん》だった。コーネリアスは咳き込んで喘いだが、立ち上がって二人の顔を見たときの様子から、落ち着きを取り戻したのは明らかだった。彼は静かにいった。「もう話すことはない。さあ、いつでも行く覚悟はできている」

首席警部はコーネリアスをそっと椅子に押し戻した。「あなたを逮捕するつもりはありません、教授。もう十分に罰を受けておられます。それに、あなたの目論見は外れたのです。我々はロジャーの遺言書を発見しました」

老人はぽかんと口を開けた。「本当に見つかったのか――」

「ええ、そうです」リードは控えめな口調でいった。「養子の息子さんは全財産をアデレードにいる弟に遺しました。ただし、真珠のネックレスだけは、あなたのものです」

ロチェスター教授は唇をなめた。「ネックレスが私のものに……」彼は小声でいった。口元に苦笑いが浮かんだ。「まったく皮肉なことだ。そのネックレスはもう自分のものになっているというのに」

「それはどういう意味ですか」

コーネリアスはジェフリーに顔を向けた。「ネックレスの鑑定を頼んだという話をしたとき、私は嘘をついた。家族を養い、研究を続けるために、どうしても資金が必要だったのだ。ロジャーは、死んだら私にネックレスをくれると約束していたが、それまで待ってはいられなかった。ロジャーが殺される三日ほど前に、私は金庫から盗み出して、ロンドンの宝石商に送った。宝石商には、模造品を作らせ、もとのネックレスを売るよう頼んだ」

「そうだったのか」ジェフリーは興奮して、いきなり叫んだ。

「ロジャーが殺されたとき、私はびくびくしていた」老人は続けた。「ネックレスがなくなっているのがわかれば、それが殺人の動機だと思われかねないからだ。そこで宝石商に手紙を書いて、模造品の注文を断り、ネックレスを返すようにと依頼した。だから、真珠の小包のことを説明するよう迫られたときは、怖くて本当のことを話せなかった」

ジェフリーは立ち上がった。「するとネックレスは、ロジャーが殺された後も、この屋敷になかったのですね」

「火曜日に戻ってくるまではな」

「そして、あなた以外にそのことを知っている人は屋敷の中にはいなかった」

「そう、誰一人として」コーネリアスはきっぱりといった。

「さあて――」ジェフリーは小首を傾げた。彼はたばこに火を点けると、額に皺を寄せ、両手を後ろに組んで、部屋の中を行ったり来たりしはじめた。コーネリアスは、また質問されるのではないかと、ジェフリーの様子をすこし眺めていた。だが、何も訊かれなかったので、首席警部のほうに振り向いた。

「あんたはさっきロジャーの遺言書を発見したといったが」

リードの唇が引きつった。「見つけたのは私ではなく、ブラックバーン君ですよ。台所の小麦粉入れをひっくり返したときに発見したのです」

「で、遺言書はどこにあったのかね」老人が尋ねた。

「小麦粉入れの底です」

教授は、ほとんど信じられないという眼差しでリードを見つめた。相手の中途半端な笑みに疑いを抱いているかのようだった。「小麦粉入れだって」彼は繰り返した。「まさか、そんなはずはない。ほんの二、三日前に三ヶ月分を買い足したばかりだというのに――」

「なんですって」拳銃の弾が飛び出したように、叫び声が部屋を貫いた。振り返ったジェフリーは、瞳を燃やし、頭を突き出した。けたたましい叫びは教授の声とほとんど変わらなかった。だが、その鋭さは興奮によるものだった。「今何とおっしゃったんですか」

コーネリアスは目を瞬いた。「二、三日前に小麦粉入れが空になったので、いつもと同じ分をロックウォールに注文したといったのだ。三ヶ月分まとめ買いして小麦粉入れにあけておくのがうちの習慣だから」

ジェフリーは大またで部屋を横切って、老人の前にかがみ込んだ。彼は興奮を抑え、静かな声で話した。ただ、休みなく机を叩く指先が心の動揺を表していた。「そうすると、教授、もしも僕が容器を誤ってひっくり返さなかったら、遺言書は小麦を使い果たすまで見つからなかった、と考えてよいわけですね。つまり、少なくとも三ヶ月は先になっただろうと」

「もちろんだ」ロチェスター教授はうなずいた。「もちろんだ」

ブラックバーンは口笛を吹くように長い息を吐き出した。彼は手近な椅子に沈み込むと、ゆっくり首を横に振った。指にはさんだたばこは気がつかないうちに燃え尽きている。ささやくように話す彼の声には、敬意とも畏怖ともとれる感情が強く表れていた。

「悪魔だ。悪知恵に長けた、狡猾な悪魔だ」

首席警部は、不機嫌な顔をジェフリーに向け、苛立たしげに問い詰めた。「いったい何の話をしているんだ」

「最後の問題——ただ一つ残された謎のことですよ」ジェフリーは立ち上がった。「首席警部、これで終わりです。誰が、なぜ、どうやって、ロジャーとプレーターを殺したのかがわかりました」彼は疲れたように微笑んだ。「とうとう真実をつかんだのです——信じられないような真実を」

机のところからコーネリアスがかすれた声でいった。「わかったのか——誰なんだ。何という名だ」

疲れた笑みをまだ浮かべながら、ジェフリーは首を左右に振った。「すぐに申し上げるわけにはいかないんです、教授」彼はリードに振り向いた。「首席警部、お話ししたいことがあります。僕の部屋に来て下さい」

「わかった」厳しい顔をして首席警部は返事をした。「話したい気持ちはこっちほうが上だ」彼は部屋を横切ると、ジェフリーの腕を抱え込み、引き立てるようにして書斎を後にした。

2

一時間後、居間に入ったジェフリー・ブラックバーンの眼に、見るに堪えない光景が飛び込んできた。

だが、事情を考えればまったく理解できないものではなかった。二つの殺人事件の嫌疑をかけられて、六人が七日間も同じ家に閉じ込められていれば、感情と感情のぶつかりあいは避けられない。それに、神経をさいなむ恐怖の計画が重なって、彼らの置かれた状況は、耐え難いほど険悪な状態になっている。騒ぎが始まったのは、ジェフリーがやってくる十分ほど前のことだった。カミラ・ウォード、ジャン・ロチェスター、オーエン・ロチェスター、ロロ・モーガン、ブライアン・オースティンの五人はテーブルでトランプゲームをしていて、フィリップ・バレットは長椅子で本を読んでいた。しばらくしてカミラがカードを放り出した。たばこに火を点けると、彼女は部屋の中をぶらぶら歩き始めた。テーブルの四人はカミラ抜きでゲームを続けた。

彼女はしばらくそわそわと歩き回っていたが、ラジオ受信機のところに行くと、ダイアルを回した。無遠慮なフォックストロットのリズムが、そっと部屋に流れ出した。カミラは気に入ったというようにうなずくと、曲に合わせてハミングしはじめた。そして、少しダイアルを動かして音を大きくした。長椅子のバレットが落ち着きなく体を動かした。それに気づいたカミラは、わざとエボナイトのつまみを回して、耳をつんざくほどの大きさまで音量を上げた。テーブルの四人は彼女に向かって一斉に叫び声をあげた。カミラが音を絞ると、バレットはぶっきらぼうにいった。

「ミス・ウォード、ラジオを切ってくれ」

娘は強情そうにあごをこわばらせた。「切りたくありませんわ」彼女は冷たくいい返した。「気に入らないのなら、ここから出ていけばいいのに」

「ばかをいうんじゃない」

「本を読むところなら、いくらでもあるでしょ。広い屋敷なんだから」カミラ・ウォードの声は稲妻に勝るとも劣らない強烈さだった。「ラジオはこの部屋にしかないの。私だって楽しむ資格はあるはずよ、あなたと同じようにね」

バレットは本を長椅子の上に放り出した。「まったく別のものを比べないでもらいたいな。あんたはただ人に迷惑をかけるのが楽しいんだろう」

カミラはにこりともせず、白い歯が見えるほど唇をそり返らせた。「喜んでそうさせていただきますわ」

「そうやって人の邪魔をするのを」ジャーナリストは興奮していった。「わがままというんだ」

娘は返事をするかわりに相手に背を向け、別の放送局にダイアルを合わせはじめた。雑音が悲鳴になったり、むせび泣きになったりした。すると、次の瞬間、楽団の演奏する曲がとてつもない音量で鳴りはじめ、部屋にいた人々の敏感な神経をとげのように刺した。もうバレットの限界を超えていた。彼は急いで部屋を横切ると、扉の近くにある親スイッチを切った。電源が切れると、部屋の喧騒はぱったり止んだ。

ミス・ウォードの顔は怒りで真っ青になった。と同時に、左右の頰に一つずつ鮮やかな赤みがさした。ハスキーな声に凄みがあった。「失礼ね。何するの」唇をきゅっと結んで、彼女は部屋を横切り、スイッチを入れ直した。バレットは立ったままカミラのすることを見ていた。そして、拳を握り締めたまま、自制心を失わないようこらえていた。

「もうあんたにラジオを止めてくれとは頼まんよ」バレットはゆっくりいった。

カミラは、わざとバレットに背を向けると、テーブルのトランプ組に声をかけた。「ブライアン、あなた、ずっとそこに坐ってるけど、私が侮辱されても構わないの」

ブライアン・オースティンはテーブルにカードを放り出した。下を向いたままだったが、声はかなり大きかった。「ラジオを止めるんだ。人に迷惑をかけるんじゃない」

カミラは、つまみを引きちぎりそうな勢いでひねってラジオのスイッチを切ると、部屋の中を行ったり来たりした。白い顔に眼がぎらぎらと光っている。ちょっと喘いだかと思うと、突然、行き場を失った怒りが堰を切ってあふれ出した。部屋の中をぐるぐる回りながら、両腕をぱっと広げた。「もう、いやよ。こんないやらしい屋敷なんか来るんじゃなかった」

ジャン・ロチェスターの顔がさっと赤らんだ。「カミラ、そんなことというのはおかしいわ。あなたがここに来たいといったのよ」

「でも、人殺しと付き合わせてくれなんて頼んだ覚えはないわ」

ブライアン・オースティンが急いで立ち上がった。後ろに引いた椅子が床をこすってうるさい音を立てた。「カミラ、いい加減にしないか。何をいっているのかわかってるのか」

恥も外聞もかなぐり捨てて、彼女はオースティンをやり込めた「余計なことといわないでちょうだい。どんな資格があって私に指図するつもりなの」

「今見せてやるよ」恐ろしい眼で睨みつけながら、オースティンはカミラに向かって勢いよく足を踏みだした。だが、オーエン・ロチェスターが行く手をさえぎって、彼の腕をつかんだ。

「ちょっと待てよ、ブライアン」

「手を離さないか」

「落ち着くまではだめだ」

カミラ・ウォードは毒のある笑い声を立てた。「まあ、たいへん。たくましい男が私をめぐって争ってるなんて」

ジャン・ロチェスターが立ち上がった。声を震わせていた。「恥を知りなさいよ、カミラ。うちに来てから面倒ばかり起こしてるじゃない」

「そうやって客をもてなすのが伝統的な英国式のやりかたなのね」

「きちんとしたもてなしを受けたいのなら」バレットが割って入った。「それなりの振る舞い方があるだろう」

長いあいだ我慢を強いられた彼らのいがみ合いで、部屋の空気は本当に震えているようだった。この一週間に起こった出来事で限界まで神経を痛めつけられた彼らは、大声をあげ、相手を怒鳴りつけて黙らせなければ気が済まなくなっていた。今や、彼らの心を活き活きとさせ、沸き立たせるのは、罵り合いと悪意を含んだ言葉だけなのだ。

ブライアン・オースティンが叫んだ。「頼むからレディーらしく行儀よくしてくれよ」

「どうしたらいいか知らんのじゃないか」バレットが切り返した。

カミラが、ヒステリーにかかったように、けたたましく耳障りな声でわめいたのはそのときだった。

「私のことをあれこれいうのはよしてよ、人殺しのくせに」

「よせ、カミラ」

「ええ、黙ればいいんでしょ——黙れば」そう叫ぶとテーブルに突っ伏し、腕の中に頭をうずめて泣き出した。

気づまりな沈黙が突然あたりを支配した。ジェフリーが入ってきたのは、彼らが気まずそうに互いを見やっている、まさにそのときだった。

彼は入り口のところで立ち止まると、眉を上げて部屋の中の光景を見渡した。カミラ・ウォードがテーブルでしょげかえっている。そばに立って見守っているのはオースティン。ジャンは、怒りに顔を赤くしながら、テーブルの端を握り締めている。そして、バレットとモーガンとオーエンの三人は、ばつが悪そうに息を凝らしている。ジェフリーは愛想よく声をかけた。

「やあ、みなさん。いったいどうしたんですか」

その瞬間、ジェフリーは、闖入者への敵意を含んだ密かな連帯感が、部屋の中の者たちに次々に伝わっていくのを感じた。そして、自分と彼らのあいだに降りた透明のカーテンが見えるような気がした。一週間前ならば、皆よろこんで彼を招き入れ、事情を話し、助けの手を歓迎したことだろう。彼を仲間の一人と見なしたことだろう。それが、今では——容疑者と法の執行者——という相容れない別々の組に分かれてしまっていた。短い言葉をかけただけだったが、今ほどそのことを痛感したことはなかった。だが、ジェフリーは、そんなことはおくびにも出さず、同じ言葉を繰り返した。

「いったいどうしたんですか」

オーエン・ロチェスターがそっけなく答えた。「なんでもありませんよ」

「そうですか」ジェフリーは部屋の中に入った。「『なんでもない』というわりには痛ましい光景じゃありませんか」

フィリップ・バレットが無愛想な口調でわけを話した。「ちょっと言い合いになっていただけなんだ。大したことじゃあない。このところみんな気が滅入っているからね。もう済んだんだよ」

「そうです」ブラックバーン氏は静かな声でいった。「もう済んだのです」

一瞬、誰もその言葉の重みが理解できなかった。やがて、伏せていた顔が一斉にジェフリーを見つめた。問いかける顔、希望に満ちた顔、当惑した顔。はじめに口を切ったのはブライアン・オースティンだった。「まさか——」

「そうです」ジェフリーはいった。「ロチェスター殺人事件はもはや謎ではなくなりました。捜査は終了です。一人は別ですが、そのほかの皆さんには日暮れまでにこの屋敷から立ち退いていただきたいと思います。今すぐ出ていって下さってかまいません。ご自由にどうぞ」

自由——これこそ呪文の言葉だった。部屋の中の誰もが立ち上がった。皆、自分の耳が信じられないというような眼つきで、ジェフリーを見つめた。オーエン・ロチェスターは、締め付けていた縄を振りほどくように胸を張った。カミラ・ウォードは、泣き腫らして崩した化粧をちっぽけなパフで直しながら、その場に立ちすくんでいる。鷹のような顔に満面の光を輝かせて、フィリップ・バレットが前に進み出た。

「ブラックバーン君、我々をからかっているんじゃないだろうね。自由にしてかまわないなんて」

ジェフリーは重々しくうなずいた。「一人だけは別ですが——そのとおりです」

動く者は一人もいなかった。誰もがとっさに思いついた質問を口にしたのは、ブライアン・オースティンだった。「誰なんですか、その一人とは」

出番の合図を待っていた役者のように、リード首席警部が、部下のデニス・コナリーとドンランを従えて部屋に入ってきた。三人は扉の内側で足を止めた。リードは厳しい眼つきで部屋を見回した。彼の視線が一人のところで止まったとき、その人物は落ち着きなく体を動かした。ピンの落ちる音でも聞こえそうな静けさだった。首席警部はゆっくりといった。

「ロロ・モーガン。ロジャー・ロチェスター及びマイケル・プレーター殺害の容疑で逮捕する。供述内容はすべて証拠として記録される。そのつもりでいるように」

3

ロチェスター殺人事件が世間をあっといわせるような決着を見たというニュースは、たちまちロンドンに達し、国内の隅々まで配達される日曜版の第一面を飾ることになった。この何ヶ月というもの、原稿整理部員の籠に放り込まれる記事で、これ以上に好奇心をそそるものはなかった。当局による公表が息もつけないほどのすばやさで行なわれると、アルゴスのように多くの眼と、ヒドラのように多くの頭を持つ〈報道機関〉という怪物は、ふたたびロチェスター屋敷に狙いをつけた。しかも、その手先である記者は、単独で忍んできたのではなく、大挙してやってきた。

記者たちは、以前とは打って変わった雰囲気に気をよくした。首席警部はもう、とっつきにくくも、そっけなくも、不機嫌でもない。血色のよい顔を陽気にほころばせて事件の詳細をぺらぺらとしゃべるところは、見世物小屋の呼び込みのようだ。彼は、一点を除いて手の内をすべて明かし、どんな細かい点についても進んで説明した。ロジャーの遺言書が思いも寄らないところに隠してあった話、その文言を逐一検討したこと、生き別れになった弟がいること、その弟に宛てて一番早い船で手紙をオーストラリアに送ったこと——それら全部に加え、ほかにも細々した事柄がリードの口からすらすらと出た。そして、カメラマンや〈特別〉寄稿者や専属画家にロチェスター屋敷の門戸を開放しただけでなく、記者を連れてこの大邸宅の部屋をつぎつぎと案内してまわるほどだった。リードは、ダンテを地獄から天国まで導いたヴェルギリウスのごとく、知りたがりの大群を張り切って連れ回したので、この古い屋敷は、夜遅くまで、無数の蟻が狂ったように這いまわる巨大な蟻塚さながらであった。

青々とした牧場に放たれたこの群れは、驚くほど簡単にありつくことのできた若草を食べるのに夢中だったので、うわべの気前良さに胡散臭さを感じた者は、洞察力に優れた記者の中でもほんのわずかにすぎなかった。事件の解決を大々的に広めるには、当面そこに気づかれないことが重要なのだ。逮捕の対象について、リードはのらくらと言葉巧みにはぐらかした。彼は、逮捕が行なわれたことは完全に認めながらも、それ以上詳しい内容となるとスフィンクスのような謎めいた態度を崩さなかった。リードは報道陣に名前を打ち明けられないことを残念がった。熟慮の結果、現時点では逮捕者の公表は差し控えられていた。そして、記者たちは、少し辛抱して、はやる気持ちを抑えてくれれば、二十四時間以内に犯人の名前をお知らせする、という言質を得た。「さて、みなさん、祭壇に隠された凶器の巧妙な仕掛けについてですが……」穏やかな口調でリードは一行の注意を新たな興味の対象へと引き込み、驚くべき話で彼らの機嫌を取った。いきおい記者たちはリードの話に頭を集中させなければならず、曖昧な点については掲載が先送りされることになった。

屋敷からは家族も招待客もいなくなった。自由に出ていってかまわないとジェフリーが発表してから一時間後には、全員が屋敷を後にしていた。招待客はそれぞれの家に帰り、ロチェスターの家族は、首席警部の言葉にしたがってロンドンに向かった。屋敷にまつわりつく恐怖だけでなく、世間の目という悪魔から逃げ出したのだ。屋敷から出て行く者に対し、〈ロチェスター〉の出来事に関して一切口外しないように、とリードは一人一人厳重な注意を与えた。どんな事柄でも情報源はただ一人——首席警部本人でなければならない、という方針だった。ジェフリーでさえ例外扱いはされなかった。しかし、そうするまでもなかった。恐ろしい体験を一週間も味わった上に、ろくでもない評判を自ら求める者はいない。無慈悲な牢獄から解放された囚人のように、彼らは永遠の沈黙を誓って屋敷から姿を消した。

ブラックバーンもロンドンに向かった。ただ、ほかの者とは違って、報道陣の触手から身を隠すためではなく、セント・オーガスティン孤児院の古参職員に会って話を聞いたり、埃をかぶった記録簿に目を通したり、整理棚に首を突っ込んでぼろぼろの出生証明書を探したりするためだった。少々手間取ったが、ロチェスター教授の話を裏付ける証拠は十分見つけることができた。ケネス・ジョン・テンプルとアーサー・ハーバート・テンプルの出生証明書によれば、二人はホワイトチャペルで生まれている。記録は二人のみじめで哀れむべき境遇を物語っていた。兄弟は心を病んだ女と堕落した男の間に生まれた子どもだった。母親は下の子を産んだ後まもなく精神病院に入れられ、父親は残忍な強盗事件を起こして長期の禁固刑を言い渡されていた。ところが、この事実が判明したのは、数年後に父親が刑務所内で死亡する間際のことで、そのとき父親は、服にピンで出生証明書を留めて孤児院の扉の外に置き去りにされた二人の子どもは、自分の息子だと告白したのだった。

十八歳になると、教授の話のとおり、アーサー・テンプルは移民計画にしたがってオーストラリアへ渡った。施設は公式に青年の後見に当たっていたが、二十一歳になると彼は遺産相続などに関わるすべての権利を放棄した。以来彼からの音信は不規則になった。施設には、アーサーが南オーストラリアの南東部にある農場で働いていると伝えられていた。手紙を読む限り、真面目で勤勉な若者のように思われた。

ジェフリーはロンドンに一泊し、ロチェスター屋敷に戻ったのは次の日の午後だった。昨日の午後の暑さのせいでむっとするほど湿度が上がり、空に垂れ込める重苦しい雲で不快感がさらに増していた。ジェフリーの車がロックウォール村を走っているとき、ボンネットのメーターが真っ赤な警告針を押し上げた。ブリストル湾の方角を眺めると、低く黒い雲間にかすかに稲妻が踊って消えた。

ジェフリーは〈ロチェスター〉に乗り入れると、車を止めて、屋敷に入った。リードは居間にいて、新聞で散らかったテーブルの向こうがわで、だらしなく手足を投げ出した格好で坐っていた。日曜版は、その組織力を最大限に活用して、ロチェスター事件を大々的に取り上げていた。紙面にはロチェスター一家の写真と、屋敷と礼拝堂の見取り図があった。礼拝堂にはお決まりの×印が付けられ、祭壇の仕掛けの再現図も載っている。魔術や迷信の専門家が、人形が呪殺目的で用いられた過去の例について〈特別〉記事を寄せていた。中には「一八五五年二月デヴォン州南部で雪中に発見された謎の足跡」と題して、大昔の事件まで取り上げる新聞もあった。当時、悪魔がトプサム、リンプスタン、エクスマス、ティンマス、ドーリッシュの町を歩いて通ったという話が本気で信じられていたという。

もしも、そうした扇情的な囲み記事を書いたブン屋連中が、ジェフリーと仲間たちが集まった場に居合わせたとしたら、首席警部の態度が著しく変わっているのに気づいたことだろう。自信にあふれた気立ての良さは消え失せ、深刻な不安が取って代わっていた。指は、短く刈り込んだ灰色の口ひげを絶えずいじりまわし、眼と口のまわりには、心労のしるしの皺が見える。ジェフリーが入ってくるのを認めると、あごをしゃくって机の上の新聞を示した。

「打ち合わせどおり罠は仕掛けたが、こんどは餌に食いついてくるかどうか心配しなきゃならん」

ブラックバーンはどっかりと椅子に腰を下ろすと手袋をはずした。「この機を逃すわけにはいかなかったんです、首席警部」真剣な口調だった。「ほかに方法はありません。屋敷に誰もいないということがわかれば、奴は必ずここに戻ってきます。そうせずにはいられないんです。どの角度から推理しても、起こりうるのはこの一点しかありません」

リードはうなった。「まあ、そのとおりだろうが、心配なんだよ。これでへまでもしたら、副総監は黙ってはいないだろう。前もそうだったが、人を驚かすようなまねは慎むようにと釘を刺されているからな」

「勝手にいわせておけばいいんですよ」ジェフリーは苛立たしげにいった。椅子を引っ張ってテーブルの前に運んでくると、ポケットからメモ用紙を取り出した。そして鉛筆でくねくねと図を描いてから、ところどころ小さく人の形を書き入れた。でき上がると彼はリードに手渡した。

「首席警部、これが見取り図です。印のところに人を配置して下さい。首席警部と僕はモーガンといっしょに中で待つことにします」ジェフリーは眉を上げた。「よろしいですか」

首席警部はうなずいた。

「最後にひとつ」ジェフリーは静かにいった。「配置した人たちには、いつでも拳銃を撃てるようにさせておいて下さい。我らが友人には鋭い爪が生えていて、必要とあらばいつでもおかまいなしに振り回しますから」

嵐になったのは、その日曜日の夜九時を回ったころだった。

夕方から雷が大気を重苦しく震わせ、電光を閃かせた。空には、濃い雲の塊がゆっくりと広がり、月も星も隠して、陰鬱なカントリーサイドを鉛の蓋で覆った。遠くに響いていた太く低い雷鳴が、前進する軍隊の砲声のようにしだいに近づいてくると、嵐が撃ち出した信号弾が合図の光を放った。すると、先兵である硬貨大の雨粒がどっと落ちて、屋根を叩きながら駆け抜けていった。そのあとの静けさにはうずくような予感が満ち、その熱い天蓋の下で、畏怖の念を抱いた世界が、身をすくめて時を待っていた。と、突然、すさまじい音で雷がとどろいて、こじ開けられた水門から、怒濤の勢いで大量の雨が振りそそいだ。

ロチェスター屋敷の内部では、ジェフリーとロロ・モーガンと首席警部が図書室のアルコーブにうずくまっていた。激しく打ちつける雨音も、中では湿った太鼓を叩くような鈍い音に変わり、締め切った部屋に奇妙なこだまを響かせていた。つい昨日まで、世間の注目の的になるような騒ぎがこの屋敷であったとはとても信じられない。それが今夜は、どの部屋からも人影が途絶え、闇と沈黙が支配するピラミッドのような死の家と化していた。

土砂降りが始まってむっとしていた空気が和らいでも、ジェフリーは何の反応も示さなかった。暗闇の中に立つと、彼は、雨降らす神ユピテルの無表情な頭像に向かって、控えめながらもさまざまな悪口雑言を浴びせた。リードが肩越しに小声で話しかけた。「何が気に食わないんだ」

「この嵐ですよ。天候のことを勘定に入れていなかったんです」

「そのせいで来ないかもしれないと――」

「さあ、わかりません。僕の計算が正しければ、どんなことがあっても我らが友人は今夜現れるはずです。だが、そういいきれるかどうか……」

沈黙があった。外で雨の叩きつける勢いはやや衰え、低く単調な音に変わっていた。部屋のあちこちから、微かに床のきしむ音、服のこすれる音が聞こえてきて、ほかにも暗闇の中で見張りについている者がいることがわかる。刻々と時間が過ぎていった。蛍光塗料のついたジェフリーの腕時計の針が、小さな文字盤の上をゆっくり動いて——九時半を指した。十時。十時半。土砂降りはすでに弱まっていた。何者にも乱されない、完全な静寂がロチェスター屋敷を包み込んだ。ロロ・モーガンがあくびをした。首席警部が体重をずらして組んでいる脚を入れ替えた。居間から、十一時を知らせる鐘の音が静かな部屋に響いてきた。するとそのとき——

「しっ」と、ジェフリーが声をかけた。

三人は体をこわばらせて耳をそばだてた。どこからかそっと床を踏みしめる足音が聞こえてくる。普段ならありふれた物音が、この静まりかえった雰囲気の中では何ともいえず不気味だった。緊張して待ち構えていると、ロロ・モーガンは首筋のあたりに鳥肌が立つのを感じた。隣の二人はまわりの壁のように不動の姿勢を取っている。足音が近づいてきて、図書室の扉の前で止まると、蝶番がかすかにきしる音が聞こえた。ロロは、ほとんど瞬きもせず、ゆっくりと開く扉に目を凝らした。

部屋の暗がりよりも黒く、漠然とした形のはっきりしない何かが、そっと入ってきて立ち止まった。静けさの中で、息の音がはっきり聞こえる。その人影は、滑るような妙な歩きかたで、部屋の奥に向かって動き出した。突き当たりの壁まで行くと、そこで止まって、服を探るような音を立てた。間があった。やがて、何かがかちりといって、金属同士がそっと擦れあう音がした。闇の中で何かが微かに白く光った——

その瞬間に、図書室は突然息を吹き返したようだった。何かが床に激しくぶつかる音がすると、壁際の暗がりのあたりで、真っ黒にからみあって取っ組み合う人影が見えた。罵声と荒い息が入り交じった争いは、手錠が閉じる大きな音とデニス・コナリーの怒鳴り声で終わった。

「ひっとらえましたよ、首席警部」

真っ先に明かりのスイッチに手を伸ばしたのはジェフリーだったが、ロロと首席警部もわずかに遅れただけだった。ジェフリーがスイッチを押し下げると、目が眩むほどの光が降りそそぎ、突然のまぶしさに誰もが眼を細めた。ロロ・モーガンは振り向くと、呆気に取られて目を見張った。図書室の向こう端で、コナリーとドンランに取り押さえられてじたばたしているのが、なじみの人物――ずんぐりした、鋭い顔つきの、角縁眼鏡の奥で悪魔のような眼を光らせている男だったからである。

「トレヴァー・ピムロットじゃないか」ロロは喘ぐような声でいった。

ブラックバーンは奥の三人のほうに歩いていった。腕を伸ばして、もがいている男のポケットから乳白色の真珠のネックレスを取り出すと、相手の目の前で上下させた。「これがあんたを必ず屋敷に呼び戻してくれると思っていたんだ」彼はにこりともせずにいった。そしてロロに顔を向けた。

「ところで、モーガン。我らが殺し屋の友人に本当の名前を教えてやってくれないか」

「本当の名前だって」ロロは聞き返した。

ジェフリーは軽くうなずいた。「うん。こいつがロジャー・ロチェスターと生き別れていた弟だよ。この男こそ、ついこの間まで南オーストラリアにいた、アーサー・ハーバート・テンプルなんだ」

第十二章　夜明け――魔宴の果て

（三月二十日　土曜日）

実践と理論は相携えて進歩しなければならない。世間でいわれ始めているように、殺す側と殺される側に分かれた二人の間抜けな役者に、ナイフ、財布、暗い小道という道具立て――これだけでは洗練された殺人とはいえない。芸術的高みにまで引き上げるためには、周到な計画、立派な紳士、調和のとれた登場人物の配置、光と影、詩、情緒が、今では不可欠だとみなされている。

――トマス・ド・クインシー『藝術の一種として見たる殺人に就いて』

1

（以下は、ロンドン、パーク・レーンのアキンボクラブ気付でロロ・モーガンに送られた、ジェフリー・ブラックバーンによる手紙である）

サーズビー村ディーン・コテージ
三月二十日（土曜日）

親愛なるロロ

ロチェスター事件のいわれ因縁について『知りたくてうずうずしている』という君のことだから、この手紙を面白く読んでくれるだろうが、僕の悪筆については我慢してほしい。ともあれ、これを知るのは君の当然の権利だ。首席警部も僕も、不当な逮捕に関して、君がとった堂々とした態度は忘れてはいない。今ではわかってくれていると思うが、屋敷を空にして、悪賢く危険な獲物に罠を仕掛けるためには、ああするより仕方なかったのだ。

こうして何日かたってから振り返ってみると、正直なところ、あれほどたぐいまれな事件に巡りあったことはなかったように思う。見当違いな問題をいくつも切り抜けなければ本題に取り組むことができなかったばかりではない。同時に、自己に不利な犯罪の形跡をすべて破壊し、その代わりに偽の手がかりを残すことができるという、特異な立場にいた犯罪者の妨害も受けたからだ。それに、思い出して欲しいのは、魔術という邪悪なリズムが、不吉なモチーフとして、事件の最初から最後まで流れていたということだ。だから、新しい問題を処理するたびに、いちいち時代遅れの迷信に足を取られる羽目になってしまったし、テンプルの化けの皮を剝した最後の晩でさえ、ワルプルギスの夜を連想せずにはいられないほどだった。

まったく無意識だったとはいえ、君自身が途方もない障害になっていたのだといったら、君はたぶんぞっとすることだろう。何のことかというと、僕が事件のことを初めて知ったあの晩、アキンボクラブの一室で君が僕の心の中に作りあげたロジャーの人物像が、君の率直な話ぶりとは裏腹に間違っていた、ということなのだ。君が、彼の本当の性格については何も知らず、僕に話してくれたのが、君の個人的な視点からとらえた事実だったということは、もちろん承知している。それでも、僕がロジャーについて間違った先入観を抱いたままロチェスター屋敷に出向いたために、真実に気がついたときには、頭の中を整理し直さなければならず、それが混乱を増やす結果になったのは本当だった。

仰天するような事実をここに書き連ねて君に送るに当たって、はっきりしなかった部分についてきちんとまとめることができたのは、僕一人の力によるものではないことを断っておく。こうして細部が明らかになったのは、テンプルが事件について全面的に自供したことが大きい。この男は心理学の研究に値する人物だ。スコットランド・ヤードの司法精神科医であるフィスター博士によれば、テンプルの精神構造は、あの特異な犯罪者ペーター・キュルテンやマリー・シュナイダーと同様の回路でできていて、絞首台の影が迫っているときでさえも、自分の手並みをひどく鼻にかけ、自白を、己の賢さを表現するための手段としか思っていないのだそうだ。

しかし、犯罪心理学の問題にかかずらって時間を無駄にするわけにはいかない。ヤードの医師が、アーサー・テンプルを、フロイトのいう犯罪の天才——社会とは決して折り合いをつけようとしない人間とみなしている、とだけいっておけば十分だろう。さあ、気を引き締めてかからなければいけない。これから人にものを伝える仕事に取りかかるとなると、シェイクスピアの奇矯なスペイン人のように「智恵よ、生み出せ。ペンよ、書け。これから私は、大判の書物を何冊も何十冊も書かなければならないのだ」（『恋の骨折り損』第一幕第二場）と、自分でも声を張りあげているような気がする。

手元の記録を手繰ってみると、ロチェスター事件に着手したのは三月六日土曜日となっている。テンプルの自白によれば、この邪悪な企ての発端はこの日付から三ヶ月ほどさかのぼる。南オーストラリアで職を失ったテンプルは、兄がイギリスで贅沢な暮らしをしているのを知っていた。兄との境遇のあまりの違いに弟は深い恨みを抱いた。彼はロジャーに会って、是が非でも兄の莫大な財産の一部を自分の懐に入れようと心に誓う。そうしてオーストラリアを離れロンドンの土を踏んだのは、年が明けてまもなくのことだった。ただ、このときには明確な計画を持っていたわけではないとテンプルはいっているが、それを疑う理由はないと思う。

到着してテンプルが最初に取った行動は、兄に連絡することだった。ロジャーはロンドンまで足を運び、遠来の身内と会って、金を少し貸してやった。ロジャーには実の弟をいたわる気持ちが多少あったのだろう。それから二人は別れた。そうこうするうちに、テンプルはシドニーでつきあいのあったいかがわしい人物と出会う。その男の名がトレヴァー・ピムロットだ。ピムロットは十年ほど前にロンドンにやって来て、ブルームズベリーに探偵事務所を開いていた。助手が欲しかったピムロットはテンプルを雇うことにした。

およそ一ヶ月後、兄弟は再会する。ロジャーが、屋敷から持ち出した箱入りの人形をテンプルに見せたのはこのときだ。テンプルの自供では、兄がその人形に妙に魅せられて（ロジャーの不安定な精神状態を示すものかもしれない）、気に入ったから盗んできたと話したそうだ。この二回目の接触でほかに関心を引くような事柄はない。

しばらくアーサー・テンプルのもとに兄からの連絡はなかったが、二月二十七日土曜日に、ロジャーからロックウォールで会いたいという緊急の伝言が届いた。アーサーが出かけてみると、取り乱した兄から聞いた話は驚くべき内容だった。前の日の晩におばのミス・ベアトリスを階段から突き落として殺してしまったというのだ。そして、ベアトリスと口論したこと、ベアトリスが彼を精神病院に隔離させるつもりだといったことを詳しく話した。ロジャーは腹を立て、最初はいたずらのつもりでロックウォールから人形を彼女に送りつけた。ところが、どういうわけかこの人形の持つ不思議な力の虜になった彼は、ベアトリスを殺さなければならないという考えに取り憑かれるようになった。前の日の晩に二人が階段を降りているとき、いきなり強い衝動が彼を襲った。ロジャーはつまずいた拍子に不運なおばを階段の折れ曲がったところから突き落とした。兄が正気ではないことにテンプルが気づいたのはこのときだったのだろう。もっともテンプルはこの点についてはっきり自供しているわけではない。

しかしこれはロジャーが訴えた苦境のほんの一部にすぎない。ロジャーは執事のプレーターに犯行を目撃されたと思い込んでいた。また、ジプシー娘のビアンカと抜きさしならぬ関係になったこと、ビアンカの婚約者が彼女を探し回っていることも、とうとうアーサーに打ち明けた。ロジャーは、屋敷の中には信用できる人間が一人もいない——相談できる相手がほかには誰もいないのだといって、アーサーに助けを求めた。そして、二、三週間前アーサーに有利な遺言書をつくったばかりだと話した。この窮地から救い出してくれるつもりがあるならば、すぐにその遺言書を渡すつもりだが、断るなら遺言書は破棄して、おまえには何も遺産が渡らなくなる、とロジャーはアーサーにいった。

アーサー・テンプルは最後の一言について考えを巡らせた。初めに思いついたのは、ロジャーの犯罪を警察に知らせて、兄が絞首台にかけられたあと財産を相続するということだった（と本人は認めている）。次に彼は、犯行の状況を考えると、極刑が科されるかどうか疑わしいことに気づいた。たぶんロジャーは精神病院送りになって、何十年も生き長らえるだろう。するとアーサーに遺産が転がり込む機会が巡ってくるのは遠い先の話になる。

こういう計画はどうだろうかと自分自身の偽装殺人を考えついたのは、狂気の知恵のなせるわざとはいえ、ロジャー本人だ。ロジャーはまず、アーサーに人形の入った箱を渡して、自分の人形をロンドンからロチェスター屋敷に郵送させる。そうすれば、ベアトリスに人形が送りつけられた件と彼女が転落死した件のどちらに対しても、ロジャーの関与が疑われる恐れはなくなる。次に、ロジャーは、命を狙われて怯えている振りをして、私立探偵であるアーサーを屋敷に引き入れる。ロジャーの護衛を務めるのがアーサーの表向きの仕事だ。だが、本名のまま屋敷に来るのは具合が悪い。ロチェスター教授にすぐ弟だと見破られてしまう。だから、素性を隠すため、アーサーはトレヴァー・ピムロットの名前を騙る必要があった。

兄の莫大な財産を目の前にぶら下げられたアーサー・テンプルは、これに同意した。ロロ、僕らが第一の殺人と呼んでいる事件の背景には、こういう物語があったのだ。つまり、ベアトリスがロジャーの手にかかって死に、アーサー・テンプルが〈ロチェスター〉では私立探偵トレヴァー・ピムロットになりすましていたのだ。

2

自供の中で、アーサー・テンプルは、ロチェスター屋敷に足を踏み入れた瞬間から兄を殺害するつもりだったことを、はっきりと認めている。ロジャーの遺言書はすでにアーサーの手に渡っていたので、一人の男の命を奪えば、莫大な財産と自分とのあいだには何も障害がなくなることが、アーサーにはよくわかっていた。ロジャーの人形を郵送した時点で道はすでに開けていた。そこで、アーサーは兄をこの世から消すための一番安全で楽な方法を模索した。

彼がその方法を発見したのはまったくの偶然からだった。屋敷に着いた翌日、図書室をぶらついていたとき、たまたまロチェスター屋敷の歴史を記した書物を手に取ったアーサーは、祭壇に機械仕掛けが隠されていることを知った。彼は、ほかの人間が同じ知識を得ることができないよう、真っ先にその本を処分してから、礼拝堂に向かい、秘密のパネルをさがして、筒の具合を調べたと話している。三月五日金曜日のことだ。ビアンカが、明日の晩に会いに行くという手紙をタナシから受け取ったのが、その日にあたる。それを知ったロジャーは、ひどく不安になって、アーサーに助けを求めた。ロジャーは、自分が礼拝堂に行ってタナシを引き止めているあいだに、バレットが口止め料の金を持ってくるという、バレットの計画を話した。ロジャーはアーサーに、二人が礼拝堂で会っているとき、すぐ近くに控えているように、そして、バレットが来るまでのあいだにタナシを怒らせて自分を襲わせるから、アーサーは、探偵としてタナシを逮捕するように、といった。愚かで、幼稚な、実に下らない計略だ——正直な話、精神的に不安定な人間でなければ思いつかないような計画といっていい。

ところが、ロジャーが礼拝堂に行ってタナシを待ち受けるという話を聞いたアーサー・テンプルの頭に、それを利用してやろうという悪魔の考えが閃いた。その夜、一人自分の部屋でアーサーはその考えをいろいろ検討した。考えれば考えるほど、絶対確実な方法に思えてならない。とすれば、次にやらなければならないのは、どうやって処刑を実行に移すかだ。ナイフを祭壇のパネル裏の装置に仕掛けておいて、その凶器が飛び出すようにロジャーを仕向けることができれば、タナシが礼拝堂に入るころには、ロジャーは死んでいる。傷痕のほかに処刑の証拠は残っていない。ナイフは筒ごと祭壇のパネルの裏側に隠れるとアーサー・テンプルは信じていたのだ。そして、ロジャーの死体の前にタナシが立っているところが見つかれば、タナシは殺人容疑で逮捕されるだろう。これによって、ロジャーを始末できるばかりでなく、犯人まで捕まることになって、すべてが片付くことになる。アーサーの頭の中で、計画はどんどん完璧なものになった。

手ごろなナイフを選ぶのに、アーサー・テンプルは少しも困らなかった。一撃で即死させる必要があるから、先端が尖って刃の切れ味がよいことが凶器の条件だ。翌朝（ロジャーが殺される土曜日）ロジャーと何気ない話をしていたとき、テンプルは、オーエンがモンタナから持ち帰ったナイフが何本かあることを兄の口から聞いた。そこで、そのうちの一本を手に入れることにした。博物室が施錠してあるのがわかると、テンプルは巧妙な手口で鍵を盗んだ。書斎にあったロチェスター教授のウィッチボールを隠したのだ。大事にしている骨董がなくなったのがわかると、テンプルの予想どおり、老人は彼に探すよう急き立てた。こうしてテンプルは、コーネリアスの書斎と寝室の中を歩き回っても怪しまれずに済むようになった。テンプルが鍵を盗んだのは、教授が土曜日の午睡をとるために着換えている最中のことだ。コーネリアスの部屋からこっそり抜け出して博物室を開け、壁に掛っているナイフをもぎ取ってから、再び扉を閉めて、鍵をもとに戻すのに数分とかからなかった。

その日の午後はこれといったこともなく過ぎた。ロジャーは弟相手に、夜タナシを逮捕する計画について細部の詰めをしつこく繰り返していた。これから自分が殺されるとはまるで気がつかないロジャーは、計画のことしか頭になかった。タナシが〈ロチェスター〉に着くのは十時ごろになるだろう。バレットが先に会ってから、タナシを一人で礼拝堂に向かわせる。アーサーは近くで待機していなければならない。自分(ロジャー)は礼拝堂に行って、祭壇の蠟燭に火を点け、タナシの到着とアーサーの登場を待つ。そういう打ち合わせだった。アーサー・テンプルが承知したのはいうまでもない。ところが、テンプルはまずロックウォールへ行かなければならなかった。九時半ごろには戻る予定だった。

ロジャーが出かける理由を知りたがったので、アーサーは、ジャン・ロチェスターに頼まれて村まで車に乗せていくのだと説明した。ロジャーが心配することはない、九時半過ぎにはもどってくるからと、アーサーはいった。その件についてはそれで終わりになった。八時ごろテンプルは食堂を出て、礼拝堂に行った。祭壇の罠を仕掛けて引き返そうとしたとき、計画に小さな欠陥があるのに気がついた。もしロジャーが打ち合わせより早く礼拝堂に入ったら、すぐに祭壇の罠の生け贄になってしまう。その場合、タナシが〈ロチェスター〉に着く前にロジャーが死亡したことは、検死でわかるだろう。礼拝堂に暖房装置があるのをテンプルが思い出したのはそのときだ。それを使えばごまかせるだろうと彼は考えた。そこで、暖房のスイッチを入れてから礼拝堂を出て、車を屋敷に回し、ミス・ジャンを乗せてロックウォールに向けて出発した。

だが、ロロ、今では君もわかっているように、テンプルが絶対確実だと思っていた計画にも、どうしようもない落とし穴が三つもあった。一番目は、ナイフが筒から外れてロジャーの死体に残ったこと。二番目は、タナシの要求で礼拝堂に案内させられたバレットが、タナシといっしょにロジャーの死体を発見したこと。三番目は、不可抗力――豪雨でテンプルとジャン・ロチェスターが朝まで屋敷に戻れなかったことだ。

ロジャーの弟が日曜日に戻ってみると、計画は思った通りにはいかなかったものの、さしあたって自分の身に危険は及ばないことがわかった。というのも、企みを台無しにした嵐が、逆に、揺るぎないアリバイを与える最大の要素としてテンプルに都合よく働いたからだ。礼拝堂に集まった一行がロジャーの死体を見つけたあと、僕がテンプルだけをその場に残して戸締まりを頼んだのは、彼にとってもっけの幸いだったことになる。その好機を利用して、彼は、前夜罠を仕掛けたときに残した指紋などの手がかりをすべて消した。そうしている間に、こっちは神経をすり減らしながら推理をどんどん間違った方向に進めていたのだから、あの唾棄すべき魂の持ち主はどんなにほくそ笑んだことだろう。ああして人を見下した態度を取っていたのも、かならずしもポーズというわけではなかったのだ。僕が情けないへまをやらかしたせいで、あの男はきっと邪悪な笑いを浮かべたはずだ。それに気づいたとき、僕は恥ずかしくてたまらなかった。これ以上書くのはつらい。あの最初の不幸な朝の出来事についてはここで止めにしよう。

ところで、一つのことを除いて、アーサー・テンプルがロチェスター屋敷を永遠に離れることについて、支障になるものは何もなかった。ロジャーは死に――計画どおりに犯人をでっちあげることはできなかったものの、テンプルは完璧といっていいほど安全な立場にあった。彼に疑惑の声が上がる気配は少しもない。ところが、遺言書の問題が残っている。それをどうするかはかなり厄介なことだった。

事件との関わりを疑われないようにするため、テンプルは、ロジャーの遺言書が見つかる場所をロチェスター屋敷の内部にしたかった。けれども、出国するのに必要な時間が過ぎるまで、その文書を発見されるわけにはいかない。それ以前に遺言書が出てしまえば、テンプルがロンドンに来ていることがわかり、トレヴァー・ピムロットになりすましていたことも発覚して、陰謀がすべて明らかになるのは必至だ。そのため、テンプルは、南オーストラリアに戻って住処を構えるまで、遺言書を人目につかないようにしておかなければならないと思った。風来坊のような暮らしをしている男だから、しばらく姿が見えなかったのを不審に思う者はいない。しかし、数ヶ月秘密を保ったまま遺言書を隠せる場所、しかも必ず発見される場所とはどこなのか。

その答えは、ロジャーが殺される前日、テンプルがふと耳にしたプレーターとガートの会話の中にあった。執事はガートに、いつもどおり小麦粉を三ヶ月分買い足しておくようにと命じたのだ。三ヶ月分の小麦粉――その言葉は、美しい鐘の音のようにテンプルの耳に響いたにちがいない。その夜テンプルは台所に忍び込むと、箱の底にたまった小麦粉の残りの中に遺言書を隠した。翌朝、注文の品が届いて、箱の中に空けられた。容器が空になるまで遺言書は姿を現わさない。そのころにはもう、テンプルは地球の裏側でのんきに過ごしていることになるだろう。

そこまではよかった――信じがたいほどテンプルはつきに恵まれていた。だが、いよいよ屋敷を立ち去ろうというときになって、不運が、マイケル・プレーターの姿を借りて、周到な計画を粉々に砕いたのだった。

プレーターがテンプルのところに行って、彼の正体を知っていることを明かし、兄の金目当てにロジャー・ロチェスターを殺したのだろうと問い詰めたのは、土曜日の午後、僕が、コーマー巡査部長といっしょに本部長に面会していたときのことだ。

3

マイケル・プレーターがどれだけ知っていて、どこまで憶測を働かせて、テンプルを責めたのかは定かではない。プレーターの口は封じられているし、アーサー・テンプルはこの場面になるとしゃくにさわるほど曖昧な供述しかしていないからだ。それでも、この老執事は、ロジャーが養子に来たときからロチェスター教授に仕えていて、孤児院に弟があるのを知っていたから、経験の乏しい人間なら見逃してしまうようなある種の共通点に気づいたのかもしれない。あるいは、ひょっとすると、プレーターは、ロジャーの遺言書を見た話をミセス・ガートから聞いて、弟が遺産の受取人になっているのを知り、そこから疑念を抱いたということも考えられる。いずれにせよ、プレーターはテンプルのところに行き、知っていることを相手に突きつけて、二十四時間以内に警察に正体を明かすよう迫った。

テンプルがどんな気持ちだったかは想像に難くない。自由と富を楽に手に入れられる道に足を踏み出したとたん、一切を無にする石に足をすくわれたのだ。プレーターがテンプルに秘密を漏らしたのは、もちろん、この上なく愚かな行為だった。すぐ警察に通報すべきだったのだ。ウィルキー・コリンズの言を借りれば「自分で自分の死亡証明書に署名するようなもの」だった。テンプルは、殺人まで犯して手に入れた金を失う危険をすぐさま見て取った。それに絞首台が迫っていることも。だが、テンプルは自分の命をそうやすやすと引き渡すような類の人間ではない。プレーターの口は何としても塞がなければならなかった。

その日の午後、僕がロックウォールから戻り、翌日からスコットランド・ヤードが事件を担当するという知らせを持ち帰ったとき、テンプルの驚愕はさらに増した。すぐに行動を開始しなければならない、と彼は悟った。刑事が束になってやってくれば、自分が懸命に隠してきた秘密をプレーターは必ず明かすだろう——それを阻止する力は死以外にない。そして、この執事殺しでテンプルが使った犯行隠蔽の手口は、間違いなく、犯罪史上最も見事な例の一つに数えられるものだ。

その夜、僕が屋敷の人間を一人ずつ呼び出して訊問を行なうことにしたとき、調べが終わるまでテンプルが悪事を働く隙はなかった。君も知っているように、プレーターが訊問の最後だった。プレーターが部屋を出たのは十時三十分。その五分後、僕は、(ずっと訊問に付き合っていた)テンプルを君の仕事部屋にやって、タイプライターを持ってくるようにいった。彼はその間をとらえた。こっそり使用人部屋のほうにいくと、台所から肉切りナイフを持ち出し、プレーターの部屋の扉をノックして、中に通された。そのとき、執事はテンプル宛ての手紙を書いているところだった。プレーターが自分のテーブルに戻ろうと体の向きを変えたとき、テンプルは肉切りナイフを相手の背中に突き刺した。すぐテンプルは、使用人部屋からあまり離れていない自分の部屋にかけ戻ると、プレーターの人形とケース入りの読書用眼鏡を探してポケットに入れた。そして、タイプライターを抱えて居間に戻った。

そのときテンプルは、死体がその夜のうちに発見されるよう目論んだ。そしてまず、プレーターの人形が偶然見つかるように、どこか床の上に落としておこうと考えた。しかし、部屋に誰もいない(僕は電気スタンドを取りに図書室へ行き、コーマーは一服していた)のがわかると、時計が真夜中の鐘と同時に文字盤の扉を開けることを知っていたので、その中に人形を突っ込むことを思いついた。なぜかというと——この点によく注意して欲しいのだが——その人形が出てきたときに、コーマーと僕が居合わせるようにしたかったからだ。そうすれば、僕らがすぐにプレーターの部屋に駆けつけることをテンプルは知っていて、死体が発見されたときに僕らと一緒なら、ほぼ完全なアリバイが成立すると思ったのだ。

だが、テンプルは抜け目がなかった。僕らがその夜の出来事を時間を追って詳しく調べれば、タイプライターを探すという名目で、テンプルが部屋を離れていた時間が、十分間あったことを思い出すだろう、ということに気づいた。そこで最後の仕上げを企てた。彼は、執事が十一時半にはまだ生きていたと僕らに思わせるために、扉のところでちょっとした一人芝居を演じて見せた。なぜなら、プレーターが十一時半に生きていたという証拠があって、死体の発見が真夜中ならば――その三十分間にテンプルは居間を一度も出ていなかったのだから――自分の犯行だと疑う者はいない、と思ったからだ。

そうした証拠に意味がないことに僕が気づいたのは、しばらく経ってからのことだった。それに、そのときはじめて思い出したのだが、実際には、コーマーも僕も、執事の姿を見てはいなかったのだ。テンプルは、呼び鈴の紐を引いてから扉のところまで行き、プレーターが遅れたのを叱りつけて、眼鏡を取りに行かせた。もちろん、眼鏡は最初からテンプルのポケットの中にある。たしかに、僕らは柔らかいノックの音を耳にして、執事が叩いたのだと思った。ところが、テンプルは両手をテーブルの下に置いて坐っていたから、似たような音を出そうと思えば簡単にできる。彼のやったのはまさにそれだった。それから、テンプルは二度目に戸口に歩いていったとき、扉を開け、ポケットから眼鏡ケースを出すところをこちらから見られないようにした。そして、執事を下がらせると、ケースを手にして戻ってきた。

この愉快な偽装工作のあいだ、君のタイプライターが猛然と音を立てていたのと、僕らが目の前の作業に神経を集中していて、長い一日の緊張で疲れきっていたことを忘れないで欲しい。そうした事実に加えて、何も疑っていなかった僕らは、策略に対する備えなどしていなかったのだから、そうした欺瞞に引っかかりやすい理想的な精神状態にあったことは、君にもすぐわかるだろう。そのぺてんにどうやって騙されていたのかがわかったのは、かなり後のことだった。

一ヶ所、妙に理屈に合わない事実があったために、僕はその夜の出来事のごく細かいところまでに全神経を集中させた。なぜ犯人がプレーターの死を自殺に見せかけなかったのか、僕はどうしても理解できなかった。そのとき疑いをかけられていたのが執事だったという状況からすると、自殺しても不自然には思われないからだ。それなのに、なぜ人形が時計の中に置かれたのか。なぜ執事の死の予告がなされたのか。そこが一番矛盾する点だった。その答えを見つけたのは、何日か考え抜いた末のことだ。

もちろん、今ではそれは明白だ。テンプルがプレーターの死を自殺に見せかけるわけにはいかなかったのは、時計から人形が出てきてすぐに死体が発見されなければ困るからだ。死体の発見が十一時半より前だと、扉のところで打ったせっかくの芝居の意味がない。また、十二時以降になると、僕らと別れた後になるから、屋敷にいるほかの者と同様疑惑を受けることになる。首席警部は、人形の一件を馬鹿にして、そんなものは芝居がかったことを好む犯人の小道具にすぎないと考えていた。ところが、テンプルの企みがうまく行くためには、凶器に使ったナイフと同じくあの人形が不可欠だったのだ。

さて、説明することはもう少し残っている。ロチェスター教授の人形を書斎の中に置いたのは、テンプルの仕業で、同業者がホテルの一室で偶然人形を見つけたという架空の話をもって屋敷に舞い戻ってきたときのことだった。ところで、その同業者というのが、本物のトレヴァー・ピムロットなのだ。テンプルがロジャーの財産の相続権を主張するときに、相応の金を渡すと約束したのにつられて、チャーリー・バーティー役を演じることに同意したらしい。僕らが屋敷の中の誰かを疑っているという噂を耳にしたテンプルは、僕らをもっと混乱させようと考えて教授の人形が見つかるように仕組んだ。ホテルの怪しげな二人が人形の箱を持っていたという作り話を聞かせたのも、屋敷の人々の疑惑を強めようと考えたからだ。

実際には、アーサー・テンプルは、僕らが仕掛けた罠に引きずり込まれたようなものだった。新聞を読んで、ロジャーの遺言書が発見され、オーストラリアにいる弟に一番早く出航する船で手紙が送られる、ということを知って、テンプルは、自分もまた、同じ船に乗るようにしなければならないと思った。手紙が届くときにオーストラリアにいることが是が非でも必要だからだ。船は月曜日の朝に港を離れる。だから、僕らはテンプルが乗船するところを逮捕できるだろうと思った。そのとき、ロジャーのネックレスが屋敷の中にあるという記事をテンプルが読めば、欲に目がくらんで油断するだろう、という考えが僕の頭に浮かんだ。状況からすれば、テンプルが怖れるものはまずないように思われた。犯人は逮捕され、警察の捜査は終了している。客も家族も出ていった。屋敷は空き家同然なのだ。肝心の船が出港するのは月曜日だから、日曜日の夜が最後の機会になる。そしてアーサー・テンプルは、僕らが思ったとおり罠にかかった。

さあ、幕を引くとしよう。話はここで終わる。もっとも、主役にとってはここからが〈終わりの始まり〉だが。書いてきた便箋を数えてみると、本当にドン・アーマードー（『恋の骨折り損』に登場するスペイン人貴族）のいう〈何冊もの書物〉を綴ってきたような気がする。それでも無駄のない明瞭な文章になっていると信じているし、説明し残した部分は一切ないはずだ。これはドクター・ワトスンがいうような『まれに見る事件』だった。ただ、この事件に僕を引き合わせた君に対して、感謝すべきなのか非難すべきなのか、いまだにわからないでいる。

ところで、ロロ。噂によると、君がジャン・ロチェスターと食事をしているところを何度も……。

(ここでジェフリーの手紙は個人的な話題に若干触れているが、読者には関心のないことであろう)

余録

右の手紙が書かれてから三週間後、アキンボクラブのラウンジに二人の男が向かい合い、ブラック・コーヒーを飲んでいた。ジェフリー・ブラックバーンは、いつものように紙巻たばこを指のあいだにはさんでいる。ウィリアム・リード首席警部はカップを置いて葉巻入れに手を伸ばした。そして椅子にもたれると、葉巻のバンドをはずした。年下の友人に向かって声をかけるリードの目の奥に、光があった。

「なあ、ジェフ、テンプルはこんな自慢をしてたよ。もしも奴が自供していなかったら、国王といえども有罪を立証することはできなかっただろうとな」リードはマッチを擦った。「あいつにいわせれば、あの夜は、我々が一か八かの賭けに出たのが、運良く大当たりしただけの話だそうだ」

「本当ですか」ジェフリーの口調はややくたびれた気味だった。「テンプルから最後の栄光を取り上げなければならないのは、大いに残念ですが、正直な話、テンプルが殺人に深く関与しているのに気づいたのは、逮捕の四日前なんですよ」

リードは立ち上がった。「それなら、どうして――」

ジェフリーは相手を押しとどめて坐らせ、「まあ、まあ」となだめた。「テンプルにどんな動機があるのかわからなかったので、口を閉じていたんです。実際、小麦粉入れの中から遺言書が出てくるまで、ピムロットがテンプルだということすら気づかなかったのですから」彼は首を左右に振った。「首席警部が猪突猛進型なのはよく知ってますからね。僕が疑惑をちょっとでも漏らしたら、テンプルを逮捕していたでしょう――そして、証拠不十分で釈放を余儀なくされる。もしもそんなことになっていたら、さぞかしありがたいお言葉を副総監から頂戴したことでしょうね」

リードは葉巻をくわえた。「では、どうやってテンプルのことがわかったんだ」怒鳴るようにいった。

「最初の手がかりは、プレーターの手紙です」とジェフリーは答え、たばこをくわえたまま、椅子の背にゆったりと寄りかかった。「襲われた日曜日の夜遅くに書いていた手紙です」彼は財布を取り出すと、中からタイプした紙片を引っ張り出した。そして、広げてから向かいの相手に手渡した。「プレーターの手紙の写しです。首席警部、声に出して読んで下さい」

リードは薄っぺらな紙を受け取ると、葉巻を口から離して読んだ。

「今晩この屋敷で起こった出来事のために、もう口をつぐんでいるわけにはいかなくなった。警察は私を疑っている。だから、十二時間だけ待とう。私のいったことをよく考えることだ。明日の十時三十分までに――」

「そこまで」そういって立ち上がったジェフリーを、リードがにらんだ。「わかりましたか、首席警部」

「さっぱりわからんな」リードは不満そうに答えた。

「では聞いて下さい」ジェフリーはゆっくり話し始めた。「プレーターは『十二時間だけ待とう。私のいったことをよく考えることだ。明日の十時三十分までに……』と書いています」彼は前かがみになってテーブルを軽く叩いた。「その意味するところは一つしかありません。すなわち、プレーターは日曜日の夜十時三十分に手紙を書いていた、ということです」

首席警部は煙を吐いた。「たしかにそうだな」彼はうなずいた。

「ここで、首席警部ご自身のお考えを参考にします。プレーターが手紙を最後まで書けなかった理由は一つしかないとおっしゃいましたね。その前に殺されてしまったからだと。ということは、プレーターが殺された時間は十時三十分になる」

リードは軽く息を呑んだまま黙っていた。ジェフリーは先を急いだ。

「それが真実ならば――あらゆる点から見て真実に違いありません――驚くべき矛盾に突き当たることになります。プレーターは十時半に殺されていました。ところが僕らは、十一時半にはまだ彼が生きていたと信じる理由がありました。プレーターは、テンプルの呼び出しに応じて眼鏡を持ってきたではありませんか。明らかに、どこかに矛盾があります、それも、きわめて不吉な矛盾が――

そこで僕は、その夜の出来事を振り返りました。すると、意外な事実に気づきました。コーマーも僕も、プレーターの姿を見なければ、声も聞いていないのです。執事がやってきたかどうかは、テンプルの話し声で知っただけでした。しかし、一時間前に殺されているプレーターが、戸口で返事ができるはずはありません。それに気づいたとき、僕がどれほどびっくりしたか想像がつくでしょう。

十時三十分に何が起こったのか。こんどは自分自身に問いかけました。僕らが、三人とも、部屋を十分間以上離れていたのを思い出しました。とすると、テンプルには、殺人を犯し、人形を時計の中に置くだけの時間がたっぷりあったことになる。それにまた、なぜ犯人がプレーターの死を自殺に見せかけなかったのかという、理解しがたかった別の要素の説明もつくことになるのです。

それから、こうした事実そのものに食い違いがあったように、ピムロットの名を騙っていた男について、ほかにも妙な矛盾があることは知っていました。ロジャーの死体が礼拝堂で見つかった直後にあった出来事はその一例です。そのとき僕は、ピムロットに（今はそう呼ぶことにします）暖房を切るように頼みました。彼はまっすぐ給湯栓のところに行って、いわれたとおりにしました。少しあとで僕が同じ給湯栓を探しに行ったときは、見つけるまでに十分以上かかってしまいました。

さらに、日曜日の夜、プレーターの訊問を始める前に、何気なく礼拝堂のことでピムロットに質問してみました。その日の朝まで一度もその建物に足を踏み入れたことがない、という答えが返ってきたときの僕の驚きを想像して下さい。それなら、どうやってピムロットは、僕が見つけるのに十分以上かかったほどわかりにくいところにある給湯栓の場所を知ったのでしょうか」

ジェフリーは話を切って、たばこを吸った。リードはじっと耳を傾けたままだった。

「それに、カミラ・ウォードのライターの件があります。ロジャーの死因を調べたあと、僕はピムロットに礼拝堂の中を調べる仕事をいいつけました。彼はしばらく中にいて、出てきたときには、くまなく探したが何も見つからなかったと報告しました。ところが、首席警部の部下の人たちが調べたときには、あのライターは真っ先に出てきたのです。ピムロットが礼拝堂の中を調べなかったのは明らかでした」

「結局そういうことに気づいたのはいつなんだ」

「水曜日になってようやくです――人形がホテルで見つかったという話を持ってテンプルが戻ってきた翌日でした」ジェフリーは答えた。「首席警部はその話の真偽を確かめにロンドンに行っておられた。僕は証拠物件を預かり、部屋に閉じこもって考えていました。あの手紙にはおかしい点があるのはわかっていました——ですが、閃いたのは、その夜、ベッドに横になってあれこれ考えていたときのことです。そして、祭壇に隠された殺戮装置を使えば、ロジャーが死んだとき近くに犯人がいる必要がないということがわかったとき、テンプルが犯人に違いないという確証を得ました。

テンプルがどれだけ有利な立場にあったか考えてみて下さい。彼は、私立探偵として、常に捜査側の内部の事情に通じていました。こちらの打つ手はすべてわかっていたのですから、出し抜くゆとりがあるわけです。僕がテンプルを一人で礼拝堂に残した場合のように、手がかりを消して証拠を偽造することさえできたのです。ですから、テンプルが知らない唯一の手がかり——プレーターの書き残した手紙がなかったなら、疑われずに済んだかもしれなかったのです」

「ヒントぐらいくれたってよかろうに」リードは不平をいった。

ジェフリーは両手を広げた。「それは無理ですよ、首席警部。犯行の動機がわからなかったので、僕自身の推理がもつれてごちゃごちゃになっていたんですから。いいですか、ロジャーに弟がいて、ピムロットがアーサー・テンプルだなんて、思いも寄らなかったんですよ。動機がはっきりわからなかったことが、なにより最大の障害でした。僕は自問し続けました——しがない私立探偵がなぜ見ず知らずの男を二人も殺す必要があったのか、と。ピムロットは殺人狂ではありません。すると、もしかしたらピムロットは、何らかの方法でロジャーを説得して、自分に有利な遺言状を書かせたのではないか、という考えが頭に浮かびました。でも、そんな考えはとっぴすぎて信じられません。そんな状態で何を話すことができるでしょう。ですから、遺言書が見つかって、手がかりを与えてくれるよう祈るほかなかったのです」

「それで、見つかってどうだった」

「おかげで一歩前進できました」ジェフリーは説明した。「ロジャーに弟があることがわかりましたからね。そのあと、ロチェスター教授から、その弟がオーストラリアに渡っていて、何年も会っていないという話を聞きました。その瞬間、ピムロットは弟のアーサー・テンプルではないだろうか、という疑問がわきました。と同時に、それを打ち消すような疑問も浮かんだのです。遺言書は弟がオーストラリアにいるとはっきり述べているのに、テンプルがロンドンにいて、どうやってその金を相続することができるのだろうか、という疑問です。ピムロットがテンプルだとすると、ロジャーの謎めいた死にあれほど密接に関わったあとで、わざわざ相続権を主張するような真似ができるはずがありません。疑問の声が上がって、陰謀が暴き立てられるに決まっているからです。

僕の貧弱な頭がぐらぐらして割れそうになっていたちょうどそのとき、ロチェスター教授が、遺言書の意外な隠し場所に驚いて、いつものように小麦粉を使っていれば、発見されるまでに三ヶ月かかるはずだといいました。三ヶ月ですよ。それだけの時間があれば、テンプルはオーストラリアに帰って、そこから相続の申し立てができるではありませんか。わざわざロンドンの土を踏む必要などないのです。孤児院の記録を調べれば本人であることはわかりますし、手続きは弁護士に任せればいいでしょう。これでようやく、僕のいっていた、欠けているパズルの最後の一片がぴったりはまったことになったのです」

首席警部は一インチもの灰を手元の灰皿に落とした。「いうまでもないことだが、本物のピムロットとテンプルはつるんでいたよ。我々がアルゴス探偵社の記録を探った場合に備えて、テンプルが一枚かませたんだ。長年商売しているところなら、代表者が数ヶ月前にオーストラリアから来た人間だと疑われることはまずないと踏んだんだろう」

ジェフリーはあくびをした。「その話はもう止めましょう」彼はいった。「犯罪学にはいい加減うんざりしました。田舎に帰ってのんびりウッドハウスでも読みたい気分です。〈捜査〉なんて言葉は二度と聞きたくありません」

首席警部は不満げにうなった。そして、ポケットに手を突っ込んで電報を取り出した。しげしげと眺めながら、考え込むような声でいった。「気の毒だな、ジェフ。かなり面白そうな事件がホワイトチャペルで持ち上がったぞ。若い水夫が絞殺された。喉に巨大な鳥の足がつかんだような傷痕が残っているそうだ――」

その声は穏やかで控えめないびきにさえぎられた。どうやらブラックバーン氏は椅子の中でぐっすり眠り込んでしまったらしい。

解説　マックス・アフォードについて

森　英俊

一九〇六年、サウスオーストラリア州の州都アデレードに生まれたマックス・アフォードは、高校を卒業してほどなく父親が亡くなったため、実社会に出て働くことを余儀なくされた。最初のうちはアデレード周辺で職を転々としていたが、しだいにものを書きたいという思いにつき動かされ、夕刊紙の〈アデレード・ニュース〉に記事を寄稿し始めるようになった。しばらくしてから記者として〈アデレード・ニュース〉のスタッフに加わり、ついには特集記事を受け持つまでになったが、つごう五年間にわたるジャーナリストとしての生活にもあきたらなくなり、当時オーストラリアで普及しつつあった新たなメディア――ラジオへと進出した。

彼が手がけたラジオドラマのなかで記録に残っているもっとも古いものは一九三二年の作品で、やがて自身でプロデュースもつとめるようになり、一九三六年に"Merry-Go-Round"がＡＢＣ（オーストラリア国営放送）主催のラジオ脚本コンテストで首席になったことがきっかけで同局の専属となり、一九四一年にフリーになるまで、数々の台本をものした。その時代のものでよく知られているのは、ポーランドで放送された際に賞を受賞した"The Fantastic Case of the Four Specialists"で、警察がお手あげになった難事件の捜査にシャーロック・ホームズ、ファイロ・ヴァンス、エルキュール・ポアロ、ブラウン神父があたるという、愉快なパスティーシュである。

だが、彼の旺盛な創作欲はラジオドラマの分野だけにとどまらなかった。一九三四年には早くも最初の舞台劇がアデレードで上演され、一九四一年にシドニーで初演されたミステリ劇 Lady in Danger は、のちにニューヨークのブロードウェイにかけられ、映画化もされるヒット作となった。さらにABCの専属になった年に最初のミステリ長編 Blood on His Hands! (1936) を書き上げ、イギリスの出版社に送ったところ、たちまち出版がきまったという。そこで生まれたアマチュア探偵のジェフリー・ブラックバーンはラジオの世界でも人気のシリーズ・キャラクターとなり、毎週のように放送されるブラックバーン夫妻の冒険譚にお茶の間の聴取者はラジオの前にくぎづけになった。一九四〇年代に放送された“Danger Unlimited”と名づけられた夫妻のシリーズなどは、六百話を超える放送回数を記録した。

このころアフォードは初期の舞台劇で衣裳係を務めたアデレード出身のテルマ・トーマスと結婚しているが、それは創作のうえで明らかにプラスに働いたようだ。というのも、ジェフリー・ブラックバーンのよき伴侶となったエリザベスにはこのテルマをモデルにしたようなふしがあるし、エリザベスという新鮮なキャラクターが加わったことで、シリーズとしての広がりが増したからだ。

アフォードがもう少し長生きをしていたら、テレビドラマの分野にもおそらく進出していただろう。残念ながらそれははたせなかったが、彼がその四十八年にわたる生涯に手がけたラジオドラマの総数は、〈恐怖との契約〉等のシリーズで知られるジョン・ディクスン・カーのそれをはるかに上回っている。アイディアに窮することはほとんどなかったらしく、つぎからつぎへと斬新な殺人方法やトリックを思いついた。そのことでありがたくない誤解を受けたこともあって、アフォードはあるときインタビューで、「舞台やラジオのために探偵劇やスリラーを書いているので、ひとびとはわたしのことをタフに違いないと思っているふしがある。（中略）さもなければ、彼らはわたしに向かっていう——あんなものばかりを書いていてうなされませんか、と。だが、それはとんでもない勘違いだ。殺人に関わるそういったことがらを作品に盛り込むことによって、書き手はそれらから解放されるのであり、犯罪を犯したいという強い衝動が雲散霧消するのだ」と語っている。

一、劇作家としてのアフォード

アフォードの死後、二十年近くたってから刊行されたMischief in the Air（1974）には、ラジオドラマと舞台劇が収録されているが、そのなかには残念ながらラジオで放送されたミステリドラマは含まれていない。一九四〇年前後にＡＢＣで放送された連続ドラマ"Fly by Night"をノベライズしたものが同題の長編Fly by Night（1942）だという可能性もあるが、これも推測の域を出ず、アフォードのミステリドラマがどのようなものであったのかは、「非常に独創的な、背筋の寒くなるような殺人ミステリ」という、ＡＢＣ時代の友人の評言を借りるしかない。とはいえMischief in the Airにはコメディ・スリラーと銘打たれた舞台劇の台本がふたつ収録されており、それらを通じて劇作家としてのアフォードの実力をうかがい知ることができる。おそらくミステリドラマも舞台劇と同様、緻密なプロットに裏打ちされたものだったろう。

テーマを熟知し、観る者を楽しませるテクニックをマスターしていたアフォードは、巧みなせりふ回しと場面転換の早さによって、舞台上にサスペンスを演出した。その魅力は活字を介しても十二分に伝わってくる。ここでは先述のふたつのコメディ・スリラー、Lady in DangerとMischief in the Airを紹介することにしよう。

アフォードの舞台劇のなかでもっとも成功をおさめたLady in Dangerは、結婚して一年足らずの若妻が主人公。愛する夫が失業してしまったため、彼女は家計を助けようと毒殺をテーマにしたミステリ劇を書き始める。そんな矢先、夫が新聞社での職を失う基をつくった政治家（彼女の劇中では被害者の役をふられている）が殺害され、現場からその直後に姿をくらました、事件の鍵を握っていると思われる政治家の運転手が、夫妻のフラットの戸棚のなかから他殺死体で見つかる。運転手はその主人と同様、クラーレ毒によって殺害されていた。

こうして警察に疑惑の目を向けられた若妻を中心にテンポのいいサスペンス劇が展開される一方で、風邪をひいて鼻をずるずるさせるまのぬけたスコットランド・ヤードの警部など、コミカルな味つけが楽しい。

Mischief in the Air のほうは作者のホームグラウンドであるラジオ局が舞台。ウイスキーを片手に番組を視聴中のスポンサーが椅子から崩れ落ちる。当初は心臓麻痺と思われたが、毒の吹き矢にやられていたことが判明。さらに意外なことに、被害者はスポンサーになりすましていた国防省の調査官で、どうやらラジオ局にもぐり込んでいるスパイを見つけ出そうとしていたらしいのだ。

展開こそはでだが、解決は意外に論理的で、ドンデン返しを多用するなど、口うるさいミステリ・ファンをも満足させうるできになっている。

二、ミステリ作家としてのアフォード

ジョン・ローダー（John Loder）の Australian Crime Fiction（1994）はオーストラリアに関連する作家の書誌をまとめたもので、アフォードの著作の英米版およびオーストラリア版が網羅されているという点でも貴重な資料である。そのなかのアフォードの項目には、これほどラジオや演劇の分野で著名なアフォードがミステリ作家としてはどうして埋もれてしまったのか、ヒントが隠されてい

る。要は、その著作がミステリ出版の大手ではなく特殊な版元から出されていたということにつきる。イギリスでの版元であったジョン・ロング社は図書館や貸本屋向けが主体の出版社であったし、戦後オーストラリアで出たペイパーバック版は駅売り用であったばかりか本文が三分の二程度に刈り込まれていた。イギリスでは一般の書店経由で流通した量が少なかったためひとびとの注目を浴びることなく終わってしまったし、オーストラリアのペイパーバック版もハードボイルド・タッチのけばけばしい表紙が災いして、心ある本格ファンから敬遠されてしまったのだ。実際、ミステリ作家としてのアフォードに言及したものは意外なほど少ない。先述の Mischief in the Air の序文でもミステリの著作のあることにさらりとふれてある程度で、それらがどのようなものであったのかという具体的なことにまでは及んでいない。

ミステリ作家、いや密室物の作者としてのアフォードにまっさきに着目したのは、この分野における世界的な権威のロバート・エイディー(Robert Adey)で、不可能犯罪全般を扱った研究書 Locked Room Murders and Other Impossible Crimes(初版 1979/増補改訂版 1991)の序文「密室ミステリ概論」(註1)のなかで、一九三〇年代に活躍したうちで不当に忘れ去られている作家として、『チベットから来た男』(1938)のクライド・B・クレイスンと共にアフォードの名を挙げた。エイディーはブラックバーン物を「探偵コンビの個性が乏しくさえなければ、一級品といえるシリーズである」と評し、「緻密なプロットと巧妙な解決で読ませる」The Dead Are Blind(1937)を作者の最高傑作としている。さらに Blood on His Hands!に対しても、「注目に値するデビュー作であり、他の作家の密室物に言及することによって、より魅力的な作品に仕上がっている。わたしはこの手の作品にはいつだって目がない」という好意的なコメントを本文のなかで寄せている。

本国でどのような評価をされているかをうかがう手がかりとしては、オーストラリア作家のミステリを集めたデヴィッド・ラッタ（David Latta）編のアンソロジーSand on the Gumshoe（1989）がある。オーストラリアで出版されたアンソロジーゆえに目にふれる機会は少ないが、ブラックバーン物の中編「消失の密室」が再録され、編者による詳細なコメントが付されている。そこでは〈パルプ作家〉というありがたくない位置づけをされてはいるものの、「あまたのパルプ作家のなかでまちがいなく最上」と最大級の賛辞を捧げられている。

アフォードのミステリの魅力はどのあたりにあるのか――ふたたびロバート・エイディーの語る言葉に耳をかたむけてみよう。「雰囲気と密室に関する蘊蓄とに満ちあふれ、三〇年代のあまりにも多くの長編を台なしにしてしまった誇張した散文も、まったくといっていいほど見られない」――これは一九九七年に筆者と共同で編纂したアンソロジー『これが密室だ！』（新樹社）に氏が解説を寄せた際のもの。The Dead Are Blindをはじめとするアフォードのミステリを評しての言葉である。「密室に関する蘊蓄」は本書でのお楽しみのひとつでもあるが、これはアフォード自身が無類のミステリ好きであったことに起因する。ABC時代には同僚らに読んでおもしろかった作品の内容を嬉々として語り聞かせて楽しませていたというから、そのサービス精神が創作のうえでも発揮されたのだろう。実際、作中でのミステリや密室に関する談義ほど本格ファンの心をくすぐるものはないのだ。

雰囲気作りのうまさに関していえば、これは彼がラジオの脚本家であったことと無縁ではない。場面転換を早くし、サスペンスを醸出するという、聴取者を惹きつけるためのテクニックが、小説のうえにも応用されている。それがもっとも顕著に現れているのがFly by Night（1942）で、神出鬼没の怪盗とブラックバーンとの息をもつがせぬ対決が冒頭からくりひろげられる。

ミステリの仕掛け《ガジェット》でいえば、アフォードの作品群はドンデン返しや多重解決、犯人の意外性にもぬかりない。

ブラックバーン・シリーズについて

黄金時代の本格派の多くがそうであったように、アフォードはプロットを重視するあまり、人物描写にはさほど重きを置いていない。そのため、シリーズの主役を務めるジェフリー・ブラックバーンにしても、しごくあっさりと描かれている。ここでは作中のわずかな記述を基にシリーズ・レギュラー陣の素顔を追うと共に、シリーズ作品を見ていくことにしよう。

一、ジェフリー・ブラックバーンと彼を取り巻くひとびと

○ジェフリー・ブラックバーン

オックスフォード大学出身。作品によって長身で痩せているとも中肉中背だとも描写されているが、トレーニングを積んだ引き締まった身体をしている。学者風の顔の持ち主で、冷徹という印象を与えかねないところを、愛嬌のある灰色の目が救っている。着ているものはおとなしいが、非常に趣味がいい。『魔法人形』事件当時、三十五歳。犯罪学の趣味が昂じてグレイマスター大学の高等数学教授という地位をなげうち、その数学者としての頭脳を活かして犯罪捜査にあたることになった。作者同様、熱烈なミステリ好き。かなりのヘビースモーカーで、灰皿に吸い殻の山を築きながら推理をめぐらす。

サーズビー村の田舎家に両親の遺してくれた家があり、そこでひとり暮らしをしていたこともあるが、The Dead Are Blind 時にはロンドンのヴィクトリア駅近くのサービス付きアパートでリード首席警部と同居している。

歳の離れたリード首席警部はかつてジェフリーの父親の友人だったが、その死後、息子のほうとも友人づきあいをするようになった。ふたりの友情は厚く、リードがオーストラリアのヴィクトリア州警察に勤務することになったとき（註2）には、そのあとをジェフリーが追いかけていったほど。

ジェフリーはしろうと探偵としての自分を「舞台の袖でぶらぶらしているだけの、見物人のような立場」と分析している。「長年数学の問題を解きつづけてきたせいで詮索好きな習慣が身についた」ため、「二と二を足して四にならない場合に出くわすといつも、どこで数字が消えてしまったのか知りたくてうずうずしてくる」という。

チェスの名手でもあり、勝負に勝つために必要な「洞察力、鋭い観察力、慎重さ」を捜査にも応用して、これまで数々の苦境を脱している。

○ウィリアム・ジェイミソン・リード

スコットランド・ヤード犯罪捜査部の首席警部。軍隊風の身のこなしに鬼軍曹を思わせるあごをした大男で、短く刈り込んだ灰色の濃い口ひげを生やし、血色のいい顔をしている。ときに癇癪を起こすことはあるものの、誠実な、頼りになる警察官である。パイプ、高級ウイスキー、そしてラジオ放送に目がない。

地道な捜査に定評があり、これがジェフリーの冷静かつ論理的な頭脳と結びつくことによって、幾多の難事件に解決がもたらされてきた。部下に、丸顔のアイルランド人のデニス・コナリー刑事、私服刑事のスティーヴ・ドンランとジェッド・アームストロングがいる。あとのふたりはヴィクトリア州警察時代のリードの補佐もしている。

○エリザベス・ブレア
Fly by Night のなかで描かれる事件の関係者のひとりで、のちにジェフリーの妻となる。同書には、彼女が The Dead Are Blind の際に新聞記者として事件を取材し、事件の解決に結びつくようなヒントを与えたという記述があるが、これは作者の記憶違い。ほっそりとした身体、茶色の目、つやつやした茶色の髪の二十代後半の女性で、危険やスリルに胸ときめかすようなところがある。ジェフリーに惹かれたのも、それが原因らしい。Fly by Night のほか、The Sheep and the Wolves、「謎の毒殺」「消失の密室」にも姿を見せる。

二、シリーズ作品解題

○Blood on His Hands! (1936)
シリーズのなかで唯一、オーストラリア、ヴィクトリア州の州都メルボルン市を舞台にしている。冷徹で家庭を顧みないシェルドン判事が、借りていたアパートの鍵のかかっていた部屋で背中を刺され殺害されているのを発見される。そのうえ、右の耳を切り落とされていた。部屋の鍵が死体のポケットのなかから見つかったことが示しているように、現場は完全な密室状況。濃い口ひげとあごひげを生やした男が事件の前に判事の元を訪ねてきており、この男が事件の鍵を握るものと思われたが、警察の懸命の捜査にもかかわらず行方はつかめない。捜査に進展のないまま、さらなる不可解で猟奇的な事件が起きる。青果店の主人が店内で殺害され、右手を切断されて持ち去られたのだ。おまけに通りに面した入り口から出入りしたものはだれひとりとして目撃されておらず、店の脇の扉も内部から施錠されていた。そして現場周辺では、やはり濃い口ひげとあごひげを生やした男が目撃されていた。

猟奇的な味つけはされているが、内容は折り目正しい本格物である。本文の前に「プロローグ」が配され、これが暗示的かつ有効に使われている。捜査のあいまにジェフリーがリード首席警部と手がかりを再検討する場面があり、これが本格好きにはたまらない。

○『魔法人形』(1937) 本書

イギリスに戻ってきたふたりが巻き込まれた怪事件。くわしい内容については本文をご参照いただきたい。

ディクスン・カーばりのオカルティズムにあふれており、無気味な呪いの人形が異様な雰囲気を醸し出している長編。疑惑が複数の関係者のうえをいったりきたりするのは本格物の醍醐味だが、そのうえなお意外性の演出に成功している。

○ The Dead Are Blind (1937)

竣工なったばかりのラジオ放送局に招かれたジェフリーとリード首席警部は、そこでミステリ劇の生放送に耳をかたむけることになる。演技に迫真性を持たせるため、停電に見舞われた屋敷という脚本の設定どおり、スタジオの照明を落として放送は進むが、ふいにみなの演技が中断し、スタジオに明かりがつくと、床の上に出演者のひとりである新進女優が倒れていた。スタジオは内側から錠をかけられ、その鍵は死体の手が握っていた。スタジオにやってきた医者は心臓麻痺でかたづけようとするが、放送中に不審な物音を耳にしていたジェフリーはそれに納得がいかない。ジェフリーがなんとか首席警部をくどきおとし、警察医に死体を検死してもらったところ、心臓にはなんら悪いところがなかったことが判明。ところが死因を特定できるようなものも発見されず、謎は深まるばかり。

暗闇によって作り出された密室状況と痕跡なき殺人という、二重の不可能性で読ませる作品。トリック自体はさほど独創的というわけではないが、多重解決が効果的に用いられ、ジェフリーは何度も苦杯をなめさせられる。

○ Fly by Night（1942）

過去二ヶ月にわたって〈ふくろう〉と名乗る怪盗がスコットランド・ヤードを悩ませていた。そんなおり、スコットランド・ヤードにやってきたエリザベス・ブレアに懇願されて、ジェフリーとリード首席警部は彼女の弟である化学者のエドワードが極秘の実験をおこなっている屋敷へと向かう。そこはアントニー卿の所有になるもので、エドワードは敷地内のコテージのひとつを実験室として提供されていた。エドワードは実験中に偶然、石油を精製するまったく新しい方法を見つけ、その化学式を〈ふくろう〉が狙っているというのだ。〈ふくろう〉からは数回にわたって警告文が届けられ、そのなかでエドワードの死が予告されていた。ジェフリーの機転によってエドワードはあやうく死を免れるが、〈ふくろう〉の魔の手はふたたび屋敷内にのびつつあった……。

ジェフリーらと神出鬼没の怪盗〈ふくろう〉の対決という構図が示しているように、スリラー色の濃厚な作品。不可能趣味もなくはないが、いささか竜頭蛇尾の気味がある。とはいえテンポもよく、〈ふくろう〉の意外な正体が最後の最後まで伏せられていることもあって、楽しめる娯楽編に仕上がっている。

○ The Sheep and the Wolves（出版年不祥）

奥付に記載されていないためはっきりした刊行年はわからないが、戦後、ペイパーバックとして書き下ろされた長編。ブラックバーン夫妻がギリシャ人の絞殺に端を発した連続殺人に巻き込まれるという内容だが、かつてジェフリーはアメリカで私立探偵事務所に勤め、妻エリザベスはイギリス諜報部で暗号解読の仕事をしていたというふうに大幅に設定が変更されており、シリーズの愛読者としてはとまどわざるを得ない。タッチも本格というより通俗ハードボイルドに近く、聖典に加えるのを躊躇させられる。

○「謎の毒殺」

一九四四年にオーストラリアの女性向け週刊誌に書き下ろされた中編。探検旅行の際に亡き妻の幽霊を目撃した実業家は、その亡霊が迎えにくると予告した日に警察の保護を求めるが、ジェフリーらが隣室で見張っていたにもかかわらず、毒殺されてしまう。おまけに現場には、くだんの亡妻が生前つけていた香水の香りが漂っていた。

『魔法人形』同様、オカルティズムに彩られた作品。この作者が魅力的な不可能状況を提示するのに長けていたことをつくづく認識させられる。

○「消失の密室」

一九四八年に、オーストラリアの短命に終わったミステリ雑誌に発表された中編。友人が買ったいわくつきの屋敷に招待されたブラックバーン夫妻は、入室した人間が消え失せるという部屋のあることを聞かされる。そしてあろうことか、エリザベスの見ている前でその部屋に入っていった女主人がいいつたえどおり忽然と消え失せてしまう。

意表をついた消失トリック自体もなかなかのものだが、ひとつの謎が解けたあとにさらなる謎が浮かびあがる展開がすばらしい。

番外編ともいうべきThe Sheep and the Wolvesとスリラー色の強いFly by Nightをのぞいてはどれも甲乙つけがたいできで、マックス・アフォードがラジオの脚本家、劇作家のみならず、ミステリ作家としても一流だったことを証明している。

これら不可能趣味やオカルティズムにあふれた作品に加え、数々のラジオのミステリドラマとくれば、やはりこの作者には〈オーストラリアのディクスン・カー〉という称号がふさわしいのではないか。いささか陳腐な表現ではあるが、この言葉ほど彼の本質と魅力とを的確にいいあてているものはない。


（註1）二階堂黎人編『密室殺人大百科［上］魔を呼ぶ密室』（原書房、二〇〇〇年刊）に訳出。同書は二〇〇三年九月に講談社文庫より再刊されることになっており、その際「密室ミステリ概論」には原書房版が刊行されて以降の邦訳のデータが追加される予定。

（註2）The Dead Are Blindのなかに、Blood on His Hands!の事件は一九三三年に起こったという記述がある。

マックス・アフォード作品リスト

［シリーズ探偵］＊ジェフリー・ブラックバーン

［長篇］

＊1 Blood on His Hands!［豪アブリッジ版改題 An Ear for Murder］（1936）
＊2 Death's Mannikins［豪アブリッジ版改題 The Dolls of Death］（1937）『魔法人形』 ※本書
＊3 The Dead Are Blind（1937）
＊4 Fly by Night［豪題 Owl of Darkness］（1942）
5 Sinners in Paradise（1940年代後半）
＊6 The Sheep and the Wolves（1940年代後半）

［戯曲］

7 Lady in Danger（1944）
8 Mischief in the Air: Radio and Stage Plays（1974）
（収録作のうちミステリは以下の2篇）
Lady in Danger［1959年の改訂版］／Mischief in the Air

［邦訳短篇］

＊Poison Can Be Puzzling「謎の毒殺」森英俊訳（新樹社『これが密室だ！』所収）
＊The Vanishing Trick「消失の密室」横山啓明訳（原書房『密室殺人コレクション』所収）

世界探偵小説全集45

魔《ま》法人形《ほうにんぎょう》

二〇〇三年八月二五日初版第一刷発行

著者——マックス・アフォード
訳者——霜島義明
発行者——佐藤今朝夫
発行所——株式会社国書刊行会
東京都板橋区志村一—一三—一五　電話〇三—五九七〇—七四二一
http://www.kokusho.co.jp
印刷所——株式会社キャップス＋株式会社エーヴィスシステムズ
製本所——株式会社石毛製本所
装丁——坂川栄治＋藤田知子（坂川事務所）
装画——浅野隆広
編集——藤原編集室
ISBN——4-336-04445-7
●—落丁・乱丁本はおとりかえします

訳者紹介

霜島義明（しもじまよしあき）
翻訳家。訳書にマクロイ『歌うダイアモンド』、スタージョン『海を失った男』（晶文社、共訳）などがある。

世界探偵小説全集

1. 薔薇荘にて　A・E・W・メイスン
2. 第二の銃声　アントニイ・バークリー
3. Xに対する逮捕状　フィリップ・マクドナルド
4. 一角獣殺人事件　カーター・ディクスン
5. 愛は血を流して横たわる　エドマンド・クリスピン
6. 英国風の殺人　シリル・ヘアー
7. 見えない凶器　ジョン・ロード
8. ロープとリングの事件　レオ・ブルース
9. 天井の足跡　クレイトン・ロースン
10. 眠りをむさぼりすぎた男　クレイグ・ライス
11. 死が二人をわかつまで　ジョン・ディクスン・カー
12. 地下室の殺人　アントニイ・バークリー
13. 推定相続人　ヘンリー・ウエイド
14. 編集室の床に落ちた顔　キャメロン・マケイブ
15. カリブ諸島の手がかり　T・S・ストリブリング